梦幻快递

范小青 著

范小青文集·[短篇小说集]

山东人民出版社
全国百佳图书出版单位 国家一级出版社

图书在版编目（CIP）数据

梦幻快递/范小青著.—济南:山东人民出版社,2015.8

（范小青文集）

ISBN 978-7-209-08883-1

Ⅰ.①梦… Ⅱ.①范… Ⅲ.①短篇小说-小说集-中国-当代 Ⅳ.①I247.7

中国版本图书馆CIP数据核字(2015)第049975号

梦幻快递

范小青 著

主管部门	山东出版传媒股份有限公司
出版发行	山东人民出版社
社　　址	济南市胜利大街39号
邮　　编	250001
电　　话	总编室 (0531) 82098914
	市场部 (0531) 82098027
网　　址	http://www.sd-book.com.cn
印　　装	北京富达印务有限公司
经　　销	新华书店
规　　格	16开 (170mm×240mm)
印　　张	19.25
字　　数	295千字
版　　次	2015年8月第1版
印　　次	2015年8月第1次
ISBN	978-7-209-08883-1
定　　价	29.00元

如有印装质量问题，请与出版社总编室联系调换。

目 录

001 ············ 我在小区遇见谁

013 ············ 五彩缤纷

026 ············ 名字游戏

039 ············ 谁在说话

050 ············ 下一站不是目的地

064 ············ 真相是一只鸟

076 ············ 梦幻快递

088 ············ 人群里有没有王元木

101 ············ 短信飞吧

112 ············ 今夜你去往何处

124 ············ 今天看见出了太阳

135 ············ 谁知道谁到底要什么

145 ············ 天气预报

154	那年夏天在海边
164	我们的会场
174	寻找卫华姐
186	越走越远
196	生于黄昏或清晨
208	接头地点
220	来自何方的邮件
230	我们都在服务区
244	茉莉花开满枝丫
258	我在哪里丢失了你
268	出　场
281	你要开车去哪里
291	国际会议

我在小区遇见谁

我在一家代理公司上班。

当初我老板决定录用我的时候,我是立刻就向我父母大人报喜的。在我家乡那小地方,儿子在大城市的公司上班,足够他们满足好一阵子的。

关于我们公司的业务,用我老板的话说,就是为人民服务。事实就是如此,只要人民有人民币,人民让我们干什么我们都干。当然,我老板也是有素质的人,违法的他事不干。我也不干。

其实最早时我老板是搞家政服务的,后来业务渐渐拓展,公司渐渐壮大,从老板一个人发展到连老板四个人。我们所接的单子,一部分是网上订单,一部分是委托人看到我们的业务广告后找上门来填单委托的。

这里边的情况并不复杂,也不离奇,视具体情况分类而定。比如像找保姆之类,一般都是上门来的,又以家庭主妇为多。开始的几年,雇主对我们提供的保姆评头品足,挑肥拣瘦,十分不满,但是很快事情发生了逆转,现在轮到保姆挑剔雇主,小孩我不看的,内裤我不洗的,高楼的窗户我不擦的,买菜你们自己买,免得怀疑我落菜钱,什么什么什么都要你们自己搞定。

雇主们可怜巴巴点头称是,似乎只要保姆能跟她回去,供她个祖宗也愿意。

至于像代送鲜花那样的单子,一般在网上就能确认,不一定要眼见为实的,何况现在眼见的也不一定就为实。只要用支付宝把人民币支付到我老板的银行卡上,我们就替他把事办了。

有一天，我老板照例在QQ上兜览生意，忽然有人提问说，你们能代理看望一下老人吗？我老板灵光顿时闪现，立刻回复说，只有你想不出的，没有我们代理不了的。

就这么简单，我公司开辟了一项新的业务。

现在我手里的这单活，就是去代望老人。不过单子不是我本人接的，我接到的已经是我公司自己制定印刷的十分规范的访问单，上面有委托人的姓名、电话、地址，当然更重要的是被看望人的姓名、电话、地址。等我完成了看望任务，被看望者在访问单上签上名字表示认同，至此我的任务完成。

虽然这是我的代理生涯中头一单代望老人的工作，可我不但没有给予十分重视，还比较掉以轻心，因为这种事情对我来说实在是大材小用了，凭我的三寸不烂之舌和装孙子的姿势，搞定一两位老人家还不是小菜一碟。

说心里话，接到这单活的时候，我自然而然地想起我的父亲母亲，我和我父母不在同一个地方生活，我也有一段时间没和他们联系了，但是千万别以为我会动一点恻隐之心，千万别以为我会赶回家去看望他们，或者也让别的代理公司代我去看望他们。

决不。

我父亲是小镇上的小学老师，我母亲是小镇医院的护士，他们退休以后的工作，就是一起关心除了我的内心想法以外的所有关于我的一切。

最后一次和他们通电话大约是两个月前，或者是一年前，也或者是其他什么时间，反正内容都是一样的，时间就显得不重要了。他们威胁我说，如果我再不能踏踏实实地稳定下来，还在槽里槽外跳来跳去；如果我再不认真确定一个对象，还在婚姻的菜场里挑来挑去，他们就要搬来我所在这所城市来指导我、监督我。我说，爱情曾经来过，徒留一地悲伤，父母如果再来，只剩数根肋骨。他们立刻服软了，低三下四哀求我说，你明明知道我们来不了，大城市的生活我们不能适应，生活成本那么高，我们还要省下钱来供你买房结婚生子。

和天下许多成年未婚子女一样，他们不来纠缠我，已是上上大吉，难道我还会送上门去引颈受戮，我有那么贱吗？

我还是赶紧代表客户去看望他家的老人吧。

我先看了看单子上的情况介绍，这才发现，委托人没有名，只有姓，姓王，王先生，委托我们去看望的人，也一样，姓王，王先生。也就是说，王先生委托我们去看望他的老子王先生。没有什么离奇的，有姓没名，无所谓，王先生和王五王六并没有什么大的差别，只要他能够为自己的委托买单，他叫王什么都一样。

我按图索骥，很快找到了单子上填写的地址，是一个年代已经很久远的住宅小区，估计是在上个世纪的什么年代造起来的，那时候大概还没有我呢吧。不过我进了小区后，发现这里边地盘倒是蛮大的，不是一眼就能望穿的，我认真看了下具体的位置，又认真看了看小区楼与楼之间的排列，觉得有点凌乱，一时竟没有琢磨出我要去的楼应该朝哪个方向迈步，看到路旁有位大妈正朝我打量，我赶紧向她求助。她看了看我，先没有回答我的问题，先跟我说，我眼尖，一般进小区来的，没有我看不出来的，可到了你这儿，我眼拙了，你是做什么工作的，我倒看不出来了，不是快递，也不是抄表的，更不是送水的。

我有那么落魄吗？我赶紧告诉她，我是代理公司的，我受人委托来看望老人——她一听，随即过来扯住了我的手臂，激动地说，哎呀呀，巧了，巧了，就是我，就是我，是我女儿委托你来看我的。见我发愣，她又补充说，我女儿昨天已经给我打过电话，告诉我你们今天要来。我疑惑地说，你能确定是你女儿，不是你儿子吗？大妈说，是我女儿，我没有儿子。我拿出访问单又看了看，我说，可是委托我们的是一位先生呀。那大妈说，可能是你们搞错了，确实是我女儿委托的，也可能是我女儿又请别人代理委托的，那人可能是个先生吧。大妈这么通达大度，把可能的责任先引到自己身上，我也就检讨说，也可能是我同事把你女儿的性别搞错了。大妈点头称是。

既然如此巧遇，我也就不客气了，在大妈的引导下，到她家去。踏进她家门的时候，我暗自思忖，大妈真没有警惕性，她怎么不担心引狼入室。我不知道是人老了会丧失警惕性，还是这位大妈天生就没有警惕性。现在社会这么乱，入门抢劫甚至杀人灭口的事情天天有报道，老太太难道不看新闻吗？

大妈热情地邀我坐下，一边给我泡茶水，一边对我说：我女儿，她还是那样忙，她身体怎么样？我哪里知道她女儿身体怎么样，但我肯定会拣好的说，拣让她放心安心的说，我吧啦吧啦说了一堆，也不知道我描述得对不对，是不是符合她女儿的情况。开始我对自己的无中生有还有点儿忐忑，但大妈开心而满足的表情，让我放大了胆，越说越离谱了。我甚至说到，她女儿是因出国才不能来看望她的。这时候大妈才"咦"了一声，我立刻意识到豁边了，正欲弥补，大妈却替我圆了场。她说，这么说起来，她昨天给我打的是越洋电话哦。既然她老人家信任我，我也就不客气了，继续往肉麻里说，那是那是，你女儿孝顺哪，到了国外还给您打电话，那可是国际长途，电话费很贵的。大妈又点头称是。终于将女儿的情况说够了，大妈转换注意力了，她开始仔仔细细地打量我，我被她看得有点发毛。我说，大妈，我长得耐看。

大妈看过我以后，就开始问我话了。你结婚了吗？我说没有。大妈又问，你多大了，我说多大了。又问，你工作稳定吗，我说稳定。又问父母是干什么的，我说是干什么的。还有一大堆的问题，我有的如实回答，有的谎骗她，但总的来说，我说什么，大妈信什么。最后她说，奇怪了，你这么好的条件，怎么还没有结婚呢，和我女儿一样，方方面面条件都好，就是不找对象——我想不通，你们两个，见了面也没感觉吗？

我晕。

居然看见一个素不相识的男人，就想给女儿拉郎配，真是不知道外面的世界多精彩。比起我妈也毫不逊色哈。

我得打断她的不切实际的妄想。我提醒她说，大妈，我不是你女儿的同事，我没见过你女儿，我是代理公司的，是你女儿委托我们来看望你，我们公司有这项业务，收费的。

听说女儿出钱请人看望她，大妈更加感动，说，你看看，我女儿就这么孝顺，自己没有时间，同事朋友都忙，她宁可出钱也要来安慰我。

我的任务很顺利，眼看着就要圆满完成，只剩下最后一个环节，请被看望者签字，可是我的手伸进口袋时我突然愣住了，才想起，别说委托人从王先生换成了王女士，被看望的老人，也一样从先生换成了女士。我正有些疑惑，只见大妈眼巴巴地盯着我问，你下回什么时候来看我？我说，那要看你女儿什么时候再来委托我们。

大妈的眼神立刻暗淡下去，说，你不会再来了。我问为什么。大妈说，其实，我没有女儿。

我又晕了一次。

她既没有儿子，也没有女儿，她是闲得蛋疼拿我寻开心呢，我不能对大妈爆粗口，我可以忍气吞声，但我不能死得不明不白。我说，算我瞎了眼，走错了门，看错了人，可我就不明白了，你既然没有女儿，刚才硬要拉我当你女婿的是什么意思呢。大妈说，嘿，我是看电视看的，电视里天天演妈妈逼女儿找对象，我没当过妈，我没有体会，今天我终于体会到了。我呛她说，大妈，你可不像没有孩子的人，你和我妈一个德行。大妈高兴地说，是吗是吗，你妈在哪里——我说，大妈，赶紧打住吧，你这是拿我当陪聊，你不会不知道吧，现在聊天也要——"聊天也要付费"这几个字我是硬生生地咽下去了，不是我改了性子，是我怕了她，我没招没惹她，她就给我唱一出空城计，我若是向她收钱，她不定使出什么幺蛾子来整我，算了算了，远离老人，留点自尊吧。

我临出门时吓唬她说，大妈，你胆子真大，你随随便便就让我进来了，你太轻信别人了。大妈说，这可不是我轻信你，是你轻信我哎。我气大了，又威胁她说，万一我是个坏人呢。大妈朝我看看，摇了摇头，长长地叹息了一声，说，哪里有坏人，没有人，好人也没有，坏人也没有，人影子也没有，鬼影子也没有。

我从她家出来，在小区四顾，果然很冷清，只看到几位老人在小区里慢悠悠地转着，我心里一惊，莫不是传说中的鬼城？可是明明小区里是有人的嘛，虽然是老人，老人虽然老了，可他们是人，不是鬼。

虽然小区的楼牌号比较混乱，没有秩序，但我最终还是找到了访问单上填得清清楚楚的楼牌号，我现在就站在楼门前了，只是因为吃了头一次的教训，我学乖了一点，先照着访问单上留的客户电话打过去，电话响了两声，有人接了，我说，请问是王先生吗？对方说，你打错了。我"咦"了一声，对方立刻说，骗子，骗子还咦什么咦，就挂断了电话。

我站在楼前想了一会儿，不知道哪里出问题了，只好又打电话回公司，重新确认了地址和电话无误，我就直接上楼去找人了。

上了楼，我按门铃，铃声清脆响亮，可按了半天，始终没有人接应。我换个办法吧，抬手敲了一下，嘿，门立马就开了，我又忍不住"咦"了一声，但很快就将"咦"字缩回去了，咦什么咦，家家有本难念的经，人人都有人人的脾气，也许老人不喜欢门铃声呢。

这回对头了，是位老先生，他一手把着半开的门，一手遮着眼睛想看清楚我的脸面,我凑到他面前,让他瞧仔细了。

老人家朝我点了点头,估计对我的长相还算满意,问我说,你找我吗?我见他年事已高,又具有知识分子模样,赶紧汇报说,老人家您好,是您的儿子委托我来看望您的。

我平时的工作和生活中,根本和一个"您"字沾不上边,这会儿左一个您,又一个您,您不离口,这让我感觉良好,觉得自己长了一个层次,是个文明人。

老人家却并不因为我跟他来文明的,他就跟我客气,他可是一点也不文明,也不礼貌,鼻子里重重地喷出一股气,冷笑道,省省吧,少来这一套。我向来反应灵敏,立刻知道老人家是对儿子有意见呢,我赶紧吹牛拍马撮合他们。我说,老人家,您儿子是个孝子哦,他特地找到我们公司,请我们代理,是付费的。老人家继续"哼哼"说,黄鼠狼给鸡拜年呢。我心里暗笑,但面子上我得做足了孙子。我赔着笑脸说,老人家,您这比喻,嘿嘿……老人说,怎么?我说得不对吗?我还不知道他安的什么心吗?不就是黄鼠狼给鸡拜年吗?

他硬说自己的儿子是黄鼠狼,自己是鸡,我也拿他没办法,但是我得想办法让他接受我的看望,在访问单上签名,我好回去交差,按月领工资。我耐心说服老人家,您儿子工作忙,抽不出时间回来,所以让我来——其实也不会太麻烦您,您只要在单子上签上您的大名——老人家硬是不给我面子,拒绝说,我不会签的,我又没有让他找人来看我。我再引诱说,老人家,您如果不签字,那可不合算呀,您儿子付费可是白费了。老人家说,白费?白费才好,别说这点费白付,这个儿子我都是白养的。我再换个地方打一枪,我说,老人家,现在有了法,子女不回家看父母,会违法的,您不愿意您儿子违法吧?老人家抢答道,我愿意他违法,我希望他违法,他违了法,就进去了,就不能委托你来看我了。

我自以为算是个能瞎掰瞎扯的货,可这风烛残年的老人家竟也不比我差,而且他比我有耐心,沉得住气,这原因我也知道,因为在这个事件中,他不要赚钱,我要赚钱,人一要赚钱了,心态就不一样了。

但我还好啦,我虽然急于要赚个开门红,但我知道性急吃不了热豆腐,我更知道天上没有白掉的馅饼,只有白掉的砖头。所以我不毛躁,我比他更有耐心,更沉得住气。我暗地里运了运气,重新再开始。我说,老人家,您的手一直支着门,会累着的，不如让我进屋坐下来慢慢谈。我这一说，老人家的手果然放了下来，只不过我立刻看出来了，他不是要让我进屋，他是要关门了，我的心往下一沉。正在这时候，屋里边有动静了，出现了一位老太太，说，我正在午睡呢，你们吵醒我了。

我正要道个歉，那挡着门的老人家却说，你不用和她说话，她是个聋子。我奇了，聋子还能被吵醒。老太太又生气说，我虽然耳朵聋了，但我配戴了助听器。我又奇了，睡觉还戴助听器，怕没人吵醒她吗？

真搞不懂他们。不过好在我并不想搞懂他们，我也不觉得他们有多奇葩，有我的父亲母亲作参照系，无论如何我都不会被老人萌倒的。

我递上两盒保健品，告诉他们这是他们的儿子委托我代买代送的，可那老人家鄙夷地用眼神拒绝了我，还好那老太太用的是另一种手段，她伸手接了过去，说，干吗不要，不要白不要——我看看是什么。她戴上老花镜看了一下，立刻就推了开去，说，喔哟，以为什么东西呢，这不是保健品。我指着盒子解释说，您仔细看看这上面的说明，是保健品，活络筋骨，强身健体，等等。老太太说，这是虚假广告，骗人的，以不毒死人为底线。

我不能再和这两位有文化的老人纠缠下去了，我赶紧掏出委托单说，王先生，请你签个字吧。老人家又立刻翻脸说，我不姓王，王八蛋才姓王。真出了奇，他说他不姓王，我倒恰好是姓王，他是在骂我吗？我且忍了，听他继续数落道，别说我不姓王，就算我姓王，他个王八蛋也不会来看我，更不可能付了钱叫别人来看我。我忍不住说，您是大学教授，说话怎么这么粗鲁？老人说，孔子曰，所谓诚其意者，毋自欺也。

天哪，他居然用孔子的话来骂人。

任凭我历经风雨饱受重创跌跌爬爬走到今天，我还没碰见过如此有水平的老人家呢，有人说是老人变坏了，有人说是坏人变老了，我不知道到底哪者说得对，我只是气得两眼翻白，忍不住说，孔子解决不了的问题，老子帮你解决。

其实孔子解决不了的问题，老子也一样解决不了。最后的结果使我很受伤，刚刚出马，就跌落下来，我可没脸回公司，在大街上茫然转着舔伤口呢。忽然我看到路边有一家花店，我咬咬牙，隐忍着作痛的小心脏，去花店买了一束玫瑰花。

我捧着花又回到那个鬼见愁小区，这回是那聋子老太太开的门，她一开到花，就冲着我说，还没毒死我们，就来送花圈了？我说，这不是花圈，这是花。老太太说，把花圈起来，就是花圈，你以为他不想给我们花送圈吗？

明明是我买的花，她又归到他儿子头上，那儿子岂不是冤哉枉也，可我才不会为他鸣冤叫屈，我自己的冤屈还没得解呢。何况以这老两口的奇葩思路，我要是送黄金，他们肯定认为儿子要逼他们吞金自杀，我要是送钻石，他们会说里边有毒辐射，我要是送大粪呢，他们一定把大粪朝我当头一泼。

为了预防他们泼我大粪，我必须得后退一步，可我实在是没有退路，身后就是楼梯，后退一步我就滚下去了，还好那聋子老太没有逼我滚下去，她还主动和我说了话，她告诉我说，喂，其实我不是聋子。我朝她耳朵上夹着的线看了看，她就揪了下来，递到我眼前说，你看，假的，不是助听器，就是一根普通的线和一只小塞子，是我自己做了骗他们的。

我不知道她要骗谁，不过我还是小心一点，原先我以为以我这样的鬼马之才，亲自出马对付几个老人，那还不是手到擒来。可是事实无情地击毁了我的自信，我知道错了，我知道老人也不是好对付的，我千万不要再自以为是了，搞不好我被一个聋子老太卖了还替她数钱呢。

那脸可真丢大发了。

小心归小心，我的任务还是得想办法完成呀。我说，老人家，既然你不是聋子，那就太好了，我刚才在你家说的话你都听见了吧，你们的儿子——老太太朝我摆手，我奇怪说，怎么，难道你们没有儿子？老太太重新把那根做摆设的线夹到耳朵上，对我说，你说什么，我耳聋，听不见。我喷她说，你不是戴着助听器吗。老太太说，这个助听器效果太差，便宜没好货，他们说得买两万元以上的才听得见。

这事情实在太诡异、太恶心，我终于要被他们气走了，我也应该被他们气走了，我把访问单朝他们的桌上一摔，老子不干了还不行吗。

真是还不行，因为意外的事情又接着来了，老两口见我要走，赶紧招呼我等一下，他们找了笔来，居然主动在访问单上签了名。

我又觉得离奇，问道，那你们承认这个委托人王先生是你们的儿子啰。他们神回答说，我们签名，只是我们向你表示歉意而已，因为你的骗术没有得逞，我们虽然年老，但防骗能力还是有的。我赶紧拍马说，那是超强的。他们说，你也辛苦了半天，陪我们说了那么多假话，也付出劳动了，我们就签一下名而已，举手之劳，与人玫瑰，清香自留。

真有学问，这样的话我听都听不懂，他们都说得出来。

我就把玫瑰留在老人的屋里了。

可我还是大意了，出了屋子，下得楼来，我才想起看一下访问单，才知道我的任务并没有完成，他们虽然签了名，但他们签的名，不是我公司需要的名，他们还是不姓王。所以，实际上我还是没有拿到他们的签名，我不知道他们是真的不姓王，还是不愿意姓王。如果他们真的不姓王，那就是委托单出了差错，如果他们本来姓王，现在却不愿意姓王了，那是不是意味着，他们和自己的儿子之间早已经断绝了关系呢？

我心里头顿时一闪，我又联想到我的父母大人了，一时间我甚至觉得是我的父亲母亲和我恩断义绝了呢，我掏出手机给父母家打电话，却没人接电话，再换打手机，手机也停机了。我这才恍惚记起，他们似乎有日子不来骚扰我了。不过我可没指望他们已经放弃了我、不再来纠缠我了，绝不可能。即便我不是他们亲生的，他们也早就把我当成亲生的一样折腾了。

可我还是不能回公司呀，这单任务可是我代望老人的首秀，就这么铩羽而归，不是我的风格。

现在我又站在凌乱的楼幢之间了，我比第一次更绝望，完全没了方向感，我茫然无目地走啊走啊，走到小区的门口，看到门卫室的时候，我心里一惊，难道我承认失败了？难道我知难而退、望风而逃了？

小区保安年纪也不小了，他大概很少在小区看到我这样英俊潇洒的年轻人，所以直盯着我看，我可是怕了这小区里的奇遇，我应该逃避他。可是，除了他，小区空无一人，我还真不能逃避，我上前把访问单递给他，请教他说，麻烦你帮我看一看，这个地址到底有没有问题。他一看，立刻笑了起来，没问题呀，就是你刚才进去又出来的那个楼嘛。我一听，感觉有戏，赶紧追问，他们家有儿子吗？老保安说，有呀。我没料到进展这么顺利，担心不牢靠，再追问，你怎么知道？老保安说，我是保安，守在门口，我天天看到，怎么会不知道。我又有了奇的感觉，赶紧问，你天天看到谁？老保安说，当然是他们的儿子啦。

我又更奇了，难道他们的儿子天天来看望他们？老保安说，奇怪，他就住在这里嘛，不叫天天来看望，那叫天天回家。

既然他和父母是住在一起的，为什么还委托我们看望他父母？

你们可能早已经觉察出来了，我的思路出了问题，因为我太想完成任务了，所以在我的潜意识里，一开始就认定他们就是我要找的王姓人家，人家明明不承认姓王，何况人家明明是父母和儿子住在一起的，我却偏要强加于他们，我感觉自己走火入魔了，赶紧换个话题说，他们家那老太太一会儿聋，一会儿不聋，她到底是不是聋子？那老保安"切"了一声说，又装神弄鬼，那个聋子早就死了。

我简直服了这家人，我简直服了这个小区，但我实在又不能服他们，如果我服了他们，我这一趟就算是白跑了。

我在外面随便吃了点东西应付一下肚子，耗掉些时间，我越想越不能甘心，房子明明就是那个房子，电话也明明就是那个电话——我再次拨打了那个该死的电话，电话铃只响了一声，就有人接电话了，真够快的，我也抓紧了快问，是王先生吗？对方说是。终于找到王先生了，我心里一块石头落地，但很快我又奇道，王先生，为什么我中午打电话时你不承认。他说，中午不是我接的。我更觉不可思议，说，难道你家里的人不知道你姓王？他说，他才不是我家里人——家里人个屁，一间朝北的小屋收我八百块租金。我这才恍然大悟，原来他是那一家的租客，难怪中午我去的时候有一扇门一直关着呢。可我还是有奇，我说，我怎么听你的声音那么熟呢。那王先生说，我听你的声音也不陌生呀。

废话少说，我直奔主题，不仅确认他姓王，还确认了他们确实知道儿子委托了人去探望他们，他们正在家翘首等待呢。我心想，这回看你再往哪儿跑。

我赶紧再次上楼进门，中午那一对知识分子老人不在，换了另一对老人在，果然是待在一间朝北的小屋里，屋子很小，光线很暗，我乍一眼看过去，怎么觉得他们有点儿眼熟。我奇怪说，咦，我在哪里见过你们？他们对我，竟然也有同感，说，嘿，你好面熟啊。

我想到熟人好办事，如果我和他们有交情，那他们一定不会再为难我，我就可以拿上他们的签名走人了。所以我得赶紧把他们想起来，可我仔细地想了又想，却无法确定他们到底是谁，从前同事的长辈？没有印象。前任女友的父母？也没有印象。大中小学的老师？更没有印象。

明明是熟的，却又想不起来，明明就在眼前，却又觉得遥远，我有些沮丧，只好玩老一套的把戏，套近乎说，老人家，原来你们是租房子住的，你们不是本地人啊。那老人说，我们原来一直是住在一个小镇上，离这里很远，我们的儿子很有出息，大学毕业后就留这里工作了，是公司白领。我觉得这下对上号了，赶紧说，这就对了，你们的儿子很孝顺，他工作忙，抽不出时间，何况最近又出差了，所以委托我们代理公司来看望你们。

老两口很高兴，除了不停地感谢我，还主动跟我聊了他们的情况，那老先生说，我在小镇上当了一辈子小学老师，我一听，心里居然瞠跳了一下。那老太太又来戳我心惊，说，我从前是镇上医院的护士，后来退休了。

我感觉有点儿不对劲，随便应付了几句，就想提前结束任务了。我拿出访问单请老先生签名，老先生爽快地签上名，我接过来一看，竟然和我父亲同名，我心里忽然有一点儿异常的敏感，赶紧编造说，这访问单需要老夫妻双方都签名，他们也信了，老太太也麻利地签上名，我再一看，竟是我母亲的名字，这回小伙伴彻底惊呆了。再仔细看他们，我认出来了，怎么不是我父母亲呢，他们就是我的父亲母亲呀，他们难道不认得我了吗？我也在访问单上签了自己的名字，其实这名可以回公司结算时再签的，但我提前签了，我把访问单递过去给他们看，他们一看我的名字，笑了起来，说，这不就是我们儿子的名字嘛，你不就是我们的儿子嘛。

我和我的父亲母亲互留了新的联系方式，就和他们道别了。

我的任务完成了。

回到公司，我告诉同事说，今天巧了，我上门代看的居然是我的父亲母亲。我同事说，那就奇了怪，他们不就你这一个儿子么，你又没有委托你自己去看望他们，那是谁委托的呢？我说，那就是他们自己委托看自己的。

我老板毕竟比我们精明，更比我们有经验，他看了看访问单，跟我说，你父母的名字是你签的吧。我吓了一跳，这怎么可能？我老板说，你自己看看，跟你的笔迹一模一样的嘛。

我老板见我紧蹙眉头，过来拍了拍我的肩，鼓励我说，这就对啦，当初我看中你的，不是你的工作能力，而是你的想象能力，我果然没看走眼。

他没看走眼，我可傻了眼，我还在思索着这个故事的来龙去脉。我老板说，行了行了，别再编了，你已经编得很赞了。我不服呀，我冤大了呀。我说，老板，你凭什么说我是编的。我老板笑道，那个小区本来是一个无人区嘛。

原来，我去的那个小区早几年就准备改造了，住户全迁走了，资金却掉链了，就成了无人区。

但是那张委托单是哪来的呢？

这太好解释了，是我自己填写的罢。

五彩缤纷

我老婆其实不是我老婆。或者说,现在还不是我老婆,我们还没领证呢。

没领证,在出租房里同居,这种事情很多,也很普通。我们大学毕业,远离家乡,在陌生的城市打拼,要有事业,要赚钱,还想要爱情,还想有家庭和孩子,想要的确实太多了一点儿,那日子会比较辛苦。

不过目前还好啦,我们还没有想得那么远,我们辛勤工作,可以积攒一些钱下来,为今后的日子作准备,虽然必须省吃俭用,精打细算,但毕竟还是比较轻松自由的。

不料出了意外,我老婆怀上了。孩子我要的,我跟老婆说,孩子都有了,我也甩不掉你了,我们去领证吧。我老婆说,领证可以,按先前说定的办。

先前我们说定了什么呢,这一点儿也不难猜,又是一件再正常不过的事情,先买房,后领证。

没有房子怎么结婚,这是正常要求,即使老婆不提,我也会做到的。但现在的问题是,我得把我积攒了几年的钱倾囊而出,才能付首付,接下去的日子,就不知怎么过了。我把我的忧虑和我老婆说了。我老婆说,那我管不着,反正没有房子不领证,这是当初说好了的,也是最起码的。她说得不错,这确实是最起码的。我老婆也不是个物质至上主义,她没有要车,没有要其他更多的东西。

但即便是她的最起码的想法,目前我也有难处,我得靠我的嘴上功夫,让她暂时地将这个念头搁存下来。于是我开始说,老婆,买房这么大的事,急不得呀。我又说，那是买房呀，不是买青菜萝卜，说买就能买来。我再说，老婆，现在我们的当务之急，尤其是我的当务之急，是保养好老婆，保养好老婆肚子里的孩子。我还说，老婆，你也是有文化有知识的年轻人，你想一想，到底是人重要呢，还是房重要。

我老婆才不理会我的战略战术，她才不和我对嘴，她沉得住气，原则性强，从头到尾只有一句话，按原先说的办，不买房，不领证。

我无话可说了。

我的思想已经受了我老婆思想的影响，看来房是非买不可的了。一想到买房，我的想象就像长了翅膀，立刻飞翔起来。我想到，买了房就得装修，装修房子那可又是一件令人激动的大事啊，我一激动，灵感就闪现了，我就突发奇想了。我说，老婆，你想想，就算我们现在立刻买房，我们肯定买不起精装修房，肯定是毛坯房，毛坯房得装修吧，再怎么简装，也得几个月吧，那时候宝宝已经出来了。我老婆说，宝宝出来跟房子没关系。我说，怎么没关系，新装修的房子，你敢住吗？就算你不怕，你敢让宝宝闻那种有毒的油漆味吗？

那是常识，装修完了，怎么也得晾它个一年半载才敢入住啊。

我这是拿还未出世的孩子要挟她，我以为这下子将到她了，哪知她早就想好了应对的台词了。她说出来的台词，吓我一个跟斗，你以为我急着买房子是急着要住吗？我奇了怪，不急着住干吗要急着买。我老婆问我，你以为我买的是房子吗？我也不傻，我说，我知道，你买的是安全嘛。可是我若要变心，不会因为有房子就不变心的。我老婆说，是呀，你变了心，我至少还能得到一套房子。

这种对话实在平常而又平庸，大家见多了去，不过请耐心等一下，这只是为下面的事情作铺垫，马上就会出现不一样的事情了。

现在我完全没有退路了，只好朝买房的方向去考虑了，好在这是我的第一套房，应该是比较优惠的。我打听了一下买房的程序，先到房产局去开证明，证明我是无房户，这样才能享受到第一套房的种种优惠。

到了房产局，他们一查电脑，却告知我说，我已经有房了。我大吃一惊，以为天上掉下馅饼来了，不，这可不是一块馅饼，这是一套房子啊，难道是圣诞老人或者干脆是上帝他老人家送给我的。

做梦吧，别说房子，天上连馅饼都不会掉的。

可我的名下确实有一套房，这到底是怎么回事呢。

房产局那人用怀疑的眼光看着我说，现在全部都联网了，想冒充无房户是不可能的。我着急解释说，我确实是无房户，我和我老婆住在出租房里，现在我老婆肚子大了，我们要结婚，要买房，等等等等。他哪里爱听这样的话，但后来看我真的急了，或者他自以为从我的焦虑的眼睛里看到了我的诚实，他才告诉我说，既然你不肯承认你名下的这套房是你的，那只有一种可能。我赶紧问，什么可能？他说，有人用你的身份证买了房。他见我发愣，又补充说，虽然可能是别人买的，但既然用了你的名字和身份，你就不是无房户了。

我怎能相信这种莫名其妙的事情，我说，会不会你们搞错了？他又朝我看看，还朝他的电脑看看，反问我说，你不要吓我，你是不是想说，有人黑了我们的系统？我也吓了一跳，若是真有人黑了房产局的系统，岂不要天下大乱。

我知道那是不可能的。但如果他不可能出错，那么错在哪里呢，谁会用我的身份证买房呢。那人看了我一眼，觉得我连这样的问题都想不明白，极品脑残。其实我怎么会想不到呢，这个"谁"的可能性还是比较多的，比如亲戚朋友啦，比如老板啦，比如骗子啦。

可是现在我脑子里一片空白，我依据什么去把这个"谁"想出来呢。

见我站在窗口什么也不干，光发愣，后面排队办事的人着急了，我只得先退到一边，朝大厅的椅子上一坐，犯起糊涂来。

我旁边有个人架着二郎腿，哼着小曲，心情特好，我朝他一看，他立刻对我笑了笑。我说，你笑什么，我认得你吗？他说，恭喜你，你有房子了。见我干瞪眼，他又说，不是有人用你的名义买了房吗，既然是用你的名字，房子就是你的嘛，房子是什么，不就是一个人的名字嘛。我说，可房子不是我买的，钱不是我出的，怎么会变成我的房子呢。他说，这个太简单了，我教你怎么搞啊，你带上你的身份证，先到售房处去复印合同，人家问你为什么要复印合同，你就说合同丢了。我说，那可能吗。他说，他们没有理由不让你复呀，房子就是你的嘛，身份证和人都对上号了嘛。然后你拿了合同，再到房产局去，补办房产证，你也可以跟他们说，房产证丢了，你有身份证，有购房合同，他们同样没有理由不让你补办，等办好房产证，房子就是你的了。

我听后，简直如梦如幻。他见我傻样，以为我担心什么，又指点我说，你怕夜长梦多吗，那就赶紧把房子卖了。

我的心里早痒起来了，一套房子，就这么到手了，只费了一点点吹灰之力？他见我不信，鼓励我说，信不信由你，你做做看就知道了。我疑惑说，这是违法的吧？他说，如果那个人确实在你不知情的情况下，用你的身份证买房，那是他违法在先。

他违法在先，我违法在后，那我不还是一样违法么。出主意的这人挺为我着想，说，你急于出手房子，一时找不到合适的买主，可以卖给我，我要。

我赶紧走开了，他还在背后说，要不要留个电话给你。我摆了摆手。他又说，不留电话也没事，我经常在这里，你要是想通了，就来这里找我。

我只听说外面骗子很多，很离奇，我以为这个人也是骗子，但我又不能确定他是骗子。无论他是不是骗子，他指点我做的事情我是不能做的。

如果我不能买首套房，我就买不起房，因为首套和二套的首付是不一样的，契税和房贷也不一样。可我不甘心就这样白白地丢失了我的第一套房的资格，虽然那套房已经在我的名下，但它毕竟不是我的房呀。

我得找到用我的名字买房的那个人。

我到了售楼处，把情况跟他们说了，他们爱理不理，说，这事情你别来找我们麻烦，跟我们无关。我气不过，说，怎么跟你们无关，你们没有尽到你们的责任，把我的名字让别人用去了。售楼处说，你跟我们有什么好吵的，你自己把身份证借给别人买房，还怪我们。我说，我怎么可能把身份证借给别人买房。他们说，这事情现在多得很，不管是怎么借的，出让身份证的人肯定能得好处的。我跟他们生不得气了，我只说我要看那购房人的资料，他们又不同意，说客户的资料是要保密的。我反驳他们说，保密个屁，我单位有个同事，刚买房，登记在售楼处的信息立刻被出卖了，装修公司、中介公司、高利贷公司，各色人等，立马来骚扰。他们见我这样指桑骂槐，也不跟我生气，但就是不肯透露信息。他们是怕我影响了他们的声誉，搅黄了他们的生意吗？可他们这种人，也有声誉吗？

我回去将这离奇的事情告诉我老婆，我老婆以为我骗他，以为我不肯买房，跟我闹别扭，我怎么解释她也不信，我没办法了，只好说，要不你和我一起去那售楼处。她又不肯去，说，你肯定事先和售楼处的人商量好了来骗我。

女人的想象力真丰富啊。

我只好又回到售楼处，威胁他们要举报，他们还是怕我举报的，最后把购房者留下的联系电话给了我。我一看两个号码，一个是手机，一个是座机，寻思着肯定打手机更方便找到人，就立刻打了那个手机号码，却不料听到是"已停机"，我心头顿时掠过一丝不安和惊慌。手机都已停了，座机还会有人接吗？但无论如何死马得当活马医呀，再照座机号码打过去，呼叫声响了六下，我心里又"咯噔"了一下，料是无望了，但就在这绝望刚刚升起来的时候，在电话铃响到第七声的时候，有人接电话了，是个女的。我一听是个女的，下意识地"咦"了一声。那边就说，咦什么咦，打错电话了吧，以后把号码搞搞清楚再打，把人搞搞清楚再说话。我说，哎——我没有打错，我找的就是你，你在某某小区买了套房吧？那女的立刻警惕说，买房？买什么房？你个骗子，又想什么新花招？我说，我不是骗子，可是我碰到了骗子，骗子用我的名字买了房子。那女的说，那你找骗子去。我说，我找的就是你，房子就是你买的，在售楼处登记的就是你的这个号码。那女停顿半拍后惊叫了一声，说，什么？什么房子？我说，我的身份证被你盗用了，在某某小区买了一套房，有这事吧？那边没声音了，我以为她想抵赖，我不怕她抵赖，我有的是证据。哪知过了片刻，她大叫一声，我操你个狗日的！你竟敢买房！这声音实在刺耳。我说，你怎么骂人呢，又不是我买房，是有人盗用我的名字买房。她不听我解释，仍然骂人说，你个乌龟王八蛋，叫我住出租房，自己竟然有钱买房养小三。我这才明白过来，她大概是骂她老公或者男友的。果然，她又骂了许多脏话粗话，我实在听不下去，说，事情还不知道怎么个真相呢，你已经把祖宗八代都骂遍了，等到事情真相揭发出来，你还用什么东西来骂人？她忽然又大哭起来。

我不想听她哭，但我还是想从她那儿得到一点儿有用的信息，我只得耐下心来劝她，我说，你先别哭，可能里边有什么误会吧，你再仔细想想，既然你没有用我的名字买房，那是你家里其他什么人？她顿时停止了哭声，头脑冷静思路清醒地说，我老公为什么不用他自己的名字买房，怕我知道，所以，他用你的名字买房，你肯定是他的狐朋狗友，你才会借身份证给他，让他买房，包庇他养小三。

我怕了她，我还是赶紧败下阵去吧，我再也不想从她那儿得到什么了，我挂了电话。

她却没有罢休，反过来又打电话来，追问那套房子在哪里。她这追问还真提醒了我，我又到售楼处去了一趟，查到了房子的具体地址。

我到了那个小区，莫名其妙的，心情居然有些激动。小区是新建起来的，看起来刚刚交付，都是毛坯房，里边还没有住户，我找了一圈，找到了某幢某层，上去一看，门关着，里边不像有人的样子，我还是敲了敲门，自然也是白敲的。

我并没有泄气，跑得了和尚跑不了庙，他房子买在这儿，我不怕他不现形。过一天我又来了，还是没有人，我刚要下楼，看到有人上楼来了，手里拿着钥匙，开对面那套房的房门。但我看他的穿着和模样，不太像是房主。那个人看出我的怀疑，主动说，我是搞装修的。我怀疑他他倒不生气，还和我聊天，问我是不是隔壁的房主，需不需要装修。我说是来找他隔壁的人家的，他问找他们干什么，我没敢说出来。

他见我支吾，也没有追问，只是说，他接了这一家的装修活，来过几次，没有看见对面人家有人来过。又说，一般刚刚拿到手的毛坯房，如果不马上装修，房主是不会来的。我委托他代我留心点，留了个电话给他，他点头答应了。

我出小区的时候，又经过售楼处，心里来气，我又进去了，他们都怕了我，躲躲闪闪，互相推诿。我责问说，你们提供的电话不对，你们是有意糊弄我的吧。他们指天发誓，那人留的就是这电话。我怀疑说，这电话的主人根本不知道买房的事，难道你们不和买房的人联系吗？他们说，我们还和他联系什么呢，房子已经售出，一手交钱，一手交货，我们再也不会联系他，只有他可能来联系我们，我们最怕的就是这个了，如果接到他的电话，那必定是哪里出了问题，麻烦来了。

还是那个搞装修的人讲信用，有一天他给我发了个信，说对面房子有人来了，让我赶快去看一下。我立刻赶到那儿，这回终于让我抓住了一个真实的存在。可是最后结果并没有显现出来，因为被我抓住的这个人，并不是房主，他是房屋中介。

原来那个用我名字买房的人，打算出租他的毛坯房。不管怎么说，我庆幸自己又推进了一步，有中介就有房主，我离那个盗用我名字的人应该不远了。

这时候我还不知道，其实我前面的路还遥遥无期呢。接着中介就告诉我，房主是在QQ上留的言，没有其他联系方式，只有QQ号。也就是说，我要想找到房主，仍然要守候，只不过是从毛坯房前挪到QQ上而已。

我先上去找他，说我要租房，希望他能够现身。可是他没出现，我想我可能暴露了，因为他明明已经委托了中介，租房应该和中介联系，为什么要直接找他呢。他一直不出现，我急了，耍了个流氓手段，在群里发言说，有人用我的名字买了房子，我现在已经复印到了购房合同，打算明天就去补办房产证了。群里大家欢呼雀跃，为我高兴。

我以为这下子可以把他逼出来了，可是他仍然隐身。他这才叫耍流氓，那是真流氓，我这假流氓倒也拿他无奈，我不能真的去办房产证啊。

正在我山重水复疑无路的时候，先前那个骂人的女人倒来给我指路了，她主动打了个电话给我，情绪大好，和当天电话里那个愤怒的女人简直判若两人，完全判若两人。她耐心地告诉我，冒我名字买房的不是她老公，而是她现在住的出租房的前任住户，她已经通过房屋中介，帮我了解了他的踪迹，提供给我进一步追查。最后她还向我道了歉，说上次说话难听不是针对我的。

我虽然有些奇怪。但她的态度也让我更相信了一个事实，爱情确实能够让一个人完全变成另一个人。

我根据她提供的信息，找到了那个冒充者现在居住的另一处出租屋，我不知道他为什么要从一个出租屋搬迁到另一个出租屋，唯一能够让我作出一点儿判断的就是前后两处出租屋大小和质量有所差别，这地方比那地方更小更简陋。看起来他的经济状况也不怎么样，恐怕每个月的还贷压力很大吧。这也是我很快将要面临的难题哦。

所以一看到这样的出租屋，我立刻联想到了我自己的生活。在胡思乱想中我敲开了这间出租屋的门，开门的是一个孕妇，肚子和我老婆的肚子差不多大，看到她的一瞬间我真吓了一跳，以为她就是我老婆呢。本来嘛，同样的出租屋里的孕妇，能有多大的差别呢。

本来我肯定是气势汹汹的样子，但一看到这样的屋子，屋子里这样的人，我的气势顿时瘪了下去，我能够对着一个和我老婆一样的住出租房屋的孕妇大吼大叫或者横加指责吗？

我平息了一下积累在心头的愤怒，尽量用和缓的口气询问她老公在哪里，我不跟孕妇说话，我要找的是她老公，那个冒我的名字买房的人。可孕妇告诉我，他们虽然在一起几年了，她肚子也那么大了，但从法律的意义上说，他还不是她老公，他们还没有领证。我心里"嘻哈"了一下，真是和我的遭遇越来越像哦。由此我又联想到，在这座城市之中，在许许多多的城市之中，在苍穹之下，还有多少和我们的日子相差无几的男女呢。

但无论如何，我还是得找到冒名者，要他还我名来，还我购买第一套房的优惠权。我不能因为他们没有领证就放弃我的寻找，我再问了一遍，你老公现在在哪里？孕妇倒也很坦白，告诉我她老公回老家补办身份证去了。

我感觉到事情正在渐渐地浮出水面，又出来了一个身份证，这是好事，只要能和身份证联系上，我相信离我的目的会越来越近。我赶紧抓住她的话头，问她老公叫什么名字，她说她老公叫吴中奇。

我觉得很荒唐，荒唐得让我笑出了声。可是任我怎么笑，她也不觉得奇怪，只是很平静地看着我，我拿出我的身份证递过去想让她确认一下，可她并不接，她根本不要看。我只得说，他是冒名的，他不是吴中奇，我才是真正的吴中奇，他拣了我丢失的身份证，他就做起了吴中奇，但他是假的。那孕妇说，他不是拣的，他是买的。我嘲讽地说，买身份证，这都是新闻上才能看到的新闻，你们居然就是新闻。孕妇并不计较我的态度，她很淡定，继续告诉我说，他老公的身份证丢失了，原本打算要回老家补办的，但时间来不及了，只好先去办一张假的，然后等有时间回去补办真的身份证，等到补办好了真的证，那假的也就自然作废弃了。我奇怪说，那他真的就办了一张名叫吴中奇的假身份证，怎么这么巧，恰好就是我的名字。孕妇说，这么巧是不可能的，他们办假证的人手头有一大堆真的身份证，有的是拣来的，有的是收购来的，不知道有没有偷来的，或者是别人偷来卖给他们的，反正里边有一张你丢失的身份证，卖给了我老公，所以他暂时只能叫吴中奇了。她见我发愣，又给我补充说明，其实我老公当时也怀疑过的，用别人丢失的身份证，万一被丢身份证的人发现了怎么办。人家笑话他说，你看看这身份证上的地址，离我们这儿多远，八竿子都打不着，你想碰上都没有一点儿可能性。

我说，你老公不长脑子吗？他不想想，那么远的身份证，怎么会丢在这里。

丢在这里，只能说明我离得并不远。她说，他哪有想那么多，那时候急着买房，也不管不顾了。虽然她很坦白，说得也很对路，但我还是觉得有疑，因为我的身份证丢失以后，我立刻去补办了新的身份证。原则上说，在我补办了新身份证的同时，我丢失的那个身份证就已经作废，可是他们居然用的作了废的身份证顺利地买了房。我表示怀疑说，你们竟然用一张已经失效的身份证买房，卖房子的人怎么这么随意，不仅没有核对本人和身份证的信息，甚至都没有上网核查。这孕妇说，核对什么呀，他们只核对钱，别的一概马马虎虎。说实在的，买房时我们也有点担心的，照片上的你，毕竟和我老公不太像，但他们连看都没看一眼，就跟我们签合同收定金了。

　　这种事情也稀松平常，别说售楼处，就算是银行，也经常有人用捡来或偷来的身份证开户，然后透支，然后银行找到身份证的主人，然后主人说，我冤枉呀。银行可不管你冤不冤枉，要你还钱，然后就是打官司上法院了。那可是没完没了的战争，一直到搞到你筋疲力尽。

　　现在我也轮上一件这样的事，我可不想追究，我实在没有那功夫，我要工作赚钱，我要照顾怀孕的老婆，我要为即将出世的宝宝作准备。最重要的，我还要买房子，我哪里有一点儿空闲的时间去跟他们纠缠真假身份证的事情。我只希望这个冒充者早点补办好他自己的身份证返回来，然后我们去过户，把我的名字还给我就行了。

　　这孕妇见我着急，安慰我说，别急别急，很快的，一两天就能回来了。她态度好，我却好不起来。我来气地说，现在房子多的是，你们就那么着急买房子，急到都不能用自己的名字买房？什么事那么急呀？那孕妇奇怪地朝我看看，说，你是明知故意问吧，我怀上了呀，是做人流手术，还是生下来，取决于房子。他要孩子，当然就要立刻买房子，哪怕先借用别人的名字。

　　苍天，怎么跟我的事情越来越像，我心头竟滋生出一些恐惧，下意识地朝她看看，我是不是该怀疑她是我老婆扮演的一个人？

　　孕妇看起来一点儿也不想瞒着我什么，她又主动告诉了我一些情况，但是我对他们的气仍然郁积着，我也顾不得她身怀六甲，恐吓她说，你们不怕我真的把房子卖掉。孕妇说，怎么不怕，就是因为看到你在QQ群上留的言，我老公才会在这时候赶回去补办身份证。我就要生了，也许他还没回来，孩子就生下来了。

我实在无言以对。

现在唯一可以指望的就是冒充者从老家带回他自己的真实的身份。

其实，在焦虑之余，我倒是很想见一见这个假我。

可是我一直没有见到他。

他没有再出现，他失踪了。但不管怎么说，他还算是个负责任的人，他把办好的真的身份证寄给了他老婆，还委托了他的堂弟，冒充他去帮嫂子办过户，但他自己从此没有再出现，他说他自己失踪了，房子留给老婆。可那孕妇哭着说，留给我有什么用，我用什么来还房贷啊。

我忽然吓了一大跳，我知道他们的房产证上，是用的他们两个人的名字，呵不，不是他们两个人，是我们两个人，是我和这个不是我老婆的孕妇的名字。

既然名字是我的，搞不好银行会来向我收贷款，我赶紧催着她去办过户，她自知理亏，答应我约到堂弟就去。

我吊心提胆地等了一天，还好，那个冒充者的堂弟也讲义气，就和我们一起去办过户了。当然，如果我不去，他们一定还能再找到一个人去冒充我的。

那天在办理大厅，我注意观察了一下那个堂弟的神色，发现他一点儿也不慌张，谈笑风生的。

出来的时候我问他，你冒充你堂哥，倒蛮镇定的嘛。你是不是经常做这样的事情。那堂弟说，现在有谁来注意你的真假，一手交钱，一手交货，干脆利索。何况，他毕竟是我堂哥，我们毕竟还是有点像的，即使是完全不像的两个人，只要有证件，都能办成事情，甚至哪怕证件也是假的，假人加假证件也一样办成事。

他说得一点儿也不错，这正是我所经历的。

那天我回到家，老婆告诉我，房贷利率又提高了，她已经算了一下，买房以后，每个月我们两个不吃不喝，刚够还款。我以为她的意思是别买房了，就顺着她的意思说，是呀，除非我们能够做到不吃不喝，我们就买房。哪知我老婆教训我说，吃喝重要还买房重要啊？

那一瞬间，我简直怀疑那个失踪了的人就是我自己。

他怎么不是我呢，我们的经历几乎是一模一样，我们的名字也是一样的。

他失踪了，我难道没有失踪么？

有些事情很难说哦。说不定真的就有两个我呢。

那个我，冒了我的名，害我忙了一大通才做回我自己。不过我还是觉得挺同情那个我的，这家伙忙了半天，结果什么也没留下。

可我哪里有资格同情别的人，哪怕那是另一个我，我都没有能力去关心他，我还是可怜可怜我这个我吧。

现在，几经周折，总算将那套房子换了名字，现在好了，我的名下没有房子了，我又恢复了购买第一套房的资格，我喜滋滋地去买房了。

到了售楼处，我被告知，刚刚颁布了新的条例，单身不能在本地买房，除了要有本地本单位的证明，最重要的是要结婚证。我说，我还没结婚呢。他们说，那你先结婚嘛。我说，没有房不肯结婚呀。他们说，不结婚不能买房呀。

我真急了，说，怎么说变就变呢。他们说，所以说这东西像月亮嘛，每天一个样嘛。我说，你们这是存心不让我们买房呀。我这样一说，他们委屈大了，差一点儿要哭了，说，我们也没办法，我们也不想这样，我们恨不得什么条例也没有，我们恨不得什么条件也不讲，人人都能买房。但是现在在风头上，抓得紧，谁违反谁吃不了兜着走。

我原来以为我碰到的事情够沮丧，结果发现他们比我更沮丧。他们一边沮丧一边还劝我说，要不这样，你再等一等，虽然新规定很强硬，但过一阵，风头过去了，就会松软多了。

我想我老婆这回该死心了，不会再出夭蛾子了吧。哪料想我老婆要买房的意志无比坚强，说，那就先领证。

我心里窃笑，她这可是自打耳光，早答应了先领证，也就没那么多麻烦了嘛。虽然我对我老婆言听计从，只不过有些事情并不是她说怎么就能怎么的。就说这领证吧，规定必须在一方的户口所在地办证，我和我老婆的户口都在老家，我们得回一趟老家才行。

回一趟老家可不得了，别说数千里路迢迢，要转几趟车，我老婆又大着肚子，我单位还不给这么长时间的假，更重要的是，我们现在要买房了，恨不得把牙缝都塞上，哪有闲钱回老家呀。

我们求助于老家的村长，村长很热情也很负责任，替我们打听了，说规定是不允许的，一定要本人到场，但他有办法，我们只需要将标准照片寄给他，再打一点儿费用过去，他找两个假人冒我们去登记，为保万无一失，他会陪他们到登记处去，万一情况不妙，他还可以出面找人打招呼。总之，让我们尽管放心。

我们把照片和钱都寄过去了，果然很快，大红的结婚证就寄来了。

现在我们终于可以买房了，我们有身份证、有结婚证、有钱，还愁买不到房吗？

真的还是买不到房，因为我们被查出来，结婚证是假的。我被村长糊弄了，我打电话去责问村长，村长开始还抵赖，指天发誓那证绝对是真的，又说，是不是乡下的证和城里的证不一样，又说，你们在城里过日子干什么都要有证，也忒麻烦人了，等等等等，反正是死活不承认我那结婚证是假的。

他不肯坦白，我也有办法对付他，我查了县民政局的电话，问结婚登记处，一问就问出来了。村长这回没话说了，坦白了，说，我是带了两个人去的，长得和你们很像的，我好不容易才物色到的，可还是被发现了。现在这些狗日的，眼睛凶呢，我不好向你交代了。你不是急等着用么，我到登记处外面街上，就有人招揽生意，说可以办一张假的，我看收钱也公道，就办了。

我简直目瞪口呆，村长还继续为自己的行为辩解，说，我真以为你们看不出来的，不知你们是怎么看出来的，我还拿来和我儿子的结婚证比照了一下，真是一模一样的，看不出来的呀。

我说，看得出看不出那都是假的。村长"嘿"了一声，还亲切地喊了我小名，说，狗蛋啊，你从小可不是个计较的人，你念了大学，在城里做事了，反而变得计较了，其实人还是马虎点，活着自在。我说，也不能马虎到用一张假证来骗人呀。村长说，哎哟，什么证呀，不就是一张纸么，有什么真的假的，现在假夫妻比假结婚证多得多了，也没人管。

虽然我气村长的这种行为，但村长的话倒也给了我一些启发，我跟售楼处说，虽然证是假的，但我们两个人是真的，我们都有身份证，你们也查过了，身份证是真的，何况，我老婆肚子都这么大了，肚子里的孩子不能是假的吧。他们说，身份证和你老婆大肚子都是真的，但是你们用假结婚证骗人是不对的。我强词夺理说，也不能说我们的结婚证就是假的，你看，这照片是我们吧，这名字也是我们吧,这年龄等等都是我们。也就是说,内容是真的,形式是假的,我们两个是真的要结婚,在乎一张纸干什么呢?售楼处显然很想卖房子,他们去请示了上级,但是上级不同意,说不能因为出售一套房子犯了规矩,查出来要被罚款的。

我们再一次被打了回来。房子再一次离我们远去。

我已经殚精竭虑了,但我老婆斗志昂扬。我老婆说,不行,我们还是得回去领证。

我老婆说这话的时候,阵痛已经开始了。

就在这天晚上,我老婆生下一对双胞胎,我给他们取名:吴一真,吴一假。

他们两个长得太像了,简直一模一样,我一直都分辨不出到底哪个是真,哪个是假。

名字游戏

　　我同学大学毕业后，干什么的都有，但是干送水工的不多。其实他们不知道，干这一行虽然辛苦，还没面子，但挣钱还说得过去。比起他们在小广告公司看小老板的脸色，或者在写字楼里打临工，有一着没一着的；也或者，去推销保险，被看成是上门要饭的，想要跑成一单，不知要咽下多少辛酸，这样一比，我还是有点自我安慰。送水虽然社会地位低下，身份低等，但我一般不需要求人，不用看人脸色，我送水上门的那些人家都文明礼貌，对送水工很客气的，都说谢谢，还有更热情的，会拿根烟给我抽，可惜我不抽烟，偶尔他们还随手拿一个水果给我，一般我也不大吃水果，但是水果我会拿着的，拒绝香烟是有理由的，但拒绝水果会让他们觉得我这个人不好说话，对我的信任就会打折扣。我会把水果带回店里，给我同事吃。我同事里什么人都有。

　　用户懂礼貌，我也懂礼貌。我自带着鞋套，免得踩脏了人家的地板。我还自带一块干净的抹布，万一送水时不小心把人家家里弄湿了，我往下一蹲，手一伸，就替他们擦干净了。如果我发现他们的饮水机长时间没洗了，我也会主动提出来替他们清理一下。他们又说谢谢。

　　当然，客气归客气，我们之间很少交流，偶尔会说上一两句话，无非就是来了啦、麻烦啦、慢走啊之类，我基本上不用回答，只要微笑一下就行了。

　　他们一般都不会问我的名字。

　　我也不需要他们问我的名字，我的名字跟他们没有关系，跟我的工作也没有关系，我按一下他们的门铃，他们会在里边说，送水的来了。等我走的时候，他们也会自己说，送水的走了。

人的名字本来只是一个符号而已，用送水的、抄表的、搬运的、扫地的，等等这样的符号来表达，更有实际意义，让人一目了然地知道这个人是干什么的。很明显，在现代这个社会，一个人是干什么的，比这个人的名字要管用得多、也重要得多。

所以，在送水工和用户之间，根本就不需要有人的名字，我和他们之间的这种关系，简单明了，干净清爽。

这个我想得通。我没有意见。我生活的这个城市很大，人很多，名字更多，何况现在有的人可不止只有一字名字。真名、假名、化名、网名、小名、曾用名，什么什么什么名，到处都是。

不应该有人在乎我的名字，这是一个再正常不过的事情。

当然人和人也不是完全一样的，也有人曾经问过我的姓，我说我姓王，她笑着说，好的好的，我记住了，小王。可下次去的时候，她记错了，喊了我小张。我纠正了一下，说，我是小王。她又笑了，说，哎呀呀，你看我这记性。她的记性真的很差，我再去一次的时候，她又再次给我换了个姓，喊我小李。我也不再纠正她了。随喊她我小什么我都答应。

我并不是有意要捉弄她，我只是觉得没有必要，因为姓什么叫什么和送水实在没有什么关系，我姓什么叫什么都可以，我姓什么叫什么人家都能接受。

我觉得这样也挺好，所以后来在漫长的送水的日子里，如果再有人问我姓名，我都会随口说一个，赵钱孙李周吴郑王任我选。不过我并不是那种急智型的人才，我随口编个姓还可以，但要我随口编名字，我会打咯噔的，一打咯噔，人家岂不怀疑我，难道连自己的名字还不能随口说出来？我就想了个主意，将自己同学的名字报给他们，因为同学的名字最好记了，个个都在嘴边，张嘴就出来。

有一回我还失口将我暗恋过的一个女同学的名字报了出来，报出来以后，我以人家会奇怪或者会怀疑，怎么一个男人取了个女生的名字，可是人家听了，一点儿反应也没有。

我才知道，人家并不在乎我的名字，只是礼节性的随口一问而已，我大可不必为名字犯愁。

就这样，我有好些同学的名字都被我报给了别人，你们大概会觉得我这个人心理有问题，自己干了这一行，希望我的同学也都和我一样沦落风尘，这样想的话，你们就误解我了。首先，我从来没有瞧不起自己的行业；第二，我也不是个心胸褊狭的人，我只是不在乎人的名字而已，无论是我的名字，还是我同学的名字，我都觉得无所谓。

一方面，我在现实生活中，几乎不用名字，最多也只是"小王"，但同时，我又像在虚拟的网络世界一样，爱用什么名字就用什么名字，爽啊。

我干送水工虽然辛苦，但却如鱼得水，自由自在，只是有一回有点尴尬。我送水到一家人家，恰好碰见我的大学同学，他见我扛着水桶进去，吓了一大跳，大叫了一声我的名字，然后说，怎么会是你？又跟他家长介绍说，这是我同学。他的家长更是惊异，问说，真是你同学吗？是你大学同学吗？我同学马上为我打掩护说，我记得你表哥是送水的，你是临时顶替他的吧。

我挺感激他。但其实他完全没有必要这样在意。可他真的很在意，竟然还把我当送水工的事情告诉了其他同学。我们在QQ群里聊起这个话题，我向同学们报告了我的收入，引发了他们的感叹，纷纷发表。有一个人说，真是原子弹不如茶叶蛋，这话是我父亲上大学的时候听说的，想不到今天还是有这样的事情。另一个说，我也要当送水工。大家又纷纷赞同。

其实除了我，没有同学会当送水工的。

过了一阵子，却有个人来找我了，他是我大学同学的高中同学，他通过我的大学同学知道了我的情况，就来找我了，他想当送水工。

想当送水工其实非常方便，现在招送水工的公司很多，条件也比以前好多了，有的公司规模一点儿，还给底薪，再计件。像我们公司就是这样，属于旱涝保收型的。当然，没有底薪的公司也有他的好处，他的计件工资高，如果有人力气大，腿脚快，一天快跑多送，收入也是可观的。据说有个极品，一天爬了六百层楼，送了一百一十桶水。不过这也只是听说而已，我没有见过。我们公司也没有这样的人。

来找我的这个人，他说他叫陈新洪，或者是陈兴宏，也或者是陈星鸿，我只是随意地听了一下，没有细问，反正一样，叫他小陈也可以。我跟他说，小陈，现在送水工这工作不难找，有没有我介绍你都能干上这一行。小陈说，他是听了他同学的介绍后，专门来找我的，他早就想当送水工，但因为自己是高中生，当送水工有点难为情，听说有个大学生也当送水工，他就拿我当他的精神支柱，向我学习，放下架子，来了。

我不怎么相信他的话，但也没觉得有什么大的不妥。这事情本来很简单，公司正需要人手，我一牵线小陈就加入进来干上了。前一阵江里漂满了死猪，桶装水的生意愈发地好起来，老板饥不择食，只要是个活人，他都可以吸收进来送水。不知道人们有没有想一想，桶装水的源头其实也在江里啊。

小陈和我成了同事，但是我们接触并不多，平时也没有什么来往，每天早晨上班的时候，我们一般会在店里见个面，然后就各奔东西去了。我们没有统一的下班时间，所以一般不会在下班时候碰上。只有一回，我老板忽然问我说，新来的那个，就是你介绍的那个，叫什么名字？我愣了一下，说，小陈吧，他姓陈。我以为老板会对我不满，介绍个人，连名字都说不周全。其实老板才没时间不满，他"嗯哼"了一声就走开了。

虽然老板没别的意思，但我却是个心思缜密的人，心想这回问了没答出来，如果下回再问又答不出来，这可不是好表现。虽然这事情看起来和送水没有关系，但和一个人的责任心有关系，既然和责任心有关系，和送水也就多少会有点关系。

所以下次我看到小陈的时候，我问他叫陈什么，小陈告诉我叫陈什么。我就记下了，等着老板下次再问。老板却一直没再问。

过了些时，我们大学同学聚会，我无意中和介绍小陈来的那同学说起小陈，那同学似乎有些吃惊，说，小陈？哪个小陈？我说，你怎么会不知道小陈，他不就是你介绍来的吗？他又愣了半天，自己嘀咕说，小陈，小陈，哪个小陈？不会是那个小陈吧？我倒被他搞糊涂了，说，你说什么呢，什么那个小陈，这个小陈，难道还有几个小陈？那同学脸色就不对了，说，小陈只有一个，但他早已经不在了呀。

我并不太吃惊，想必是哪里搞错了，或者我同学曾经有几个同学都姓陈，他是把姓陈的同学和姓陈的同学搞混了，其实是那个姓陈的同学走了，他却以为是这个姓陈的同学。也或者，小陈并不是我同学的高中同学，他只是在什么偶然的机会听到我同学说我的情况就找来了，他只是想通过我能够更方便的找一个工作而已，这都是可以理解的。当然也还会有许多未知数，有许多种的可能。比如，会不会我同学的姓陈的同学确实去世了，而现在我的这个同事小陈，是冒了那个死去的小陈的名来的？

我起先确实并不吃惊，但想到这儿，我觉得还是需要谨慎一点儿的，如果真是冒名，他为什么要冒名呢，难道他自己没有名字？这不可能。那唯一的可能就是，他自己的名字不能让人知道，他要借用别人的名字。

一个人的名字不能让人知道，这意味着什么呢？

我得认真对待这件事情了，因为小陈是我介绍到公司的，我是有责任的。虽然送水工和公司的关系是比较松散的，但是一旦出了什么事，再松散的关系也是摆脱不了关系的。

我问我同学，他的同学小陈长什么样，脾气性格怎么样，我同学想了半天，也不能准确形容出来，他用了几个词，都是相互矛盾的，比如他说小陈精干，又说有时候淡漠，最后还说小陈善解人意。我听了半天，也听不出个所以然来，把我同学对于小陈的形容拼凑起来，是无论如何也拼凑不出我的同事小陈的模样。

过了片刻，我同学又出一主意，问我，你有小陈的照片吗？有照片我一看就知道他是不是小陈了。

他这是想哪里去了，我怎么会有小陈的照片。

我们两个都没辙了。

我和我同学都无法证实我们俩说的小陈是不是同一个人。如果是同一个人，那就是我见鬼了。如果不是同一个人，那这个小陈是谁呢。

别的同学看我们俩聊得投入，说，没看出来啊，原来你们关系这么好，大学四年，也没见你们说过这么多的话。我们的谈话就被他们打断了，只好跟到他们感兴趣的话题中，无非就是谁谁谁和谁谁谁当初那么好，最后却没成一对，可惜了；谁谁谁和谁谁谁当时在班上互相瞧不上，还互相攻击，最后反倒走到一起了，意外啊；又坦白出很多鲜为人知的暗恋故事和多角恋故事。但是在这个过程中，他们发生了很大的争执，主要就是人与人对不上号，有人说张同学和李同学在校时好得十分招摇，但另外一个偏说不是，说好得人人知晓的是张同学和赵同学。又比如，有人说早就看出钱同学和吴同学暗送秋波、暗度陈仓，又有人反对这个说法，说暗度陈仓的明明是吴同学和周同学，我听他们这么争来争去，纠缠不清，就用心地想了想这些同学，同学的面孔倒是一张一张清清楚楚地在我眼前浮来浮去，当我试图把他们的名字和面孔对上号的时候，我发现我也已经有些力不从心了。

这不能怪我记性不好，主要是因为我和我那同学，我们的心思一直还在小陈那里。

你们想想，这难道不是一件事情吗？一个人死了，却又出现了，或者说，有一个人顶替死人在活着，这事情说起来怪瘆人的，何况这事情和我们两个都有密切的关系，我们无法把这个事情当成无事一样。

最后我同学和我约定，过一两天，他会来我们公司看看，看看我说的那个小陈到底是谁。我提醒他，要看人得一大早就来，我们六点半到店，七点前必定就出发了，赶在一些用户上班前把水送到他们家去。这一出发了，这一天就不知道什么时候再能见到。我同学说，你放心，我习惯早起的。向我要了我水站的地址，并且记下我的店里的电话，以保万无一失。

可惜的是，后来我一等再等，他一直没来。

本来这事情很简单，只要他一来，小陈的死活、小陈的真假立刻就确定了，我就没心思了，可现在他不来，就该我上心思了。

我不想让公司的任何人知道这件事。因为我一旦公开了这个怀疑，即便最后把小陈的身份搞清楚了，或者就算最后把小陈赶走了，老板也会责怪我荐人不慎的。所以我得把这个事情不为人知地处理干净。

我也不便直接找小陈去对质。如果他是假的，他一定是有准备的，随时准备着有人怀疑他、质问他，他一定早就有应对的方案，甚至烂熟于胸了。甚至我还想，他在来我们公司干送水工之前，不定有多少回这样的怀疑和询问呢，他一定是对答如流了。

再如果，他真的有什么大问题，我点了他，就等于提醒了他，他也许就赶紧逃离，那倒也好，省却了我的麻烦。但万一他不逃走，反而想到要灭口，那我就惨了，无缘无故送掉一条命，那多不值。

我既急于想弄清楚小陈的真相，又不能打草惊蛇，还想着要保护自己，所以我不能马虎，我先设计了一个方案，要迂回曲折地实施。

我计划的第一步，先看看他的身份证。至于我怎么不为他所觉察地看到他的身份证，我也已经想好了对策。

这一天，我比平时更早一点儿来到店里，打算守候小陈。我到店门口的时候，还没有发现今天和平时有什么不一样，进了店一看，才发现问题了，不仅我们老板亲自坐在店里，还多出两个陌生人，老板脸色不好看，陌生人的脸色也不好看，我就知道出事了。

我老板指着我对那两个人说，他就是王天明。老板没说错我的名字。虽然我可以对用户乱报名字，但我一定是有真名实姓的，只是我有很长时间没有听到人喊我大名了。在这么漫长的日子里，有些人喊我小王，更多的人根本不用喊我的姓名，"喂"一下，或者"哎"一下就行了。所以乍一听到"王天明"三字，我还稍稍愣了一下，而后才想起来那就是我。

虽然他们没穿警服，但是我猜测他们是警察，是来查案的。查案就查案罢，我虽然是王天明，但我不用心慌，我又没犯案。我只是觉得老板说的"他就是王天明"有些刺耳，因为这个句式暴露了他们不是随便来找人聊聊的，他们找的就是我，他们是冲我来的。

我抢先表态说，警察同志，有问题你们尽管问。我老板瞪了我一眼，批评我说，小王，你没事找事，还真希望有警察来找你麻烦啊？我才知道我猜错了，他们不是警察，是公司总部的老板。

我们公司叫作某某某某商贸有限公司，诚信等级是五颗星，公司人员众多，下设诸多水站。这"诸多"到底是多少，我也不清楚，跟我无关，我只知道我老板就是我们水站的老板，虽然我尊他为老板，其实他只是个小站长而已。现在坐我面前的两个人，那才是真老板，不说别的，单说他们的气质扮相，也是和我老板有差别的。

虽然我老板已经报了我的名字，但总部的一个老板还是重复问了我一遍，你叫王天明？我点头称是。另一个老板说，把你的身份证拿出来我们看看。

这算是报应吧，我本来是想着来查看小陈身份证的，结果他们要看我的身份证。

我的身份证一点儿问题也没有。我也是有经验的人，我出门时永远随身带着身份证。干我们这种活的人，很容易被人怀疑上什么，有时候拿个身份证出来，还真管点用。尽管现在假身份证也很多，但毕竟没有比用身份证查人更直接和简便的方法了。

他们仔细地检查了我的身份证，他们当然看不起出这是假身份证，因为它就是真的。

看过我的身份证后，他们向我提了几个问题：第一，你这个名字是从小就取的，还是后来改名的；第二，你一共用过几个名字；第三，你有没有碰到过和你同名同姓的人。

他们虽然不是警察，但他们做的事情和警察差不多，甚至一点儿也不比警察差，所提问题逻辑性强，思路缜密，层层递进。只可惜，我的回答不能让他们满意。本来我就不应该对他们有什么帮助，我肯定不是他们要找的人，他们从我这儿得不到什么的，不是我不肯给他们，而是我没有什么可给他们的。

他们才不这么想，他们不会轻易放过我的，他们得准备新的问题，调整思路再来侦察我。

我有点着急了，我工作是底薪加计件的，我问老板，今天误工算谁的。老板生气地说，你把总部都惊动了，对我水站信誉影响很不好，我还没找你算账呢，你倒跟我计较起来了。我听了老板的话，觉得倍有道理，又觉得毫无道理，总部的老板又不是我找他们来的，是他们来找我的，如果我真犯了事，他们找我也是合理的，但我没有犯事，他们来找我，耽误我的事情，一切损失还要我一人承担，这算什么呢。

我虽然没有顶撞我老板，我老板却对我不客气，又说我，天下那么多的名字你不取，你偏偏取这么个名字。我说老板你错了，我的名字是我爹妈取的。老板说，那我就怨你爹妈，取名就得动动脑筋，取一个特殊一点儿，不会跟人重名的，你爹你妈好懒，偏偏要取这么个名字，跟别人一样。

我正奇怪老板的话是什么意思，他们制止了老板，因为第二轮的侦询题目已经出来了，仍然是三个：第一，三天前的下午两点，你有没有进入皇冠花园小区；第二，江一红这个人你认不认得；第三，如果你否认第一和第二个问题，那么，有没有人能够为你证明三天前的下午两点，你在哪里。

我当然否认第一和第二个问题，皇冠花园小区不属于我们水站送水区域，我的送水范围再大，也大不到那里去；至于江一红，名字倒蛮喜庆的，她要是我的女朋友，我一定会承认的，可惜不是。

至于下午两点，这也不难，我找出当天的送水清单，大致上回想一下，就知道了，那时候，我正在绿园小区送水。

我以为他们又会不高兴，因为我仍然说不出他们希望的答案来，可结果却出乎我的意料，他们相视一看后，朝我点了点头，似乎我说到他们心坎上去了。

原来，关于我的三天前那个下午的行动，他们早已经掌握在手，就看我说的对得上对不上。现在当然是对上了，下午两点左右，我确定是在绿园小区送水，那户人家姓许，是一对中年夫妇，如果这个还不能算证明，我想绿园小区应该是有摄像头的。

现在我有点不乐意了，我说，老板，容我发表一下愚见行吗？既然你们早就掌握了我的行动，能够证明我三天前的下午两点不在皇冠花园小区，你们为什么还要来找我呢？这说明你们还是怀疑我的，也说明你们的怀疑是完全没有根据的。

你们别以为他们就此相信了我，只是因为他们暂时抓不住我的任何把柄，所以他们才会以退为进。他们会退到哪里去呢，当然是去找另一个王天明。只是不知道在我们这个地方，送水的王天明到底有几个。

他们临走时还不忘教育我一番，盼咐我以后不要乱说自己叫什么，每个人都有自己的名字，一个人的名字代表一个人的人生，代表一个人的身份，甚至代表一个人的尊严，名字是一个人的标志，名字是受法律保护的，等等等等。

我虽然听不太懂他们的教育是什么意思，但我首先不能赞同他们的说法。我反对说，有些人的名字确实能够代表身份、代表尊严等等，但有另一些人，他们的名字什么也不能代表。比如我，自打当了送水工，就根本没有人来关心我的名字，如果不是因为出了事情，你们会对我的名字有兴趣吗？

总部的老板觉得被我问住了，他们跌了下风，其中一个有点不服，还想和我理论；另一个说，算了算了，你说不过他，人家是大学生呢。

那个不服的，本来已经往前走了，听到这话，忽然又停下了，回过头来警觉地问，你大学生为什么干送水工？我现在不怕他了，我没好气地说，我不干送水工，你能让我干总经理吗？

他们走了以后，我胆子更大了，胡乱发泄一通，说他们乱怀疑人，侮辱我的人格，什么什么。我老板说，他们对你还算客气的呢，没有报警把你叫去，还亲自上门来找你，还客客气气地问你。我有个朋友，和一个贩毒的重名，被叫到派出所无数次，告诉他们不是了，他们也查清楚不是了，但下次毒贩犯了案，又把他叫去，甚至其他毒贩犯了事，也要把他叫去，你看看，就是重了个名，多倒霉。我说，是够倒霉的，哪个狗日的，也叫个王天明。我这话一出来，大伙乐了，跟着我的口气说，哪个狗日的，也叫个王天明。我抱怨说，明明知道我不是王天明，呵不，明明知道我不是他们要找的王天明，还来找我麻烦。我老板说，你以为人家找你是抽签抽的啊，抽到谁是谁啊？我气恼地说，我看像是抽签的，我中彩了。老板骂说，喷你个粪，你也不想想，既然他们知道不是你，为什么还会怀疑你。这我还真想不出来。老板说，他们并不是一下子就来找你的，他们已经对你做了大量的外围调查工作。这可把我惊出了一身冷汗，原来他们已经了解了我更多的情况，说不定比我自己还更了解我自己。但冷汗过后，我又觉得大可不必，我又没有见不得人的事情，连和女朋友接吻都没有，因为我没有女朋友，他们做我的外围，爱做就做罢，他们只会做出一个比纯净水还纯净的我来。

我老板向来饶舌，又告诉我说，比如吧，他们带着你的照片，去了你长期定点送水的几户人家叫他们认。我放心地说，那有什么，什么也没有，我又没有偷过他们东西，我更没有杀人，他们肯定都说我好话。老板哼一声说，好话倒是有不少，可惜对不上号。我不知道什么叫对不上号。老板说，你的名字对不上号罢，有的人家说你叫这个名字，有的人家说你叫那个名字，你说，换了谁，谁不怀疑，换了我，我也会怀疑的。听说还有一个妇女，特别觉得你可疑，因为她问过你三次姓什么，你说了三个不同的姓，有没有这回事？

是有这回事的，原来那个妇女是假装记性不好，她干什么要假装呢，我真吃不透他们。

老板又说，不仅到客户那里调查，在我们水站也都问过了，他们好多人居然不知道你叫王什么，只知道你叫小王，你说你是不是令人怀疑。

摊上这样的同事，我也只能自认倒霉。我跟老板说，老板，以后我在我额头上和我背心上都写上我的名字，让人一目了然。你现在能不能告诉我，我到底在哪里惹上总部了。

老板这才告诉我，一个叫王天明的送水工，可能顺走了皇冠花园用户江一红的钥匙，还好那个用户没有报警，只是投诉到总部，总部就查到你了罢，你是叫王天明吧。

我说，我是叫王天明，可是有铁一般的事情可以证明，那个时间，我在别的地方。老板说，所以嘛，他们知道不是你，就走了嘛。

至于江什么红的钥匙，没了就没了，钥匙没了也不能说明什么。第一，还不能确定就是送水工拿的；第二，就算是送水工拿的，他也没有用钥匙干什么坏事，或者也许他是想干的，但毕竟没有干成，或者还没来得及干，总之是什么也没有发生，所以那姓江的换了锁，事情也就过去了。

我同事对这事情有新鲜感，因为刚才轮不到他们说话，现在他们也不急着去送水赚钱了，好像我的名字比那个更重要。我同事说，小王，你是叫王天明吗，我们怎么不记得你叫王天明。我来气说，你们有问过我叫王什么吗？你们喊我小王就足够了。

我同事都承认我说得对，所以他们说，既然你喜欢自己的名字，我们以后都不喊你小王，喊你王天明就是了，这又不难。

我才不会把他们的话当人话，我不认为他们有这么好的记性，他们才不会记得我叫王天明，就像我不记得他们的名字一样，彼此彼此，我们互不计较。

果然，他们很快就失去了对我的名字的兴趣，四散送水去了。我却还坐着发一会儿呆，因为王天明钥匙事件，我和我自己较上劲了，我甚至怀疑起自己来，难道顺走人家钥匙的那个人真的是我吗？

或者，难道真有那么巧，有一个人，和我一样的名字，而且也是个送水工。

或者有人冒用了我的名字。

可人家为什么要冒用我的名字呢，我又不是什么人物。

正在我疑惑不解的时候，小陈进店来了，他今天上班来迟了，没有赶上盘问我的现场。

接电话的大姐转告他，有个用户来电说饮水机脏了，请他送水时带点消毒液帮忙清洗一下。我说，小陈，你刚来不久就能兼带做清洁工了啊。大姐听我一说，有点奇怪，摘下近视眼镜，朝小陈看了看，又戴上眼镜重新再看看，疑惑说，你是小陈啊？我一直以为你是小王呢，我新配的这副眼镜有问题，看人都走样。我说，我才是小王。大姐又摘掉眼镜朝我看看，说，嘿嘿，我这眼睛，长着也没什么用，还真分辨不出来。

大姐的话让我想起我还有一个对付小陈的分辨计划呢，只不过这时候我改变了原来设定好的慢慢试探的主意，开口就说，小陈，你同学说你已经死了。小陈比我想象得还要镇定，笑了笑说，是呀，有一次我给一个女同学打电话，她一听我自报姓名，尖叫一声就晕过去了。

我没料到他会这么说，我的思想有点堵塞，小陈见我发愣，提醒我说，大哥，我看出来了，你对我的名字有兴趣哦。我立刻否认说，才不，你不过和我一样，一个送水的，有没有名字，有什么样的名字，都无所谓。小陈说，就是嘛，既然你连自己的名字都无所谓，你管我的名字干什么呢？

瞧他那样子，嘴上喊我大哥，可看起来他却像我大哥在教导我呢。我心里不爽，自以为聪明地说，其实也不用那么悲观吧，总有一天，有人会关心我们的名字。小陈说，哪一天呢？我说，等我们死了，死了以后总会吧。小陈说，为什么死了就有人关心我们的名字呢。我说，人死了得安葬呀，安葬要立墓碑，墓碑上得写名字吧。

小陈却不同意我的说法，他说，也不一定哦，你没有见过许多无名氏的墓碑吗？我说，见倒是见过，但那大多是从前的人，比如烈士啦什么的。现在的人，哪还有无名氏墓，小陈仍然不同意，说，就算现在没有无名氏墓，但现在人的名字，真真假假，你真以为墓碑上的都是真名实姓吗？

我说不过他，心里又不爽，我说，这个问题，我们现在探讨还早了些，等我们死了以后再说吧。小陈说，我们不是已经死了吗。

我的手机响了，一看，是我同学发来短信，说找到了小陈的照片，马上发过去让我看一看是不是我的同事送水的小陈。随后他就把照片发给了我。

虽然我对照片上的人是不是眼前这个送水的小陈，已经感觉没那么重要了，但我一看照片，还是晕了。

那竟然是我的照片。

我同学够糊涂，竟然把我和小陈搞混了。

不过也难怪他，我和小陈毕竟都是他的同学嘛。

等我清醒过来的时候，我老板正站在我面前，说，小王，总部来电话了，是那边搞错了，那个人叫王开明，不叫王天明。

那个人登记表格的时候，字写得太潦草，把个"开"字写得像个"天"字，王开明就成了王天明。

据说，他们那边大家一直都喊他王天明，他也不反对，个狗日的，够应付的，险些害我声名狼藉。

我老板还心有余悸地问我，小王，你确实是叫王天明，不叫王开明吧？我说，老板，你把一个人撕成两半，我就是王开明了。

谁在说话

　　高新从总部派往某省的分部，这个决定对大家来说有些突然，因为事先并没有一点儿风声。一般人事变动，在酝酿的过程中，多多少少会有一些信息泄漏出来的，但这一次似乎是谁在有意隐瞒，而且瞒得滴水不漏。

　　因此，大家会对此事想得比较多比较远，似乎暗示着公司在人事问题方面会有新的大的动作了。

　　其实他们是多想了，事情没那么复杂。几个月前的一次会议上，高新和总裁在厕所里遇上了，老大平易近人，问问高新的情况，高新说挺好，又问有什么想法没有，高新其实也没有什么想法，但既然老大关心，自己如果什么也不说，会显得不把老大的关心当关心，高新就随口说，在总部的岗位时间长了，如果有机会，想下去锻炼锻炼。老大当时只是"呵呵"了一声，看起来并没有往心上去。

　　但是其实老大对每一个人的每一种想法，都会牢牢记在心上，所以他了解他们，也所以他是老大而别人不是。

　　等到某省的分部缺一个副总了，拿到会上讨论的时候，老大立刻就想到那个想下去锻炼的人，那就是高新了。

　　所以高新离开总部到基层工作，说起来是派下去的，其实更多是高新自己的临时的想法。幸好这个想法也没有什么大不了的，公司内部的这种上调下派、你来我去的事情平常得很，何况又没有提拔，平调暗升、平调暗降也都没有。

高新所在部门的正职快到年龄了，一旦这个警示摆日程上来，几个副部长之间，无论原先再怎么要好，无论现在再怎么看淡，都没有用了，事情就逼到你面前了，你是不可回避的。即使你自己真的很看淡，别人也会让你看不淡，别人也不相信你会看淡，大家都会想方设法让你心里纠结，让你连做梦的时候都想到这个敏感的问题：谁来接班？

好吧，你就刻意地避开，对这个话题不谈不说，但那些事不关己的同事就会和你开玩笑，说，这么沉得住气，胸有成竹了吧。冤吧。那你就换一种姿态，你主动出击，见人就谈这个事情，以表示自己心里很放松。大家就说，你们看看，肯定已经十有八九了，要不怎么这么兴奋。总之，在这样的时候，在这样的一个阶段，你怎么表现自己无所谓也都是多余的，无人相信你。可同事说话那都是玩笑，你跟他们急也急不得，恼也恼不得，你急了，你恼了，正好说明你心里有鬼，你不急不恼，也说明你心里有鬼。再看看其他几位当事人，但凡听到这个话题，眼神慌张得让人不忍与之对视。人生真的很残酷哦。

所以在这个当口，高新忽然觉得离开一阵也好。靠得太近，胶着太紧，让人觉得透不过气来，后退一步，天地也许会宽一点儿。

这甚至也不算真正意义的调动工作，派下去一阵，又调回来工作，在公司也是常有的事，因为习以为常，大家也不太看重这种变动。但是高新的这次下派，却引起了不同的反响，有人说部长的位置非高新莫属了，现在提拔干部，有没有基层工作经验是很重要的，也有的从反面想，觉得那是为了让别人上岗，故意把高新支开，等等等等，各种说法都有。

最后，高新临走前两天，有几个人起哄要喝一场，结果临到真的要聚了，又因为各人有各人的事情，没凑成。高新心里，多少有一点儿被抛弃的失落感，没想到人情一下子就这么薄了。

现在不管它了。

现在高新已经来到另一个城市，另一个地方了。对于高新来说，这是个陌生的城市，在这个地方他是举目无亲的，孤身一人，暂时没有了纠结，没有了紧张的同事关系，他应该可以深深地呼吸一口新鲜而又自由的空气了。

他确实是呼吸到了不一样的空气，这是一个南方的城市，清爽、滋润，空气中甚至有点甜味。可是此时此刻，高新却没有新鲜自由的甜蜜感，他站在这个城市的火车站的出站处，眼前人山人海，没有一张熟脸，没有一句乡音，那一种被彻底抛弃的失落感再一次油然而生了。

还好，在强烈的陌生感中，他一下子看到了自己的名字。分部来接站的同事不认得他，特意举了一张纸，写着他的名字，使得高新能够在熙熙攘攘的人群中一下子找到自己。

分部的同行对他是很友好的，毕竟是总部派来的，不看僧面看佛面，远来和尚好念经，大家都熟知这一套。更何况，总部对于高新的职务，虽然宣布是分公司的副总，而且也明确了分工，但谁也不敢保证这个上面派来的副总还有没有身兼其他职能，比如监督，比如探察问题，比如准备接班等等。

所以分公司的总经理首先责成行政办要安排好高新的生活，要住得舒适，吃得合适，过得恬适。然后，才是工作。

行政办得令先行，在高新到达之前，已经替他选好了住处。在离分部办公地点不远处，替他租下一幢酒式公寓里一室一厅的套间。这个酒店式公寓，精装修，奢华却又是简洁的，而且出行方便，又闹中取静。大多数的户主，是这城里有点闲钱的中小户人家，买一套酒店公寓用来投资保值，又可以出租赚点房钱抵了贷款。而大多数的住户，则是外来工作的白领，薪水高，住宿要求也高，孤身一人来这城市工作，房间不需要多大，要的是品位和适宜。

高新就是这样的一个典型。高新即将入住的这个套房，也是这样的一个典型。

就这样，高新既不用自己和房屋中介打交道，也不用和房主发生任何联系，一切的事项，连卫生打扫、检查电器之类的杂活，行政办都给办了，而且办妥了。高新今天拎包入住，哪一天如果又调回总部，仍然拎包走人，一切方便。

高新由行政办主任和另一位办事员引导着，进了房间，打量一下，实在是挑不出任何毛病。其实，即使哪里有点儿不足，他也不会说出来，他会自己克服的。但事实上分部行政办的工作真是得力，这房间几乎是完美无缺的，几乎是天衣无缝的。

其实，这幢楼和这套房的高质量，除了高新现在眼睛能够直接看得见的部分，还有一个最重要的特点，现在高新还不得而知，但是他很快就会了解的，那就是它的隔音效果。进了房间，关上门，简直就像进入了一座无人之楼，门外的一切，走廊的动静，电梯的声响，窗外的一切，远处的喇叭，近处的车声，一切的一切，都被隔离得无声无息，无形无影。

当第一个夜晚降临的时候，高新就已经体会到了这个特色。那时候，他收拾停当，躺上床，关掉了电视，平息了片刻之后，他竟然听见了自己的心跳。

这地方，真是万籁寂静啊。

这住处，真是太中人意了。

第二天上班，高新特意到行政办去表示感谢，行政办说，这是应该做的，而且是小事一桩。高新说，小事就能反映出行政办的良好的工作作风啊。行政办的人员受到新来的高总鼓励，都很高兴。有一个人说，哎呀，我买的新房子在高架桥旁边，每天晚上都像地震，整死人了。另一个说，我神经衰弱，有一点儿声音就睡不着，偏偏对面的大楼平台上有一台巨大的锅炉，吵死人，等等等等。总之听了他们的话，高新只会更加觉得自己是幸运的。

高新的睡眠一直挺好，可是来分部工作以后，稍有点波动，这也是可以理解的，刚刚调动工作，心情不是太平静，所以晚上不能像从前那样倒头入睡，得在床上躺一阵子，有时候还会辗转反侧几下子。

这时候高新深深体会到，四周太安静啦，他努力地侧耳倾听，想听出一点儿动静来，哪怕是最细小最轻弱的声音，但始终什么也听不到，一点儿也听不到。高新掏了掏耳朵，他觉得是自己的耳朵出问题了。但是掏耳朵不能证明自己的耳朵有没有问题，他又重新打开电视机，将它的音量调到更小、最小，还是能听见，耳朵没出问题，关了电视，四周又是一片寂静。

就这样，倾听，无声，再倾听，再无声，反反复复中，高新睡着了。

第二天、第三天，以后，一直是这样的重复。

渐渐的，高新有了一个奇怪的习惯，每天晚上入睡前，总是竖起耳朵想听到一点儿什么声音，以此来证明自己的听觉没有出问题，甚至证明自己还是有听觉的。

到后来，高新依稀觉得，自己做梦的时候都在侧耳倾听了。

高新到公司上班闲聊的时候，和同事们随便说起这个话题，他住的地方太安静了，安静得以为自己聋了。行政办的同志听到了，有点不乐，赶紧解释说，从前给别的领导安排住处，都是希望要安静的，没想到高总不喜欢安静。高新也赶紧解释说，不是不喜欢安静，只是觉得四周完全无声无息，不知道自己身在何处了。大家都笑，说高总真是个敏感的人，是当艺术家的材料。也有人提个建议说，高总，你如果觉得太静，不妨试试开着电视睡觉，有许多人都是开着电视睡觉的，有人养成了习惯，关了电视就睡不着。

高新并不赞同这种不科学不健康的生活方法，何况他知道自己想要并不是电视机里这种近近切切的实实在在的声音。

终于有一天，高新听到声音了，那是在他将睡未睡、不知道到底睡没睡着的情况下，朦朦胧胧中听到房间里有人说话，没听得太分明，好像是在说欢迎什么什么。

欢迎？谁欢迎谁呢？怎么会有人在这里说欢迎词呢？高新一下子惊醒了，睁开眼睛，四处漆黑，声音没有了，仔细辨别，到底是梦里还是醒着时听到的声音，却怎么也辨别不出来，他又等了好一会儿，说话声再也没有出现过。

恐怕只能判断是他在梦里听到的说话声。

更何况，他的这个房间里，什么声音也进不来，怎么会听得见人说话的声音呢。除非说话的人就在房间里。

当然那是不可能的。

所以在这里要先说明一下，我们讲的这个故事肯定不是鬼故事，和外星人高科技之类也没有关系，没有什么惊悚悬疑的因素，先请大家不要寄予厚望，以免最后有失所望。

第二天晚上，第三天晚上，以及以后的好些个晚上，高新都在等待着说话的声音再度发出来，可是他一直没有等到。

一直到他不再等待了，朦朦胧胧将要睡去的时候，说话的声音再次出现了，这一次好像不是欢迎什么什么，而是感谢什么什么。

感谢？谁感谢谁？感谢什么呢？

就像上次一样，除了勉强听出欢迎和感谢这两个词，其他说的什么听不清楚，但是，这是人说话的声音，他是能够明确分辨出来的，还有一点也是十分明确的，就是这说话的声音，肯定是在他的这套屋子里。更确切地说，这声音是从他的套房的外室——小客厅里发出来的，只不过等高新从床上跳起来，拉开卧室门，冲到客厅时，声音早就消失了。

如果只有一次，也许就算了，就算它是做梦吧，但是偏偏它又出现了一次，高新仔细地想了想，推断出一种可能：这房子是出租房，他来之前，肯定有别的住户住过，会不会是前面的住户遗忘了什么东西在这屋里，比如会说话的玩具，比如会模拟各种声音的电子产品等等。

这个屋子里，有壁橱、有碗柜，还有写字台的抽屉，都可能有东西在里边，高新甚至有点兴奋，有点猎奇，他在屋里四处寻找，结果呢，你们应该猜得到，他一无所获。

高新放不下这个声音，他去行政办了解了一下，他入住之前，这屋子是什么人住的。行政办并不清楚，他们是直接和房屋中介打的交道，只关心能够给新来的领导找一个好住处，并不关心前面是谁住的。

高新撇开他们，自己直接去了房屋中介公司，从那里他了解到，在他前面，是一对新婚夫妻住的。他们婚期到了，婚房却被房产公司拖延了，只能先租个小套过渡一下，把婚结了。租了十个月，婚房到手了，他们就搬走了，高新就搬进来了。

高新刚进去时，房屋中介很热情，介绍说，我们公司的房很好租的，今天退房，明天就有人租，你住的这套房，也是刚刚退掉的。等高新提出来想要这对小夫妻的联系方式，中介方面顿时警觉起来了，现任住户和前任住房要联系，这在他们的经营中，还是头一次碰到，有这个必要吗，他和他们见面想干什么呢。

他们当然能够从高新脸上看出一些疑虑。他们问高新，你是怀疑他们吗？你怀疑他们什么呢？他们有什么可怀疑的呢？

高新赶紧解释说，我不是怀疑他们什么，我只是想跟他们了解一下，他们住的时候，半夜里有没有听到有人说话的声音。中介那妇女惊叫了一声，说，半夜有人说话？你不要吓我啊，这又不是老宅子。高新说，我不是那个意思，我也不相信迷信，我只是觉得半夜有人在房间里说话。那妇女更恐惧了，说，你没有搞错吧，会不会你是梦游啊？另一个中介的人说，前面肯定是没有的，前面要是有，他们怎么不来向我们反映。再一个中介的人似乎喜欢开玩笑，说，难道墙壁会吸音，把人家小夫妻说的话吸进去了，现在又放出来？

他们最后还是把小夫妻的联系方法提供给了高新，那个喜欢开玩笑的人还跟高新说，要是捉住了鬼，告诉他一声，他从来没有看见过鬼，很想见识见识鬼长什么样子。那妇女赶紧呸他，骂他不吉利。

那倒也是，搞房屋中介的，要是和鬼攀上些关系，就准备着关门打烊吧。

高新得了小夫妻的手机号码，就直接打了过去，接电话的是女方，高新没想到他们留的是女方电话，一般租屋之类，应该是先生出来办的，他们家太太出来办，要不就是先生太忙，要不就是太太很能干，这个高新管不着，但是对着一位年轻的女士，高新还真不好随便开口说这事情。女士一般都胆小一点儿，就像房屋中个的那个妇女，不说话看上去还蛮强大的，他一说半夜屋里有人说话，她就尖叫起来，到底是妇女啊。

高新愣了片刻，那边有些奇怪，"喂"了一声，说，你找谁啊？高新犹豫着说，请问一下，您和您先生，以前租住某某公寓几零几室吧？那女士情绪很好，口气十分热情，说，是呀是呀，我们拿到新房了，才搬出来不久，您有什么事，您是中介公司的吗？高新说，我是你们后面的住户。那女士又笑说，哦，那我们是邻居，哦，嘻嘻，不对，不是邻居，我们是同房，哦，哈哈，对不起，我不是那个意思，不过我还真说不出我们之间的关系是什么关系呢。高新也说不出来这算是什么关系，在人与人关系的称谓中，恐怕真没有这一条，他只是觉得这位年轻女士特别兴奋，虽然他不知道她为什么这么高兴，他也拿不准，如果这时候他直接告诉她，他在她曾经住过的房间里，听到莫明其妙的人说话的声音，她会是什么反应，高新最后还是觉得没法直接和她说，他想要她先生的电话，就问了一声，你先生呢？她马上告诉高新，她先生已经被单位派到外地去工作了。听到高新"咦"了一下，她也很敏感，马上又说，是呀，人家都觉得不应该，我们刚刚新婚不久嘛，不过，工作需要嘛，我应该支持的——哎哟，不好意思，我正在QQ聊天呢，人家来催了，拜拜。也没有问高新给她打电话什么事，就挂了电话聊天去。

第二次的电话，不知怎么一搞，又被她的过度热情搞得无法开口。第三次打通了手机，高新干脆直接问她先生的手机号码，她笑着说，哎呀，你这个人扭扭捏捏的，你要我先生的手机就直接跟我说，你打了第三次电话才憋出来，多难受啊。就将她先生的电话告诉了高新。

高新给那位先生打电话，先报了名，然后说，我是你们从前租住的那套公寓的现在的住户。对方立刻警觉地说，你是谁？你说你是谁？高新又重复了一遍，觉得自己说得很清楚，没有口误，对方的怀疑却更加明显，说，你什么意思，你想干什么？没等高新再解释，又说，现在骗子的花招层出不穷，推陈出新。高新说，我不是骗子，你的手机号码也是你太太给我的。对方一听这句，顿时打了个嗝，愣了一会儿，说，什么，什么，她把我的手机号码给你，让你给我打电话？高新说，是——呀，一个"呀"字没出口，对方就掐掉了手机。

　　大约过了一两天，对方的电话主动打过来，高新心里刚刚一喜，就听对方骂道，你个狗日的，原来就是你个狗日在网上骗我太太。高新说，你误会了，你一定是误会了。那边说，怎么可能误会，有铁证，我让朋友查了她的手机通讯情况，三次以上的联系，就是你！高新说，我那是想找你的电话。那边怒道，你找了我的电话，想和我摊牌还是怎么的，你狗胆不小，给我戴了绿帽子，还敢跟我叫阵？高新说，你这是哪里跟哪里啊？那边说，哪里跟哪里，你装孙子是吧，我就告诉你，我早就发现，我刚刚调到外地工作，我太太那儿就出问题了，我留了个心，知道她是网恋了，还恋得热火朝天的，不过网恋嘛，我也不怎么看重它，很快会过去的吧，没想到你个狗日的，竟敢公开跳出来。高新知道他是彻底地弄错了，赶紧说，你搞错了，我没有和你太太网恋，我是因为，因为……在这样的情形下，在对方如此的心情下，他觉得实在无法说得清楚。但如果不咬牙说清楚，事情会越来越误会，越来越糟糕。高新硬着头皮说，你听我说，你们曾经住过的那套公寓，现在我住在里边，我经常在半夜里听到有人说话，房间里又明明没有其他人，我搞不明白，只是想问一问你，你们从前住的时候，有没有这种现象？那男的一听，更是勃然大怒。什么？你什么意思？你的意思，我们还住出租房的时候，她就有外遇了？半夜里就偷人了？

　　高新彻底失去了再和他说话的想法，他挂了电话，长吁短叹了一阵。怎么不呢，真是家家有本难念的经，谁能想到，这对幸福的小夫妻，已经搞成这么样了呢。

　　后来这个男人倒也没再来纠缠高新，估计是知道自己搞错了对象，也没脸再来了。

　　可是高新的问题还是没有得到解决，偶尔的，他还是在半醒半睡时分，听到有人说话，就在屋里，他努力想搞清楚一点儿，听到说话声的时候，到底是醒着还是在梦里，但始终分不清楚，搞得精神都有点异常，一会儿以为是梦境，一会儿又以为是幻听。

他还回头去分析听曾经清楚的"欢迎"和"感谢"这两个词，谁会和他说欢迎和感谢呢，难道是分部的同事跟他开玩笑，但这玩笑又安放在哪里呢，躲藏在哪里呢？

高新听从了同事的建议，去看一趟心理医生，医生给他做了各种测试，没有发现他有心理上的问题。建议他说，既然你一心要解开这个结，既然你放不下这个谜，你就牺牲几天睡眠，晚上你设法让自己一直醒着，如果再有说话声，你就能判断是真的有人说话，而不是梦境了。

高新依了医生的建议，晚上喝咖啡、喝浓茶，坚持不睡，坐等天亮，但是等了几天，也没有说话声，实在熬不下去了，就睡着了。

这招没成，再换一招，麻烦同事，请他们来陪他同住，可同住也没用，没有一个人听到半夜里有人说话的，他们都说自己没睡着，但谁知道呢，也许他们都睡着了，或者，根本就没有人说话。

等到这些招都一一试过了，一切又回到原来，高新独自一人的时候，高新将睡未睡的时候，说话声说出现了，这一次，高新听出来更多的一些内容，但仍然是断断续续的，不连贯。比如他听到一个词"优尔敏"，以为是一种抗过敏的药，上网查药，没有查到这种药；还比如他还听到一句比较完整的话：给您提供完美的享受。这句话把高新吓了一跳，该不是夜店的小姐找上门来了吧。

当然不是。

根本就没有人在说话。

高新的不宁，虽然不是行政办造成的，但多少也给了行政办一些压力，他们很想替高新分忧解难，但又无从下手，思来想去，只有再找房屋中介，因为房子是从他们手里过来的，房子到底有什么问题，不问他们问谁。

可是房屋中介也很冤哪，说，前面的租户住的时候，明明很正常，为什么到了你们这里，就冒出个半夜说话的吓人倒怪的事情呢？这个问题行政办的人被将军了，回答不出来，但恰恰提醒了高新自己，高新赶紧问他们，在那对小夫妻搬出去之后、我住进来之前，房子有没有什么变化，你们在这屋里有没有增添什么东西，有没有拿掉什么东西，有没有换上什么东西？

房屋中介赶紧查记录，查了半天，说，也没有什么呀，真的没有什么，就是换了个门铃。

门铃这算什么呢,门铃最多只会放音乐,怎么会有人在门铃里说话呢。

仍然一无所获。

但其实还是有了收获的。很快高新就有了一条新的线索,这是单位的一位女同事提供的。女同事心细,也很关心高新碰到这个事情,就上网去查,输入门铃两字,结果果然受到了启发。

高新和同事一起来到公寓,按门铃,门铃发出清脆美妙的音乐声,很正常,再把门铃拆下来看看,看不出什么名堂,那女同事说,网上说的,断电,断了电,电再来的时候,会有变化。于是他们将电闸拉断,稍等一会儿,再重新推上,果然,门铃说话了,门铃说人话了:欢迎光临优尔敏企业。

坑爹啊。

这门铃神奇,如果半夜里断了电,再来电,它半夜里就说上人话了。所以呢,你等它说话的时候,它不说,因为那天晚上没有断电,你不等它的时候,忽然断电,又来电,它就说话了。

事情终于水落石出了,行政办替高新换了门铃,新门铃质量得到保证,怎么断电,怎么揿按,都不再说人话了。

现在高新又回到了刚来时的状态了,房间真安静,每天入睡前,他都会侧耳倾听着任何的一丝丝一点点的声音,来证明自己的耳朵没有聋。什么东西也听不见的耳朵,那叫耳朵吗?

高新在这些寂寞的夜里,想念和依恋起先前给他带来麻烦的吓人的门铃来,他甚至想换回那个门铃,想让它在夜深人静、无声无息的时候忽然地说上几句话。

高新跑了几家装饰商场,都没有那个优尔敏牌子的门铃,就上网去找,网络真强大,一找就找到了,赶紧网购,没几天,快递来了,高新立刻自己动手,重新换上优尔敏门铃,换上以后,迫不及待拉了电闸,再推上电闸,门铃却不再说人话,无论高新怎么反复地拉闸断电和推闸送电,它死活不说人话。

高新到网上去问是怎么回事,那个看不见的空间回答说,以前那个会说话的门铃是次品,生产中出了问题,后来他们企业整改了,现在保证质量,请用户放心,决不会再出现门铃说人话那样的问题了。

又过了些日子,高新调回总部去了。

回总部不久,高新和几个同事出差,因为会务订房出了点意外,只能和另一个人同住。

第二天早上,同住的人说,高新晚上说梦话,说"欢迎使用优尔敏产品"。

大家问高新,优尔敏是什么,是避孕套吧?

下一站不是目的地

引 子

老许是个会精。就是说，老许开会，开出丰富的经验来了，开出很高的水平来了，开出让人望尘莫及的先进性来。

总之就是一个字：精。还有四个字：精到家了。

精就是精明、精到、精确、精细、精巧、精干、精通、精彩，等等等等，反正关于老许的开会，到底有多么赞，说什么都是不为过的，用什么形容词也都是合适的。在长年累月的会议过程中，老许总结出一套会议大法，并且付诸行动，而且每次都能得逞，都能做到滴水不漏，旗开得胜，实属不易。

其实，开会要开得好，并没什么难的，只要你老老实实到会，老老实实完成会议规定的内容，不就成了么。但老许不这么想，那样开会，体现不出一个"精"字，老许的精，体现在既不老老实实地到会，又不完成会议规定的内容，却能够把会开好，开得圆满，开得顺利，达到预期的目的。

这就是说，老许在安排每一次行程的时候都精打细算，把时间安排得合情合理，滴水不漏，每个时间段都衔接得严丝合缝。再说得朴素一点儿吧，就是要用最短的时间，开出最理想的效果。

为什么要用最短的时间呢，我们只知道这是老许的原则，不知道为什么。以后也许我们会知道为什么，但也许我们永远也不知道为什么。

先说从前。从前开会，一般是很有规律的，无论会期长短，总是先报到，然后再统计返程的票务。有时候是在报到的时候发一张表让你自己填，如果会议时间较长，报到的时候还不填返程呢，到会议开起来以后，自会有人来通知你，让你填报，基本上万无一失的。当然也不是没有一失的时候，有一次老许的返程就被会务组遗漏了，结果大家都拿到了返程票，老许还蒙在鼓里。一直到大家准备行装该走人了，老许才发现了这个问题，会务组也才发现自己犯了错。可那时候的车票，不像现在这么方便，订了票都得过几天才能拿到。所以老许就不得不留了下来，大家都散了，留老许一个人，会务组觉得很对不住老许，可是老许却蛮愿意。这地方，好山好水好吃好喝，家里又没有什么要紧的事，会务为了表示歉意，还特意派了一位年轻美貌的姑娘专门陪同老许。老许自然是乐不思蜀。

这就是从前。从前出门开会，因为交通的原因，因为大家出门机会少的原因，因为其他种种的时代的原因，似乎都愿意在外面多待几天。有一年老许到四川出差，就足足走了二十天，四川这地方太好了，可看的地方太多了，从成都到九寨沟，路上就得走几天，再回来上峨眉山，绕过去再去都江堰，再上青城山，然后又再到乐山看大佛，那一次的开会出行，让老许记忆深刻，老许真觉得自己的足迹踏遍了四川大地呵。但后来他听人说，你差远了，那几个地方，只能算是四川的门面而已，四川的精华，你还没沾着一个边呢。老许不服，他还没听说有比九寨、峨嵋更精华的四川。人家说，四姑娘山、夹金山你去过吗？最后的香格里拉、稻城亚丁你去过吗？海螺沟、冰川温泉你去过吗？什么什么你去过吗？你连这些地方都没听说过，你还有资格说走过四川了？

老许方知天有多高地有多厚。

其实老许也许并不知道天有多高地有多厚，只是他自己以为自己知道。这也挺好。

这都是说的从前开会，总结归纳起来，就是因为从前条件差，出门机会少，一般出去开会出差，恨不得时间越长越好，等于变相公费旅游嘛。时间越长，旅行越多，沾公家的便宜也越多，何乐而不为。

因为会议时间长，所以，那就是个开会开出许多故事的年代。

有一次，水路漫漫，大伙坐了几天几夜的轮船，结果结成了几对情缘，这真是千年修得同船渡啊。其实那一次，老许和其中的一个姑娘也是你情我意，但是因为自己已经有了对象，就没有发展起来。

那样的年代一去不返了。

就说现在了。现在完全不一样了，现在的人一个比一个火急火燎，不要说人到了会场完全没有心思开会，就算是艳遇送到面前，眼神还没对上呢，人就已经返回了。

真是惊鸿一瞥。

不过你可别小看了这一瞥，在一瞥之间，得做完很多事情哦。

这些事情中没有填报返程票这一项，因为返程票在出发前自己就订好了。自己订票，就有主动权，想早一点儿走的，就不用等会议全部结束，可以先开溜。如果遭遇反对或挽留，就有说辞了，你看我票都订了，再退票改票，多麻烦。谁不怕麻烦。

所以基本上每次都是一个模式，大多只住一个晚上。头一天到，该拿的红包拿到了，该领的礼品领到了。最关键的，是要隆重地把当天的晚宴应付过去。

那是会议的第一个高潮，也可能就是唯一的高潮。许久未见的关系户们，在这一顿酒席上会特别亲热，常常有人喝高了，第二天开会时小脸蜡黄满面苦色，心里暗暗发誓下次再也不喝这么多酒了。什么人呀，跟他们这么个喝法，简直是拿命拼，值吗？

值呀。要不然，怎么下回又忘了，又喝了呢。

虽只是吃个饭，却是重点，是整个议程中最重要的规定动作。所以，当天下午的报到时间不能太晚。有时候你贪图节省一两个小时的时间，买了迟一点儿的航班或车次，错过的可不仅仅是一顿饭，而是一次最佳的公关机会和沟通方式。老朋友没会上，新关系没接上，你想晚些时候再去进行这些交流吗，必定效果欠佳。晚宴后的安排，洗脚掼蛋，飙歌泡吧，那都是十分投入，忘情忘我，那是不容得有人插足捣乱，攀谈套近乎的。

那你还想等第二天开大会时再套吗，恐怕也有所不便了。你可以早早地到会场去，你去候着该打招呼的人罢。但即便你到得再早，可你早他不早，等他到会场的时候，离开场的时间也不远了，你最多能够抢上前去握个手，露个脸，已经算是最佳效果了。那与头天晚上把酒言欢，耳鬓厮磨那场面可是相差太多，不可同日而语。

　　好了，所以了，头天晚上的宴请你是不能迟到的，但仅仅做到不迟到，那是远远不够的，更重要的是在酒桌上的态度和水平，更重要的是在整个酒席中的掌控和把握。

　　因为老许在漫长的众多的会议中逐渐积累了这许多宝贵的经验，他最懂得大家的心思。所以，老许能够在这一圈会议人中，渐渐地成为了中心。大家一到餐厅，都会喊老许，老许，老许来了没有。

　　老许来了，他下午就到了，稍事休息，在宾馆房间里还垫了些点心下去，以便能够豪爽地干了头杯酒，又不伤胃粘膜——哦，我们就不再细论晚宴前的准备，也不再讨论晚宴的过程了，要是愿意展开来谈，一顿晚宴写一个长篇也是有可能的哦，那对于性子急的人，急于要结果的人，岂不是要急出人命来哦。

　　现在，晚宴终于在高潮中结束了，喝高了的人都得放倒去了，喝得恰到好处的人酒足意满。当然也还会有个别的人仍然追着人要继续喝。大家会说，算了算了，你已经高了，他不服，说，说我高了，我们再喝，看到底是谁高了。

　　如果是在从前，一定会有人上当，留下来陪他继续喝，结果是不容猜测和怀疑的，你们也一定都有类似的经历和经验。但现在的人，都比过去聪明了，看到一个人喊着嚷着还要喝的时候，大家都赶紧离他而去了。

　　怎么老是在酒席上打转呢，赶紧走吧，这可不是我们要说的唯一的重点，后面还有诸多的重点呢。比如第二天上午的大会就是另一个重点，你得坐到你的位置上去，那位置也许就在主席台，也许不在主席台，但无论位置在哪里，你的位置是代表单位的。你坐在你的位置上，说明你的单位在这里是有地位的，是举足轻重的，是必不可少的；反过来，如果你的位置空着，影响的不仅是你的名字，更是你单位的信誉。

　　开过这个大会，事情就好办多了，接下去的议程，或者分组讨论，或者大会发言，或者游览参观，最后还有大会总结，等等，这似乎都不太重要了。虽然会议要求没有特殊情况不得请假，不得提前离会，但是老许是有特殊情况的呀，要不然，他怎么来之前就预订了返程票呢。

　　老许基本上每次都是这时候就返程了。

　　老许有什么特殊情况呢？这其实一直是个谜。别说与会的其他单位的人不知道,起先连老许自己单位的同事也不清楚,他们只是看到老许每次外出开会,都会提前回来,觉得奇怪。一开始大家认为老许肯定是怕老婆,就当面揭穿了老许,还嘲笑了他,老许也不反驳大家的嘲笑,还附和着跟着大家一笑,大家以为猜中了。可是,有一次,老许的一个同事碰到老许的老婆,无意中跟她开玩笑,说她把老许管教得好有规矩,连外出开个会都得提前赶回来。结果老许的老婆说,他提前赶回来了吗?他回家了吗?

这句反问如雷贯耳,醍醐灌顶,怎么不是呢,开会提前的时间,应该是老许省下来的自己的时间呀。如果是家庭需要,他应该回家呀,他既然不回家,那他提前回来干什么呢?

大家就自然而然朝另一个方向去怀疑了。怀疑什么呢?这大概猜都不用猜,你们一定早就想到了,二奶罢,小三罢。这猜疑很快到了老许的耳朵里,老许的反问和他老婆如同一辙。老许说,我开会是提前回来,但是我提前回来不是都直接回到单位的吗?要不然,你们怎么知道我提前回来了呢?

这也对呀,老许似乎没有小三呀。但既然这也没有,那也没有,你每次都这么急急忙忙,火烧火燎地赶回来干什么呢?

同事的胡乱猜测,虽然很无厘头,倒是提醒了老许,老许想了,既然同事会怀疑他,老婆说不定早就怀疑他了,她却不说出来,她的想法隐藏得很深呢,想想真有些后怕的。

过了几天,又外出开会了,老许又提前回来了,这回他真的提前回家了,开进门去,发现老婆的脸色十分惊异,问他说,你不是说开三天会么,怎么一天就回来了?老许得意地吹嘘说,我把三天的内容一天就解决了,怎么样,给你个出其不意,措手不及,服了我吧。老婆又怀疑又生气,说,你什么意思,你想捉我的奸?老许很无辜,说,这是上班时间,我怎么知道你在家。老婆说,我明明跟你说过,今天我调休,你是故意的,你存的什么心?被老婆无理取闹地闹了一下,老许以后开会提前回来,再也不敢先回家了,还是直接到单位吧。

其实大家对于老许的不理解,老许自己也不怎么理解。他也反复问过自己,反复劝过自己,何必呢,何必呢。但是,问归问,劝归劝,只要哪一次的行程没有做好提前返回的安排,老许就会心慌慌的,总觉得哪里不对劲。细想想,没有哪里不对劲,再细想想,哪里哪里都不对劲,只要行程一落实了,能够在老许自我允许的时间范围内离会返回，老许的心就踏实下来了，就像沾了什么大便宜似的。

其实老许沾了什么便宜呢，什么便宜也没沾着，说他成功逃会，心就踏实了，那也只是一个短暂的过程而已，因为很快又有一个新的会议来临了，很快他又要重复一套程序，周而复始，一遍又一遍，有意思吗？

当然老许还是会安慰自己的，他想，每个人活着，都会有自己的乐趣，老许赶会，老许逃会，就是老许人生的乐趣所在了。

这一天，老许又急急地赶回来了，当他踏进办公大楼的时候，心中一阵庆幸，迎面就看到老板匆匆走过，老板好像没有看到他。这无所谓，做领导就是这样，就应该这样，忙的时候，心里有事的时候，是不需要停下来和下属打招呼的。

但是忽然，老板停了下来，看了看老许，说，咦，你不是开会去了吗？老许略带骄傲地说，嘿，回来了。领导说，这么快就开完了？老许说，会倒是还没有结束，但是我的任务完成了，提前回来了。老板特别高兴，拍了他一肩膀，说，太好了，这一阵人都在外面忙，刚刚又来了一个会议通知，我正愁没人去呢，既然你提前回来了，你就辛苦一趟吧。话音一落，老板人已经走出去老远了。老板实在太忙了，在单位里走路都是带小跑的。

老许看着老板的背影，愣了半天，抬起手，"啪"地打了自己一个嘴巴，骂道，赶赶赶，你往哪里赶？失手打重了，很疼，他又揉了一下，自我安慰说，不赶，不赶又到哪里去呢？

怪就怪老许的爹妈，给老许取了个名字叫许多会。本来爹妈也许是想让老许成长为一个许多都会的人才，结果，老许长成了一个开许多会的人才。

正　文

老许拍了自己一个耳光后，还是得接受现实，接受一个新的开会的任务，重新启动一套新的线路规划和日程安排。

老许的成功逃会，和老许做功课是分不开的。有的同事出去开会，临到出门，还不知道到哪里开会呢，更不要说一路的行程怎么怎么走，到了目的地，开会又得花多少时间，都不管，反正闭着眼睛就上路了，不吃苦头、不耽误时间才怪呢。

有时候，如果会议地点比较偏僻，行程的线路比较复杂，老许做功课的时间甚至比开会的时间还长。

这会儿，老许把老板交下来的会议通知认真看了一遍，迅速地判断出这是一个务虚的会议。往好里说，就是平时大家理解的神仙会，休闲式的，轻松的，在青山绿水之间，在云淡风轻之中，就把会议的内容搞定了；往正里说，就是宏观地研讨明年的工作思路。

会议有多种开法，要看到会的领导级别，要看会议的主要内容，要看选择的会议地址，要看会议的会期，等等等等。但毫无疑问，老许这一次要参加的会议，肯定是最惬意的一种会议。

但是不管会议有多么的宽松，有多么的舒适，老许逃会的习惯是不会改变的，所以老许还是得做功课，把一切安排妥帖，他才能放心地上路。

其实他现在是有点不放心的，也是这次会议唯一不能让他放心的，就是这个会议的地址。从地名上看，有点陌生，会议通知上写着是一处国家 4A 级景区，这样的景区在全国到处都有，也不知道到底有多少，但肯定是多得数不过来的。老许这些年出差开会，几乎到处都能看到 4A、5A。对于开会的人来说，关键还不在于 4A 还是 5A，关键是通往 4A 或 5A 的交通方不方便，路途顺不顺畅。

经过一番搜索了解，老许弄清楚了，要到达这个会议地址，有两条线路，一是飞机，下飞机后，再上高铁，再从高铁改到高速，最后还有一段省道。二是直接上高铁，再转另一个高铁，再到高速，再上省道。这两条线路的后半段是一致的，是同一条路，但前半段有所不同。关于这前半段，现在老许心里有两个时间表，很清晰，很精确。

表一：飞机＋高铁，行驶时间为 5 小时。表二：高铁＋高铁，行驶时间为 8 小时。按照以往老许的自我要求，一切围绕节省时间来制订方案，老许应该选择表一。

可是这一次，老许选择了表二。这是老许积长期之经验作出的决定。

表二，虽然时间看起来多了几个小时，但是省去了在 A 城上飞机场的两个小时提前量，又省去了从 B 城飞机场到 B 城高铁站的一个多小时周转量。更重要的是，这是在秋天，是多雾的季节，因为大雾而延误航班，那是家常便饭。

所以老许毫不犹豫地确定了这一次的行程路线。

对于这趟旅程,老许基本上是放心的,前面从高铁到高铁,再从高铁到高速,都有把握,网上都能订到票,唯一没有十分把握的就是最后的那一段省道,是在一个县城里坐车,往风景区去。网上查不到这个县城的长途车情况,更订不到车票,按网上的说法是"不支持该目的地"。不过老许也不是十分担心,既然是去往著名的风景区,风景区是什么,就是钱嘛,在金钱面前,想必会是处处得到"支持"的。

老许又一次上路了。他信心满满的,两天以后,他又可以逃会提前回来了。

老许这一路哈,坐了高铁,再转高铁,转了高铁,再转高速,前往D县。时间衔接真是严丝合缝。

坐上了新崭崭的高速大巴,看着沿途陌生的大地和村庄,听着车上乘客的异乡的口音,老许竟有一种恍若隔世的感觉。他从清晨出门,到这会儿,不到十个小时时间,似乎就已经换了一种世界,换了一个人间哈。

老许真不该有这样的念头,念头刚一出现,就出事情了。本来车子行驶得好好的,车上也很安静,没有人说话,老许刚想眯了眼睛打个瞌睡,忽然间就看到坐在他前排的妇女从座位上跳了起来,尖声叫喊道,我的孩子,我的孩子!

车上顿时混乱起来,原来刚才到服务区下去休息上厕所时,那妇女把孩子带下了车,结果上车时却忘了把孩子再带上来,一直等到车子重新上了路,开出一段,她才想起了孩子。

她的丈夫抬手扇了她一个耳光,骂道,丢丢丢,你竟敢丢孩子,你怎么不把自己丢掉。那妇女哭道,我看到车要开了,就急忙赶上来了。丈夫又一个耳光,骂道,赶赶赶,你个傻×,你赶死啊!妇女挨了两耳光,反倒不哭了,竟也凶了起来,回嘴说,你还骂我?你才傻×,我爸明明跟你说了,说今天的日子,不宜出行,你偏要赶,你还说我赶,是你自己要赶,你才赶死。那丈夫的气势,一时间竟叫妇女给压了下去。那妇女又继续骂道,赶赶赶,这一年,我跟着你赶了多少地方,你赶安逸了没有,你赶到哪里你都不得安逸,现在好了,孩子丢了,你安逸了!

老许听他们只顾着互相指责谩骂,觉得奇怪,忍不住问了一句,你们不找孩子了?

老许一说，才提醒了他们，他们急急地赶到司机身边，一个说，司机，快停车；另一个说，司机，快回刚才那个服务区。司机斜眼瞄了他们一下，说，高速上不能随便停车，更不能调头，刚才那个服务区，更是回不去了。

那妇女顿了一顿，又重新大哭起来，那丈夫又重新开始骂人，大家都心烦，但也没有主张，还是老许提醒他们说，别哭了，别骂了，赶快报警吧。

于是赶紧给警察打电话，警察动作倒是很快，很快去了那个服务区，电话打过来了，说服务区没有孩子，妇女复又大哭。

车子好不容易开到一个出口处，司机打个弯，车子就要下高速了。可车上一个乘客却喊了起来，不对不对，怎么这里就下高速呢，我还要赶时间呢。司机回头朝他翻个白眼，说，你赶时间，人家的孩子就不要了？那人自知心亏，才不吭声了。

车子到了收费站，停了一段时间，等警车到了，把那对夫妻带走，才又重新上路。可这一折腾，时间有点晚了，老许看着渐渐黑下来的天色，前去问司机，县城的末班车几点，司机没好气地说，末班车，早开走了。

老许回到座位上，心情有点乱，还好，旁边的乘客是这条线的常客，问老许说，你是要到景区去吧。老许奇怪说，你怎么知道？那乘客说，这个时候，你们外地来的到县城，除了到景区，还会到哪里，那县城又没有什么东西，什么也没有的。见老许点头，那乘客又说，你放心，汽车站的末班车可能开走了，但是到景区还会有其他车子的。老许不解，问，那是什么车子？那说话的乘客没有回答他，只露出一个"你连这个都不知道"的笑意。

他这一笑，老许放了点心，估计那边会有车子。

到得县城，末班车果然开走了，汽车站的门也关了，但站外确实有车在等客，在招揽生意，老许这才知道，这是黑车。

老许上前看了看车况，不怎么样，但是如果不坐黑车，他就得在县城住一个晚上，不仅赶不上明天上午的会议，还破坏了老许的全部行动计划。

老许上了黑车，先买了票，票价很便宜，老许以为搞错了，问了，卖票的说没错，就这价。老许心想，还好，不算太黑。

车虽然不算太黑，天却已经很黑了，车子却一再不开，老许急了，说，你们说是六点开的，现在几点了。没人理他，也没人告诉他为什么不开，但这一点老许还是能明白的，他们在等人，他们要等到更多的人上车。老许问他们要等多久，终于有个人说，等坐满了。老许急得叫喊起来，说，你们怎么不守信用。他们又挖苦他说，你以为这是你的专车啊？不等到人满，我们怎么赚钱。老许说，你的车票太便宜了，你提高票价不就行了么。不料这话一说，立刻被所有的人臭骂一顿。

一直等到人差不多满了，车才开起来。开了一小段路，路边有人招手，车就停下来上客，又开一段，又有人上来，如此这般，不停地停车，上客，很快就超载了。后来上来的人，没有座位，就蹲在车厢里，车子颠的时候，他们干脆坐到地上，身子跟随着车子摇来摇去。

即便如此拥挤了，车子还在继续搭客，老许实在看不下去了，跟他们商量说，行了吧，行了吧，你们数一数人头，超载都快百分之五十了，太危险了。人家说，五十？二百五都无所谓的。老许又提醒说，你们这样不行的，你们这样要出大事的。

卖票的有些不高兴了，说，你要是不想乘我们的车，下一站你下去吧。立刻下车的想法确实在老许的脑海里一滑而过，他问道，下一站是哪里？全车的人都哄笑起来。卖票的说，我也不知道下一站是哪里，你要到哪里就到哪里罢。

车子果然就停了下来，不过不是老许下车，而是另两个人又上车了。其中有个大块头，他踩上车的时候，车身晃了几下，老许心里怦怦乱跳，好像随时要出祸事了。

老许真的生气了，他也不理卖票的了，走到前面跟司机的说，我要举报你们。他掏出手机，表示自己并不是口头威胁他们，他是真的要打电话举报了。车子这才停了下来，司机才不吭声，他只管开车，卖票的求他说，不要举报了吧，举报了谁也到不了地。老许说，也不能为了到目的地，就拿生命当儿戏啊。卖票的见求不动他，只好朝后面喊，喂，后面的几个，加塞加上来的，你们下去吧。

后面的几个倒也听话，从地上爬了起来，往前边来，还拉着拽着乱七八糟的行李。司机打开车门，等他们下去，正好老许站的位子，挡住了他们下车，卖票的朝他说，这位老板，你先下去让一让他们，等会再上来。

老许一下车，车门"扑"的一声就关上了，车子一溜，开跑了，老许才知道上他们当了，不过他奇怪他们的配合怎么这么默契，简直是天衣无缝。

现在老许有麻烦了,被半路扔下了,老许朝远处看看,还算好,扔得不算太离谱,前面有一片灯光,估计离风景区也不远了。

老许一个人走着夜路,天气不冷也不热。在黑夜里,在陌生的乡间,就这么走了走,似乎也没有那么生气了,心情也不那么焦虑、不那么着急了。本来也是嘛,事情到了这一步,你再急,有什么用呢。你再精心设计,你再滴水不漏,到了这样的地方,在这样的处境中,你一点儿劲都使不上。

干脆就不使了罢,老许朝着灯光处走去,走到那儿,才知道还不是风景区,是一个沿途的小镇,入口处立了一块牌子,牌子上写着:红军镇。想必是当年红军走过的路啊。

这里没有车了,黑车也没有,老许今天晚上是不可能赶到风景区报到了,他精心设计的基本上完美无缺的行程全部改变了。但奇怪的是,此时老许的心情却渐渐地平静下来了,他已经不再想找车子去往风景区了,连到风景区开会然后再逃会的想法都已经渐渐地抛到脑后了。

在老许的漫长的开会的人生中,他从来不是一个轻易改变自己计划的人。而现在,在这个陌生的小镇上,是什么东西让他变成了一个屈服于现实的人呢。

其实,关于这个问题,老许压根儿就没有去想。此时的老许,只有一个想法,在这里找一个小旅店住下来。

老许想到小旅店,小旅店就出现了。当然这也是很正常的,本来小镇就很小,只有一条街,唯一的旅店就在街的中心,老许往前走了几步,就看到了旅店的店招,上面写着店名:小镇旅店。

老许忍不住笑了一下,这地方真够简单的,连给旅店起个名也不愿意,就叫个小镇旅店。又想想,觉得也不是不可以,它本来就是小镇唯一的旅店,叫个小镇旅店是再合适不过的。

老许进了旅店,店主就坐在门口的柜台那儿,看到老许进去,店主笑着起了起身,说,住店啊。

老许看到店主的笑容,先是一愣,后是一奇,再是一惊,怎么这么熟悉呢,不仅熟悉,还感觉那么亲切。老许仔细想想,自己是不可能见过这个人的呀,有一种可能就是,不是因为熟悉而感到亲切,而是因为感到亲切而觉得他熟悉。店主真像是他的一个亲人。

因为感到亲切，老许不等店主发问，主动告诉他，我到风景区去，坐上一辆车，中途他们超载，我要举报他们，他们就把我扔下了，那是黑车。店主笑了笑说，那不是黑车，那应该算是红车。老许说，这么黑，怎么还是红车呢？店主说，它是专门运送那些没钱坐高速的人，它算是方便之车。老许不服说，方便之车怎么能超载这么多，出了车祸还能方便吗？那店主说，不超载车票就得提上去，票价提上去这些人又坐不起车了，只能走路，或者搭乘更差的交通工具。老许说，更差？还有比那黑车更差的车吗？店主说，当然有，残疾车、牛车，等等。

老许挠了挠脑袋，服了，说，是了，我搞错了地方，我以为是在城市里呢。

店主又笑了笑。老许一看到店主笑，就想摸摸自己的脸，不仅他觉得店主是一个似曾相识的人，而店主的笑容，也让老许隐约感觉到，店主也认识他。老许试探地说，老板，你是本地人吗？店主并不回答，却反问他说，你觉得呢？

老许当然觉得他不是本地人，他不仅不是本地人，他还是一个非常奇怪、非常令人费解的人，老许甚至不再敢多追究他的身份和经历，赶紧换了个话题，说，你这里，好像是到风景区的必经之地，怎么没有人来往店呢？

店主告诉老许，从前大家到风景区去，都从这里经过，都在这里过夜。因为前边的路又艰又险，没有足够的休息和准备，没有足够的光线和温度，是很难通过的。但是现在不一样了，现在这条路上很少有过客停下来，因为有了高速，又有了高铁，去风景区的路也修好了，大家经过这地方，再也没有必要停下来。所以，我的这个小店，也是许多年没有人来住了。

老许听了，身上有些起紧，四处看了看，小旅店果然很陈旧了，因为没有人气，还有点阴森森的感觉，他勉强地笑了一下，说，我不是来住了吗？

店主笑道，你真是来住店的吗？你真的只是来住一夜吗？老许实在抵挡不住他的笑容，忍不住问，你是不是认识我？我们是不是在哪里见过？店主说，你想起来了？见老许摇头，他又说，那你再想想，你从前的时候，年轻的时候，有没有出差经过什么地方。老许说，那可多了。这么多年，我开过多少会，走过多少地方，哪可能都记得啊。店主说，多少会也好，多少地方也好，总有一个会，总有一个地方，是与众不同的，是值得你一辈子都不忘记的。

老许摇头否认，他实在是觉得根本就没有这样一个地方，他到哪里都是匆匆忙忙，没着没落，都是想着怎么尽快逃走，再美的景色也熟视无睹，他已经不会审美，任何的东西都不会让他动心了。

但是眼前的这个店主，怎么会让他心有所动呢？别着急，因为老许从店主的笑容里已经知道，店主就要为他解开谜团了。只见店主拉开抽屉，取出一个旧笔记本，交到他手里，老许刚一翻开，立刻惊讶不已，这怎么会是我的笔迹呢。店主说，就是你写的嘛，当然应该是你的笔迹嘛。

确实就是老许的日记。原来在很久以前，老许来过这地方，那时候，他还有记日记的习惯，将那一次的行程记录下来了。在行程的最后一天，老许是这样写的：

下一站才是我的目的地，但我却要在这里留下了。这个地方，什么也没有。在到达下一站之前，我想在这个空空荡荡的地方停下来，仔细想一想，我的下一站该怎么走……

遥远的模糊的往事正在从过去向现在走来，渐渐地就要靠近、就要清晰起来了，老许心里忽然一阵紧张，他抬头盯着店主说，你怎么会有我的日记？你到底是谁？我看你很面熟，太面熟了，你是当时和我一起来这里的一个同行吗？店主说，你真不记得我啦？老许问他，你姓什么？店主说，我姓许。

老许一听，幡然猛醒，全部的往事他都想起来了。

老许立刻上前紧紧握住店主的手说，我知道你是谁了，你是许多会。

许多会点头说，是呀，本来只是想停几天，没想到，一留下来就再也没有离开。

尾 声

同事有好多天没见到老许了，大家也没在意。单位人多，又忙，大家都是急急匆匆的，几天不打照面也很正常，即使打过照面，也有可能又忘记了。后来偶尔有一个人不知为什么事提了老许一下，大家说，有日子不见了，肯定又赶会去了。

　　这时候老许的老婆在家里请了闺密来打麻将，闺密说，你老公呢。老许老婆说，开会去了吧。

真相是一只鸟

　　这是一对性情相投的老友,又是一对欢喜冤家,吵吵闹闹,谁也不肯让谁的。他们在某一个下午,照例去公园喝茶,下了两盘棋,一比一下平了,嘴上互相攻击,骂骂咧咧,有心再下一盘,杀他个二比一,可是把握又不大,下也不一定能赢。所以犹犹豫豫的,这最后一盘,其实,不下也罢。

　　可是谁也不肯先开这口,谁先说了,就等于是认输了。两个人就僵持住了,很尴尬,脸也涨红了,那是让话给闷的,但宁可闷死憋死也决不先开口。

　　这时候,有一个人恰到好处地来救他们了,这是一个和他们半生半熟的人,跟他们年纪差不多,也常常到这里走走,但他不下棋,只是朝他们看看,似笑非笑地笑笑,算是有点认识了。现在他走到他们两人面前,朝他们的棋盘看了看,说,听说,文庙那里新开了旧货市场。他的话太中老吴和老史的下怀了,老吴说,是呀,听说搞得很大。老史见老吴中计,赶紧对老吴说,听你的口气,你想去看看吧?老吴说,你自己想去就说自己想去,非要借我的名头干什么呢?老史说,我怎么是借你的名头呢,我想去我自己不能去吗?他们争执起来了。那个人也不再理睬他们,反背着手独自走开了。老吴冲着他的背影,顿了顿,说,去就去。老史也说,去就去。两个人好像是很不情愿地被那个人拖去的。

　　其实他们是自己想去的,而且他们两个人的心意完全一致,他们不想下最后的那一盘棋。他们丢下了棋,就去文庙了。其实他们是一种躲避,是怕输,是对自己没有信心。

旧货市场说是个市场，其实只是摆些地摊而已，而且很杂，什么都有，他们对旧货本来也没有什么兴趣，更没有什么需要，到这里来只是一个借口。他们漫无目的地转了转，很没兴趣，完全是在打发时间，在消磨对输赢的念想。

但后来他们还是被一个古董摊上的一幅画吸引了一下。其实他们两个人，既不懂画，也不爱画，但是这幅画上画的东西他们是比较喜欢的。有一座山，很高，很安静，花鸟树丛，山脚下有个茅屋，里面有两个人在下棋，看起来跟老吴老史他们差不多的样子。所不同的是，他们生活在城市，那两个人在山里；他们生活在现在，那两个人在古代，所以，他们的安逸，太让人羡慕了。老吴和老史都想买这幅画，但是两人掏尽了口袋，也没有多少钱，两个人的钱凑起来，也没凑够。摊主的眼睛一直盯着他们的口袋和他们的手，希望从中掏出他想要的那个数字，可最后他失望了，失望的同时他也让步了，他让老吴和老史还了价，买走了那幅画。

画既然是两个人合买的，两个人就都有份，首先就碰到了一个问题，画放在谁那儿呢。他们虽然常来常往，性情相近，但毕竟不是一家人呀。老吴说，放我那儿吧，你家房子小，你还和孙子挤一间屋，放你那儿不方便。老史不乐意，说，我家虽然比你家小一点儿，但你家也不见就大到哪里去，我是和我孙子同住一间，但也没有挤到放一张画也放不下的地步，你跟我比谁的房子大是没有意思。老吴说，问题不在于比谁的房子大，问题是这画到底放在谁家比较妥当。老史说，你说放在谁家妥当呢。老吴毫不客气地说，当然是放在我家妥当。老史说，也未必，就说你那儿子，虽然年纪不大，倒像是一肚子阴谋的样子。老吴见老史攻击到他的儿子了，也就攻击了老史的老婆，他们这么攻击来攻击去，最后也没有攻击出结果来。如果旁边有个第三者，肯定会被他们急出病来。所幸的是旁边没有第三者。其实，就算曾经有个第三者，那肯定早就被他们气跑了。哪个第三者愿意守在他们旁边听他们这种没完没了的没有意义的斗嘴皮子。

但是老吴和老史觉得十分有趣，他们乐在其中。肯定老吴和老史都想要这幅画，但他们不懂画，也不是十分喜欢画，这幅画完全是躲避输赢躲避出来的。但既然掏了钱，就有价了，不能白白便宜了对方。当然这还不仅是钱的问题，更是一个输赢问题，面子问题。这幅画就是为了保住面子意外得来的，不能争来了面子最后又丢了面子呀。

后来天都快黑了，老吴老史都有点累了。老史说，要不这样吧，轮流放，先在我家放一段时间，再到你家放一段时间。老吴说，你这主意倒像是儿子养老娘，老大家住几天，老二家住几天。老史说，你别说，拿了这东西，还真是添了个累赘呢。老吴说，你嫌累赘，那就先搁我家，先搁一年，明年的今天，就交给你。老史说，一年？要搁你那儿一年，岂不是我一年都见不着它。老吴说，你嫌一年太长？

那就半年。他觉得老史又会认为半年也太长，又抢先说，如果半年还不行，就三个月。老史说，我不像你这么鸡毛蒜皮，半年就半年，先放我这儿，过半年你拿去。老吴说，咦，不是说好先放我这儿的吗？

还是争执不下，但是画总得跟一个人回家，不能撕成两半呀，结果只好划拳定输赢，划出的结果是老吴得胜。老史输得心不服口不服，嘀嘀咕咕先骂了自己的手臭，又骂老吴偷鸡，但是在事实面前，他再也找不出什么借口，勉强答应画先放在老吴家，半年以后，再转到他家。

老吴把画卷了卷，带回家去。他心情很好，没觉得自己是带回了一幅画，他觉得自己是带了一个胜利回家的，虽然下棋下平了，但是划拳他赢了。家里人也没在意他带了个什么东西回去，老吴也没说买画的事情，因为他没觉得这是个事情，顺手就把画搁在一个柜子上了。过了两天，老吴的老伴打扫卫生，看到有一卷东西，纸张已经很旧了，发黄的，结绳还有点脏兮兮，她也没展开来看看是个什么，嫌它搁在柜子上碍眼，就塞到小阁楼上去了。

起先老吴还是记着有幅画的，回来时见它不在柜子上，曾经问过老伴，老伴说，放阁楼上了。老吴"噢"了一声，心里踏踏实实的，没再说话。

半年很快过去了，老吴早已经忘记了画还在阁楼上搁着呢，老史也一样没有再想起那幅画的事情，他们仍旧下棋，仍旧因为怕输而不敢下决赛局，仍然过着和从前一样的日子。

但是后来事情发生变化了，老吴搬家了，搬家前整理家里物事的时候，才知道家有多乱，废旧的东西有多多，本来想把该丢的东西丢尽，整理干净了再搬的，后来等不及了，干脆先一股脑儿搬过去，再慢慢清理吧。

老吴搬了新家，住得远了，和老史来往不方便了，偶尔通通电话，很长时间才聚一次，见了面似乎还有点陌生了，说话也小心多了，不像从前那样随随便便，甚至动不动就互相攻击，现在他们变得客气起来，下棋也谦让了，再到后来，他们的来往就越来越少了。

又过了些时，老吴中风，在医院躺了几个月后，恢复了一点儿，但是腿脚却再也不像从前那样利索了。

在住院期间，老吴还一直惦记着老史，他让儿子小吴给老史打电话，可是老史一直没有来看他。老吴骂骂咧咧地责怪老史，虽然他也曾经想到可能是小吴根本没有给老史打电话，但他还是愿意把老史拿出来骂几声。当然他更愿意老史站在他面前让他骂，可惜的是，老史从此再也没有出现过。

老吴在搬家前，老伴老是在他耳边说，儿子媳妇好像有点不对头，但他们之间到底有什么事情，小两口都不肯直接说出来，要说话也是借着孩子的口说。老伴说了这个现象之后，老吴也注意观察过几回，确实如此。老人虽然嘴上不说，心里却是明白的，这是小夫妻冷战了，可能就是外面经常有人说的所谓多少年多少的什么痒吧。但老人不便多管小辈痒不痒，只是希望他们的冷战早点结束。

没想到这冷战随着搬家就真的结束了，现在小吴和媳妇每天下班回来就躲进自己屋里，关上门，鬼鬼祟祟地不知在干什么。有一回他们性急地进屋，忘了关门，老吴不经意地朝里看了一眼，看到他们的大床上展开着一幅画，两个人双双跪在床前，头靠头地凑在一起，拿着一个放大镜在照什么东西呢。

过了一会儿，小吴出来了，问老吴有没有更大一点儿的放大镜，老吴说没有，这个放大镜已经够大的了，书上的字能够放得蚕豆那么大。儿子说，我不是放字的。又回进屋里，这回小心地把房门关上了。

过了一天，儿子带回来一个超大的放大镜，举起来差不多有一个小扫把那么大，他们又去照那张画了，照了一会儿，小吴和媳妇一块出来了，到老吴房间里，说，爸，那幅画是爷爷留给你的吗？

老吴很莫名其妙，他不记得他的爸爸给他留下过什么东西，小吴夫妇很客气地把他请到他们的卧室，那幅画仍然展开在大床上，老吴看了看画，觉得有点眼熟，山、花鸟树丛、茅屋、下棋的人……渐渐的，老吴想起了许多往事，想起从前和老史一起下棋斗嘴的快乐，现在老史倒有很长时间没见着了，老吴心里有点难过，长长地叹了一口气，说，这是你史伯伯和我一起买来的。

小吴一急，脸都白了，赶紧说，爸，你可千万别去找史伯伯。没等老吴问为什么，小吴又说，现在我们正在托人请专家鉴定，很可能真的就是南山飞鸟的画。媳妇见小吴只说了一半，又赶紧补充说，爸，如果是真南山飞鸟的画，那就值大钱了。老吴没再问他们南山飞鸟是谁，因为只要看看小夫妻的脸色，想必这飞鸟并不是什么鸟，而是一个了不起的大人物。

小吴夫妇对老吴不放心，他们怕他去找老史，说，史伯伯说不定也搬家了，也不知搬到哪里去了，你现在腿脚也不大好，就别去找他了。

老吴还是忍不住想给老史打电话，但他已经记不清老史家的电话了。他摸索出早年的一本电话本子，从上面找到老史家的电话号码，打了过去，但是老史家的电话已经成了空号。

小吴夫妇从专家那儿得到的结果是又喜又忧，喜的是专家一致认定这就是南山飞鸟的画作，忧的是印章错了，印章不是南山飞鸟的，是谁的，竟然看不出来。

这就难倒了专家，也愁坏了小吴夫妇，眼看着好梦成真，却被一方莫名其妙的印章阻挡了，他们像患了绝症四处求医的病人一样，到处寻找有水平的专家，到处求人鉴定，大家始终都是一头雾水。有一次，他们甚至赶到北京去了，曲折转辗地到了一位老专家家里，在老专家的书房里的大书桌上，摊开了那幅画，老专家弓着身子用放大镜看了半天，小吴夫妇就一左一右地守在老专家身边，心提到了嗓子眼上，那等心情，无疑是等待法官判决的重罪犯人的心情。

结果仍然没有出来，老专家也和其他许多专家一样，看得云里雾里，只能对他们摇头苦笑。

小吴夫妇的心一下子沉下去，沉得摸不着，一下子又吊起来，卡在嗓门眼上，把好端端的人搞得如同汪洋大海中的一叶小舟，起起伏伏、颠颠倒倒，完全由不得自己做主，小吴媳妇捂着胸口说，要得心脏病了，要得心脏病了。

正在这时候，事情却忽然出现了转机。老专家的小孙子，大约六七岁的样子，他从外面跑进来，一直跑到爷爷的书桌前面，趴上前一看，小孙子脱口说，南山飞鸟。

老专家和小吴夫妇大惊失色，惊了半天，老专家才想起来问孙子，乖乖，你怎么看出来的？小孙子说，嘻嘻，就这么看出来的。老专家一拍脑袋，幡然猛醒，快步绕到小孙子的位置上，小吴夫妇也紧紧跟过来。

天大的谜团瞬间就破解了，一切的疑虑立马就消失了。

原来，这方印章盖反了。

这可是业内的一个惊人的发现。

消息迅速地传了开去，大家都到小吴家去看这个千载难逢的错版，家里整天熙熙攘攘的，搞得老吴的血压再次升高。

看过错版的人，纷纷发表见解，对此画赞不绝口，至于为什么会出现印章倒盖，也是有据可依的，因为南山飞鸟本身就是一个很粗心、脾气很急躁的人，倒盖印章，对南山飞鸟来说，应该是一件很正常的事情。据史书记载，有一次，他还闹出乌龙，明明是他自己和别人合作的一幅画，过了不长时间就忘记了，有人拿来请他指点，被他挖苦嘲笑一番，说那画是如何如何不好，结果人家告诉他，这是大师你自己画的。南山飞鸟倒也不窘，说，我自己画的就骂不得啦。算是给自己的乌龙解个围。

总之，关于传说中的南山飞鸟的林林总总，足以证明将印章倒过来盖的就是南山飞鸟本人。

当然，也有别的可能。比如说，是书童干的事，他打瞌睡或粗心盖错了，害得几百年后这么多人纠结犯难。

肯定的说法多了，就开始有了不同的声音，说，现在造假，已经达到了超高水平，你以为你了解南山飞鸟的脾性吗，造假的人比你更清楚，所以造假者故意弄个错版，好让有知识的聪明的人根据南山飞鸟的习性去分析，得出此仿件为真迹的错误结论。

也有人从更专业的角度分析，南山飞鸟最擅长画鸟，如果真是南山飞鸟的画，他肯定会画一只鸟，可是为什么这幅画上没有鸟呢。

小吴夫妇再一次陷入了不知进退的地步，他们苦思冥想，他们上下求索，终于想起了一句老话：解铃还得系铃人。

这个系铃人，当然就是老吴啦。

老吴早已经被他们忘记了，虽然他们同住在一个屋檐下，但是在小吴夫妇的眼里，既没有老吴，也没有老吴的老伴。别说老爹老娘，就他们自己的亲生孩子，也有很长时间没有关照了。

现在他们回过头来找老吴，他们把画举到老吴眼前，希望老吴能够回忆起当年的事情。当年，老吴是怎么在旧货摊上得到这幅画的，是多少钱买来的，那个旧货摊当时摆在哪里，现在还在不在，那个卖旧货的是个什么样的人，住在哪里，现在有没有搬家，等等等等。

总之，现在小吴夫妇的希望就在老吴的嘴皮子上了。他们紧紧盯着老吴微微张开的嘴，他们坚信不疑，那个黑洞里有他们朝思暮想的东西。

老吴第二次中风后，不仅坐上了轮椅，说话也含糊不清了，但他还能够看东西，他看到那幅画后，微微张着嘴哆嗦了半天，勉强说出了两个字：了勒？

小吴夫妇听得出这是个疑问句，但是他们不知道"了勒"是什么，恳请老吴再说一遍，老吴说了，还是"了勒"。小两口又煞费苦心地猜了半天，始终没有明白"了勒"是个什么。老吴见儿子媳妇如此痛苦，心中很是不忍，又努力说了另外两个字：老喜。小吴夫妇还是没听懂，但毕竟比"了勒"要好猜一些，他们后来明白过来了，老吴说的不是老喜，而是老史。老吴是让他们去找老史呢。但是他们是最怕老史的，当初老吴从医院里回家后，曾给老史打电话，但打过去却是个空号，那不是因为老史搬家了，是小吴把老史的电话号码偷偷地改了两个数字，老吴老眼昏花，没有看出来，照着错号打过去，老史就不在电话的那一头了。

其实老史一直没有搬家，但他和老吴中断了联系。在开始的一段时间，老史也和老吴一样，骂过老吴，过了些时，他也不骂了，再过些时，他不提老吴了，再到后来，他连老吴的模样都记不起来了。

小吴夫妇本来是最不愿意提到老史的，但是事到如今，老吴不会说别的，只会说老史，他们在别无选择的前提下，退一步安慰自己，实在不行，就找老史吧。找到老史可能出现的麻烦，就是老史要分一半去，但是不找老史的结果，就是他们永坠无底之洞，永远生活在疑虑和焦躁不安之中。两者相比，最终他们还是选择了前者。

寻找老史，也不是一件容易的事情。老史虽然没有搬家，但问题是小吴夫妇从来就不知道老史住在哪里，只是知道在从前的时候，父亲有个老友，就住在不远的某个地方，他们常常在公园里见面，下棋、吹牛、对骂……这些事情，怎么那么的遥远了，遥远得似乎已经是几个世纪前的事情了。

小吴夫妇知道，凭着从前的一点儿记忆，是很难找到当年的印迹的，现在他们又把目标对准了老娘，老娘那时候曾经到那个公园去找过老爸，她应该还记得那时候的情形。

老吴的老伴就带着儿子媳妇去寻找从前的记忆了。她已经步履蹒跚，小吴夫妇心急，嫌她走得太慢，就搀扶她一起走。老娘感叹说，唉，我活到这么老了，头一次有人搀我。小吴夫妇听了，面露惭愧之色。

公园虽然还在那个地方，但早已经不是当初的那个公园了，他们在老吴和老史当初经常活动的场所转了几圈，哪里会有老史的影子呢，老史在不在了，还不知道呢。

但是他们没有泄气，第二天他们又来了，现在他们不用老娘带了，他们已经认得这地方了，他们会再来，再来，他们会很有耐心。

老天没有辜负他们的耐心。

老史还在。

就在小吴夫妇设法寻找老史的这段时间里，老史的生活也发生了很大的变化。根据老史的种种表现，医生告诉老史的家人，老史已经是早期老年痴呆症了。

这个病的重要表现之一，就是老史对从前的许多事情忽然一一地记了起来。有许多是早就忘记了的，甚至忘得干干净净的，现在全都想起来了。比如老吴，他其实早就忘记了老吴，可是有一天，他突然对家里人说，我要去找老吴。

家里人都愣住了，他们不知道谁是老吴，早年唯一知道老吴的是老史的老伴，但是老史的老伴前年已经去世了。不过老史才不管别人认同不认同他的记忆，他既然想起老吴来了，他就要去寻找老吴。一想到要寻找老吴，他立刻就想起了从前的那个公园，一想起从前的公园，从前的许多事情也都想起来了。

老史现在对从前的事情真的太清楚了，真是历历在目。

就这样，老史和小吴夫妇，在从前的那个公园里碰见了。可是，小吴夫妇怎么会认得老史呢。他们看到一个老人行动迟缓，两眼却放射着炯炯的光彩，他们无论如何也想不到他就是老史。

可是老史认出小吴来了，因为老史的早期记忆太好了，他认出小吴的脸来了，他以为小吴就是老吴，老史激动地上前握住小吴的手说，老吴，我总算找到你了。

经过一番说明，老史才知道，面前的这张熟脸，不是老吴，是小吴，不过那也不要紧,既然找到了小吴,再找老吴也就不难了。

而小吴夫妇在惊喜之中,又怀着很大的担心。虽然找到了老史,但是毕竟时隔这么多年,只怕老史早已经不记得当年的摊主了。更何况,从文庙摊主那儿购得,这也只是老吴自己从前的说法,万一老史不承认,万一老史说出另一个事实,他们该怎么办呢?

还好,他们的担心多余了,老史对于当年购画这件事的说法和老吴的说法基本一致。这要感谢他的病症,如果不是这样的病症,他恐怕难以记得这么清楚。唯一遗憾的是,老史和老吴都不知道当年卖画给他们的摊主姓甚名谁,他只是他们人生中遇到的一个匆匆的过客,而且一掠而过,绝尘而去,后来再也没有出现在他们的生活中。

后来事情的发展,大家也都想象得到,小吴夫妇和老史一起去了文庙。文庙也早已经不是当年的文庙了,它现在是真正意义上的古玩市场了。比起当年规模,真是鸟枪换炮了,摊位都变成了堂皇的商店。

只是因为他们要找的人不知姓不知名,他们只能挨家挨户地找过来,当他们到达某一家店铺的时候,他们说出来的话,会让人觉得莫名其妙,或者让人心生疑虑,或者让人反过来对他们穷追不舍。

这真是大海里捞针啊。

但小吴一直以来都是抱着大海捞针的态度在做这件事,现在做到了最后的也是最关键的时候,他们一定会继续捞,他们必须得继续捞。于是,他们走进一家店,出来,又走进另一家店,再出来,再走进一家店,把同样的话说了无数遍。

最后他们到了一家名叫闲趣的古玩店,小吴夫妇看了看这个店名,心里不免有点失望,心想,这不是饼干吗。那闲趣店还确实是蛮闲的,只有伙计一个人,小吴夫妇又坚韧不拔如此这般问了一遍。伙计肯定是不知道的,他们说的那个件事情发生的时候,他还没上小学呢。

但是有一个人听到了,他就是当年的那个摊主,听着小吴夫妇和老史反复叙述这件事情,他终于回想起一些往事来了。只可惜此时此刻,他躺在二楼的房间里,他患了多年糖尿病,最后导致了并发症,双腿瘫痪,全身衰竭,因为一辈子搞古玩生意,他实在太热爱这个事业,所以他不肯进医院,宁可待在这个狭窄的二楼空间,每天可以感受到几乎伴随了他一辈子的那种亲切的有点腐朽的气息。

他几乎已经是气若游丝了,但是耳朵还灵,他在床上听到了楼下的对话,他想让他们上楼来,但是他喊出来的声音却很轻很轻,楼下的人根本听不见,他就耐心地等待。

现在楼下的小吴夫妇和老史再也没有办法了,但是在绝望中他们又看到了一点儿希望,他们看出来这个店伙计虽然年轻,但是为人很热心,也很周到,最后他们死马当作活马医,给小伙计留下了联系方式,拜托他留个心,听听风声,如果有什么信息,请他联系他们。

小吴夫妇在街头和老史分手的时候,以为老史会提出来去看看他们的父亲老吴,但是老史并没有提出来。小吴夫妇以为老史和他们一样被这幅画迷住了心思,其实他们错了。老史的病情使得他只能记得从前的事情,却不知道现在他应该做什么。他不能把从前和现在联系起来。

在闲趣店,小吴夫妇和老史说的那些话,店老板都听到了,所以他虽然躺在床上,却不着急,后来他一直等到小伙计上楼来伺候他吃晚饭,他让小伙计给小吴夫妇和老史打电话。

小吴夫妇和老史分别接到了他们急切期盼或者颇觉意外的电话,小伙计在电话里告诉他们,他们要找的人,就是他的老板,他姓吕。吕老板请他们明天上午到店里见面。

真是天大的惊喜。

小吴夫妇立刻感觉到,他们离事情的真相越来越近了。但是其实,另外还有一个事实也正在越来越紧迫地逼近他们,他们因为对这幅画太投入,完全没有意识到。

许多年来,小吴夫妇为了这幅画,损失惨重,花费了大量精力和大笔开销不说,最要命的是,他们耽误了孩子的学习,本来他们的孩子学习成绩中上,再努一把力,就是上游,就能上最好的高中,结果因为夫妻俩为了求一幅画的真假,丢了对孩子的帮助和教育,孩子成绩一落千丈,并且迷恋上了网游,但是一直到这时候,小吴夫妇还执迷不悟。

现在,他们终于找了当年的摊主。这么多年,他们经历了多少周折,走了多少弯路，但是这些弯路没有白走，因为最终他们明白了谁是真正的系铃人。

现在，很快，就是明天，他们就要从摊主那里得到最后的答案了。经过这么多年的折磨，小吴夫妇已经精疲力竭，斗志衰退。他们对画的价值，早已经不那么看重了，他们所想要的，就是一个尘埃落定的结果。

今天似乎是给这段人生画上句号的最后一个晚上，过了今天，这幅画或许就再也不属于他们了。因为如果它是真迹，他们会卖了它，来弥补这些年来为了证明它所造成的家庭经济亏空。如果它是假的，他们不会再把它当个事情，他们会把它当成一堆废品束之高阁，就像从前他们在搬家之前的那些日子里，它一直安安静静地待在家里的小阁楼上。

今天这个最后的夜晚，他们要把画拿出来看它最后一眼。

画不见了。

当小吴夫妇在网吧找到儿子的时候，一眼就看出来，儿子财大气粗，那画想必是儿子卷跑了。

倒是小小吴比他们镇定，宽慰他们说，爸，妈，别着急，画没有卖掉，它在典当行里，三个月之内都能够赎回来。

这孩子，小小年纪，连典当东西都学会了。

小小吴又说，人家说了，你们是菜鸟。见父母亲发愣，他内行地告诉他们，你们的画上应该有只鸟的，可是现在没有鸟，没有鸟的东西，不值钱的。

小吴夫妇，面面相觑一会儿，他们终于不再恋战，当即决定解甲归田，回家把重心重新放在孩子身上。他们现在认识到了，孩子才是他们的未来。

至于这幅画上到底有没有鸟，是不是曾经有过鸟，后来鸟又到哪里去了，或者从来就没有鸟，他们再也没有去想过。

第二天，在那个约定的时间和约定的地点，小吴夫妇没有来，老史也没有来，老史没有来的原因，是因为他已经忘记了这个约定。正如医生说的，这是典型的早期老年痴呆症的症状。从前的事情，越遥远的事情越记得，越是眼前的事情，忘记得越快。老史就是这样，当天下午他和小吴夫妇去文庙找人，没有找到，他在回家的路上，就把找人的事情忘记了。晚上接到古玩店伙计的电话，老史欣然应答，但是搁下电话，他就将这事情忘记了。

小吴夫妇和老史一直没有来，店伙计急得上上下下跑了几趟，他怕老板怪他没有打到电话，怪他办事不周到，不得力。他给老板解释说，老板，我肯定打过电话，都是他们本人接的，而且，都答应得好好的，今天一定准时到。可是，可是……他越说心越慌，好像真的是他没有通知到位，最后他慌的话都说不下去了，涨红了脸站在那里。

老吕的心情却恰好和他相反，他开始是有点担心，不过不是担心小吴夫妻和老史不来，而是担心他们会来，随着时间一点一滴地过去，他渐渐地感觉到，他们可能不会来了，他们看起来是不会来了，最后他知道，他们肯定不会来了。这时候，老吕心情平静下来了，而且越来越平静了，他们不来才好，如果他们来了，他反而无法面对他们了，因为昨天晚上他一直在想着这件事，努力地回想那幅画的内容，他回想起了画上几乎所有的东西，但是唯独有一样活货他不能确定，那就是一只鸟。

画上到底有没有一只鸟呢？

在老吕没有能够确定真相之前，对于已经失去了事实的真相，他无法归还。

老吕让小伙计到他的床底下，拉出一个大纸箱子，纸箱里放满了笔记本。许多年来，老吕有个习惯，凡做成一笔生意，他除了记账，其他许多相关的内容也都会详细地记录下来，如果能够找到当年的那个笔记本，或者就会真相大白了。

小伙计帮老吕找到了那一年的笔记，可惜的是，这本笔记本被水浸泡过了，那上面的钢笔字全部融化成了一个个的墨团团，一点儿也看不清了。

摆地摊的头一年，没有经验，字画什么的就搁在一块布上，布就摊在地上，忽然来了一阵暴风雨，老吕只顾抢字画，其他东西都被淋湿了，包括这本笔记本。

多年后的这一天上午，老吕一抬头，看到一只鸟从他的窗前飞过去了。

梦幻快递

有一天，我送快递到一个人家，收件人是个年轻的女孩，就是最热衷网购的那种，从屋里出来，接了快件就向我要笔签收，我提醒她说，先开箱看一下货吧。

这可不是因为我有责任心，这是公司的规定。公司规定一定要让收件人开箱后再签收，否则后果一律由我们送货人自负，我才不想负这么多的后果，所以我坚持要她先开箱后签收。她似乎有些不耐烦，对我送来的货物看起来也不怎么在乎，马马虎虎说，哎呀，不开了吧，我忙着呢。我说不行，不开箱不能签收的，除非……她赶紧问我，除非什么？我说，除非你在单子上写明。她又问要写什么，我说，写收件人自愿不开箱验货，与递送员无关，一切后果自负等等，再签上你的名字。她又嫌烦，说，哎哟，烦死人，要写么多字，算啦算啦，就打开来看看吧。可是箱子包裹得很严实，她又皱眉，又想马虎过去。还好，我随身带着小刀子，将包扎箱子的胶带划开来。我这小刀子这是专门对付那些嫌麻烦的收件人的。他们会以没有工具打开箱包为由，就强行直接签收，马虎了事。这种做法我是不能允许的。

当然你们也都知道的，其实收件人并不都是这样的人，有些人的习惯正好相反，他们对付快递来的货物的顶真程度让你简直忍无可忍。比如一个妇女喜欢从网上购买衣服，每次拿到衣服，她都上上下下前前后后里里外外反复检查，甚至连线缝都扒开来看个仔细，我在旁边看得心里暗笑，她是不是以为这衣服是我本人缝制出来的，就算看出线缝有问题，她拿我有什么办法呢。另有一个妇女也是经常买衣服的，有一次打开箱子验货时闻到一股橡胶味，她坚持说这是假冒伪劣产品，当场就要退货，又说穿这种衣服会得癌的，说得吓人倒怪。但无论是货真价实还是假冒伪劣，都与我无关，她这是在为难我。我耐心跟她解释了条例，验货时只有当货物损坏或原先确认过的尺寸颜色不符才能拒收，没有一条规定说，衣服有异味也能当场拒收的。最后磨了半天，她还算讲理，收下了那件可能很恐怖的衣服，决定打客服电话要求退货，后来怎么样我就不知道了，也不关我事。还有一个收件人也很奇怪，一定要问我叫什么名字，我说公司没有规定要报名字，可以不告诉她，但见她执意要问，我就告诉她了，我还心存侥幸地以为她要给我介绍对象呢。不料下次去的时候，她又问我的名字，我说上次告诉你了，她说记性不好，忘了，我又告诉一遍，如此三番几次的，我心里有疑问，我跟她解释说，其实，送快递跟名字没有关系的。她说，怎么没有关系，我连送水工都要问他们名字的。我想她可能是防患于未然吧，生怕哪天出了事找不到人。但其实她不知道快递公司都有规定的，哪一片区域归哪一个快递员，都是清清楚楚的。她只要说出她的地址，公司就能知道是谁送的，除非那是个不规矩的公司，如果是不规矩的公司，你知道快递员的名字有人才通知，你就算知道老板的名字，也同样不能解决问题的。

　　真是林子大了什么鸟都有。什么鸟你都得小心应付，谁让你是快递员呢。现在快递中的差错很多，无论谁是谁非，最后鸟屎总是要拉在我们头上的，我们只能如履薄冰地保护着自己的脑袋不受鸟的欺负。

　　不说鸟了，还是回到眼前的这个人身上吧，她终于打开纸箱，拎出那个货物，我才没心思管她是什么货物，就算大变活人也不关我事，可是她还偏偏把那货物扬到我的眼前，喏，看见了吧。我貌似瞄了一眼，是一条打底裤，还洋红色呢，我心里就很瞧不起她，别以为我不知道，网购一条打底裤，贵不过几十元，最便宜的十块钱就卖了。她倒没为她的低廉的打底裤难为情，扬过打底裤后，又说，行了吧，算验过了吧，可以签收了吧。

　　当然可以了，我又不是有意要刁难她，只要她按规矩办就行，我请她在单子上签了名，我撕走上面一张，就可以走了，她也回屋里去了，两下刚刚转身，忽然我听到她那里发出一声尖叫，我以为又出错了，赶紧回头看，她却已经笑得直不起腰了，躬着身子在那里哎哟哟，哎哟哟。我不知道她哎哟个什么劲，既然她不是找我麻烦的，我赶紧撤。她见我要撤，才勉强直起了腰，冲我说，哎哟，我买过一条一模一样的哎，哎哟，我怎么忘得干干净净，一点儿也记不得了，看到它，我才想起来，前几天才买过的呀。这与我无关，我还是得撤。她又说，我不会得老年痴呆了吧，我才二十五岁呀。这仍然与我无关，我再撤。

我这才撤走了。

我开始干这一行的时候，还有些新鲜感，但时间一长，什么感也没有了，什么都一个样。收件人呢，恐怕有七八成都是刚才那样的小八婆，手里有一点钱，钱又不多，尽在网上淘些不值钱的甚至没多大用的东西，我真是替她们想不通，她们那手，整天就那么痒，非得拿鼠标点一下，又点一下，再点一下。当然，就是因为她们手痒痒地点一下，又点一下，快递公司就那样如雨后春笋般地冒出来了，而且越冒越多，越冒越强。我都听说了，现在有一千多家快递公司。我同事说，一千多？谁统计的，那些连册都不注的黑公司他统计得了吗？我同事比我有想法，按照统计的数字是一千多字，按照他的想法，那就不知道是多少家了，难怪竞争这么激烈。

当然，这无数无数的收件人，她们收到的东西，也不一定都是她们自己买的，也有别人赠送或代购的，比如男朋友啦，比如父母啦，比如别的什么人啦，但那个比率是很小的。

说起来，我不应该抱怨她们，更不应该瞧不起她们，有了她们，才有快递公司的生意，才有我们的饭碗。其实她们中间也有好多不错的女孩，如果她们的手不那么痒，其实真是很好的，如果我能够找其中的任何一个做老婆，也都心满意足了。

有一次，我到一家送快递，那姑娘开了门，还客气地紧着请我进去，我知趣，才不会进去，但她太热情了，甚至还过来拉我，说，进来呀，进来呀，没事的。那我也只能站在她家门口，就这么一站，我顺便朝她屋里一望，我的个妈呀，堆了半屋子的快递，多半都还没有开包呢，封得死死的。我不知道这是哪家快递公司递送的，怎么能不开箱验货就给她了呢。不过这也不关我事，我只要做好我的工作就行了，还管别家快递公司干什么，各家有各家的规矩。我只是想，这样的老婆我不娶也罢，她这哪里是购物，分明是在做游戏，我一个送快递的，哪有那么多钱给她过家家啊。

我这算是自卑呢，还是自卑呢？我这算是一厢情愿呢，还是一厢情愿呢？

这是关于收件人的林林总总。关于寄件人呢，我是看不见他们的，但我也知道，反正五花八门，什么样的都有，因为我看不见他们，我也懒得说。

我还是更关心一下我自己吧。有时候我到了某一个小区，会有一种做梦的感觉。为什么是做梦呢，因为对这些小区太熟悉了，因为这些小区也太相像了，我每天进入不同的小区，但它们好像又都是同一个小区，无法区别，不仅梦里会梦到它们，就是醒着的时候，也会把它们当成是梦境。

其实，即使你不进入这些小区，你闭上眼睛想一想，难道不是这样吗？这许许多多新建起来的小区难道不是差不多的模样吗？火柴盒似的竖在那里，一幢贴一幢，只是有的贴得紧密一点儿，有的贴得宽松一点儿，这就是小区与小区之间仅有的差别了。前者呢，就叫个普通小区，后者则可以称作高档小区，至于那些楼的形状和颜色虽略有差异，但这不是问题的关键，只是表面现象而已。我们都是成年人，不会被表面现象蒙蔽了双眼哦。

然后你再找到某一幢，到几零几，是高层的话，就坐电梯，不是高层，就爬楼梯。然后，你敲门，或者按门铃。然后，有一个人在里边问，谁呀，你说，快递。然后，门就开了，你望里边一瞧，别说大楼和大楼相似，这屋里的装饰也差不多少。

如果你每天都行进在这差不多的空间和时间里，你也许真的会搞不清什么时候是梦，什么时候是梦醒了。

好了好了，别做梦了，现在我已经从打底裤那儿出来，又来到另一个差不多的小区，找到一幢差不多的楼，上了几乎一模一样的楼梯，然后，按响门铃，里边问，谁呀，我答，快递。门立马就开了，都没从门镜里朝外看一看再开门，不知道是他们的警惕性太差，还是对递送来的货物太看重，太着急。

前些时有个新闻说，某女独住，被快递员杀了。这个新闻出来后，我和我的同行以及我们的老板都有些沮丧，有很不好的感觉，以为快递业要下滑了，以为快递件会大大减少了。结果呢，根本就没少，还越来越多了，所以我们老板又神气起来了。到那一年的11月11日凌晨，那个电子购物，不叫购物，叫秒杀。那可是杀得个昏天黑地。

有时候我也很无聊，就幻想着哪一天能够碰到一个不太相同的收件人，但是没有，真的没有。现在站在我眼前的这个，还是那样子，她打开箱子，眼睛往下一扫，算是看过了，说了声，我晕，就签收了。我不知道她"晕"什么，反正我也没注意快递的是什么东西。关于递送的货物，每一联的单子，无论是最后执在我手里的一联，还是贴在箱子上留给收件人的那一联，上面都有写明，但是我才没那么多时间和那么好的心情将每天要送的东西一一看过来。我只管送，不管知情，更不管收件人对于收到的货物的表情，所以她对于货物晕不晕，不关我事。她既然签了，我就完成任务走了，至少比前面那些个不肯验收的打底裤干脆些。

没想到的是，她的这个晕，后来晕到我头上来了，那货送后的第三天，也就是中间隔了两天，我接到一个妇女的电话，问快递怎么没到？这事情不稀罕，多了去，我也不着急，先问她怎么个情况。她说，我前天上午给她打过电话，说马上送到，结果等了两天也没到。

这也是个人物呀，等了两天才给我打电话，真不着急啊。我回想了前天的工作，没有遗漏呀，前天的任务我都完成了呀，不过我也仍然没有着急。我又问她，你前天接到的电话，确定是我打给你的吗？她说当然呀，我手机上还保留着你的电话呢，要不我怎么会打电话给你呢，幸亏我留着，否则还不知道找谁呢。其实她的话是不对的，或者说不完全对，快递收不到，不一定完全是快递员的问题，也可能是其他的某个环节出了问题。不过我也还是理解她的，像她这样的妇女，又不知道快递公司是个什么样子，又看不见公司的操作程序，她能看见的，就是快递员了，她不问我问谁呢，何况我的手机号码已经落在她手里了嘛。我再跟她确认一遍，你是说，前天，我跟你联系过，说马上送快递给你？她说，是呀。我很有经验哦，又再核对说，那你报一报你的地址和收件人姓名。她报来，我赶紧拿笔记下，承诺她尽快答复。这种事情，我当然得尽快，像她这样的，看起来性子不算太急。有些性急的人，根本不问青红皂白，不论谁错谁对，一下子就给你捅到公司里，让你吃不了兜着走，即便是日后查清楚了到底是谁的责任，可你在老板的心目中，已经不是十全十美的了，已经是有了污点的了，亏吧。

前天的运送单早收在公司了，我赶紧挤时间回公司调前天的单子，调出单子我就仔仔细细一一检查，根本就没有疏漏呀，张张单子都有人签收，这说明什么呢，说明我没有出差错。我给那个妇女回了个电话，告诉她，她的那个地址确实有快件，货物也确实已经投递了，因为有人签收了。她立即"咦"了一声，说，签收？不可能，我们家白天除了我，没别人的。我说，我这里白纸黑字，这是百无抵赖的。她又说，奇了怪，那是谁？谁签收的？我看了看那个名字，签得龙飞凤舞，我勉强看出来了，告诉她，是某某某。她愣了一会儿，说，某某某？某某某是谁？我说，就是你家签收的人呀。怕她不明白，我又重新说清楚一点，就是说，我把货物投递到你家，你可能不在家，但是你家有另一个人签收了。那妇女说，不对呀，我根本就不认得你说的这个某某某，她不是我们家的人，你投错了。她的口气倒是一直蛮平静蛮客气的，可客气有什么用，她再客气我也要把快件投给她呀，可是快件到哪里去了呢？我的脑袋"轰"地一下大了，我赶紧冷静下来，让脑袋缩回去，仔细想了一想可能发生的错误在哪里。既然签收的人名错了，首先，我当然想到了地址。我还是有些经验的，我再和那妇女核对地址，果然，地址错了一个字，洪福花园，写成了洪湖花园。

我首先想到的是，那不是我的责任，那是寄件人的责任，怪不着我，当然，也同样不能怪收件人。我赶紧安慰她说，好了，你别着急，我知道问题在哪里了，我投到寄件人提供的错误地址上去了，这事好办，我再到那儿跑一趟，拿回来，再给你送去就是。那妇女说，也太粗心了，地址都会写错。我当然知道她说的不是我，我放心下来，赶紧着往那个错误的地址去。

这时候我仍然一点儿也不着急，写错地址的事情太多了，写错人名的也很多，许许多多的错误，只有你想不到的，没有他们犯不出的。有一次，我打电话问收件人，你是某某街某某号某某小区某幢楼某零某室吗？对方说是的呀，我正家等着快递呢。我就送过去了，那个人也高兴地签收了。可是很快又人来电话讨要这个快件，我说已经准确投递了，而且签收了，但是他并没有收到，更没有签收，这真是奇了怪。这事情后来经过长时间的反复纠缠，搅得我们大家都不知所以了，最终发现，这个快件根本就投错了一个城市，两个城市竟然有两个同名的小区，不仅小区同名，连街名和门牌号都是一样的，你以为这样的事不会发生吗？它真的会发生。

更多的是写错收件人电话的，你打到那个错误的电话上，人家好说话的，告诉你打错了；不好说话的，还操你妈，你能和他对操吗，当然不能。

总之，事情就是这样的，无论是正确的寄件人和收件人，还是错误的寄件人和收件人，他们都是你上帝，只不过这些看得见的上帝和那个真正的看不见的上帝才不一样呢。有一次，我手机出了故障，用不起来了，我知道情况紧急，赶紧去维修，可是就那么短短一个小时时间，有客户就已经投诉到公司了，说我关机，一个送快递的怎么能关机呢？强盗逻辑呀，难道送快递的就不能有一点特殊情况吗，万一我路上遭遇车祸昏死过去了呢——我呸。我还是别遭遇车祸吧。无论你遭遇什么祸，人家都是上帝，你都是上帝的仆人。

现在我到了洪湖花园的那幢楼，上了那个几零几，敲门，门开了，一个陌生的妇女出现在我面前，有些茫然地看着我。尽管很可能我前天刚刚见过她，但我仍然觉得她陌生。我不可能记住每一个收件人的面孔，这很正常。我如果有那样的超常的记忆力，恐怕我也不必再风里来雨里去地送快递，我干脆毛遂自荐到情报部门工作算了。

不过她的脸陌生不陌生倒也无所谓，我又不是来找她本人的，我是来讨回送错了的货物的，我直截了当跟她说明了情况，我一边说，她一边摇头，摇到最后，她说，你搞错了，我没有收你送来的快件。我说，我是前天来你这儿投递的，是你自己签收的。虽然我觉得她是个陌生人，但我一定得先强加于她，否则……没有否则，事实就已经是这样了。她说，你投快件给我，我收的？你见过我吗？我怎么没有见过你？我不好说见过她，但也不敢说没见过她，我换了个思路问她。那你，平时有网购、有电视购物这些吗？她说，有呀，经常有，我经常收快递，不过，不是你送来的。只要她承认收过就好，我这才拿出单子来，递给她看，我说，你看，这地址，是你的吧？她看了看地址，有些奇怪地说，咦，地址确实是我的，但是收件人不是我呀。不等我再发难，她又进一步看出了问题的实质，跟我说，不仅收件人不是我，签收的人也不是我，名字不是我，笔迹也不是我的呀。

我满以为这样一个小错误，只要到这里跑一趟，就能解决了，哪知情况复杂起来了，我的脑袋又大起来。她倒是蛮善解人意的，跟我说，是的呀，现在送快递麻烦的，很容易搞错，现在的人都是粗枝大叶的。看来她是深知我的难处，又说，你要是不相信，你拿纸出来，我签个名你比比看，看那单子上到底是不是我的字。我也没有其他的法子，只能这样做了，显得我很不相信人，很小肚鸡肠，但是你们不知道，干我们这行的，不得不这样，不然你稍稍粗心一点儿，赔得你倾家荡产。

　　她在我提供的纸上，写下了她的名字，我只瞄了一眼，心里就认了，我手里的运送单，肯定不是她签收的。她见我没说话，又指点着她的字跟我说，你看，这字体，完全不一样，再说了，我要是签了，我为什么要抵赖呢，没必要吧。虽然我一眼就看出来不是她的字，但我还是不甘心，我不能甘心，我一甘心，这事情就没有余地，没有退路了。我又换了个思路，再问她，会不会你不在家，是你家里人签的？她说，我家里人白天都不会在家的，再说了，我家里也没有人叫这个名字的呀。她看我一脸的疑惑，又说，你快递的什么东西呀，贵重物品吗？我说，好像不是贵重物品，没有保价，是某某电视购物的拖把。她说，那就更不可能有人冒领了，冒领个拖把干什么？值吗？我说，可是，可是那把拖把会到哪里去呢？她态度一直很好，可我仍在怀疑她，她终于也有点儿不高兴了，开始批评我说，你自己也有问题，单子上的收件人明明叫张三，你却让李四签收，连个"代"字也不写。我不能同意她的说法，公司规定也没有说一定要本人签收，家人是完全可以代收的。再有，如果有人存心冒领，写个"代"字有屁用。

　　我就真的奇了怪。虽然说起来，送快递的奇怪事情有很多的，但是因为我这个人生性谨慎，也知道保住饭碗不易，所以一般是不会出差错的。这一回问题到底出在哪里呢？我整理了一下思路，先是寄件人把小区的名字写错了，我当然是按照寄件人写的地址去投递，这第一步，我没有错；第二步，电话没有错，我也通过电话，收件人本人也接到过电话，等待我送货去的，这第二步我也没错；第三步，我到了寄件人给的错误地址那里，人家确实正在等着快递呢，就签收了，虽然不是收件人本人的名字，但反正他们是一个屋檐下的，应该不会错，这第三步，我仍然没有错。

　　我没有错，拖把就不会有错，但是那把正确的拖把它到底到哪里去了呢？

　　我再调动起以往的经验教训，仔细想了一下，是我走错了楼层吗？应该到五楼的，结果潜意识里我想偷懒，就少爬了一层，到了四楼？或者，我走错了一幢楼，把三幢看成了二幢，这也是有可能的。或者，我根本就没有来过这个小区，我到的是另一个小区？

反正你们知道的，小区和小区之间，楼和楼之间，楼层和楼层之间，真是很相像的。

这个想法一出来，立刻把我自己吓了一跳，正如我在梦里看到的，一幢一幢的楼，一个一个的小区，都是一样的，但是我是按图索骥的，难道我手里拿着一个地址会走到另一个地址去吗？我如果没有去过那个小区，我怎么会记得那个小区呢，难道是在梦里去的？

难道梦里的事情比现实更清楚？

我不敢说"不可能"。

什么都是有可能的。

只是现在没有任何证据来证明我到底是犯了哪一项错误。

我回忆起前天送快件的情形，忽然灵光闪现，我想起来了，我在那个小区，曾经遇到了一个熟人，我们还站在小区的路上说了一会儿话。

我只要找到这个人，事情就迎刃而解了。

可是事实上，我离迎刃而解还差得远呢。

我本来是个不着急的人，所以我难得犯错，一个难得犯错的人，一旦犯了错，肯定比经常犯错的人要着急，我就是这样。

我现在有点着急了，倒不是因为丢了一个拖把，而是因为我的工作责任心和我的记性。这两者比起来，后者更重要，如果连两三天前发生的事情都不能记起来，岂不要让我吓出一身冷汗来。

我着急呀，一着急，就把我在小区里碰见的那个熟人的名字给忘记了。我努力地回想，努力地在自己的混乱的脑海里捞出他的确定的身份来。

他到底是谁？

家人？同学？同事？亲戚？邻居？

还好，像我这样的屌丝男，关系密切的人也不算多。我先在手机通讯录里找了一下，用他们的名字对照我记忆中那个人的长相，想启发一下自己。开始的时候，我看着每一个名字都觉得像，但再看看，又觉得每一个都不是。

然后我又不惧麻烦地一一地把有可能的人都问了一遍，有人听不懂，不理我，凡听懂了的，都特奇怪，说，什么小区，听都没听说过，我到那里干什么，你怀疑我包二奶吗？也有的说，你什么意思，今天又不是愚人节，就算今天是愚人节,你的把戏一点也不好玩。还有一个更甚,说,你在跟踪我?谁让你干的?你不说我也知道,是谁谁谁让你干的。我一听,这不快要出人命了吗,赶紧打住吧。

如此这般,我心里就更着急了,再一着急,不好了,连那个和我在小区里说话的人长什么样子我都忘记了,我们在那里说了什么,更是一点儿印象也没有了。我急呀,我怕这个明明出现过的人一下子又无影无踪了,就像从来没有一样。

见我抓狂了,我一同学提醒我说,你去看看小区的摄像吧,只要你们站的位置合适,也许会把你和那个人录下来的。我大喜过望,赶紧跑到那小区,可是那物业上说,这个不能随便给人看的,要有警察来,或者至少要有警方出具的证明。我也难不倒我,我再找人罢,联系上警方,警方问我什么事要看录像。我说,我送快递的,丢了一把拖把。警方以为我跟他们开玩笑,把我训了一顿。我不怕他们训我,打我也不要紧,我再央求他们,又把事情细细地说了,拖把虽然事小,但是丢饭碗是大事。结果果然博得了他们的同情,其中更有一个警察,特别理解我,说,你们也挺不容易的,现在要快递太多了,我老婆就上了瘾,天天买,甚至都不开包,或者一开包就丢开了,又去买,害人哪。

我靠着警方的这点同情心,终于可以看小区的录像了,小区物业也挺热心的,帮着我一会儿快进,一会儿快退,找到我所说的那个时间段,再慢慢看,我的个天,果然有我,我还真的是进了这个小区的。我看到我电瓶车上绑了如此之多的快件箱子,自己把自己吓了一跳,要是看到的是别人,我一定会替他担心的,这轻轻飘飘的车子,能载这么多的货物吗?

但那确实就是我干的事情。只是平时我骑着车子在前面走,那许许多多的货物堆在我身后,我看不见它们。

跟着我的身影再往下看,我的个老天,我真的看到我在小区碰到的那个人了。

那个人是我爷爷。

你们别害怕,我爷爷死了三年了,我遇见的是三年前去世的爷爷,我都没害怕,你们更不用怕。

大家都说,在现在的这个世界上,什么都可能发生的,难保死而复生的事情就不会发生哦。

爷爷穿着绿色的邮递员的制服,推一辆自行车,车上也绑着大大小小的纸箱子。不过这并不奇怪,因为爷爷年轻时是邮递员,我干上快递的时候,我妈曾经骂过我,说,龙生龙,凤生凤,老鼠生子打壁洞。我干脆一不做二不休,跟我妈开了个恶心的玩笑,我说,我是爷爷生的吗?把我妈气得笑了起来。

虽然爷爷的出现没有让我觉得奇怪,但我多少还是有些不解,在小区的摄像头下面,我问爷爷,你这么老了,怎么还没退休?爷爷说,我本来是休息了,可是他们说人手不够,请我们这些早就休息了的都出来帮帮忙。我想了想,觉得这也无可厚非。所以,你们别以为平时能够看到大街小巷的驮着快件的快递员穿来穿去,其实还有一部分你们并没有看见哦。我正这么想着,爷爷又跟我说,现在这日子真的方便,就算你从美国买个东西,几天就收到了,不像过去,等一封平信都要等上十天半月的。我说,那是,现在这速度,简直就不能叫速度了。爷爷说,那叫穿越。我正想夸爷爷时尚,爷爷又说了,快过年了,我想给你奶奶买个新年礼物快递过去。我吃了一惊,说,我奶奶?她不是死了二十多年了吗,她能收到吗?爷爷说,孙子哎,咱们这是赶上好日子啦,你说现在这日子,有什么事是办不成的?

说了几句,爷爷就推着自行车送快递去了,我也想得通,他年纪大了,装了这么多东西的车子,他骑不起来了,只能推着走。

我回家告诉我妈,说我三天前在某某小区遇见了爷爷,我妈"呸"了我一声,骂道:"做你的大头梦吧。"

我妈这一呸,让我迷惑起来,或者说,让我惊醒过来,难道小区里发生的一切,真是我做的一个梦吗?

一直到我的手机响起来,我才确认,这会儿我醒着呢。但是我又想,真的就能够确认吗,人在梦里也会接打电话的呀,我自己就经常做打电话的梦,那真是活灵活现,按键、接听、说话,无一不和醒着的时候一模一样。

电话是应收拖把的那个妇女打来的,她说拖把收到了,还谢了谢我。我很惊奇,我还没找到拖把呢,她倒已经收到了,真叫人费解,这把拖把到底是哪一把拖把?或者,是哪个好心人知道我纠结,替我把拖把补上了;也或者,是另一个粗枝大叶的寄件人也写错了地址,恰好错到她的地址上去了,于是别人的拖把就错递到她家去了；再或者，是我爷爷心疼我，躲在哪里作了个法。

谁知道是怎么回事呢，反正拖把到了，不再有我什么事，我很快就把拖把抛到脑后了，只要不再追究我的责任，一切ＯＫ。

我回到公司，又接了一叠单子，低头一看，第一张单子的投送地址是梦幻花园。

我就出发往梦幻花园去了。

人群里有没有王元木

　　老龚该换个手机了。其实老龚对手机电脑这一类的用品，并不怎么讲究，只要能用就行。若要赶着时尚更新换代，他是跟不上的。但是他的那个老手机实在太寒碜了，先不说样子有多老土，内存也小，功能也少，输入法只有一种，标点符号找不到，用起来要多不方便有多不方便。总之，它真是跟不上时代的变化和发展了，别说同事朋友奚落，儿子 out，连一向节俭的老婆也瞧不上他。

　　即便是如此的众叛亲离，老龚也还没有觉得手机非换不可。直到有一天，手机跟他罢工了，他才意识到了这个问题。

　　那是他往手机通讯录里输入一个十分重要必须保存的新号码的时候，手机告诉他，通讯录已满。老龚这才看了一下自己手机原有储存的数字，是 158 位联系人。他本来知道自己的手机内存小，所以在储存电话的时候，尽可能拣重要的存，拣经常联系的存，也有些电话他是很想存下来的，却因为容量有限硬是存了又删，删了又存，忍痛割爱。但即便是忍痛割了许多爱，通讯录爆满的这一天还是到来了。

　　老龚当时就问了一个同事，问他的手机可以储存多少电话。那同事马马虎虎地说，多少？具体我也不是太清楚，反正，一千多吧。另一个同事说，我的，不知道。老龚说，不知道是什么意思？那同事说，就是不知道存多少才会满罢。又反问他，老龚，你问储存量干什么？老龚说，我这个，怎么才 158 就存不进去了。同事都笑了。

老龚这才知道，真的该换手机了。

在儿子龚小全的指导下，老龚买了一款新手机。现在他扬眉吐气了，开会的时候，将手机调到静音状态，就搁在桌面上，瞧那机子，嘿，超薄，大屏，乌黑锃亮，几乎是一台小电脑了。当然，这些还都是表面的光鲜，更令人满意的是它的内部的豪华设置，内存超大，功能超多，速度超快，尤其是通讯录空间无限。用龚小全的话说，这个手机能够储存的人和号，够老龚用一辈子。这让老龚有了一种自由奔放的随意性。过去条件不够被挤出来的，现在统统可以放进去，有一些为了某项临时性的工作而临时发生关系的人，用过以后就会作废的，明明是不必要储存的，但是既然有那个地方空着，不用也白不用，他便将那个暂时的名字暂时地储进去。等这项工作完成了，基本上不再会有下次的联络了，他再记得将那个名字和电话删除掉。也有的时候，储进去的时候是想到事后要删除的，但事后却忘记了。这也无所谓，反正通讯录里有的是位置，不碍事。

这样不知不觉，老龚手机通讯录里的人名越来越多，有时候上厕所忘了带报纸，就拿手机玩玩，偶尔也会翻翻通讯录，看着那一排又一排的熟悉亲切的名字，爽。

有一天，他翻通讯录找一个电话的时候，无意中看到一个储存电话的名字叫"不接"，不禁哑然失笑。虽然已经记不得这个"不接"是谁，但有一点是绝对能够肯定，他不愿意接这个人的电话，甚至厌烦这个人的名字，所以就录入了一个"不接"。但是在录入"不接"以后，他从来没有接过"不接"的来电，现在看到这两个字，自己也觉得好笑。太敏感，太怕人家纠缠，嘿嘿，你不接，人家还不打呢。这也算是新手机带给沉闷生活的一点儿乐趣呢。

所以，虽然他想不起"不接"到底是谁了，他也没有将他删除掉，反正有的是地方，让"不接"就安安静静地在那儿待着罢。

这是一个星期天的早晨，老龚美美睡了一觉醒来，阳光普照，心情美好。起床后，不急不忙地打开手机，不用担心信息会"哗哗哗"地进来，星期天大家不必那么赶脚。

这应该是个安静的日子。

果然，过了好一会儿，一直到他洗刷完毕，拿了一张报纸准备去上厕所的时候，才有一条信息进来，打开一看，显示的是一个人名，是他储存的电话，这个人叫王元木，给他发了一个段子。

老龚一时有点懵，想了想，想不起这个王元木来了。他盯着这名字，怎么看怎么都觉得陌生，这时候便意来了，老龚就带着手机进了厕所，坐到马桶上慢慢研究去了。

他先看了一下段子，段子说的是皮鞋的故事，不仅不算精彩，而且也已经过时了，从段子里无法启发出发段子的王元木到底是谁。再说了，朋友之间，经常有段子往来，这些段子都是转来转去，发来发去的，又不是发段子的人自己创造的，所以仅从一个段子的内容上无论如何也分析不出这段子到底是谁发来的。老龚便扔开段子，专心想起王元木来。

他先想到了一个人，似乎还有一点儿印象，前些时办行业年会时特地从总部过来指导工作的，单位让老龚负责接待安排，那个人好像就叫王元什么，但这个"什么"到底是不是"木"，老龚一时还不能断定。他努力地回想他在接待那位王指导的过程中有没有什么特别的印象和经历，灵感闪现，就想起来了，喝酒。一次喝酒的时候，老龚劝酒，王指导明明能喝，却又矜持拿捏，老龚忍不住开玩笑说，你肯定有酒量。那王指导说，怎么见得？老龚说，你的名字里有个洪字，那是什么，那是洪水般的量啊，说得大家笑起来，那王指导也就趁势放开来喝了。

所以，那个人不叫王元木，而叫王元洪。

老龚丢开王无洪，再想，又想起一个，这个人出现在老龚生活中比先前那个王指导更偶然，几乎就是一个不期而遇的过客。他本来不是来老龚的单位办事的，却阴差阳错地走进老龚的办公室，问老龚说，你们主任在吗？老龚又不知道他问的是哪个主任，回答说，主任不在。这人自来熟，说，主任不在，您不是在吗，向您报告一下也行吧。这话让老龚有点受用，就听他聊了起来，重要之处还记录下来，最后这人留下了自己的名字和联系方式，老龚答应他，等主任回来向主任报告后再答复他。

可是等到主任回来，老龚向他的报告时，主任满脸的疑惑，似乎根本就听不懂老龚在说什么，最后七搞八搞，才知道这人根本就是找错了门，他说的事情，和老龚所在单位的工作没有一毛钱的关系。主任当着其他下属的面把老龚训了几句。老龚心里不爽，阴险说，主任，他到我们办公室来找主任，我怎敢怠慢？再说了，他谈的事情确实和我们单位没关系，但我当时想，也许是你的私事呢，我是想拍你马屁的呢。

这件事情现在重新浮现出来，那个在老龚脑海的某个角落若隐若现、若即若离的名字，似乎也跟王元木有点关系，有点相像，但他到底是不是王元木呢？老龚又想起事情的后续，主任被老龚阴损后，有火难发，便怪到那个无辜的人头上去了，主任说，他叫什么来着？叫王丛林？我看他应该改名叫王杂草，他那脑子里，简直杂草丛生。

那个也不是王元木，是叫王丛林。

唉，又是擦肩而过。

老龚已经在马桶上坐了蛮长时间了，但是他没有感觉到腿麻，却是感觉脑袋有点麻。不仅有点麻，还有点乱，这个"乱"字一旦被他感觉到了，就像雨后春笋般地迅速生长起来，很快就乱成一团了。他心慌起来，恐惧起来，生怕自己会不可控制了。幸好这时候，老婆在外面发话了，怪声怪气地说，奇怪了，报纸也没有带进去嘛，不看报纸也能在里边待那么长时间？他没吱声。老婆停顿了一下，似乎是进了卧室又出来了，又说，不带报纸必带手机，给人发信呢吧。这下子他不能不吱声了，赶紧说，没有，没有发信。老婆说，别说你躲在厕所里发，你当着我面发，我也不稀罕看你一眼。老龚又不吱声，装死。老婆却不放过他，又说，幸亏当初我有远见，坚持买两卫的，如果照了你的意见，只买一卫，家里大人上班，小孩上学，还不都给你耽误了。老龚忍不住嘀咕说，今天不是星期天吗，星期天上个厕所你也要催。老婆说，我才不催你，你自己不要坐脱了肛才好。

老龚这才被提醒了，感觉到腿麻了，还麻得不轻，像有成千上万的蚂蚁在肉里爬动，还有那两瓣屁股，已经深深地嵌在了马桶坐垫的边框里，稍一挪动，老龚就"哎呀呀"地喊了起来。

老龚"哎哟哟哎哟哟"地出了厕所，老婆和儿子都在吃早餐了，老龚挪动两条麻木的腿，艰难地来到餐桌边，手撑住桌沿，问老婆，我认识一个人，叫王元木，他是谁？

老婆撇了撇嘴，说，你的关系户，什么时候告诉过我？他有点没趣，又问儿子，龚小全，你知道爸爸认得一个叫王元木的人吗？龚小全扯下耳机说，王元木？老大，你搞错了，我同学叫王元元，不叫王元木。老龚赶紧摆手说，不是你同学，是你老爸的一个熟人。龚小全说，你熟人？你熟人能不能搞到周六演唱会的门票？他母亲插嘴说，能，你爸爸熟人朋友多得数不清，他有什么不能的。龚小全说，老妈，你这句话还是比较中肯的，要不是我老大当初交友不慎，也就没有我龚小全啰。他母亲"呸"他说，那你就跟着他学吧，一辈子混在人堆里。龚小全说，一辈子混在人堆里，低调、安全，也不是什么坏事呀。他母亲来气了，指责他说，龚小全，为什么我说一句你顶一句，你存心跟我过不去，是不是，等等等等等。见老婆和儿子开了战，老龚赶紧抓了根油条进里屋去了，不然，一会儿战火就烧到他身上了。

老龚闲下来，心里还惦记着王元木，想不起来，总觉得是个事情，搁在心里横竖不爽，又不能直接给王元木打电话，问他，你是谁啊？那岂不是太不给人家面子，万一是个有身份的人，更是得罪大了。老龚给一同事打了电话，问谁是王元木。同事说，不认得，没听说过。老龚说，你再想想，和我们的工作有关系的，不要往关系近切的想，要往关系一般的想。同事奇怪说，为什么？老龚说，关系近的，我怎么可能忘了他，肯定是有过什么关系，但又不怎么密切的罢。同事这回认了这个理，就往远里想了想，还是没有王元木，说，没有，真的没有。见老龚还不罢休，干脆讨饶说，老龚，你放过我吧，你又不是不知道，我痴呆了，脑萎缩，什么事，什么人，过眼就忘。

老龚又换了一个人，是一老同学，问认不认得王元木，又问同学中没有叫王元木的？那同学手机那边闹哄哄的，似乎正在办着什么热闹的事，那同学有些不耐烦说，王元木？不知道，你找他干什么？老龚说，我不找他，我是想问一问，你记不记得我认得一个叫王元木的人？那老同学说，龚璞，你怎么啦，说话怎么叫人听不懂？老龚说，我认得一个叫王无木的人……老同学赶紧切断他说，切，认得你还来问我？老龚说，可是我现在又忘记了他，怪了。那老同学赶紧总结说，这有什么奇怪的，这太好理解啦，你得健忘症了罢，就挂了手机忙去了。

老龚听到"健忘症"三个字，愣了半天，才想起到自己的手机通讯录里去查看，检查一下自己的记性。哪知一看之下，顿时魂飞魄散，惊恐万状，手机里储存的人名，竟然有一大半记不起来了，对不上谁是谁。

包子力

关三白

吉米

金马

田文中

辛月

言玉生

……

一个都不认得？

老龚赶紧闭上了眼睛，过了一会儿，再胆战心惊地睁开眼睛，小心翼翼地瞄到手机上，希望能有奇迹出现。

但是奇迹没有出现，那手机上仍然还是：

包子力

关三白

吉米

金马

田文中

辛月

言玉生

……

一个都不认得。

老龚深深地吸了一口气，先克制住慌乱，稳住神，去泡杯茶，还好，茶叶放在哪里还记得。看着茶叶在茶杯里慢慢舒展开来，他想起了好多的事情，远远近近的，什么都像在眼前，哪里健忘呢，什么也没有忘呀，忘掉的只是手机里的一些人名而已。没等喝上茶，他就想出办法来了，给王元木回了一个短信，实事求是地说，你好，我的记忆可能出问题了，我看到你的名字，但是想不起你是谁了，你能告诉我你是谁吗？片刻过后，王元木的回信来了，说，神经啊你。老龚无奈，换了一个人，关三白，还是说，你好，我知道你是我的朋友，但是我只知道你的名字，却忘记你是谁了，你到底是谁啊？那个关三白回信说，我是鬼。这样老龚试了好几个人，他们都以为老龚恶作剧，都不耐烦他，有的说，你有病；有的说，你找抽；还有一个时髦的说，不要迷恋姐，否则姐夫会叫你吐血。估计是个女的，以为老龚调戏她呢。冤枉。

发信探问这一招彻底失败，老龚只得背水一战，直接拨打电话。首先仍然是王元木，是他惹出来的事情，当然得先找他。那王元木接了电话，先亲热地"嘿"了一声，老龚赶紧说，哎哎，真对不起，刚才给你发的那信，是真的，我真的忘了你——那王元木的声音立刻就变得生疏隔膜了，硬呛呛地说，老龚，你升官了是吧，打官腔啊，我的声音你都听不出来。老龚赶紧解释说，不是的，不是的，没升官，不好意思，可能，确实，我的记忆出了点问题，你早晨是发了个段子给我的吧，我看到你的名字，可我怎么也想不起你是什么样子，想不起你是谁，怎么说呢，我好像忘了你这个人。那王元木来气了，说，你忘了我这个人，你还给我打电话。老龚，你到底搞什么，你以为天天都是愚人节吗？老龚败下阵去，再换个人如此一番，又被骂了个狗血喷头。也有人很体谅他，建议说，老龚，你去精神病院看看吧。老龚说，你骂我？那人心平气和地说，老龚，我没有骂你，我有个同事，本来什么问题也没有，但自己总觉得有问题，到精神病院去了一趟，什么药也没有用，回来就彻底好了。

虽然他说得很在理，但老龚才不会听他的，最多就是健忘而已，跟精神病是扯不上关系的。为了证明自己没有这方面的问题，老龚干脆把手机关了，扔到公文包里，在家里喝茶上网看视频，做出一副十分惬意的样子给自己看看。

刚刚关机不一会儿，老婆就从外面回来了，轰开房门，生气说，给你发个短信你都不回？我到超市买东西，忘了带超市优惠卡，叫你送一下。老龚说，我关机了。老婆奇怪地看他一眼，说，好好的关机干什么？省电啊？老龚愣了片刻，忽然向老婆一伸手，说，把你的手机给我看看。老婆下意识地往后一退，身子一缩，警觉地说，干什么，你要干什么？老龚说，不干什么，看看你的通讯录。老婆说，我的通讯录凭什么要给你看？老龚说，难道你有见不得人的联系人？老婆说，你还管我见得人见不得人，你的手机什么时候给我看过？老龚哪是老婆的对手，他只得找儿子要手机，可不等他开口，龚小全就说，老大，淡定，你最需要的是淡定。老龚不服说，我怎么不淡定啦，我只是忘记了一些人，我想要回忆起来。龚小全说，老大，失意是忘记曾经的回忆，回忆是想起曾经的失意。老龚咀嚼了半天，也没嚼出什么味来。

好不容易熬过了休息日，上了班，老龚忙不及地向大家诉说自己的遭遇，可周一上午是最忙碌的，大家似乎都没怎么听老龚说话。只有一个人听进去了，说，这有什么稀奇，我也有过的，有一个名字，我到现在还没想起来呢。老龚说，兄弟，你那是一个名字，我这可是大部分的名字。那兄弟不以为然说，一个和十，和百个，性质是一样的嘛。停顿一下，又说，想不起来就别想了罢，现在信息爆炸，脑子里东西本来就太多了，忘掉一点说不定是好事呢。老龚说，怎么是好事呢？那同事哀叹说，要不我和你换换，让我把你们他们都忘记吧。老龚说，怎么个换法？没法换的，这样吧，我知道你忙，我也不耽误你事情，你把手机借我看看。那同事赶紧带上手机走开了。老龚又到处找人要手机看，终于有几个人注意到老龚的异常了，他们一起把老龚攻击了一番，说，这年头，谁肯随随便便把自己的东西给别人看。老龚说，我就不相信了，这么大个单位，人情都这么淡薄。他又到其他办公室去尝试，结果搞得同事们见了他都绕道走。

老龚想到人情，便想到了自己的父母，人情再淡薄，父母不会淡薄的，中午休息时老龚就赶往父母家去了。老龚的父母合用一部手机，母亲一听说老龚要看他们的手机，也不问干什么，赶紧拿出来拱到老龚跟前，你看，你看。老龚心头一软，暖呼呼的。可是打开一看，父母手机里的通讯录却是空白的。老龚奇怪地说，咦，你们没有储存电话？父亲说，储那个干什么。母亲说，我们不会储呀。老龚不满说，我明明教过你们，好几次试给你们看，你们都说学会了，结果还是没存。父亲和母亲同时说，哎呀，我们老了，新的东西学不会了，不学也罢了。老龚有些泄气，顿了顿又说，那你们要找人的时候，电话号码怎么知道呢？你们记得住、背得出来？父亲拿出一个破破烂烂的小笔记本，摊开来给老龚看，老龚一看，上面果然胡乱记着一些电话号码，但是几乎没有人的全名，都是张阿姨李大爷王大妈之类，老龚看了看，头大，说，你们这样记人家的名字，搞得清谁是谁？父亲说，这有什么搞不清的，我们虽然老了，但没有老得连李阿姨王大妈都认不得了。

父母送老龚出来，走出好一段，他回头看看，父母还站在那里，母亲的手还一直没有放下。他心里忽然酸酸的，想到父母送他时那异样的担心的眼光，总感觉自己有什么地方不对头，浑身上下摸了摸，没摸出什么来，手往脑袋上按了按，脑袋也不疼，这让他心里更加不踏实了。

老龚绕了一点儿路，将车开到精神病院，挂号时人家问他，你一个人来的？没有家属陪同？老龚说，咦，人家说，来精神病院的也不一定就是精神病啊。那挂号的说，说是这么说啦。又问他，你看什么科？老龚说，我还……我还不知道我什么病呢。那挂号的笑了笑，说，到我们医院来看病的还能看什么病呢？又热情介绍说，看起来你是头一次来噢。我们有精神科、神经科，神经科呢，又分神经内科和神经外科，还有普通精神科、老年病专科、儿童心理专科、妇女心理专科等等。你呢，既然不是老年，也不是妇女儿童，先挂个普通精神科看看再说吧。就给他挂了号。老龚到门诊去等就诊，坐在走廊的长椅上，坐下来时没有什么感觉，过了一会儿，觉得浑身有些不自在，抬头一看，吓了一跳，周边有一些神情异常的人都在盯着他看，老龚赶紧站起来想离远一点儿，就听到叫他的名字了。

进了门诊，医生是个和他差不多年纪的男医生，神色淡定、目光柔和，先听老龚自诉。老龚说着说着，就发现医生的眼神开始变化，起先是怀疑，渐渐地惊恐起来，最后医生阻止了老龚说话，说，你等一等。医生在自己的白大褂口袋掏来掏去，什么也没掏出来，急了，朝外面喊道，小张，小张。一个护士在门口探着头问，刘医生，什么事？医生急切地说，我的手机呢？护士和老龚同时"咦"了一声，医生才发现，他的手机正在桌上搁着呢。医生打开自己的手机通讯录仔细地看了看，一边收起手机，一边说，还好，还好，好像放了点儿心。但他继续听老龚自诉的时候，老龚总觉得他有点儿走神。

开 CT 单的时候，医生竟然把他的名字写错了，写成龚璟。老龚到 CT 室去做 CT，护士拿了单子一念，念成了宫颈，又说，你到底是名字叫宫颈呢，还是还做宫颈检查？话一出口，自己又笑，说，哎哟，你哪来的宫颈哟。把 CT 室的人都笑翻了。

做了 CT，老龚从床上下来，拍片医生说，两天后来拿结果吧。老龚说，医生，你拍的时候大致能够看出什么情况吧，是脑子有病变吗？那医生大概想到宫颈了，笑道，当然，要有病也肯定在脑子里，不会在别的地方哈。吓得老龚哆嗦起来，急问道，你看出来了？你看出来了？医生指了指自己的眼睛说，我这是人眼，不是X光。要是人眼看得出来，还要你掏几百块钱做CT干吗，宰你啊？

这天下班回家，进了客厅，看到父母亲坐在那里，老龚正奇怪，中午明明刚去看了他们，怎么又来了呢？他老婆在厨房忙着，没有听到他进门，正背对着他的父母一迭连声地说，他的手机，我不知道的，他和谁谁谁交往，和谁谁谁密切，他从来不告诉我，他的手机总是随身带着，为什么？有秘密不能让我看罢，他可是从来不曾让手机落空过，上厕所也要带进去的，洗澡也要带着的。

老龚不满地弄出了声响，老婆才回头看了看他，说，我说的不对吗？我歪曲你了吗？你的手机不是这样的吗？老龚的父母才不关心老龚的手机呢，他们关心的是老龚本人，老龚一进门，老两口就站起来，到老龚身边，一个拉着手，一个在另一侧伺候着，好像一个正壮年的儿子随时都会倒下去似的。老龚为了让父母放心，拍了拍胸，说，看看，看看，像有问题的吗？不料他这一说，父母反而更加紧张，互相对视一眼，似乎早就有了商量。他母亲小心翼翼地说，你吴叔叔的儿子，是心理医生，我们是不是请他来看看。老龚哑然失笑，说，妈，爸，你们以为我是心理疾病啊？母亲赶紧说，没有没有。父亲说，只是向吴医生请教请教而已。老龚还没说话，他老婆从厨房那儿探过头来，说，我看有这个必要。

既然那三人意见一致，下面就由不得老龚了，父亲赶紧掏出随身带着的小本本，找到吴叔叔的电话，一通交谈，父亲搁下电话对老龚说，吴医生正在医院值班，这会儿来不了我们家，吴叔叔让他一会儿打电话给你，你准备好要说什么。过了片刻，电话果然来了，果然是那个吴医生，老龚见家里人个个如狼似虎地瞪着他，不乐意，拿了手机进卧室，"怦"地关上门，听到老婆在外面说，你们看到了啊，一直就这种腔调。

老龚向吴医生从头说起，事情开始于星期天的早晨，他收到一条短信，是个段子，段子水平一般。吴医生说，你拣最重要的，简单说明就行，我这里还有病人等我呢。老龚吃了一闷棍，停顿下来，听到吴医生催促，才说了一句，我记不得手机上储存的人了。吴医生一时没听懂，说，什么意思，你再说一遍。老龚说，我也说不清，举个例子说吧，比如我收到一个短信，是王元木发来的，王元木的电话存在我的手机里，是不是说明我认得这个王元木？吴医生说，那是当然，不认得的人，你怎么会储存呢。老龚说，可是我不认得王元木，至少，我想不起他是谁了。吴医生清脆地笑了一声,说,噢,这个啊,没事没事,很多人都有过,我也有过,而且经常有,人太疲劳,精神压力大,工作紧张,家庭关系,子女问题等等处理不好,都会发生这种现象。老龚说,这是健忘吗?吴医生说,这不叫健忘,这可能属于间隙性失忆。老龚说,有什么办法治疗吗?吴医生说,不用治疗吧,你自己放松一点儿,想不起来不要硬想,慢慢会恢复的。老龚觉得这吴医生也太马虎了,反问说,就这样,就算好了?吴医生听出了他的不满意,说,当然,也还有别的办法,比如,你可以请两天假,到安静的地方去待一待,或许就好了。

　　老龚心情沉重,出房间来,对父母老婆说,间隙性失忆,医生让我出去待两天,安静安静,试试看。那三人正在发愣,龚小全回来了,照旧嘻里哈拉的,他妈看不惯他,说,龚小全,你别哼哼了,你爸得病了,失忆,说不定马上连你、连我都记不得了。龚小全"啊哈"了一声,朝老龚说,老大,多少人改姓了白。我可是看好你,你别变成老白啊。老龚说,你什么意思?他老婆说,说我们都是白痴罢。龚小全道,说你们吧,还真不忍心,不说你们吧,你们还真姓白。老大,你做什么CT,看什么心理医生,失什么忆啊,又不是你的病,这是一款手机病毒,"ＰＮＹ"病毒。见大家目瞪口呆,龚小全又说,这病毒专门拆解汉字,上下拆,左右拆,里外拆。老龚虽然没太听懂,但已经隐隐约约意识到什么了,赶紧说,龚小全,你快说,怎么个上下左右里外拆?龚小全说,这还不好理解,一个姓郑的,就左右拆啦,姓郑的就姓了关,上下呢,比如一个贵字,就拆剩一个中,里外拆也是一样嘛,一个国,可以变成一个玉,以此类推,如此而已。

　　老龚愣了片刻,回过神来,赶紧拿起手机,打开通讯录,根据龚小全介绍的病毒特征一分析,顿时恍然大悟。

　　王元木——汪远林

　　包子力——鲍学勤

　　关三白——郑泽楷

　　吉米——周菊

　　金马——钱骏

　　田文中——黄贵

辛月——薛明

言玉生——许国星

……

啊哈哈，老龚大笑起来，王元木、关三白、田文中，啊哈哈，汉字拆开来用，太有才了。他老婆却不信龚小全，喷他道，龚小全，你说鬼话，病毒怎么不搞我的手机呢？龚小全说，老妈，你不够格，只有老大这样的人才有条件被感染。条件有三：一，手机超豪华；二，通讯录超大；三，机主超烦。说罢朝着老龚一伸手，老大，拿来，我帮你解毒。

老龚将手机递给龚小全，还没到龚小全的手，他又缩了回来，忽然问，你刚才说的，三个条件最后一个是什么？龚小全说，机主超烦。老龚说，咦，机主超烦它也知道？它成心理医生了？龚小全说，它不是心理医生，它是自动统计学专家，通过统计机主使用通讯录的概率，来分析机主的心情。老龚恍然道，原来如此——既然如此，这病毒不解也罢，都拆解掉，都不认得，岂不就不烦心了。龚小全朝他做了个手势说，老大，你算是真正懂得了这款病毒的用意。龚小全这一说，老龚又不明白了，说，什么用意，病毒还能有什么好的用意。龚小全说，ＰＮＹ，平你忧。老大，你要是真不解毒，我真喊你老大。

可他老婆来气了，冲老龚说，平你个头啊，他神经，你也神经啊，你不解病毒，手机里的人都不认得了，你要找人怎么办？老龚耸耸肩，潇洒地说，我找人干什么？老婆立刻说，龚小全马上要毕业了，工作还没着落呢，你不找人？

不找人还真不行呢。

隔了一天，有个朋友来找他，这人叫常肖鹏，写小说的，喜欢写真实的故事，还非要用人家的真名实姓，因此经常被对号入座，告上法庭，官司是必输无疑的。可必输无疑他还屡犯不改，臭毛病重得很，说是如果换一个完全不真实的姓名，没有了现实感，写起来不过瘾，不爽。

那常肖鹏消息灵通，开门见山地说，龚璞啊，来找你求教呢，听说你的拆解法很神奇，能够把人的名字拆解开来，既不是原来的他，又还是原来的他——老龚打断他说，你搞错了，我才不是龚璞，我是龙王。常肖鹏反应足够快，笑道，龙王？你把自己也拆解啦，龚璞变龙王。老龚说，我帮你也拆解拆解吧，你这常肖鹏很好拆，一拆就成了小小鸟。

常肖鹏大笑说，小小鸟，小小鸟好。唱了几句：我是一只小小鸟，世界如此的小我们注定无处可逃；我是一只小小鸟，生活的魔力和生命的尊严哪一个更重要。

后来常肖鹏就用小小鸟的笔名发表小说，并且使用拆解法将真实故事中的真实姓名改头换面，从此没有人再对号入座，写作进步，屡获大奖。

老龚的生活却没有什么变化，他依旧每天使用手机，每天都能看到手机通讯录里的人名，他们是：

鲍学勤

黄贵

钱骏

王远林

许国星

薛明

郑泽楷

周菊

……

短信飞吧

　　人生就是一个"熬"字，黎一平熬了十多年，总算熬进了"双人间"。

　　这是机关的规矩。科长带着他自己和他以下的一群人，在一个大统间里办公，同事和同事之间的隔断，是磨砂玻璃屏，既模模糊糊，又不高不低，让你坐着办公的时候，可以看得见对面的同事，更确切一点说，是看得见对面同事的一小撮头发。可别小看了这一小撮头发，它至少让你知道对面的同事在不在自己的岗位上。有的时候，如果那位同事疲惫了，人不是挺着坐，而是赖在椅子上，身子矬下去，这一小撮头发就不见了；也有的时候，那同事人逢喜事精神爽，身子竖直起来，你就能看到更多一点儿头发，然后看到他的额头，甚至都能对上他的眼睛了。也有的人在这里熬成了精，甚至能够从这一小撮头发里，看出对面这个同事的心情，看出他一切正常，还是新近遭遇了一些不平常的事情。

　　熬到副处，进了双人间，人与人之间不再有这种模糊的隔断，那一小撮头发就没有了，你面对的是另一位副处的全部面目。当然，再熬下去，就是正处，正处是单间。然后，如果当上局领导，就是套间，办公室里带卫生间，方便时不用出办公室，那真是很方便了。正局长就更方便一些，是三套间，除了办公、卫生，还有接待和休息间。

　　从进单位的那一刻起，不用前辈交代吩咐，拿自己的眼睛一看，就知道这个事实，每个人也就有了自己的目标。这没有什么可抱怨的，房间面前人人平等，只要你有性子熬，熬到那份上，自然少不了你。更何况，如今在那双人间、单间、套间里办公室的人，又有哪个不是熬出来的。

黎一平现在算是熬出了比较关键的一步，从大统间来到双人间，除了享受成功的喜悦之外，一个最明显的好处，就是安静。

从前，黎一平在大统间里心神恍惚，无处躲藏，梦寐以求的就是这个安静。可奇怪的是，当安静真正到来的时候，黎一平还没来得及享受双人间给他带来的喜悦，倒已经滋生出了许多新的不自在。

过去在大统间里办公，那是许多双眼睛的盯注，但这许多双眼睛的盯注是交叉进行的，并不是这许多眼睛都只盯着你一个人，而是你盯他，他盯她，她又盯你，你又盯她，一片混乱；其二，这许多眼睛的盯注，大多不是非常直白的，而是似看非看，似是而非，移来转去，看谁都可以，不看谁也都可以，十分自由。可现在情况发生了很大的变化，总共只有两个人，没有第三者可看。同事间的这种盯注，就从混乱模糊变得既明白又专一。

两个人面对面坐着，如果没有什么打扰，连对方的呼吸都能听得清楚，更不要说对方的一举一动、一言一语。从身体到思想，几乎无一处逃得出另一方的锐利的眼睛和更锐利的感觉。因为空间小，距离近，你越是不想关注对方，对方的举止言行就越是要往你眼睛里撞，你又不能闭着眼睛上班，即使闭上眼睛，对方的声息也逃不出你的耳朵，即使在耳朵里塞上棉球，对方的所有一切，仍然笼罩着你的感官。结果反而搞得黎一平鬼鬼祟祟，坐立不安，百爪挠心似的。

老魏比黎一平先进双人间，他能够体会黎一平的心情，也很善解人意。跟他传授经验说，我刚进双人间的时候也是这样，总怕同事以为我在窥探他的隐私。看他的时候，眼睛躲躲闪闪。说话的时候，总是吞吞吐吐，对他避讳的事情，我是只字不提。可我越是小心，他就越是怀疑，他越怀疑，我就越小心，这样搞七搞八，恶性循环，最后怎么了，你知道的吧？

黎一平是知道的，和老魏对桌的那位副处长，得了肾病，病休去了，也正因为如此，黎一平才有机会进了双人间。

最后老魏总结说，所以呀，你不要向从前的我学习，我也不再是从前的我。老中医说，恐伤肾，怒伤肝，忧伤肺……黎一平笑了起来，说，老魏你放心，我皮实着呢，不会被你搞成抑郁症的。老魏说，这就对了。

既然老魏这么开诚布公，黎一平也就放下了心里的负担，和老魏坦坦荡荡地做起了同事。

一天，黎一平接到老同学打来的电话，老同学祝贺他升职。黎一平打个哈哈说，我升什么职，也是个文职，哪敢跟你周部长相提并论呀。那边也哈哈说，怎么，组织部长带枪啊？黎一平笑道，你们手里那红头文件比枪厉害多啦。又敷衍几句，就搁下电话，对面老魏正埋头做自己的事情，眼都没抬，根本就没在意黎一平刚接了个电话。

隔了一天，上班后不久，老魏朝他看了看，忽然说，老黎，周部长就是组织部的周部长吧？黎一平一愣，这话没头没脑，不知从何而来，细想了想，想起来了，就是前天的那个电话惹的。赶紧说，周部长确实是组织部的周部长，不过不是我们市委组织部的周部长，是外县市的一个县级市的组织部周部长。老魏也赶紧说，你不用说那么清楚，我随嘴一问而已。

又有一次，黎一平老婆打电话到办公室，电话是老魏接的，交给黎一平，老婆问黎一平头天晚上是不是去了天堂歌舞厅，黎一平说没去，老婆说有人看见他了，黎一平说肯定是别人看错了，老婆又不相信，说，怎么不看错别人，偏偏看错你。黎一平恼怒说，那我就不知道了，反正我没有去，别说天堂歌舞厅，地狱歌舞厅我也不认得。老婆这才偃旗息鼓。

照例过了一两天，老魏又忍不住了，说，老黎，你太太好像很在意你噢。黎一平道，何以见得？老魏笑说，三天两头查岗的，必定是在意老公的罢。还有，她有危机感哦。黎一平一笑，说，你太太没有危机感。老魏说，何以见得？黎一平说，根据你自己的逻辑分析的罢，因为你太太从来不打电话来查岗嘛。老魏嘿嘿一笑，黎一平也听不出是得意还是别的什么意思，又说，不过，老魏你其他乱七八糟的电话也不多，不像我。老魏说，你人缘好罢。

三番五次如此这般，让黎一平感觉老魏不像他自己表白的那样坦率，而是时时关注着他的一举一动呢，搞得黎一平心里有点毛躁，但毕竟自己刚刚升到这个职位，熬得好辛苦，怎么也得隐忍了。黎一平不往心上去，一如既往，凡离开办公室上洗手间，或者到别的办公室去办事，手机一般都扔在桌上不带走的，他回来时，老魏告诉他，你手机响了，只响了一下，大概是短信吧。黎一平一看，果然是短信。也有几次，黎一平回进来的时候，感觉手机好像移了位，他有点疑心是老魏拿过去看了他的来电显示，来电显示看就看罢，如果显示的是号码,老魏也看不出什么名堂。如果显示出储存过的电话,那就更没什么好担心的,他也没储存什么不该储存的人名。尽管这么想着,心里却总有些不舒服。后来有一次,朋友发来的短信他没有收到,当然就没有回复,结果耽误了人家的事情,被朋友埋怨了一通,黎一平这才想起老魏,会不会老魏偷看了他的短信内容,怕被发现,干脆将这信删除了?

黎一平有点恼,又吃不太准,便使了个点子试探老魏。这天出门上班前,用家里的电话给朋友打过去,让他在上午九点半时,发一条短信给他。朋友笑道,黎一平,你到底升到了哪个处,是情报处吗?黎一平心里不爽,没心情开玩笑,说,你发是不发,不发我请别人发。朋友赶紧说,发发发,写什么内容呢?黎一平说,随便。朋友又笑说,不怕你的同事偷看?黎一平说,就是要让他看的,你记住了,九点半准时发。

到九点半差两三分钟的时候,黎一平借故离开办公室,并用心记住了手机的位置,出去转了十来分钟,估计派给朋友的活该干成了,又回到办公室,没感觉出手机移动过,抓起来一看,没有短信,赶紧抬眼看老魏,老魏若无其事地办着自己的公,没告诉他手机响过,有短信或有电话。黎一平话到嘴边,还是咽了下去。一直熬到老魏也出去办事了,他赶紧拿办公室的电话打给朋友,责问为什么爽约不发短信给他,朋友指天发誓说九半点准时发的,黎一平不信,朋友大喊冤枉,说,你不信你可以过来看我的手机,我手机上有已发送的信,可以为我作证。要不,我现在就把这封信的内容念给你听。黎一平不想听了,挂了电话,眼皮子直跳,朋友的信又被老魏偷看后删除了?

一气之下,不冷静了,给同事中最铁的一个哥们大鬼发个短信,即兴诌了一首打油诗:欢天喜地享自由,哪料前辈神仙手,来电短信看个够,此间自由哪里有?

大鬼回信说,不自由?我和你换办公室,让我进去不自由,你出来还你自由。虽是调侃,也调得黎一平心情有点没落,没有再回复。

过了一两天,上班进办公室,老魏比他先来,已经到走廊的电水炉上打来开水,黎一平泡了茶坐下,看到老魏低头在摆弄手机。片刻后,黎一平就收到一条短信,一看来电显示,是老魏的,奇了怪,抬头朝老魏看看,老魏没说话,努了努嘴,示意他看短信。

黎一平打开短信一看，猛觉脑子里"轰"了一声，血直往上冲，竟是他发给大鬼骂老魏的那条短信，老魏又转发给他了，黎一平咬牙切齿骂了一声大鬼个狗日的。老魏说，不是大鬼发给我的。黎一平脑袋里又"轰"一声，那就是说，这条短信不知转过几个人的手机，最后到了老魏手机上。

老魏笑了笑，说，你误会了，我没有偷看你的短信。黎一平无以面对，心里比吃了一碗苍蝇还难受，却还找不到发泄对象，责怪大鬼也是可以的，但是已经没有这个必要，连大鬼都能出卖他，还有谁是可以相信的呢。

黎一平谨慎起来，单位同事间，他尽量少发短信，别人给他发信，他一般不回，如果涉及重要事情的，他会拿电话打过去，电话里简单明了地说几句。实在回不了电话而又必须立刻回复的，比如对方正在国外呢，那国际长途就太过昂贵了；也比如人家在主持会议，这时候打人家电话，岂不是存心捣乱。在这样的情况下，他回短信，一般只写两个字"收到"，没有态度。如果是必须要表态的，就写一个字"好"，或者一个字"不"，除此之外，没有人能够得到他再多一点点的只言片语。

起先同事们也没有过多注意到他的这个习惯，有一次他到外地出差，坐飞机回来需要办公室派车去接站，他给办公室管车的副主任打电话，那主任不在单位，又打手机，手机通了，他告诉主任他的航班和达到时间，主任奇怪说，咦，你发个短信不就行了，还用打手机？黎一平说，反正我告诉你了。主任说，你告诉我，我事情多，还不一定记得住呢。黎一平说，你拿个笔拿张纸记下来不就行了。主任说，我现在人在外面办事，一只手开车，一只手接你电话，哪来的第三只手拿笔，第四只手拿纸啊。但黎一平还是没发短信，当然主任的记性也是好的，没有误事，要不怎么当主任呢。

只是事后有一天闲着无事的时候，这主任和其他同事说起这事，大家才渐渐地聚拢了这种共同的感觉，觉得黎一平挺值得同情，好不容易熬到副处，进了双人间，结果搞得都不敢发短信了。大家都骂大鬼，大鬼就骂小玲，小玲骂老朱，老朱骂阿桂，阿桂骂谁谁谁，谁谁谁又骂谁谁谁，最后都怪到老魏身上。说老魏太恶毒，你竟然把黎一平说你的坏话又发回给他，你让他的脸往哪儿放，何况你们还面对面坐着上班呢。

老魏起先有些委屈，说，你们怎么都怨我呢，我又没有看他的手机，是他自己心虚，瞎怀疑我，还发短信诬陷我，我不把这信还给他，我心里气不过。大家说，就算你心里气，也不应该把事情做绝，把脸皮撕破，你看现在黎一平，像换了个人似的，看到我们，都是低着头，垂着眼睛，弄得大家挺尴尬的。老魏听了，想想也对，说，其实事后我也觉得自己确实有点过了，我最多嘴上说他两句，不应该把那封信直接发回给他的，让他的脸没处放了。大家说，老魏你知错就好，但知错还得改错，解铃还需系铃人哦。老魏说，铃可是他自己系的。大家说，老魏，说了半天，你又回到原地踏步？老魏这才说，好好好，我解铃我解铃。

老魏要解铃，大家七嘴八舌帮他出主意，这样那样的都被老魏一一否了。最后有一个人说，不如让老魏也发一个骂黎一平的短信，最后再转到黎一平手机上，这不就扯平了，谁也不欠谁，黎一平的脸也就有处放了。老魏笑说，那不是黎一平的脸有处放了，那是我和黎一平的脸都没处放了。大家说，老魏你那脸能叫脸吗，放不放都一样。

这边大家正在跟老魏起哄，那边黎一平一个人坐在办公室里，电话响了，抓起来一听，正是他的那个朋友，声音很怪异，拖长了声调说，黎一平啊，近期有情况嘛。黎一平没好气说，你有情况？你有什么情况？朋友说，别装了，你的手机怎么老是一个女的接听？黎一平下意识地看了一下手机，好好的在桌上搁着呢，说，怎么可能，绝无可能，手机就在我手上捏着呢。朋友说，怎么绝无可能，是绝对可能。我前几天打过你一次，是个女的接的，我一听，知道不妙，赶紧挂了。以为你过一会儿会回电给我解释一下，却怎么等也没等到。今天，就是刚才，我又打了一次，还是她，奇怪了——忽然停顿了一下，不等黎一平再解释什么，那边已经"哈哈"大笑起来，说，你说手机在你手里捏着？我知道了，我知道了，不说了不说了，是我的问题——想挂电话了，黎一平不让他挂，问：到底什么情况，说清楚。朋友说，哎哟，我前一阵手机坏了，换了个新手机，肯定是倒储存号码时倒错了罢。又核对了黎一平的号码，果然是倒错了一个数字。黎一平脑门又"轰"一声，这就是说，你明明没有发那两个信，却说发了，害我怀疑老魏偷看了又删除，你把我害惨了。朋友说，也不能说我没有发，我发了，但没发在你手机上，不知发到哪个傻×的手机上去了。黎一平说，你还有脸说别人傻×？朋友笑道，我傻×我傻×，行了吧。

黎一平想把这个事情真相告诉老魏，是自己冤枉了老魏，但是怎么开口说呢，怪朋友发错了短信，怪朋友倒错了号码，怪他自己多心了，怪他自己心里有鬼，思来想去，总觉得再怎么说，都是越描越黑，心里正憋屈呢，手机又响了，短信又来了。

就是阿桂转发给他的老魏骂他的信，骂人的水平可比他高多了，黎一平先是一愣，随后就想明白了，知道是老魏他们用心设计解铃呢，不由咧嘴笑了一下，一抬头，正巧老魏从外面进来，也冲他一笑，双方都觉得应该妥了。

没过两天，却又因为一个短信起了点儿风波。老魏收到一个会议通知，是通过一个短信平台发的，号码是 10052809760010005，内容是通知老魏某日某时到市委会议室参加市委常委扩大会议，会议议程已发送至各单位 OA 系统，请及时查收。

老魏只是个副处长，怎么会通知他参加常委会呢，虽然是扩大的会议，但顶多扩大到局长了不得了，不过老魏还是比较谨慎，他特意到机要员那儿问了一下，有没有市委机要局发来的常委会的会议议程。机要员奇怪说，议程倒是有，还不止一个呢，但那是给局长的，你怎么来要议程呢？办公室其他人听说了，更是把玩笑开大了，说，老魏，你怎么关心常委会的事情呢。又说，老魏，是不是内定要提局长了。老魏百嘴莫辩，只得把手机短信给大家看。

大家看了，都颇觉新奇，说，骗子真是炉火纯青了。老魏却说，未必就是骗子哦。

老魏回到办公室跟黎一平说，老黎，先是你一刀，后来我一剑，我们已经扯平了，你还没完没了了。黎一平说，你以为那个会议通知是我发给你的？我有那么大本事吗？老魏说，你不是有本事编打油诗吗。黎一平说，我有本事编什么，我也编不出个短信平台啊。老魏硬是不信，说，那不一定，现在的人，个个神通了得，有什么事情是做不出来的。黎一平生气说，是我做的我就承认，不是我做的我不认的。老魏说，认不认，事实都在这儿。

两下不欢而散。

第二天，老魏被局长叫去臭骂一顿，方知那个常委扩大会的通知是真的。常委要听一个专题汇报，汇报内容专业性强，局长怕自己说不清楚，特意带上老魏，结果老魏没有去，会上局长果然汇报不力，被领导批评，回来岂能不找老魏撒气。

　　老魏悲催，也不和黎一平坦诚相见，而是短兵相接了，说，这事情，说到头了，还得怪你，要不是你作怪发短信骂我，我怎么会怀疑会议通知是骗子发的，黎一平无言以对，败下阵去。

　　午饭后的休息时间，老魏照例要去掼一会弹，丢下黎一平一人，房间里空空荡荡，倒是安静了，黎一平想上网看看新闻，却看不进去，心烦意乱，抓起桌上的手机，"嘀嘀嘀嘀"一口气写了一封长长的短信。

　　信写完了，发给谁呢，难道真能发给老魏吗，发给老魏岂不又是此地无银，但不发给老魏又怎么样呢，心烦意乱。世界这么大，熟悉的人和陌生的人这么多，可是有谁能够看他写的这些东西呢，又有谁能够体会他的心情呢，思来想去，结果就是"无"，无人能看。

　　不如开个玩笑，就发给"无"吧，收信人的号码应该是一组数字，那也不难，"无"不就是"5"么。黎一平在收件人一栏里，顺手按下了"55555"，短信就像子弹一样弹出去了，发给了一个不存在的手机号码，发给了一个不存在的人。

　　它不像发错的邮件，如果不存在某个邮箱，邮件会自动退回，短信却不会，无论有没有对方存在，短信发出去，就不再回来了。可是，无数的发错了的没有人接受的短信，到哪里去了呢，凭空就没有了吗？在空间，或者在某个什么站台，它们会不会掉落在那儿了呢？会不会有什么东西在看着这些满天飞的错发的短信呢？无数的短信在空间划过，难道就不会留下什么痕迹吗？

　　片刻之后，一个短信到了，黎一平一眼瞄到来电显示出"55555"，一瞬间简直魂飞魄散。

　　"55555"在短信上说，到底应该去修行，还是应该发短信？黎一平没有来得及反应"55555"的调侃，他立刻回复：你是谁，怎么会有你？怎么会有5位数的手机号码？"55555"回说，不奇怪呀，我是单位的集团号，集团号显示的就是五位数，我单位的头一位数是5，我手机的最后四位数是5555，这就有了我，55555。黎一平立刻否定说，不可能，我们单位也是集团号，不同的集团号之间，怎么可能走岔？"55555"说，飞机也会偏离航道，动车还会追尾，这么多短信在天上飞，出点差错也是正常的哦。黎一平说，你到底是谁，开什么玩笑。"55555"发来一个笑脸，老兄，你是个太顶真的人。

黎一平看着这个笑脸，恍恍惚惚之间，不知道刚才是梦是醒，看看自己的身子，坐直在办公椅上呢，不像睡过觉的样子，老魏似乎已经惯了弹回来了，赶紧问老魏，老魏，我刚才睡着了吗？老魏警觉地看了看他，小心地说，你睡着没睡着，怎么问我呢？黎一平又说，那，我刚才发短信了吗？老魏更是一脸的紧张，赶紧摆手说，别，别，你别再跟我玩短信了，我怕了你。

老魏话音未落，手机"嘀"了一声，一封短信又到了老魏的手机上。

老魏低头看短信，一看之下，顿时脸涨得通红，表情异常兴奋，坐立不安。过了片刻，站起来说，我出去一下，就走了，走到门口，又回头说，外联的小艾找我有事，我去一下。

老魏走了一会儿，有人进来了，黎一平抬头一看，正是艾莉，"咦"了一声，说，美女，你怎么来了？艾莉说，我来找老魏。黎一平说，巧了，呵不，是不巧了，老魏说是去找你了。艾莉"哟"了一声，说，可能他走了东头的楼梯，我走了西头的楼梯。站了一会儿，拿起电话打到自己办公室问，老魏有没有过来，那边说没有。艾莉又等了一会儿，好像非要等到老魏来。黎一平说，你坐下来等罢，他到那边找不到你，自然会返回来的。艾莉说，可是头叫我跟他出去办事，马上就要走，等不及了，你能不能帮我转告一下，说我是想当面跟他解释的。黎一平说，什么事？艾莉说，不好意思，刚才我发了一个短信，不是发给老魏的，发出去以后我才发现，发到老魏手机上去了，我来告诉他一声，发错了，请他别在意。黎一平"啊哈"一声说，这小事一桩，还用得着特意跑过来，你再发个短信纠正一下不就行了。艾莉说，恐怕不行，恐怕会有些误会，所以我还是想当面来和他说一下，可结果还是没能当面说，麻烦你转告了。

老魏回来后，黎一平就把艾莉的话转告了他，老魏听了，脸上红一阵白一阵的，闷了半天，问黎一平，她告诉你短信的内容了吗？黎一平说，没有。老魏怀疑地瞅了他一眼，说，你没问吗？黎一平说，我没问。

老魏沉默了。过了好半天，忽然没头没脑地说，老黎，姓氏排列中，哪个姓和魏字排得最近？黎一平不知老魏什么意思，小心翼翼地说，那，要看你以什么为序。如果是以笔画为序，魏字笔画多，有头二十划吧，和它排在一起的，像樊啦，翟啦，濮啦，你数数是不是差不多？老魏默默地想了想，大概觉得这几个姓都不是他想要的，摇了摇头，说，以拼音字母排呢？黎一平想了想，说，拼音字母排，魏，后面大概就是吴了吧。

老魏一听个"吴"字，顿时脸色煞白，黎一平赶紧借口上厕所逃了出去。

接连两天上班，黎一平都外出办事。到了第三天，他一坐进办公室，老魏就忍不住了，说，老黎，跟你说说，她约我吃饭，又说发错了信。见黎一平不吱声，老魏又说，就是说的艾莉，她不是来找过我吗……他脸色惨淡，停顿了一下又说，我知道，她其实是约谁的……见黎一平仍然不说话，老魏叹息了一声，是的，我知道，你也许会想，不就是一顿饭吗，约谁不约谁，有什么大不了，没人请，自己请自己一顿也罢。可是，可是……这已经不是吃饭的问题，问题是我知道了她约的是谁，问题是我发现了她的秘密，问题是无意中我犯下一天大的错误，问题是……老魏的声音颤抖起来，问题是，我出大问题了……有人在门口探了探头，又走开了，把老魏吓住了。

过了一会儿，老魏盯着黎一平说，我说了半天，你怎么一言不发？黎一平不想和老魏的目光直接接触，移开了一点儿，结果就移到了办公桌上，办公桌上搁着老魏的手机呢。老魏也看了看自己的手机，忽然间脸涨得通红，说，什么，你怀疑我在录音？用手机录音？一把抓起手机，扔到黎一平面前，你看看，我的老土手机，没有录音功能。见黎一平还是不言语，老魏更加恼怒了，难怪你一言不发，你怀疑我什么，怀疑我口袋里有录音笔？遂将数只口袋一一翻出来，你看，你看，有没有录音笔。

黎一平说，老魏，我没有怀疑你。老魏冷笑说，现在的人，太凶险，脸上跟你笑眯眯的，说不定口袋里真有录音机。黎一平说，老魏，对不起，我不仅没有怀疑你录音，连你刚才说的什么，我都没听清楚，我在想我自己的事情呢。老魏愣了愣，说，你自己的事情，什么事情？黎一平说，老魏你说，这茫茫的天地之间，有没有一个什么地方，或者什么空间，或者什么时空交叉转换站之类，专门收藏和储存我们错发了的短信？见老魏瞪着他，他又说，我原来一直以为，我们发错的那些短信，就没了，现在我才知道，总有一个地方会收到它们，甚至会回复过来。老魏，你相信吗？老魏惊恐地看了他半天，说，我就知道，你们早就知道了，我收了艾莉错发的短信，我就玩完了。

过了些日子，老魏调离了本单位，平调到外单位的一个副处岗位上。大家说，老魏还是有门路的，说走就走，这么快就调成了，说明背后有人哎。

老魏走了后，艾莉又来了一次，问黎一平，哎，我怎么听说老魏调走是因为我啊？黎一平说，我不知道啊。艾莉说，奇怪了，你跟他同一间办公室，两个人天天面对面，离得这么近，还有什么秘密能够瞒得过对方的？黎一平推托不过，想了想，才说，你上次说，错发过一封信给他，约他到哪里吃晚饭还是干什么的吧？艾莉说，是呀，我不是发给他的，发错了，我怕他误会，还特意过来当面跟他解释一下，怎么啦？黎一平没有说怎么啦，只是说，后来老魏问我，跟魏字排在最近的是什么姓，我说是吴吧。艾莉说，哎哟，老黎，你真神，我就是给老吴发信的，一不小心发到老魏那儿去了。黎一平撇了撇嘴，没有再说话。艾莉开始不明白，认真地想了想，忽然就想明白了，"哎哟哎哟"地笑了起来，笑得捧着肚子喊肚子疼死了。黎一平等她笑够了，才说，是另外一个老吴吧？艾莉说，哎哟，又给你说中了，这老吴可不是我们局长老吴，我要是和局长有什么腿，会这么粗心吗，你懂的。又笑了一会儿，又说，那是我同学老吴，而且，是个女的。黎一平说，你同学，那年纪应该跟你差不多吧，年轻轻的，怎么也都老什么老什么地称呼呢。艾莉说，年纪是不算大，但是心都老了罢。

艾莉走了后，黎一平带上手机到大办公室去，办公室的文秘小金有个亲戚在移动公司，他想请小金的亲戚帮忙解释一下"55555"的疑问。穿过走廊，走到大办公室门口，就听到里边嘻嘻哈哈，几个人正在抢某人的手机查短信，要某人交代小三是谁，说是在小三论坛上看到他发表的为小三说话的文章，某人大喊冤枉，大家异口同声说，反正我信了。黎一平听着他们叽叽喳喳的声音，忽然就打消了求解"55555"的念头。

再回到办公室时，看到管人事的副局长领着一位新人正站在办公桌前呢，给黎一平介绍，这是新来的顶替老魏的副处长，是从外单位调进来的，看他们握了握手，副局长就出去了。

新来的副处长正要说话，黎一平搁在办公桌上的手机响了。新来的副处长说，黎处长，你的手机响了，只响了一下，是短信吧。

今夜你去往何处

晚上的宴会高潮迭起,也不知道大家哪来的兴致,搞了几个小时,冯一余到家的时候,都快十二点了,但这是他的工作,没什么好抱怨的,他也从不曾抱怨过。

虽已半夜,小区门卫上值夜班的保安还朝他的车子敬了个礼,横杆抬起来,车子就进去了。

开到自己家的停车位,冯一余发现车位被占了,起先还以为自己开错了位子,摇下车窗玻璃朝外看了看,没错,和自己的车牌号对应的那个停车位,确实被别的车给占了。

下车看了看那辆车的车牌号,也看不出个名堂,只得返回到门卫上,去叫保安。保安听说是车位被占了,也不惊讶,带上小区机动车登记簿,跟着他一起过来,一核对,就知道是几幢几零几的业主了。

一起到几幢几零几,夜里,小区静悄悄的,楼道也静悄悄的,他们到了那家门口,不敢有大的动静,先是轻轻地按了按门铃,门铃在里边唱了起来,是经典的《献给爱丽丝》曲子,响了几遍,一直等曲子停了,里边也没有动静,没有人应门,又按了一遍,还是如此,只得敲门了。敲了几下,没有人开门,倒是对面的人家有了动静,但没有开门,也没有开灯,估计是在门镜里朝外看呢。果然的,看了一会儿,对面的门开了,一个妇女穿着睡衣,虽然睡意蒙眬,目光却很凌利,警觉地盯着他们。

冯一余赶紧打招呼说，对不起，对不起，吵醒你们了。妇女说，毛病啊，这时候找人？她这一开口，声音奇大，回声在楼道里嗡嗡作响，保安很尽责，下意识地"嘘"了一声。妇女不满说，嘘什么嘘，你们吵了我，还嘘我？冯一余又赶紧解释，不是我们要吵你，是他们家的车占了我的位，我的车没法停了，只好来叫他们。妇女翻了个白眼，退进去，"呼"地关上门。

这边的门却还没有开，冯一余朝保安看看，保安也朝冯一余看看，怎么办呢？没别的办法，再按门铃，再敲门，大约又过了几分钟，那门总算是开了，又是个女的，态度一点儿也不像爱丽丝那样温柔，气呼呼地瞪着他们。冯一余说，我们叫了半天门，你怎么这么长时间才来开门。那女的没好气说，半夜三更的，又是门铃，又是打门，又是吵架，我也不敢开呀，我还以为来打劫了呢。冯一余说，你家的车停在我的车位上了。那女的说，凭什么说我家的车停了你的位子？保安拿出登记簿，指了指号码，女的不说话了。冯一余问，是你开车还是你丈夫开的？女的说，他开的。不等冯一余问人在哪里，那女的已经朝卧室瞪了一眼，气道，死啦。

冯一余和保安到卧室门口，就见里边床上和衣躺着一个男的，一身酒气，正打着震天响的呼噜。冯一余吓了一跳，说，喝了酒还敢开车？女主人立刻生气说，你不要乱说啊，他是喝了酒，可车不是他开回来的，是他朋友替他开回来的。保安说，难怪停错了。两个便上前叫那男的，却叫不醒，推也推不醒，拉也拉不起来，醉成一摊泥了。

无奈退到客厅，看见车钥匙在桌上，那女的已经说了，我不会开车的。保安说，那怎么办？那女的两手一摊，我也没办法，我又推不动那车。冯一余只得自认倒霉，说，你把车钥匙给我，我替你开走。那女的还有些不放心，你行吗，别把我们的车蹭坏了。

遂一起下楼，保安又核查了一下他家的车位，发现就在离冯一余车位不远的地方，但意外的是那个车位上竟然也停了一辆车。那女的立刻说，不能怪我们了，是人家先占了我们的。保安又核对那辆车的车牌号，可在登记簿上怎么找也找不到这个车牌号，才知道不是本小区的车辆。

这下麻烦大了，本小区的车辆都登记过，哪个车子是谁家的，一核对就出来了，上门一堵，想跑也跑不了，但如果是外来的车子，根本就不知道车主是谁，也不知道是来干什么的,更不知道该到哪幢楼哪间房去寻找车主。

冯一余捏着人家的车钥匙,人困得眼睛都睁不开了,心里一毛躁,也不想多说话了,打开那辆车的车门,就坐上去,说,我不管,我先把你的车倒出去,把我的车位腾出来。那女的尖声叫起来,你下来,你下来,你腾出来了,我们的车怎么办?我到哪里找那个人去?冯一余说,人家占了你的车位,又没有占我的车位,凭什么我的车位要让给你。

吵吵嚷嚷,惊动了附近一幢楼的业主,推开窗户就骂人,深更半夜的,诈尸啊?那女的迅速尖声反击,你诈尸,你全家诈尸!楼上的说,你牛逼,你有钱买车,怎么不去买幢别墅,买了别墅就不用半夜诈尸了嘛。女的说,你从楼上跳下来,我替你收尸。

冯一余顾不得听他们废话,拿了钥匙就发动汽车,那女的正冲着楼上嚷呢,一听到发动声,立刻禁了声,一回身以迅雷不及掩耳之势,往车头上一扑,喊,你开,你开。她也不怕车头上的灰尘脏了她的睡衣。

那女的脸色又青又白,几乎贴在车窗玻璃上,冯一余从车里看过去,简直就是个死尸的脸,难怪人家骂诈尸呢。面对一具死尸,你能怎么样呢?冯一余认了输,下车将钥匙还给那女的,转身回到自己车上,听到保安和那女的在背后奇怪说,咦,他开到哪里去?

他能开到哪里去呢?无处可去,车开到小区大门外,朝街道旁一停,走回家睡觉去了。

迷迷糊糊的,像是做了个梦,梦见又是一群人为了停车的事情吵吵闹闹,心想,怎么连做个梦也不放过。不料太太来推他了,原来不是梦,还真是有人吵了来,说是他停在小区大门外街道上的车,挡住了别人的车出行。看了一眼天色,天才蒙蒙亮,气鼓鼓地说了一句,出行真早啊。

来叫门的又是保安,就是昨晚值班的那个保安,手里还是拿着那个车辆登记簿,值了一夜班,本应该困死了,但他还赔着笑。冯一余不理会他的微笑,生气道,我又没有停在小区里,你怎么又来烦我?保安说,虽然你停在大街上,但人家都知道是我们小区的车,都会来找我们,我们怎么办呢?只能找你们业主车主呀。冯一余更没好气了,说,你们光知道收物业费,不解决停车问题——他太太嫌他啰唆,说,你跟他说有什么用,他又不是头。那保安倒和气,笑道,你跟我们头说也没有用，我们头比你们还着急，嘴上都起了泡。冯一余说，就是全身起泡，也不能解决问题呀，他就不想一想，叫我们怎么办，把车子开到房顶上，还是吊在树上？

保安还是微笑着也不再回嘴了，只是一直微微躬身，做着一个请他出去的动作。冯一余无奈，只得披衣出来，到大门口将车挪个位子，好在早起的也不少，已经有了空位子，将堵在里边的车让了出去，这才算妥了。一看时间，再回去也睡不成了，一肚子不高兴，干脆回到自己的车位那儿看了看，那醉鬼的车仍然停在他的车位上，而停在醉鬼车位上的车已经开走了。他本来是想找这个外来入侵者算个账的，结果却被他溜了，看到保安还跟在他身边，又抱怨说，这是你们的责任，你们怎么能够允许外面的车进来占我们的车位，今后如果再发生，怎么办？保安也不知怎么办，唯一的办法就是十分耐心而且态度和蔼地听他说话，一副骂不还口打不还手的样子。真是被训导得不错，比业主有涵养。

训导他们的人是老崔，老崔是物业经理。这些日子，停车事件频频发生，有涵养的老崔嘴上起泡，心里长毛，天天在小区里东转西转，眼睛东瞄西扫，恨不得到哪里发现一块新大陆。他的副手带着保安在背后还嘲笑他，说，这个小区有什么转头的，老崔这是找车位呢，还是找老鼠洞。

老崔在小区里贴了个告示，在告示下搁置了一个票箱，请业主为停车的事情共同出主意，搁了一个星期，打开来看看，只有一张按摩院的广告塞在里边。

老崔又换了一张告示，这回来真的。新告示通告业主，决定将小区的几块绿化用地改为停车位，请业主发表意见。

这一招果然见效，意见纷纷来了，不仅有意见来，人也打上门来了。没有买车和暂时还没有买车的业主，坚决反对占用绿地做停车场，有一个人还拿了购房合同来，说，我们当初是根据开发商的容积率买房的，买的就是这容积率，你现在要改变容积率，就违背了合同内容。根据合同规定，我们可以要求赔偿，甚至可以要求退房。还有一个更厉害一点儿，他和当地的媒体有点关系，去叫了电视台的人来，扛着个摄像机，说，拍哪里？拍哪里？

老崔被吓着了，赶紧撤下告示，可一撤下告示，有车的业主又不干了，说，你们有媒体，我们也有媒体，也弄了个扛摄像机的来了，像扛着机关枪似的，到处看，说，拍什么？拍什么？

老崔被两边一夹，没有活路了，干脆着地一滚，说，你们拍吧，拍吧。业主说，你不怕曝光？老崔说，曝就曝吧，曝了才好，曝了光，才会有人重视，才会人有来管我们、帮助我们。那业主以为是老崔在嘲讽他，一气之下，说，拍，拍，就拍。那个扛摄像机的就拍了。但是带回去以后也没有播出，因为停车的问题太大了。他们这个小区的问题，只是冰山一角，一小角，甚至连一小角也算不上哦。

再有人找老崔，老崔就说，我反正不行了，我只能做缩头乌龟了。业主生气说，既然物业都撒手不管，我们也乱来了。说着就真的乱来了，也不管地上有没有固定的车牌号码，看见空档就停，先来先抢。也有人干脆将原先地上写着的别人的车牌号，改成了自己的车牌号。再有业主以购房合同相威胁，老崔就说，我不客气了，我要以牙还牙了，你们不是拿购房合同说事吗，我们也拿购房合同说事，反正购房合同上没有写保证停车的条款，你们告不倒我。

车主各施其法，大部分人选择了最稳妥的办法，早回家，早占车位，倒也无意中促进了许多家庭的和谐。从前老公多半不在家吃晚饭，现在为了停车，纷纷放弃应酬，一家人共进晚餐，其乐融融。

可是也有人做不到，比如冯一余，他的工作，就是晚上应酬多，回来比别人晚，总是占不到车位，开着车到处乱转，有时候绕着小区前门后门转几圈还是停不下来。到周日的下午，冯一余的儿子忽然在楼下喊冯一余下去，冯一余下楼来一看，儿子和几个同学不知从哪里弄来一辆黄鱼车，车上载着块大石头，几个初中生吭哧吭哧将石头搬到冯一余的停车位旁边，冯一余见孩子们气喘吁吁的，不由心头发酸，说，哪里弄来的石头？儿子不说是哪里弄来的，只说，老爸，以后就用石头占住车位。冯一余上去蹬了一下石头，就估计这石头轻不了，说，你们这是馊主意，我一个人也搬不动呀。儿子说，你快到家的时候，打个电话回来，我和老妈出来帮你搬。正说着话，保安过来了，朝他们看了看，又朝石头看了看。冯一余没好气，朝保安说，到时候，如果我家里人手不够，我要来叫你们帮我搬的。保安和气地点头答应，说，你尽管叫，你一叫，我们就来。

第二天一早，他就去叫保安了，保安倒真是一叫就到，还很体谅地说，现在的初中生，也很辛苦哦，我看到你儿子一大早就走了，要上早自习课吧。保安力气大，帮他挪动石头，占住车位。路上经过的业主都朝他们看，有的还停下来看。有人说，好主意啊。有人说，好神经啊。有人说，照这样下去，小区还像什么小区，业主还像什么业主。

可惜这块石头很快就被学校搬了回去，原来那学校修理西花园，花钱买来一些石头，结果发现少了一块，弄清楚事情缘由后，学校也没有责怪学生，只是派人派车将石头拖回去就算了。

冯一余到单位上班，跟同事说，不行了，不行了，我要得焦虑症了。同事都笑，说，现在谁不得焦虑症才是怪物呢。后来就聊到了停车，有个老张说，哎，现在新花样真是层出不穷哎，有人因为抢不到车位，竟出钱雇人看守。冯一余说，是你们家小区吗？那老张说，不是我们家，我是从网上看来的。冯一余也到网上看了一下，果然有这样的事。

冯一余留了个心，拣个单位不忙的日子，提前下了班，回到小区，看到小区花园的长椅上，果然坐着不少晒太阳休闲的老人，冯一余犹豫了一会儿，硬着头皮上前说，各位老人家，我想……看到老人们警觉的眼神，他竟有点心慌，停了下来。一个老爹说，骗子搭讪就是这样开始的。一个老太说，现在我们警惕性都很高的。冯一余赶紧说，你们误会了，我不是骗子，我是这个小区的业主——他指指一幢楼，又说，我就住那一幢，5楼，501。这才有个老人依稀认出他来了，说，噢，我想起来了，就是前几天你们家搬来一块大石头占车位的吧。冯一余有些难为情，笑了一下，说，是我。那老人说，你要干什么？冯一余说，我晚上应酬多，回来晚，每天都占不到车位，我想雇一个人替我看车位，我会付钱的，不知你们……一个老太已经嚷了起来，说，喔哟，你搞错了，我们又不是要饭的。另一个说，你以为我们是当保姆的？冯一余被闷住了，正无言以对，却又有个老人问道，你雇人看车位给多少钱呢？冯一余觉得有希望，赶紧说，钱的事情好商量，您要是愿意，您先开个价。那老人赶紧撇嘴说，我才不愿意，就算我愿意，我儿子要骂我的。一个老太说，他儿子是局长。

言语就搁在那儿进行不下去了，冯一余尴尬地蹲了一会儿，又说，其实，其实这也不能算是雇用什么的，其实这也是互相帮助嘛。老人互相看看，没有再搭理他，其中一个说，差不多了，回家煮晚饭了。个个都站了起来，走了，把冯一余一个人扔在那里。

晚饭后，却来了一位大爷，进门朝冯一余看看，说，下午是你在花园那边跟他们说话的吧？冯一余说，是我。大爷说，听说你要雇个人看车位？冯一余说，是的，可是他们都不愿意。大爷说，我愿意，你看我行吗？冯一余不敢随便相信，问道，大爷，您为什么……为什么愿意？大爷有些不乐，说，你出钱，我看车位，两厢情愿的事，为什么还要问为什么呢？冯一余赶紧说对不起，又说，因为……因为下午他们都不愿意，您却主动上门来……大爷这才说，我告诉你吧，我想弄几个零花钱，我儿子听媳妇的，不肯给我零花钱，我自己挣几个，总比两手空空好啊。

两下总算是谈妥了，冯一余每天出二十块钱，周一到周五，大爷负责帮他占住车位。冯一余怕夜长梦多，提出先付一个月的钱，大爷却不要，说，占一天算一天，而且要先占后付钱。冯一余坚持先付钱后占位，左说右说，大爷才收下了头一次的二十块钱，揣到口袋里，走了。

虽然增加了一笔开销，但是心情总算是稳定下来了，上班的时候，晚上应酬的时候，踏实多了。那大爷呢，也乐滋滋的，坐在小区看风景，还能挣了钱，何乐而不为。如此这般过了几天安心日子，一日冯一余下班回来，发现自己的车位又被别的车占了，大爷不在，他正奇怪呢，那大爷却在另一个地方喊起他来，过去一看，大爷端个凳子坐在另一个车位上。冯一余赶紧说，大爷，您坐错了位子。那大爷笑呵呵道，我没有坐错。冯一余说，可我的车位是那一个呀。大爷用脚点了点脚下的地，说，可是我屁股底下的这个车主，给了我三十块呀。一边说，一边掏出冯一余头天付给他的二十块钱，塞到冯一余手里，说，这个我要还你的。

两下正在纠缠，一个中年人气汹汹地过来了，指着冯一余说，原来就是你，你竟然雇用我老父亲给你看车位，你让我丢脸，让别人指着我的脊梁骨骂我。那大爷将儿子推开，说，你不要怪他，我现在不给他看车位了。中年人一愣，说，你不看了？大爷说，我给另一个人看，那个人出价更高一点。中年人气得说，你要钱，你要钱是不是……从裤兜里掏出钱包，打开来，将里边的一叠百元大钞扯出来，塞到大爷手里，说，给你，给你，全给你！转身就走。大爷看看他的背影，跟冯一余说，你别以为他真的给我，我一到家，他就会拿走的。

冯一余一气之下，索性不开车了，无非就是每天早一点起来，去赶公交车。他家小区的后门口就有一趟车的起点站，他从这里上车，还可以占到座位，坐在高高的公共车上，感受着公交车霸气十足的横冲直撞，再垂眼看看街道上横七竖八的小车乱挤乱窜，冯一余吐出了一口郁积已久的恶气、浊气，心情舒畅了许多。

只是公交车的时间不太好掌握，开始的几天，他怕迟到，早早就出来了，结果一路畅通，提前到单位，后来他稍微迟一点儿出门，却又迟到了，让领导逮了两回，赶紧又恢复提前出门。晚上也有些问题，如果应酬得晚了，末班车就没有了，他还得掌握好时间，常常提前开溜。有一天刚刚溜出包厢门，领导追了出来，说，又溜了？你最近怎么回事？冯一余说，赶末班车。领导说，你不开车了？出什么事了？家庭碰到什么困难了？冯一余赶紧说，没有没有，就是停车太难了。领导不满说，现在有哪个停车不难的？你的理由太不充分，因为停车难，所以不开车，因为不开车，所以就要迟到早退，就要影响工作，你这样的理由，你说得出口，我都听不进去。冯一余只得退回去继续陪客应酬，最后果然误了末班车，只得搭坐同事的车，害同事很晚了还要绕道送他。同事说，你这样还省了油钱哦。他没吱声，同事又说，唉，现在的车，买得起，养不起。

一天，冯一余从起点站上车占到座位，过了两站，上来个孕妇，冯一余站起来给她让座，孕妇动作迟缓，旁边一个年轻女孩"哧溜"一下坐了上去。冯一余赶紧说，哎，我不是让给你的，我是让给她的。女孩耳朵里塞着耳机，只朝他翻个白眼，不说话，听音乐呢。冯一余来气，旁边的乘客也都来气，七嘴八舌地说了几句，那女孩干脆连眼睛都闭上了，等他们说了一阵后，又忽然睁开眼睛，扯下耳机，冲冯一余说，素质？你还跟我谈素质，素质好的人，都开私家车哦，我素质差，才坐公交车。这话又惹恼了坐公交车的众人，一番舌战，让冯一余真正体会了什么叫素质。

到了单位，领导吩咐要出门办事，但是这天单位的车都出去了，只好向同事借车，这同事平时大大咧咧，很好说话，也肯帮助人，但等冯一余借车的时候，他的脸色就犹豫起来，拿钥匙给冯一余的时候，是十分不情愿的样子，说，这是我的车哦。语气是加重了的。冯一余想，难道我不知道这是你的车。

冯一余开车也不是一年两年了，平时开自己的车，胆大心细，现在换了同事的车，手脚都不听使唤了，怕什么来什么，结果还真的跟别的车蹭了一下，掉了一块漆。不过以冯一余的经验，也不是什么大事，当即打电话告诉了同事，同事当即就翻了脸,说,我跟你说过,这是我的车。冯一余奇怪说,难道你认为,因为是你的车,我才蹭了的。同事说,你没拿我的车当车,以前你自己开车,怎么从来不蹭不碰,怎么一开上我的车,就出事故。冯一余说,你别着急,这不能算是事故,只是蹭掉一小块漆,到修理厂喷一下就没事了。同事说,没事,怎么会没事,谁会给你免费喷漆啊?冯一余说,你不是有车险吗?同事气道,就算有保险公司出钱,这车也不一样了,伤过了。比如你跌过跟斗,跤破了脑壳,后来又长好了,就算没有留疤,是不是也算受过伤啊?跟没跌过跟斗一样吗?不一样的。冯一余也不高兴了,回嘴说,平时看你还蛮大方的,原来跟个女人似的小肚鸡肠。同事说,那是,我私车让别人公用,我女人,我小肚鸡肠,你怎么不想想你自己——平时你搭这个的车,搭那个的车,省个油费,占个小便宜之类,也就算了,你现在单位办公事还要借同事的车,自己的车舍不得用,你那是大气。冯一余说,怎么是舍不得用呢,不是因为停车难吗。同事说,你以为就你停车难,我们停车都不难吗?

两下真伤了和气,后来好多天都没互相搭理。大家说,你们怎么像两个更年期妇女。

冯一余一气之下,又重新开车了,至于停车的问题,他已经有了办法,向领导提出申请,换了一个工作岗位,不需要每天晚上应酬,一下班就可以准时回家,可以保证停车万无一失了。

领导同意他换岗位的时候,看了看他,宽慰他说,你放心,在哪个岗位都可以进步的,行行出状元嘛。冯一余谢过领导,就到新的岗位上去了。

现在冯一余舒坦多了,每天早早回家,车位大多都空着呢,他想停哪里就停哪里,这心情着实爽啊。

晚上,一家三口在一起吃饭聊天和美温馨。晚饭后,冯一余看一会儿电视新闻,太太洗碗收拾厨房,忙完了,电视连续剧差不多就开始了。太太是个剧迷,什么类型的剧都喜欢看,情感的、谍战的、古装的、家长里短的,有什么看什么。冯一余坐在太太身边,陪着一起看。他过去是从来不看剧的,因为晚上应酬多,没时间看,所以几乎和电视剧绝缘。现在陪太太看下几集来,很快就看进去了。

他倒是看进去了,太太却看不进去了,无论剧情是多么紧张刺激,故事是多么曲折有趣,太太都心不在焉、神魂不定,感觉像是身上长了毛,长了刺,坐立不安。后来冯一余也感觉到了，问太太怎么回事，太太起先还犹犹豫豫，好像说不出口，最后终于忍不住了，说，我习惯了一个人看电视，你坐在我旁边，影响我的注意力，我连台词都听不进去。冯一余"啊哈"一声说，嫌我多余了。太太说，也不能说是多余，比如说吧，本来家里的家具布置得好好的，不多不少，大家都适应了，现在忽然多出来一件大家具，搁在屋子里，肯定会有碍手碍脚不方便的感觉吧。

就改成冯一余到电脑上去看东西，让太太一个人安心看电视。太太还有个习惯，凡有特别好看的电视剧，她是等不及电视台一天播两集的，必定去音像店买了碟子回来看，每次播放的时候，只要冯一余走过身边，太太就要暂停。冯一余说，你干吗呢，我又不说话，我只是倒杯水，还轻手轻脚的。太太说，你在我面前晃来晃去，我分神，剧情都看不懂了。冯一余笑道，当初你可是恨不得天天躺在我怀里看电视呢。太太也笑了笑，但还是不按开始键，一直要等到冯一余走了，才重新开始。

或者太太在上网，看到冯一余过来了，她也会关闭网页，和冯一余支吾几句，分明是等着冯一余离开呢，三番几次，冯一余不由有些怀疑，难道太太网恋了？疑神疑鬼的，总想偷偷查看太太的上网记录，结果搞得自己鬼鬼祟祟的。

太太其实有数，干脆跟他挑明了说，你不用查我，没有事的。又说，这么多年了，你一直在外面忙应酬，要有事早就有了，还能等到现在。冯一余又执著地回到原来的疑问，说，既然你没有网恋，干吗我一过来，你就关闭网页呢，太太奇怪地看了他一眼，说，咦，已经跟你说过了嘛，我习惯了一个人看东西嘛。

家里又添置了一台电视和一台电脑，全部分开使用，倒是相安无事，互不干扰了。冯一余家的生活从此风平浪静，虽不是天天欢声笑语，但这是大家所期盼的平平淡淡才是真。

只有一次，跟他换岗的那个同事提拔起来的时候，冯一余心里还是有一点儿受伤的。

一天晚上，老同学聚会，冯一余喝了点酒，请代驾把车开回来，已经没地方停车了，就停到大街上，代驾打车走了，他自己一路走回去，被夜风一吹，有点儿兴奋，干脆绕着小区散起步来。绕了一圈，发现路边一辆车里好像有个亮点，没怎么在意，又绕了一圈，那个亮点还在，他还是没当回事，再绕一圈，还是这样。他终于忍不住了，凑近了看看，一看之下，吓了一跳，竟是小区的物管经理老崔，坐在车里抽烟呢。

老崔看到他，摇下了车窗玻璃，说，你找我有事吗？冯一余说，没事，我散步呢，看到这个车里有亮光，以为是什么呢，不料是你，你怎么坐在车里？老崔笑笑说，我不坐在车里坐在哪里呢。冯一余说，你等人啊？老崔说，我不等人，我等想法。冯一余笑道，你等什么想法呢？老崔说，我等停车的想法。我家小区车停满了，我这会儿回去，也停不了车，我得等怎么停车的想法来了，才能开车回去。

冯一余说，我换了个工作岗位，下班早了，解决了停车的问题。老崔说，我没你的福气，没人同意我换岗，再说了，就算换了岗，我回家也没地方待。媳妇生了孩子，亲家母非要来照顾，挤在一个屋里，和我老婆天天争吵，我回去受夹板气，坐着说我碍事，站着也说我碍事，躺下又说我油瓶倒了不扶，唉，我还是等她们睡了再说吧。车里已经烟雾浓浓，老崔又点了一支烟抽起来，还扔了一支给冯一余，冯一余其实早已经戒烟，但他没有拒绝老崔的烟，和老崔一个车里一个车外，抽了起来。

抽过了烟，冯一余又继续往前走，走出了小区，走到大街上，大街的马路牙子上，歪歪斜斜地停满了车，冯一余走了一段，忽然发现问题了，竟然有一辆车的车牌号和他的车牌号一模一样，再借着路灯灯光一看，不仅车牌号被套了去，连车型和颜色都和他的车一模一样。冯一余大声喊了起来，这是谁的车，谁套用我的车牌！半夜里，街上一个行人也没有，冯一余再上前细看时，车窗摇了下来，一个男人探出脑袋说，嘿，我找到停车的地方了。冯一余一看，竟是他自己，顿时失声大喊起来，不可能，不可能，这不是你的地盘。

第二天早晨起来，冯一余问太太，我昨晚上说梦话了吗？太太说，我睡着了，没听见。停一下，太太又说，我做了一个梦，梦见咱们家的车被偷了。冯一余心里一惊，赶紧跑到大街上，一眼望过去，还好，车在。

一时间，冯一余恍惚起来，想起昨天晚上的事情，不知道怎么会做出这种莫名其妙的梦，也不知道到底是不是个梦，更不知道是不是昨晚抽了老崔一根烟的缘故。

后来有好长时间没有看见老崔，冯一余问保安老崔到哪里去了。保安说，老崔受伤了，他回家停车，停在小区的池塘边，打了滑，车子掉到池塘里，差点淹死，幸好有巡夜的保安看到了，救了上来，脑子进了水，有点呆。

但是物业公司一直没有派新的经理来，只说等等老崔的病情，看会不会很快好起来。业主都很生气,说,本来有个经理,事情都管不过来,现在经理都没了,还有谁来管我们的事情啊。

今天看见出了太阳

本来这一档节目打算在春天做掉的,结果事情一多,就拖了下来。一拖下来,日子就不对了,天就热了,但是节目不能因为天热就不做了,现在台里和监制的关系,都是说一不二、干净利索的承包关系。按照我的要求,你做来,我用了,就给你钱;你做来,我不用,对不起了,就没有钱;我叫你做,你不做,更对不起,那就倒扣你的保证金。

年初布置工作时,台里给每个组都下了节目指标和要求,陈军领导的这个节目组任务是比较重的,因为条件天生如此,他本人,老资格的监制,和他搭档的导播和主持也是台里数一数二的实力派,自然要比别的团队做得更多更出色。

他们的任务之一,就是做一期关于房价的大型谈话节目,台里提出的基本条件是,要有现场感,要有多方人士代表,要让老百姓说话,等等。平心而论,这几个条件一般化,一点儿也不苛刻。

他们挑了一个房价蹭蹭上涨的二线城市,这样的现场是最理想的,因为在这里生活着的人群,收入和眼界是二线的,房价却上了一线,那肯定是有许多话要说的,也一定会有真实而深刻的体会。

通过同行的关系,他们委托当地的电视台邀请嘉宾。邀请嘉宾不是件容易的事情。要想吸引眼球提高收视率请大红大紫的名人吧,你请不到,即便请得到,出场费你也舍不得支付;请小名人吧,请了等于没请,最多只有几个本地人认得他,其他地区的电视观众不买你的账。所以,一般都是邀请介于这两者之间的中等名人，他们在本地乃至全省全国或者至少在某个行业里已经有了相当一点儿的名气，虽然他们之间的层次也不尽相同，但有一点是一样的，他们已经跃过了想通过上电视节目走红的阶段，他们能来参加这样的活动，多半是人情的作用。

所以，请嘉宾的活，都是交给当地人去干，因为有人情世故在里边，他们即便不想来，很不想来，但碍于情面，最后还是会来的。虽然来得勉强，但既然来了，他们都会很有涵养、很配合，对这种不付报酬的长达几小时的被人摆弄的事情，对这种不尊敬别人的劳动和知识产权的做法，他们将怨言埋在心里，忍耐着，熬过就算，心里暗暗发誓，哥们，没有下回了。

再说现场观众，那比较好办，他们应该是喜欢上电视的，只要到社区、居委会，或者到某个学校一发动，自然会有群众踊跃报名，自愿参加。到时候调度几部大巴车，一拉就来了，乖乖地坐下，兴奋而又听话。

最后就是现场的布置了，这更是他们的拿手活，因为这期节目是与民生直接有关的，不要放在室内的演播厅，找一个露天的有房屋背景的场地。当地同行提供了几个地方，他们去转了一下，很快确定了一个叫世纪公园的现场。这个公园的背后就是一个很大的新住宅小区，高楼林立，很有一点儿新世纪的意思。

再将日期一确定，几方对接下来，没有问题，ＯＫ，按以往做节目的经验，这事情几乎已经完成一半了。

拉现场观众的活，是交给小米做的。小米是个细心的女孩子，做事认真，年纪轻轻就有点儿婆婆妈妈，但这正是节目组所需要的类型之一。观众是什么人等都有，又没有组织性、纪律性，万一拉丢了几个，那也是麻烦。小米细致的性格是最适合做这个的。陈军把公园的地址发到小米的手机上，又告诉了具体到场的时间，其他一切就尽管放心了。

做节目的日子说到就到了，开拍的时间也说到就到了，陈军看了看时间，觉得小米的队伍应该到了，小米从来都是赶早不赶迟的，今天却没有赶早，陈军一边监管着其他准备工作，一边抽空打了一下小米的手机。

小米这会儿早已经拉上观众在车上了，车正在行走，但她并不认得这个城市的马路，一边举着手机，一边朝车窗外看，看不出个究竟。小米走到前面问司机，司机说，快到了。陈军在电话那头听到了司机的回话，放了心，挂断手机，又忙着监管其他事情去。

又过了一二十分钟，还没见小米的人到来，陈军隐隐地觉得事情不应该这样，忍不住又打电话催问了一下，仍然是那个司机说马上到。

可是这个"马上"却不知道"马"到哪里去了，眼看着通知开场的时间已经过了几分钟了，所有的工作人员都已经到位，嘉宾也已入座，本应该最早入场的观众却没有到，也算是亘古未有的状况了。陈军心里窝了一团火，只能再打小米的电话，这回小米不再叫司机说话了，自己直接说，咦，到了呀，怎么看不到你们一个人。

陈军头脑里"轰"的一声，知道出错了，但不知道错在哪里，赶紧镇定一下，问道，你们在哪里？小米说，世界公园呀，东大门。陈军头脑里又"轰"了一声，怒喊起来，谁叫你到世界公园，是世纪公园！小米顿了一下，低声说，陈老师，您发给我的短信上是世界公园，我是按照您的吩咐走的。陈军急忙看自己的"已发送"，果然是自己写错了，将世纪公园写成了世界公园。他颇觉窝囊，又愤愤不平，偏偏这么个不大的城市，又是世纪，又是世界，真了得。但现在顾不得责怪和自责，得赶紧救场。世纪和世界，虽然字面上仅是一字之差，地理上却是南辕北辙，一个在城市这头，一个在城市那头，不可能再等小米将他们拉回世纪公园，时间不允许了。为了提高节目的质量，他们特意邀请了一位祖籍本地的著名海外专家，租了卫星转播一小时，精心安排一位草根观众和这位大洋彼岸的老乡专家现场通话，现在专家已经等在那边的转播室里，他的大头像已经在现场的大屏幕上显示出来了，也就是说，从他的头像出来的那一刻起，就开始计价了。

陈军想，完了，这漏子出大了。正这么想着，就听到公园门口吵吵闹闹，声音越来越大，工作人员跑来报告说，因为拍电视，公园的大门关闭了，一批天天来跳舞的老人和一群来写生的学生，被挡在公园外，进不来，正闹意见呢。陈军忽然灵光闪现，不如将这些人临时请来当观众，赶紧让助手上前一问，那些人果然有兴趣，与其今天跳不了舞，写不了生，还不如当一回观众，看看拍电视是怎么回事呢。

真是天无绝人之路，老少两批人，就直接请进了会场，大家兴奋不已地入了座，由导播跟他们把今天要录制的大致内容说了一下，问，明白不明白，答，明白了，又问，清楚不清楚，答，清楚了。

那个准备卫星连线的草根观众没能赶到，这也难不倒，让组里一位长得土气些的工作人员坐到观众席上，临时顶替一下草根观众。

一切就绪，节目组开始工作。

最先是主持人亮相，因为美貌和服装，引起一些小小的热议。艾美儿是台里的资深美女，前一阵已经从台前退到幕后了，不知怎么又要重新出来抛头露面，台里征询几个节目组意见时，大家不约而同地将她打发给了陈军。

毕竟陈军从前对艾美儿是有过想法的呢。

艾美儿刚要开始工作，就看到大屏幕上的专家忽然不见了，屏幕上一片雪花。有人在说，卫星连线断了，有人拿着对讲机哇啦哇啦喊着什么。

陈军赶紧出来和观众打招呼，告诉他们很快就能接连上，果然很快就连接上了，专家的大头像又出现了，观众一片欢呼，却又发现专家的表情不对了。他好像不知道这边有这么多人看着他呢，也好像他带的那个耳麦不管用，他老是在用手拉扯耳麦，移动位置，可是移来移去，眉头还是皱着，期间还做了个撇嘴的表情，又做了翻白眼的表情。因为专家年纪够大，这把年纪又这么德高望重的专家做出怪异的表情，引得观众大笑起来，这一笑，倒也好，把现场的气氛笑好了，也分散了一些观众在等待中产生的不耐烦。

但是不耐烦早晚还是会卷土重来的，卫星接连始终有图像没有声音，那边的专家也始终不知道自己的形象已经出现在家乡的公园里，时间滴滴答答，一分一秒，走得都是钱，都是白白浪费了的钱。陈军心里有点毛躁，但他很快调整了情绪，浪费就浪费了，连线家乡老专家这一环节，本来也不是台里的要求，是他自己要想好上加好才临时动议的。现在既然连接不上，不连也罢，干脆通知关闭了大屏幕。

大屏幕一闭上，观众没了主意对象，情绪开始波动，不是因为别的，是因为天气，因为太阳。

天气预报是阴天，这会儿却阳光灿烂起来，夏天的太阳那才叫一个辣。

艾美儿开始淌汗，她可是化了妆的，是浓妆艳抹的。黑色的眼影随着汗水淌了下来，她站在太阳下的舞台中央，手里除了一只话筒，又不能拿纸巾，没办法擦汗。她可是久经沙场的，很清楚地知道这会儿自己是个什么形象，赶紧往台边上跑，边跑边喊，我要补妆。

观众早已经晒得受不了，一看主持人跑了，有个年老的观众以为散了，也站了起来。工作人员在一边赶紧说，请坐下，这位老同志，请您坐好，马上开始。老人急得头都晕了，用手撑着脑袋说，啊呀，还没有开始啊？

那边老人重新坐了下去，这边陈军一把拉住艾美儿，把她往台上推，你再磨蹭都砸你手里了。艾美儿不能接受这话，反驳说，怎么砸我手里，你愿意在你的节目里我是个熊猫眼吗？陈军气道，都什么时候了，你还有时间回嘴？艾美儿有的是时间，又回嘴说，时间是你监制掌控的，又不是我浪费的。陈军见她一脸要战斗的样子，赶紧闭嘴，等化妆替她重新涂了眼圈，赶紧送她上台。

终于开始了，可是很明显艾美儿功课没做好，主持词说得结结巴巴，听到导播喊"停"，艾美儿立刻大喊，晒死我了，渴死我了，拿杯水来，谁给我拿杯水来。

没有谁给她拿水。她虽然资深，却也没有大牌到带着经纪人和助理。节目组的人呢，人人都有一份活，谁也多不出一只手给她拿水。倒是观众席里有一位好心的老大妈，看艾美儿晒得可怜，赶紧把自己带的一瓶矿泉水送到她手里，艾美儿刚刚接过去，就听导播的声音传了出来，乱套了乱套了，哪来的观众上台了？观众不懂，你也不懂？

导播和另外两位摄像，各负责一台机子，现在机子里记录下来的一切就是节目的全部的基础，怎么容得乱来。可导播稍一发作，艾美儿就生气，回道，你不是"停"了吗，上来个观众碍什么事？导播朝天上指了指，又抹了一把汗，说，今天这状况，不多录点现场，混得过去吗。压低声骂了句"傻×"，却不料这声音又扩了出去。艾美儿杏眼圆睁，眼看着要暴发情绪。陈军也恼了，骂导播，你他妈的骂谁呢？导播这才收了点，说，我这不是着急吗，看她那没心没肺的样子，很不爽。陈军道，你不爽，谁爽？导播认了错，说，好好好，开始吧，我控制好。

又喊了开始，镜头摇起来，主持人款款走近观众，将话筒伸向一位大爷，导播却忽然大声喊起来，张仲，你怎么来了？你捣什么乱？陈军快步跑过来，朝导播的镜头里看看，又骂道，你喊谁呢，张仲？你热昏了？导播一头大汗，也凑到镜头前看了看，看不到了，惶惶地说，我是热昏了，穿越了，竟然看到十年前的同事。

陈军扯了他一把，将他拉开来，指了指侧位上的一台摄像机说，你到那边去，这边我来吧。导播知道自己闯了祸，想扳回来，已经迟了，陈军脸色铁板，喊了"开始"。

主持人：亲爱的电视机前的观众朋友们，这里是《百姓话题百姓侃》节目，本期的《百姓话题百姓侃》节目主题是"百姓侃房价"，既然是百姓侃房价，我们就让百姓说话——重新走到先前认定的那位大爷跟前，老大爷，您觉得您生活的这个城市，房价高吗？您能接受吗？老大爷伸手接过话筒，扑了几口，问道，有没有声音？大家说，有。可是大爷听不见，又扑了几口，仍然不觉得有声音，大爷有点儿不高兴，说，怎么没有声音？没有声音怎么说话？又低头摆弄话筒。主持人再次低就着说，大爷，有声音的。把话筒拿过去，用劲拍了几下，大爷终于听到了"砰砰"的声音，算是认可了，说，好吧，你说有就有。举了话筒往自己嘴边送，忽然又停下来，看了看艾美儿，奇怪说，咦，你是主持人，你怎么没有话筒，我把话筒还给你吧。主持人才从腋下抽出另一只话筒，大爷又认真地看了看，这才放心，刚要说话，却又忘了刚才主持人的问题，说，姑娘，你刚才问我什么呢？主持人又说了一遍。大爷听明白了，想了想，回答说，怎么是问房价呢，我以为是问老年人的生活呢。大家笑起来，艾美儿也笑了笑，陈军在耳麦里跟艾美儿说，可以扭过来，赶紧扭过来，正好接上话题。艾美儿却扭不过来，笑着解释说，大爷，您误会了，我们今天的主题是——陈军喊了一声"停"，就停下了。

艾美儿又过来补妆，陈军说，你不要光补脸，你补点脑子行不行，刚才的话题，刚好能接上，老人的生活，难道不包括住房么？艾美儿不高兴地说，我不知道老年人的生活包括住房吗？可是提纲里没有，我要是补过来，你又要停。陈军朝助手做个手势，助手跑到观众席老大爷那儿耳语了几句，见老大爷点头，陈军才喊"开始"。

主持人又得重来一遍，这回老大爷听明白了，说，你们要说房子，我就说房子，我是有一套房子，可是有房子有什么用，没有人来关心，儿子女儿一年都不来一次……艾美儿赶紧硬生生地往回拖，大爷，您的房子多少钱一平方米啊？老大爷说，你别管我多少钱一平方米，我只告诉你，我一个人住，生老病死,小辈都不会知道的。艾美儿一直在意自己淌汗的脸蛋,脑袋不够用了,不仅拖不动老大爷,竟被老大爷拖走了,应声道,大爷您说得好,房子是住人的,先有人才后有房,人好房才好……

两个算是对上话了,但节目的主题却被扭得更远了,陈军忍不住在肚子里恶狠狠地暗骂了几句。从镜头里看艾美儿,怎么看怎么别扭,怎么也想不明白当初怎么还会对她有意思,现在是越看越俗气,越看越来气,又喊"停"。

艾美儿受不了了,她也不能再补妆了,已经扑了几两粉在脸上,加上汗水一拌,再蹭蹭弄弄,像搓糯米团子。艾美儿一照镜子,吓得失声喊起来,又见陈军朝她瞪眼,艾美儿心里一酸,眼泪就在眼眶里打起转来。艾美儿委屈啊。陈总,我知道你今天一直在为难我,我今天怎么做都是错的,观众走了话题,我扭也不对,不扭也不对,就这么一段词,你喊了几次"停"。陈军说,是我喜欢喊"停"吗,你也不瞧瞧……下面的话还是咽了下去,不瞧瞧自己个嘴脸,不让你重来,这节目能过吗?艾美儿还没完呢,继续委屈说,你是嫌我人老珠黄了,是不是?你是嫌我没有年轻时有名了,是不是?我出道的时候,你们还不知道在哪里混呢……陈军打断她说,说够了吧,上去吧。

又重新上场,整个现场,话题始终就在房价和子女不关心老人中游走,老大爷的话很有市场,那批老年观众都是他的舞伴,他说什么都是对的,艾美儿使劲全身解数,也不能彻底扭过来,灵机一动,把希望寄托在那些小学生身上。

主持人:好,现在我们把话题交给孩子们,他们虽然年纪小,但也是百姓的一部分啊,如今的房价问题这么敏感,相信他们一定会有自己的体会——将话筒伸到一个看起来聪明伶俐的学生面前。学生站起来,有点紧张,眼睛盯着话筒说,我妈妈说,只要我好好念书,以后就有大房子住。艾美儿大喜,赶紧接住说,观众朋友们,孩子们幼小的单纯的心灵,已经被如今蹭蹭上涨的房价蒙上了阴影。那小学生舔了一下淌在嘴边的汗滴,抬头朝上看了看,说,阴影,哪里有阴影啊?阿姨,太阳太厉害了,要是把会场摆到那边树底下,就有阴影了。艾美儿没辙了,呆呆地看着镜头,陈军实在懒得再喊"停",就算过了。

观众的环节过去以后,就轮到嘉宾名人了。嘉宾名人应该好对付,他们比普通观众有文化,有修养,而且事先都是说好了内容,教好了台词的,应该不会出什么大差错。当镜头集中转向他们的时候,陈军才发现他们都拿手遮挡着太阳，有个女嘉宾，甚至找了张餐巾纸盖在额头上，脸色要多难看有多难看，陈军心里"咯噔"了一下，就听见一位文化名人发飙了：就房子谈房子，谈不出名堂来，如果离开了人，离开了对人的了解，对人的关注，空谈房子，那永远只能是空谈！

主持人核对了一下手中的纸条，将人和名对上了号，才说：钟老师，您是文化名人……

文化名人打断说：首先我要纠正一下，我不是什么名人，我只是一个老师……他眯着眼睛抬头看了看天，又自嘲说，我如果真是个名人，我就不在这大太阳底下受这么长时间的罪了……

主持人：呵呵，钟老师很谦虚。钟老师，以您对房子和人的关系的理解，您觉得应该怎么谈房价呢？

文化名人：房子是呵护人的，谈房子的人更应该懂得尊重人……

其实谁也没有不尊重谁，只是因为太阳晒得太厉害，节目组想尊重大家也无法尊重，在文化名人带有煽动性的话语中，观众席骚动起来，有人喊，晕倒了，小孩子晕倒了。陈军丢开摄像机，赶紧跑了过去，不料那小学生却睁眼"扑哧"一笑，说，不好玩，我不玩了，我要回家。跳起来就往外跑，其他小朋友也跟着他跑，喊道，散了，散了，回家了。

跳舞的老人还知道一点儿轻重，没有马上散去，一位大妈问陈军说，导演，你说散我们才散，你不说散我们就不散。如果不散的话，给我们发点水喝吧，要不，发把伞挡一挡太阳。陈军摆了摆手，说，拍完了，散了吧。

观众散去，太阳也不那么辣了，节目组的工作人员开始收拾场地，陈军无言地看了看几台摄像机，没有人关闭它们，它们一直自觉努力地工作着呢。

三天以后，陈军才有勇气看了一遍回放，录的时间长度倒是够长的，但是节目的话题整个没有入渠，即使有一两句说到点子上的，很快又被扯开去了，现场失控，节目肯定是废了。但是也有让陈军感觉意外的地方，这个废掉的节目，不像从前设计完美的那些节目，中规中矩，少有发挥。失控以后，现场的气氛空前高涨活泼，那几台始终在工作的摄像机，生动真实记录下了这一切。

陈军起先有些想不通，为什么所有的人，热心的观众也好，有涵养的嘉宾也好，甚至包括一向注重自己形象的主持人艾美儿，包括平时脾气很好的导播，整个节目录制中，似乎没有一个人愿意按照先前设定的内容说话，每个人都不肯好好回答问题，连小孩子都作怪，陈军仔细盯着那些凌乱而又生动的画面看了看，看着所有人头上的汗珠子，他忽然就想通了，是天气的关系，是太阳的关系。陈军曾经关注过这一类的信息，有许多人把车祸、停电、断网、打架、抑郁、自杀等等都归结于太阳。陈军没想那么多，更没想得那么玄，他只是觉得，大家被晒得情绪恶劣，气不打一处来，这是可以理解的。

人一有了气，心里就烦躁，就不肯听别人说话，更不肯说别人要你说的话，说出来的都是他们的气话，也都是他们真心想说的话——真话。陈军将凌乱的内容一路看下去，渐渐地觉得，有些观众和嘉宾说的话，还真有感人的效果呢。

只可惜，感人也好，真实也好，这都和他要做的节目无关。陈军勉强做了剪辑送上去，结果是没有悬念的，被批得体无完肤，责令整改。

这半年时间，陈军算是背透了，做了三个节目，第一个给毙了，后两个要整改。

整改两个字，说得轻巧，操作起来几乎没有可能性。录制结束，现场的观众嘉宾都散了，再到哪里去找他们？即使找得到，他们也是决不会再来了，上了一回当，还能再上二回当？他只能在已有的录像内容中，反反复复地、翻来覆去地折腾。

陈军细细地把那些录下来的内容看了又看，他又意外看到了好些在现场没有注意到的细节。

陈军看到了张仲，他坐在那些老人中间，但是画面很快过去了，陈军又退回来，定了格仔细再看，才知道不是张仲，也不可能是张仲，张仲没那么老，大概是一个长得很像张仲的老人，接着再往下看，却发现张仲没有了，再仔细看，原来那个人摘下了眼镜，擦拭眼镜上的汗水。摘下了眼镜的这个人，就一点儿也不像张仲了。陈军还看到，在最后散场的混乱中，那位发飙的文化名人，把节目组作为回报赠送的一个录有他们节目的光碟，随手塞给一个小学生，说，给你吧。小学生往后一退，说，干什么，我不要。一个放手，一个缩手，光碟掉在地上，后面走上来的人一脚踩上，光碟碎了。又看到观众席上紧挨着坐的一男一女两个老舞伴，虽然年纪一大把，却一直在卿卿我我，动作神态十分亲昵，老太太给老头擦汗，老头用一把折扇给老太太遮太阳，旁若无人。陈军"嘿"

了一声，接着又看了艾美儿，那是艾美儿的一个特写镜头，很大很清晰，脸红得像一只熟透了的水蜜桃，圆嘟嘟胖乎乎，哪里还是那个一向以为自己是清水芙蓉茉莉花的艾美儿。

　　陈军终于忍不住笑出声来了。这些无意中录下的内容，这些他所不需要的内容，竟让他纠结的心情释放了许多。

　　过了些时，台里派人到美国去培训，陈军报了名。出国前，几个哥们给他饯行，喝了点酒，陈军说了说几次做节目的不顺利，但他的心情已经好多了。

　　其中有个周导，是和陈军干一样的活的，问说，那你出国一年，这两个要整改的节目怎么办呢？陈军说，一个交给阿贵去弄了,还有一个废了啦。周导说，废了是什么意思？陈军说，就是不要了，扔了。周导说，辛辛苦苦拍的，扔了多可惜，拿来我看看。陈军说，你要了干什么，看我洋相？周导说，学习学习罢。陈军道，少来啦，哥们走了霉运，你还拿来当下酒菜。大家一笑，说，喝酒，喝酒。不再谈工作。

　　喝到很晚，出来被晚风一吹，心里似乎还是有什么东西搁着，绕道到了办公室，将那带子找出来带回家。第二天出发前，将那个带子包了，让太太记得交给周导。太太问急不急，陈军说不急，你记得这事就行。太太记着这件事，过了几天，就送到电视台去了。

　　周导拿到包好的带子，看到上面是陈军写的字，一时竟忘了是什么事情。其实那天晚上周导也就是随嘴一说，本来只是想宽慰一下陈军的，没多想。收到那盘带子后，放进机子看了一眼，无头绪，画面混乱，只看到一群人，个个大汗淋漓，就将带子收了起来，再没当回事。

　　这年的秋天是个多雨之秋，下了个把月的雨，把人心都下出毛来了，一直到快入冬了，太阳忽然就出来了。周导在广电大楼二十五层的办公室，靠着窗，太阳照进来。透过明净的窗户，放眼看着蓝天下无尽的远方，初冬的太阳那叫一个暖和呵，心情那叫一个好啊，忽然就想起了远在大洋彼岸的陈军，由陈军又想到了他的那个废了的节目，顺手找了出来，看了不到一半的时候，周导已经知道，这个节目有救了。

　　又过了些日子，陈军在美国收到周导的一封邮件，告诉他，他留下来的那个节目最后通过审查了，不日即将播出，他如果愿意看一下的话，过一阵就可以上网搜索。

陈军不怎么相信，那个东西还能弄成一个完整的节目，还能通过审查？何况如今国内的房价似乎都已经控制住了，怎么可能再播这样的节目，就没有放在心上，也没有追究，更没有上网搜索。

但是不管陈军看不看，节目还是播出了。

节目播出的时候，女主持人艾美儿已经不当主持了，她也不知道这个节目后来的前途和命运。只是那天晚上，偶尔开电视看到了，想起那个大热天，自己的脸上因为出汗，怕化的妆弄花了脸，一直想找纸擦一擦，但是录制现场不允许她手里有纸，擦不了，她就一直担心着自己的脸面。现在从电视画面上看，并没有她想象和担心得那么糟，因为阳光的缘故，她的面部反倒显得滋润光洁了许多。她还记得，那一段日子，因为个人感情问题，她的情绪很不稳定，人也很憔悴，三天两头去美容院也无所改善，倒是那天的太阳，让她充分展示出主持人应有的光彩，她对自己的形象很满意，觉得可以打九十九分。

但是她看了这个电视还是有点疑惑，因为她记不起自己什么时候主持过情感类的节目，感叹了一声说，唉，我现在记性真的很差。

那个在现场发飙的文化名人是从来不看电视的，这天晚上他正在写稿子，忽然家人嚷了起来，电视里有你，他才看了一眼，电视里的他，正激情昂扬地说着对人的尊重什么什么，令他想起了那个被暴晒的、很不愉快的下午。在这个温馨平和的夜晚，文化名人看到自己在电视上的激烈的形象，不由有点难为情起来，想不明白自己怎么会那么没有修养，他朝坐在旁边的家属看了一眼，说，嘿，太阳晒的。家属没听懂。

节目还没有播完，电话响了，省电视台一位著名监制给他打电话说，钟老师，看到你的节目了，其实，我们早就在酝酿请你上我们的节目，刚才看了《情在你我间》栏目的这一期节目，我们对你更了解，也更信赖了，现在我代表我们《话说历史》节目，正式邀请您——我们这个节目您是知道的，在同类节目中，收视率仅次于《名人述史》，排全国第二。挂了电话，他家属在一旁说，人家都说，能上这档节目就是名利双收。他想了想，说，万物生长靠太阳。家属仍然没有听懂。

至于有没有当天的观众看到这个节目，那就无人知晓了。

但是有一个事实是人人知道的，太阳天天都在天上。

谁知道谁到底要什么

交换市场是社区为了便民设立在小公园里的一个算不上市场的市场，每个月的第二个周日，附近的居民都会带上家里用不上的物品，来这里进行物与物的交换。

我是在半年前听说这个事情的，我留了点心，后来守到了这样的一个日子，我也带着点东西来了。

其实在我年轻的时候，我很想开一家小店，专卖旧物的小店。我从前曾经做过一个梦，梦见我开的小店就在欧洲的一座小城的一条老街的街角上。其实我从来没有去过欧洲。

我来到市场后才知道，每个人都可以有一个摊位，我按规矩要了一个摊位，其实也就是在一字排的长条桌上，占一小块地方而已。在我的紧隔壁，是一个妇女，我看了看她的物品，她的东西很多，也很实用，比如她有一只电熨斗，看上去至少有八九成新。那妇女可能猜出了我的疑虑，主动跟我说，我这个电熨斗，几乎没怎么用过。我说，难怪，看起来像新的。那妇女笑了笑说，因为我比较懒的，有些衣服干脆就送去干洗，实在上不了干洗那台盘的，就拿出来挂几天，挂了一段时间以后，它们自然就挂平坦了，就可以穿了。只有少数衣服，又不值得花钱去干洗，怎么挂也还是皱巴巴的，那才用得着熨斗。所以这电熨斗也没用上几回，现在家里就有了全新的蒸气挂熨机，这个电熨斗可以走了。

她还带了一个复读机，她说那还是她儿子小的时候买的。她说这个东西看起来陈旧而简单，其实它的功能还是很好的。她一边说一边就现场操作起来，装上电池，打开来，她说，你听，声音还是很清楚的，很准确的。我一听，果然的。英格力西，哈罗，像我这样从来不学外语的人也能听得懂。她关掉复读机后，满意地说，那时候的东西质量还是不错的。

她的另一边的那个摊主就有点嘲笑她，说，既然这么好，怎么舍得拿出来换哦。那妇女也没不高兴，说，搁在家里时间长了，看也看厌了，换个新鲜的东西回去开开眼罢。那边的那个认了她的说法，说，这倒是的，其实我这个取暖器，效果还是很好的。那妇女看了看，说，不识货，货比货吧。

我勾过头去看了看那个人的物品，也都是些不错不差的实用物品。一个半新的取暖器，一个金属的鞋架，还有一个小型的运动机，看起来还蛮时尚的呢。

你们是不是已经注意到我的问题了，我一直都在关心着别人的物品，一直到他们说到了货比货，我才联系到我自己。

我真是个忘性很大的人，光知道介绍别人，差点忘了我自己，既然我也是来以物换物的，我总要说一说我自己带的东西吧。

我只带了一样东西。

我带的这样东西我至今不知道它叫什么名字，我只能描述一下它的样子，就是两块厚厚的玻璃，中间夹着一张纸，这张纸上的内容是一幅照片，但是照片照的是什么东西，我一直没有研究出来。我也问过好些人，他们看来看去也看不出来，有人说像一片羽毛，有人说像一只小船，有人说是一块瓦片，有人说是一叶风帆，有人说是一张没有吊绳的吊床。

这是很奇怪的事情，如果是一幅画，那就不怎么奇怪，因为画家可能是抽象的，印象的，他画的东西可能是变了形的，可能是梦幻的，那别人就只能猜测，只能感受，或者揣摩，或者想象，不一定作出精确的判断，即使你问到画家本人，说不定他自己也说不清楚。比如有一次我看到一个诗人写的一句子：

  所有蹒跚的老人，
  都是贴在
  孩子额角的邮票。

我问诗人，这句话应该怎么读，结果诗人自己的解释和我的理解相去十万八千里。因为这首诗是写时光流逝的，所以我的理解就是，孩子啊，你们要抓住时光，因为很快邮票就会将你们寄往老年。而诗人却说他的原本的意思大概是老人心疼孩子。

我晕。

我又扯远去了，还是回到这幅照片上来吧。照片上的东西，不是什么抽象派、印象派，它明明就是个实物，却没有人能认出这个实物来。照片下端有几个很小的英文字母，我像发现新大陆似的发现了它们，满以为可以从中找到端倪。我查了《新英汉辞典》，没有查到，又到网上搜索了半天，只搜到一个类似百货商场的意思，也不知道确切不确切。结果仍然是不可靠不明确的。

这个不知名的物品的作用和功能，就是将它搁在桌子上，或者摆在装饰柜里，纯粹是做摆式的。当然，如果有人异想天开，也可以拿它当凶器，因为那两块玻璃很厚很重，用它砸人的脑袋，是完全能够砸出严重的人身伤害来的。

只是不会有人做这样的事。我们都是文质彬彬的知识分子，我们自己都手无缚鸡之力，我们看到血心里就会发慌，看到惨烈的事情两腿会哆嗦，谁还能指望我们用玻璃夹子去砸人的脑袋噢。

对这个事情我也想了很久，后来我想通了，这个既叫不出名又分不清事物的物品，是一个朋友从国外带回来送给我的，我们有那么一点儿意思，但是后来因为种种原因，我们没有走得更近，不过也没有翻脸，也没有忘怀，在节假日或者对方生日的那天，我们会发个短信祝福一下，也有的时候这一年忘记了，但是下一年又会续上。有一年，是在我生日的后一天，对方补发了短信。就是这样。

既然是外国人的东西，那就可以理解为什么我们猜不透它是个什么东西了，外国人的想法和做法，跟我们总会有些差别的。

可我到交换市场去为什么要将它带上呢，它是我的一个永远的纪念，我不会将它换给任何人的，也许我只是想让自己带出去的东西有点与众不同。或者，隐隐约约的，是我想用它交换一次新的激情？

在小公园的这块空地上，已经摆开了许多小摊位，社区的工作人员还拉出一条横幅，写着：以物换物，变废为宝。

一开始我去登记自己的物品的时候，就碰到一个难题，别人的登记都很顺利，是什么就写上什么，可我的这个东西，不知道它是什么，负责登记的工作人员挠了半天脑袋，最后忽然一拍脑袋，说，有了。

我凑上前一看，他帮我登记了四个字：玻璃夹子。

玻璃夹子就玻璃夹子吧，好歹它有个名字了。

大家兴奋地窜来窜去，隔壁妇女的电熨斗和复读机很快就被换走了。要她电熨斗的也是一个家庭主妇，她说她家的电熨斗被她用坏了。我在旁边听着，我可以想到，可能是她熨烫衣物的积极性减短了她家熨斗的寿命。

她换了一个灭蚊灯给我隔壁的妇女。我隔壁的妇女说，我本来也没想要这个东西，我们家防蚊一般都是用电蚊香片的，不光方便，它还有一股清香，能让人安心地睡觉。但是那个带来灭蚊灯的妇女说，其实也有灭蚊灯的好处，它有一点儿微弱的光，可以省得晚上起夜的时候再开灯了。这句话打动了我隔壁的那个妇女，她爽快地接受了灭蚊灯。

换走她的复读机的，是一个外来务工者，无疑是个当爸爸的，他说现在商店里这一类的商品都很贵、很复杂、很精致，别说他没钱买，就算有钱买，要让他和孩子看懂这些说明书也不容易，不像他现在看到的这个旧复读机，简单朴素用起来方便。

但他却是空手来的。他并不知道这里有以物换物的事情，他只是路经这里过来看一眼，这一眼他就看上了我隔壁的这个复读机。可惜他没有东西可能跟她换，他掏出一点儿钱来，说，你卖给我吧。

我隔壁的妇女说，这不行的，这里的规矩是有钱无物别进来。那个外来务工者爸爸有些失望。我隔壁的妇女热情地说，你家离这儿远不远？不远的话，你可以回去找些东西来交换。他皱着眉头想了想，说，可是我家里，没有什么东西可以跟你换的。那妇女稍稍犹豫了一下，就将复读机塞到他的手里，说，那就送给你吧，反正我也用不上。他捧住复读机，感动地说，谢谢谢谢，你们对我们打工的都很关心的。

所以确切地说，那个复读机并不是被换走的。

但结果是一样的，电熨斗和复读机都出手了。不断地有人光顾我隔壁妇女的摊位，她的东西很快就换成了另一些东西，而我的物品，那个叫作"玻璃夹子"的东西，一直孤独地待在那里。

其实，过来看它，甚至研究它的人并不少，他们甚至比看其他实用东西用了更多的时间来看他，因为它不是一眼就看得出来它是什么。

他们一一走过来，停在我的摊位前，看看玻璃夹子，脸上呈现出疑惑的神色，问道，你这是什么？

我尴尬地笑笑，只好说，你觉得它是什么？

一个人说，是一张照片。

另一个说人，是一个玻璃镜框。

又来了一个人，他听到议论我的玻璃夹子，就拿起来看了看，但他没有想到它有这么沉重，手都往下软了一下，差点没抓住，他用了点力气托好了玻璃夹子，说，你说它是镜框，但它跟普通的玻璃镜框不一样，既没有木质的或塑料的边框，甚至连支架也没有，也没有挂钩，所以它应该不是一个镜框。

说它是玻璃镜框的人，也没有争执，只是微微一笑，就走开了。

说它不是玻璃镜框的人，也没有再多说什么，也走开了。

倒是我旁边的那个妇女，冲着我直笑，说，你怎么带这个东西来呢。你看我带的东西多好换，你没有经验，你下次来的时候就有经验了。

又有人过来看我的玻璃夹子了，他照例问我这是什么，我照例反问他你觉得它是什么，他仔细地看了又看，其实这个东西再简单不过，再明了不过，根本不用这么仔细的，一眼看过来，知道就知道，不知道就不知道，它又不是一道数学题，得通过演算才能知道答案，它也不需要进行化学反应后才能确定它是什么，它既没有戴假面具，也没有浓妆艳抹，它是一眼就能看穿的。

但是却没有人能够一眼看穿它。

就这样，看我的玻璃夹子的人来了又走，走了又来，他们都看不出个名堂来，所以看过以后，他们又都走了。他们家里不需要这个东西，何况这个东西的面貌让大家觉得可疑，他们如果换回家去，家里人若是问道，你换了个什么东西呀。他怎么说呢，他只能说，我换了个不知道什么东西的东西。这岂不是笑话么。

其实你们知道的，我是不会把"玻璃夹子"换掉的，所以我也可以走了，但是我一直还没有走，因为在这个过程中，我注意到一个人，我注意到他以后，就一直在注意他。

他的位置在我的摊位的另一边，中间隔着一个人。

他与众不同吗?

他确实是与众不同,因为他带来的东西,是一支旧钢笔,很奇怪,现在还有什么人会要这样一支旧钢笔呢,扔到垃圾筒里恐怕都没人会拣去的。

这样的一个人为什么会引起我的关注呢?

暂时我还不能回答自己的问题。可能永远我也不能回答自己的问题。我该走了,我决定走了,我走过那个人身边的时候,他忽然和我说话了,你不想看看我的旧钢笔吗?

我朝他笑了笑,我不会要看他的旧钢笔,但是我对他带旧钢笔来交换这个事情有些奇怪,我说,你是来以物换物的吗?你觉得会有人要你的旧钢笔吗?他也朝我笑了笑,说,那也说不定哦。他的口气似乎蛮有把握的呢。

后面的一个月,再后面的一个月,我都没能守到那个固定的日子。一次是我出差了,另一次是感冒发烧在医院挂水。等到我再次去的时候,已经到了遍地落叶的季节了。

这次我仍然带了"玻璃夹子",但我肯定不会再详细描述它了,我知道你们也不想再听了,你们要的是惊悚的奇异的故事,你们要的是刺激的新鲜的遭遇。那么,从我第一次来换物的那一段经历中,有没有什么隐喻,有没有什么暗示,让你们能够推测到故事在哪里,让你们能够判断事情发展的方向呢。

我将自己换到你们的位置上想一想,我觉得可能有两个方向,一个就是玻璃夹子,另一个就是那个带着旧钢笔来交换的人。

我一眼就看到了那个人,他面前仍然放着那支旧钢笔。这就是说,一直没有人要他的钢笔。

结果就应该是这样的。

我走到他的摊位前,其实叫摊位是不准确的,他和我一样,应该是不需要摊位的,他只有那一支旧钢笔,但他还是像别人一样,像那些带了很多东西来的人一样,要了一个摊位,将那支小小的旧钢笔搁在那里。

至少我看到,他已经放了三个月了。

我把他的钢笔拿起来看了看,就是一支再普通不过的旧钢笔,我想不通他怎么会把它带来换东西,我也想不通他以为一支旧钢笔能换到什么东西。

我忽然想,这个人一定不是来交换物品的,我为自己的想法激动起来,正要对他说些什么，他却抢在我前面对我说，他说，我看得出来，你不是来换东西的。我有些奇怪，说，我正想说你呢，你却说我了，你才不是来换东西的，现在哪里还有人拿一支旧钢笔来的。他说，既然是以物换物，就是两厢情愿的事情，你要的东西我有，我要的东西你有，这就换成了，如果相反，我要的东西你没有，我有的东西你不要，这就换不成。我说，一支旧钢笔是谁要的呢，没有人要你的旧钢笔，你岂不是永远都换不成吗？他说，换得成和换不成，都不是问题，问题是你根本就不是来换物的。我不服说，你凭什么说我不是来换物的，我带来的这个玻璃夹子，有许多人看过它。他尖锐地看了我一眼，说，但是你根本就没想把你的东西换给别人，你也根本就不想要别人的东西。我想了想，不再反驳他了，我说，如果说我不是来换东西的，那我是来干什么的呢？他说，你是来寻找的。我说，我要寻找什么？他不再对答如流了，摇了摇头，说，我不知道，因为你自己也不知道。现在轮到我问他了，我说，我把同样的问题丢给你，你带了一支没人要的钢笔，你自己到底想要什么呢？

原来他也和我一样，不知道自己到底要什么。

后来我们两个都沉默了，有个人经过我们的摊位，问道，你们收不收旧饮料瓶？我们没有吭声，倒是我隔壁的那个妇女笑了起来，说，我们是以物换物，不是收废旧物。那个问饮料瓶的人，不好意思地走开了。

因为妇女的主动插话，让我又回头注意到了她的情况。我发现一个奇怪的事情，她将前次换回去的东西又拿了出来，比如有一个灭蚊灯，我疑惑地问她，这不是上次你换回去的吗，怎么又拿出来了？她把那灭蚊灯挪用动了一下，放到更显著一点儿的位子，然后对我说，当时换的时候，以为很好，用起来才知道不怎么好，根本不灭蚊，还扰人。我说，它怎么扰人呢，它有声响吗？妇女说，声响倒没有，但是有光感，从前我们一直是灭灯睡觉的，习惯了眼前一抹黑，自从有了它，即使闭上眼睛，也能感觉到它的光亮，影响睡眠。她大概看我不怎么以为然，又说，这也没什么，换了不妥的，再拿出来换掉罢。

她注意到我在看她的一个台灯，就主动跟我说，你眼睛凶的，这个也是换来的，嘿嘿，看到别人的东西总比自己的好，但是换回去以后又不觉得怎么好了，没什么意思的，所以下次又拿出来换别的。

有人来找她换物了，我撤退到旧钢笔这儿来，他没有说话，我也没有说话，我们两个继续沉默着，又过来一个人，看看我的玻璃夹子，也看看他的旧钢笔，说，这种东西也拿出来换。我们仍然没有说话，还是我隔壁的妇女替我们打抱不平，追着那个人的后背说，以物换物，什么东西都可以来换，你看不中你可以不换，没人强迫你换。

我们一直待坐到快要散场了，隔壁的妇女在收摊子了，她又一次心满意足地盘点着自己的交换成果。带旧钢笔来的这个人忽然开口对我说，看起来，我们又是一无所获哦。我说，那是肯定的，既然你都说了，你要什么你不知道，我要什么我也不知道，我们是不可能换到东西的。

隔壁的妇女要走了，临走前她朝我们看了一眼，她在替我们惋惜，后来她忽发奇想说，其实，不如你们两个对换一下，虽然不太满意，但也总算换到一样东西，否则你们又落了空。她说过以后，没再管我们有没有听她的建议，就走了。

起先我觉得她这个建议很荒唐，很没意思，是不可能的事情，因为从我这边来说，我既不想把我的玻璃夹子换走，我也不想要他的旧钢笔，他的想法我暂时不得而知，但据我的观察，他也不见得喜欢我的玻璃夹子，而且，他恐怕也和我一样，并不是真正要把他的旧钢笔换给别人的。

但是却出现了一个奇怪的结果，我和他对视了一眼后，居然同声说，这倒是个好主意。

虽然那个妇女已经走了，她没有听到我们的声音，但是我们都听到了自己的声音。我把玻璃夹子举起来，让他看了看，他也把旧钢笔拿给我再看看，我心里还是有点舍不得，有点不踏实。我说，不如我们试一试，如果反悔的话，我们再换回来。他说，那得等一个月以后？我说，不要等一个月吧，我们再交换一下联系方式，随时可以换回去。

就这样，他捧走我的玻璃夹子，我拿了他的旧钢笔，我们将要分手的时候，他看了我一眼，忽然说，我怎么会有一种灵魂出窍的感觉。我开玩笑说，难道我们交换的是各自的灵魂？

他说，本来呢，我要的东西你没有，你要的东西我没有，我有的东西你不要，你有的东西我不要。现在呢，忽然就有了一样东西，我们两个都有，这东西，我们既舍不得它、离不开它，又不太满意它，不太想要它了，所以我们换成了。

你觉得我们换的是什么东西呢？我说，那就对了，除了灵魂，什么东西是这样子的呢。

我们一笑，换了一个灵魂回家去了。

说实在的，我不太相信这支旧钢笔仅仅就是一支旧钢笔，我小心翼翼地将笔帽旋下来，在这一刻间，我觉得自己像个地下工作者，会从笔套中倒出一张情报来。可惜，梦想改变不了现实，不可能有情报，不可能有什么出乎意料的东西，它就是一支普普通通的旧钢笔，从外到里，都是普通的，旋开来就能看到，里边有一个笔头，一个笔身，一个皮吸管。

我想试试它的皮吸管还管不管用，可是家里已经找不到墨水了，现在的书写工具以电脑为主，即使用到笔，也是签名笔。那签名笔里，墨水早就替你伺候好了，或者是圆珠笔，里边装的是笔油，不需要墨水。

我特意到小区门口的超市买回来一瓶蓝黑墨水。我还依稀记得，从前，一般的钢笔都用蓝黑墨水，只有高级的英雄牌钢笔才用纯蓝墨水。当然，也可能我的记忆会出差错，事实也可能是相反的，但那和我要说的事情没有关系。我买回一瓶蓝黑墨水，只是因为我要试试这支旧钢笔。我将笔头伸进墨水瓶，先摁住皮管，再一松开，再摁一下，再松开，这么几下子，皮管就吸满了。我一下子竟有了兴致，找出纸来，开始用旧钢笔写字，这才发现，那个笔头已经开叉，写出来的字是空心字、双行字，不过看起来效果还挺好的，像是有意设计出来的美术字。

我用开叉笔随随便便在纸上写了几个字，写出来一看，发现写的是一个年代，1980年。

我就是从那一年开始，正儿八经地努力写作了。

往事立刻从旧钢笔中冒了出来。那时候，我用钢笔在三百格或者五百格的格子稿纸上刻苦写作。苦思冥想的时候，难以为继的时候，我就把钢笔塞在嘴里转圈子，天长日久，钢笔的尾端出现了一圈牙印。

于是，奇怪的事情出现了，现在我握着的这支从别人手里换来的旧钢管尾端上，正是有着一圈明显的牙印。

这就是我在1980用的那支钢笔？

我很惊愕，那个人是谁，他怎么会有我的旧钢笔？他为什么要把我的旧钢笔换给我？

我终于等到了下一个日子，来到交换市场，可能你们都已经猜到了，那个人没有出现，不仅这一次没出现，他始终再没出现。我想起来，我们在交换物品的时候，曾经留下对方的联系方式，我回家找到那张纸条，打开来一看，才发现纸条上写的是我自己的联系方式。这很奇怪，会不会当天交换联系方式的时候，我们粗疏了，各自把自己的联系方式带回去了？

我开始疑惑起来，疑惑的念头越长越茂盛。我再次来到交换市场，问我旁边的那个妇女，有没有看到一个拿旧钢笔来换东西的人，那妇女说，看到的呀，总是只带一支旧钢笔来，还非要占个摊位呢。我说，那他后来来过吗？那妇女笑道，你这个人，很奇怪。我不解说，我怎么奇怪啦？我想找他呀。妇女盯着我看了看，说，找什么呀，不就是你自己么，就是你带了一支旧钢笔，现在谁还要旧钢笔？

我又惊讶又糊涂，顿了一会儿，我说，那，你见过我带来的玻璃夹子吗？她说，玻璃夹子是什么？我说，我说不清。她笑起来，你自己都说不清是什么，我怎么会见过，就算见过，我也说不出来呀。

我知道他是谁了。

他就是我自己。

妇女那天换回了一个电水壶，这个水壶就是她以前从家里带出来的，被别人换走了，现在别人又拿出来，又被她换回去了。我跟她说，你又把你自己的东西换回去了？她看了看那个水壶，似乎有些疑惑，有些不能确定，但最后她还是笑了起来，说，是吗，真的哎，我又换回来了。

她高高兴兴地抱着自己的东西回家去了。

我回家看到我的玻璃夹子在桌上搁着，我已经不再惊讶和疑惑，没什么好惊讶和疑惑的。旧钢笔和玻璃夹子都是我自己的。

那天晚上，我看了一部法国文艺片。片子里，一条小街的街角上有一个小店，我认出来那个满头白发的老迈的店员就是我自己。柜台里有几件旧物品，你们一定在想，那些物品里，有没有一个玻璃夹子和一支旧钢笔呢。

这其实已经不重要了。

店外的街面上，飘起了雪花，冬天来了。

天气预报

早晨起来天气阴沉沉的，出门的时候，老婆说，你不带把伞？看上去要下雨了。于季飞蛮有把握地说，不会下雨，天气预报不下雨。他很信任现在的天气预报。过去大家都管天气预报叫天气乱报，但现在确实不一样了，天气预报的准确度非常高，有时候准得叫人难以置信。

这不，一出门，迎面就看到云开日出了。

于季飞是个凡事预则立的人，他很在意事物的确定性，比如对于天气，天冷天热，天晴天雨，他都愿意早些了解清楚，好有所防备。天长日久的，养成了了解天气情况的习惯。开始还只是跟在电视新闻节目之后看一看，后来又听广播。开车上下班，一上车就会打广播，知道哪个台什么时候报天气。报纸来了，他还要顺便再看一眼报纸上的天气预报，哪怕昨晚已经看过电视，今早也已经听过广播，他还是会再看一眼报纸。渐渐地，感觉现在的天气预报已经渗透到人们生活的角角落落，几乎是无孔不入，无处不在，都跟空气差不多了。除了以上这些渠道可以了解天气外，还可以拨打121电话询问，还有手机短信、上网查询等等，条条大路通罗马，现代人的生活真是方便快捷。

于季飞经常出差，每次出门前，他都到网上去查天气。网络是什么，网络就是无限大，网络就是无限多，网络就是无限疯狂，你想要什么它都能告诉你，你要到什么地方出差，什么地方的天气就摆在你面前。

这会儿他又接到出差任务了，要到四川资阳去，他想查一下当地的天气预报，可不知怎么一上网就掉线。打电话问行政管理，管理说，路由器老化了。问为什么不换新的，说领导没有发话。于季飞骂了一声"什么"，挂了电话。

坐他对面的同事王红莱说，我今天不掉线，你到我这儿来查吧。于季飞就到王红莱的电脑上查天气预报。他们两个搭档工作好多年了，坐面对面的办公桌，一个负责外联，一个管内勤，两个人工作最大的不同就是于季飞经常出差，而王红莱从来不出差。

王红莱正好有事要走开，于季飞开玩笑说，你也不守着，不怕我偷看你的隐私。王红莱笑道，你爱看就看罢。走开了。

于季飞才不要看王红莱的隐私，两个人面对面坐了多年，且又是同一小区的邻居，熟得跟自家人也差不多，早已经没了这种兴趣。再说了，于季飞还是王红莱的电脑老师。一开始王红莱很拒绝电脑，但是大势所迫，工作所需，不可能不用，都是于季飞教的她。但是她本质上还是拒绝，凡是工作需要的，她都学得会，不是工作需要的，怎么教她都不进脑子，或者今天明明已经记住了，明天来上班，又忘得一干二净。用现在流行的话说，这叫作选择性遗忘。于季飞对自己这个学生很不满意，王红莱却说，可以了，我们这种人，到这样的程度算不错了。她说"我们这种人"，算是哪种人呢？

王红莱走后，于季飞打开天气预报的网页，正要搜索四川资阳这个地名，无意中发现网页的左侧，有一排长长的地名，这是电脑自动记录的"您近期关注过的城市天气"，于季飞心里忽地一奇，心想，王红莱从来不出门的，她关注这许多城市的天气干什么呢？比如她查过西安和延安，那条线路于季飞走过，那是一条最经典的陕西旅游线路，不下一个星期是走不下来的，可是王红莱什么时候离开过办公室七天以上呢。思想就信马由缰起来。等再收回来时，心里就不太自在，明明不想窥视别人的秘密，可又控制不了自己的思维，偏偏要往那上面想，还往那上面细细地分析，这王红莱到底怎么回事呢？既然先前没有出过门，那么很可能还没成行，或许这是在做打算吧。国庆长假快要到了，也许王红莱正计划长假出行呢。

就将心思放下了。

长假过后上班，王红莱一直没有说出去旅游的事情，于季飞等了两天，终于忍不住问了，还要装不经意的样子，说，去哪里了？王红莱没有反应过来，反问说，什么去哪儿了？于季飞说，国庆长假吧，你们出去旅游了吧？王红莱奇怪说，你怎么会这么想，我从来不出门的。于季飞不怎么相信，又说，这个长假也没去？王红莱说，没有呀。于季飞说，没有去西安和延安？王红莱笑了起来，说，还西安呢，还延安呢，你哪来的这种念头，我哪有这样的福气，天天做家务，倒头的家务，越做越多，做不完。于季飞拖长了声音说，真的吗？不会吧。王红莱不由看了他一看，说，这有什么奇怪的，很正常啊，我不是长年如此么，单位搞内勤，家里也搞内勤，就是这个命罢。她的话匣子让于季飞给打开了，就"命怎么怎么"这个话题发了一大堆牢骚。

于季飞觉得王红莱有点反常，平时她不怎么发牢骚，碰到郁闷的事最多叹息一声，也就算了。这次他问了一句旅游的事情，引来她这样的长篇大论，算不算是心虚的表现呢？

又觉得自己有些走火入魔，赶紧想，算了，算了，随她去没去，随她去哪里，不管她了。

过了一天，在小区里碰到王红莱的老公，又忍不住了，先打个哈哈，然后说，长假里也没见你们的影子，出门去了吧，玩得开心吧？王红莱老公说，哪有，小孩快中考了，哪里敢出去把心玩野了。

于季飞判断失误，自己圆过来想，也许他们原来有计划，后来考虑不要影响孩子考试所以放弃了。

但是心里的东西还在，还没有放下，不仅没有放下，还渐渐地浓重了起来。因为在"您近期关注过的城市天气"那里，除了西安和延安，下面还有一长串的地名，当时他没来得及看，更没来得及记住，那些模糊的地名现在像一个个长了毛的疑团挠得他心里痒痒的，他又借故掉线到王红莱那儿去看了一下，地方还真不少呢。

过了一阵，他自己又出了一趟差，回来后就试探王红莱说，咦，我昨天在某地，好像看见你了。王红莱说，怎么可能，我上班呢。于季飞又想，会不会王红莱老公要出差，她是替老公查的天气？于是又说，跟你开玩笑的，不是看到你，是看到你老公了。话一出口，忽然就冒出一点冷汗。如果王红莱并不是替老公查的天气，而她的老公出差又没有告诉她，那岂不是出状况了，他无中生有这么一说，岂不是有意在挑拨人家的夫妻关系，赶紧收回来，说，还是跟你开玩笑的，没看见你老公。心里恨不得抽自己几个嘴巴。

王红莱倒没在意他①，甚至都没朝他看一眼，淡淡地说，他到哪里不关我什么事，我孩子要高考了，都紧张得喘不过气来，哪还有心思管别人呢。

于季飞心里忽然"咯噔"了一下，一直若隐若现的疑团忽然就豁出了一道口子。前两天碰见王红莱老公的时候，他也说到孩子的考试，但他说的是中考，当时于季飞根本就没有听出问题来，这会儿王红莱说高考，才提醒了他，王红莱的女儿今年十七岁，怎么会是中考呢？

于季飞惊异了一会儿，不知道问题出在哪里，难道王红莱的老公不是她的老公，是他一直以来都认错了人，错把另一个男人当成了王红莱的老公？这个想法把他自己吓了一跳，赶紧说道，你老公怎么这么糊涂，你小孩明明高考，那天他却告诉我是中考，有这样当爹的？

王红莱"哦"了一声，说，他说的不是我们的孩子。见于季飞没听懂，又说，我们离了，你不知道吗？于季飞又吓一跳，以为王红莱开玩笑，但看她的样子，又不像在瞎说，问道，什么时候的事？王红莱仍然不温不火地说，有两三年了吧。他跟你说的那个中考的孩子，是他现在的老婆带过来的。她见于季飞发愣，又补充说，当初买房时，我们在一个小区买了两套房，算是未雨绸缪，为孩子买的，结果倒方便了离婚。

于季飞惊出一身冷汗，面对面坐着的同事离婚两三年了，他竟然一点儿也不知道，什么也不知道。忍不住说，都两三年了，怎么从来没听你说过。王红莱说，又不是什么好事喜事，有什么好说的，难道还要我到处炫耀？于季飞说，你沉得住气，一点儿也没见你有什么反常。王红莱说，我反常的时候，你有自己的心思，也不会注意我。

这倒也是。

这事情就这么过去了，也没起什么波澜。过了一阵，王红莱忽然问于季飞，你怎么跑到清河那地方去了？于季飞顿时头皮发麻，心里一阵乱跳，那是他唯一一次和姚薇薇一起外出的地方。

姚薇薇是个未婚的简单清纯的女孩，没什么心眼，一年前他和她在一次会议上相遇，他被她的单纯所吸引，所感动，两人渐渐走到一起。这是于季飞的婚外恋，他做得十分小心，十分隐蔽，怎么竟然让王红莱知道了？

于季飞着急而恼怒地说，你什么意思，我一年四季出差，为什么清河我就去不得？王红莱笑了笑，说，可是单位出差没有这个地方呀，这个地方和我们单位没有关系的嘛。于季飞更急了，说，难道我每次出差你都记得，你这么有心？王红莱说，咦，你每次回来报销不都是我做你的审核人吗？于季飞呛白她说，你记性真好，我自己到过哪里都不记得了，你倒都记得。王红莱又笑，说，那是因为你去的地方太多，你不稀罕，就不值得你去记住了，而我呢，从来没有出去过，只能在你的报销单上想象一下那个地方了。于季飞无言以对，想象着王红莱凭着报销单想象他出差时的情形，不由背上凉飕飕的。王红莱却又宽慰他说，不过，我可不是你想象的那样，你去的地方，我怎么可能凭一张报销单就都记下来，就算有那样的记性，也没有那样的精力，就算有那样的精力，也没有那样的兴趣。于季飞说，那你怎么知道我去过清河呢？王红莱说，这是你做老师的言传身教嘛，我过去从来不查天气预报，因为我从来不出门，最近孩子要去考省美院，我才学着你的办法，上网查天气预报，一上去就看到了你"关注过的城市天气"，其他地方我都听你说过，也看到过你的报销单，唯独清河这个地方，没见过，所以问问你，你紧张什么呢。于季飞气恼说，你趁我不在的时候，偷看我的电脑？王红莱说，你把我当什么人了，我为什么要偷看你的电脑，你送给我看我都懒得看。见于季飞发愣，她又指了指自己的电脑说，你忘了，前些时机关更新电脑，你淘汰下来的旧电脑，就给了我。我好说话嘛。再说我又不精通电脑，配置什么的，差不多能用就行了。

于季飞张口结舌。当时他是将硬盘的内容都删除了的，确信不会有什么秘密留下，才将旧电脑交出去的，而且行政管理答应他，一定将他的旧电脑配给不懂电脑的王红莱使用，他才放了心。

哪知自己还是大意了，电脑记录下了他的行踪。

真是报应哪，他凭着电脑记录的"您关注过的城市天气"去怀疑王红莱，结果却暴露了他自己。

王红莱见于季飞恼羞成怒的样子，赶紧缓和气氛说，你别当回事哦，去过哪里，没去过哪里，不能说明什么的。再说了，你和我同事这么多年，你又不是不了解我，我不会跟别人多说什么的。王红莱的话不错，但是于季飞心虚了，一旦心虚了，什么人都不敢相信了，和姚薇薇的这段地下情，早晚会曝光。还是老话说得好，若要人不知，除非已莫为。

于季飞干脆抢先一步，回去先跟老婆那儿试探试探。找了个老婆心情不错的时候，跟她说，现在生活真是方便，就说出差吧，无论你到哪里，都可以提前至少一星期知道那儿的天气情况。老婆没听明白，疑问说，你说什么？于季飞说，我是说，如果一个人在电脑上查了天气预报，电脑会记录下你所查的地方名，有人会根据电脑的记录，了解你近期到了哪里。

老婆脸色有点变，不高兴地说，你什么意思，你是要查我的电脑吗？于季飞见她如此反应，心里反而踏实了些。

到了该去菜场买菜的时候了，老婆却磨磨蹭蹭不走，老是在书房进进出出，进去了又不干什么，转一圈又出来，过一会儿又进去，于季飞感觉她是想上电脑，但又不想让他看见，于是使个计说，忘了个事，要去单位跑一趟。老婆赶紧说，我和你一起走，我买菜去。

两个一起出来，于季飞绕了一小圈，赶紧回来上老婆的电脑查询天气预报，在"您近期关注过的城市天气"那里，赫然记录着两个陌生的地名，一个是地级市，一个是县级市。这两个地方离于季飞生活的城市并不远，但是它们从来没有出现在于季飞的生活中，他和它们没有任何的瓜葛和联系，他也从来没有听老婆提起过，可她却查询了这两个地方的天气，干什么呢？唯一的可能，就是她要去那个地方，或者她已经去过了，或者她正打算去，也或者，她经常去那个地方。

一个是长州市，另一个是长水县。长水县是长州市下属的一个县，于季飞又查了一下交通方面的信息，得知要去长水县，得在长州市转车，如果推理正常，也就是说，老婆是先坐车到长州市，再转车到长水县。

这个疑团又在他心里长了毛，挠得他痒痒的，不得安生，过了一天，他又偷了个空子打开了老婆的电脑，发现那个内容已经被删除了，无疑的，老婆心虚了，她不想让他知道这件事。

到底是件什么事情呢？

双休日，于季飞临时改变了原本的安排，出发往长州市和长水县去了。

从长州市转车到了长水县。下车，就站在县城的街头了，看着同车的旅客四散而去，留下于季飞一个人独自站在那里，四顾之下，一时竟有些茫然，不知道自己在干什么，更不知道自己来干什么，想道，我怎么这么荒唐，就凭着天气预报记录的一个地名，就来了，来干什么，找人？找谁？是要做事情？做什么事情？

一无头绪的他，在县城的街上漫无目的地走着，有一个广告牌掠过他的眼睛，惊着了他，再回头定睛看时，他看到一个确定的名称：江名燕心理咨询诊所。

于季飞心里猛地一跳，他老婆的名字就是江名燕，老婆学的也恰恰就是心理学，只不过她在城里的医院工作，没有开什么心理诊所。

难道江名燕有分身术，一个她在城里当他的老婆、在医院上班，另一个她在这个小县城里开心理咨询诊所？

于季飞照着广告上的地址，找到了江名燕心理咨询诊所，一位坐在轮椅上的截瘫的女士，笑眯眯地看着他，点头说，我叫江名燕，我是这个诊所的心理医生。

不是他的老婆江名燕，是另一个江名燕，但是世上哪有这么巧合的事情，他的老婆江名燕，和这个不是他老婆的江名燕，为什么会有某种联系呢？如果她们之间没有联系，那么他的老婆江名燕为什么要了解这个县城的天气预报呢？

江名燕医生在轮椅上艰难地挪动了一下，将身体挪得端正一点儿，仍然笑眯眯地看着一头雾水的于季飞，说，你是于季飞吧，我知道你会来的，只是比我预计的迟多了。

接着，江名燕向于季飞说了这个早晚要说出来的故事。当年江名燕考上大学，就在拿到录取通知书的时候，出了一场车祸，高位截瘫了，可是她实在舍不得放弃那个苦读十二年换来的入学通知书，家人商量了一个主意，联系了亲戚家的一个女孩子，把名额送给了她，她就以江名燕的名字上了大学，走上了人生道路。她是个有良心的人，为了报答江名燕，在以后的日子里，她经常来看望江名燕，并且辅导她学习心理学，最后帮助江名燕取得了心理医师的资格证书，开办了这家心理咨询诊所。

最后江名燕说，我以为你早就会来的，却一直等到今天，看起来你不是一个敏感多疑的人。

于季飞只觉得脸上发热，十分羞愧，从什么时候开始变得疑神疑鬼呢，就是那个该死的天气预报，就是那一行自己留下的"您近期关注过的城市天气"，在他心里植下了一个又一个的疑团。

江名燕有些好奇，问道，这么多年，她一直没有引起你的怀疑吗？于季飞哭笑不得说，没有，谁会怀疑一个方方面面都很正常的人呢。江名燕说，那这一次你是怎么来的呢？于季飞说，天气预报，她在电脑上查你们这个县的天气，我觉得很奇怪。江名燕说，终归会有这一天的。

于季飞注视着江名燕生动的笑容，问道，你叫江名燕，那她叫什么？江名燕抱歉地笑笑说，对不起，我只知道她的小名，叫小菲。我们是远房亲戚，过去从来没有来往，一直到她顶替我去上大学，我们才开始交往，开始我喊她的小名小菲，后来，等她大学毕业、工作了，我们再见面时，就互相喊对方江名燕，算是两个人共用一个名字。

于季飞说，荒唐，怎么会有这样的事情。江名燕说，不荒唐呀。于季飞说，还不荒唐，我竟娶了一个——她用了你的名字，她这个江名燕是假的。江名燕说，名字只是一个符号而已，和你结婚的是一个人，无论她叫什么，她就是她，而不是一个名字。

虽然江名燕说的不无道理，于季飞还是觉得很怪异，无法接受。她无法想象，当自己回到城里，回到家里，面对那个不是江名燕的江名燕，他会怎么样。

但他必须得回去。

他没有能够回到家，就在回家的路上，他被姚薇薇挡住了。姚薇薇责怪他，本来约好星期天去看电影，他却不告而辞，连个音讯都不给，姚薇薇追问他，跑到哪里去了？

于季飞被逼不过，脱口说，你不要追问了，问出来你会害怕的。这话一出口，姚薇薇忽然脸色大变，慌了神，结结巴巴说，你，你，你去查我了？于季飞奇怪说，我查你？我查你什么？我为什么要查你？眼看着姚薇薇两行眼泪"唰"地就下来了。姚薇薇哽咽着说，我知道，我知道，你早就怀疑我了，你早就怀疑我了。说着说着，索性就放开来哭，边哭边说，是的，我是结过婚，我是有老公，我还有孩子，是的，你的怀疑没有错，可是，可是，我不是存心要隐瞒，更不是存心骗你，我只是不想让你多想，更不想让你伤心——于季飞双手紧紧抱住脑袋，脑子里一片混乱，听得姚薇薇继续说，你要听我解释，你要听我说，他——

于季飞没有再听下去,扭头就走。

手机里的猫咪叫了两声,又有短信来了。这个时间的短信估计又是报天气的。于季飞不由自主地打开短信一看,果然就是。

今天的天气情况是这样的:晴到多云,午间阴有小雨,傍晚转大到暴雨。

于季飞想,真是一个多变的天气啊。

那年夏天在海边

去年夏天在海边,我和何丽云一见钟情地好上了。

我们算是同事,又不算同事,我们都供职于一家大型国企,从这一点说,我们是同事。但是国企的总部在北京,我们不在北京,而在各自不同省份的分公司,这么说起来,我们又不是同事。在去年夏天到海边之前,我们根本就不认识,甚至不知道对方的存在。但我们之间有一点是相同的,我们都是各自公司里的精英、佼佼者,要不然,我们就不可能享受去年夏天总部分配给每个分公司的海边休假的待遇。

就这样,去年夏天在海边我们相遇了。

其他诸省分公司的人,明明将我们的事情看在眼里,但他们不会说三道四,他们和我们一样,都是有素质的人,更何况,也许他们自己也有着类似的情况呢。毕竟谁都无法否认,夏天,海边,休假,这是催生婚外情的最合适的因素。

我们虽然如胶似漆地度过了这个假期,但是我们心里都明白,只有这十天时间是属于我们的。十天以后,我们就分道扬镳,从此天各一方,很可能一辈子都不再见面。这是我们相爱的前提。因为我们都是有家室的人,都有优秀的配偶和孩子,都有体面的光鲜的家庭和事业。我们都不会因为一次露水情而毁了自己辛苦打拼多年才得到的一切。

可是,许多事情不由人的意志为转移,到了分手的前夜,我们才发现,我们已经无法分手了。我们又不是机器人,可以随意开关。机器人有时还不听指挥呢。

那天晚上，我们静静地躺着，开始是何丽云低低地抽泣，我无言。后来何丽云给我说了一个故事，是她的母亲讲给她听的。有一位女子，从年轻的时候开始，每年秋天到远离家乡的一个小镇的小旅馆，和情人相会三天，然后回到自己的生活中，一年中没有任何联系，明年再来。这样的日子一直延续到她老去。老年的她，仍然每年去那个小镇，他也同样。直到有一年，他没有再来。她并没有去打听他的情况，仍然每年都去。虽然没有了他的到来，但她仍然像从前一样度过每年完全属于自己的三天。

说了这个故事后，她沉默了，我也沉默了。最后我问她，是你妈妈的故事吗？她说不是，是母亲读过的一个外国小说。

于是我们决定，照着别人的小说展开自己的故事。

为了等待明年的这一天，为了不影响我们现在所拥有的一切，我们一起删除了对方的所有联系方式，手机号码、单位电话、电子邮箱、通讯地址等等。也就是说，在明年的这一天之前，我找不到她，她也找不到我。

今天就是这一天。

今天的一切都是那么顺利，订机票，打的三折，出发去机场一路是少有的畅通，好像今天红灯全部关闭，绿灯全部为我开放了。飞行过程也很好，没遇上什么气流，飞机不颠簸，机上的午餐也比往日可口。下飞机打车到宾馆，司机开得又稳又快，据他自己说，只用了平时一半的时间。

虽然时隔一年，但我记忆犹新，熟门熟路到总台，事先预订了房间，不会有问题，我想要入住517房，给我的就是517房。

拿到钥匙后，我没有急着去房间，在总台前稍站了一会儿后，然后忍不住问了一下，515房间有没有客人入住。

值班员到电脑上一查，冲我笑了一笑说，入住了。

我脸上一热，好像她知道我的来意，知道517和515的故事。

其实是不可能的，那是在我自己心底里埋了一年的秘密。

我没有再打听515房间的情况。

上电梯，进走廊，到517房，先要经过515房，我的心一下子提了起来，我没有去敲她的门，赶紧进了隔壁的517房。

放下简单的行李，我去卫生间刮胡子，其实出门时已经刮过胡子，我又重新刮了一下，洗了脸，换了衣服。

这是去年来海边时穿的衣服，这一年中，我都没再穿它，小心地将它叠在衣橱里，一直到今天出门来海边。

一切的准备在无声的激动中完成了，我按捺住心情，走出517，过去敲515的门。

无声无息，门却迅速地打开了，和我的脸色一样，开门的女士一脸的惊喜，但也就是在这一瞬间里，我们俩的脸色都变了。

她不是何丽云。

很明显，我也不是她正在焦急等候的那个人，一眼看清了我的模样后，她的笑容顿时凝冻住了，眼睛里尽是失望和落寞。

说实在的，我被她的眼神伤着了，我知道，其实我的眼神也一样伤着了她。我有点尴尬，赶紧往后退了一步，说，对不起，对不起，我敲错门了。

女士礼貌地点了点头，也往后退了一步，关上门。

我回到自己房间，心思一时无处着落，阳台的门敞开着，微风吹进屋来。阳台上有藤椅，我想坐到阳台上去，可是我的阳台和515的阳台是连在一起的，中间只有一道矮矮的隔栏，如果515那位女士也上阳台，我们就会碰见。

我不想碰见她，所以没有上阳台，只是到靠近阳台的沙发上坐下，点了一支烟，望着远处的大海，慢慢沉静下来。

515房间住的不是何丽云，并不意味着何丽云就不来了。我有一个星期的假期，我有耐心等她，也有信心等她。

在这苦苦守候的一年中，我们双方音讯全无。我有好多次想打听她的消息，但最终还是忍住了。她也和我一样，严守诺言，始终没有来找我，我们一起用自己的努力工作，等待着今年的这一天。

今年是我们的头一个年头，我相信她会来。

我特意提前了一点儿到了餐厅，去预订去年我们常坐的那个位子，结果发现，住在515房间的女士已经先占了那个坐，我犹豫了一下，没好意思提出换座，挑了旁边的一个双人座。

看得出来，那位女士也在等人。

用餐的人人渐渐多起来，不一会儿餐厅就满员了，有人站在那里到处张望找位子，服务生忙碌地穿梭着，四处打量，看到我和515那位女士的双人座上都空着一个位子，过来和我们商量，想请我们合并为一桌。

我和那位女士不约而同说，不行，这个位子有人。

我们像是相约好了似的，继续等待，又像是约好了似的，一直都没有等到。服务生来了又走，走了又来，始终彬彬有礼，一点儿也没有不耐烦，最后倒是我不好意思了，只得招呼服务生点菜。

我点了何丽云最喜欢的海鲜套餐，这期间，我下意识地瞥了515那位女士一眼，发现她也在点餐了，她点的是牛肉套餐。

牛肉套餐是我最喜欢的套餐。

她也和我一样，在等一个人，这个人和我一样，也喜欢牛肉套餐。

我们都点了别人喜欢的菜，但是喜欢吃这道菜的人，最终也没有来。

我吃掉了为何丽云点的晚餐后，有些落寞地到海滩去散步，又遇见了515的女士，也是一个人在散步。

两个人的行动如出一辙。

既然躲不开，我上前和她打个招呼，她也落落大方，朝我笑了笑，说，我们住隔壁。我说，我姓曾，叫曾见一。她说，我姓林，叫林秀。

和和气气的，我们擦肩而过了。

虽然心怀失落，却是一夜无梦，早晨醒来的时候，更有些沮丧，心想，竟然连个梦也不给，够小气的。

我没有去餐厅吃早餐，叫了送餐，二十分钟后，早餐送来了，我开了门，看到一辆送餐小车停在门口，车上还有另一份早餐，餐牌上写着515房间。我好奇地看了一下那位林秀女士要的早餐，一份麦片粥，一杯热牛奶，一份煎鸡蛋，一小盘水果。和去年何丽云要的早餐完全一样，我目睹服务员将早餐送进了515房，心里的疑惑像发了芽的种子，渐渐地长了起来。

上午是下海游泳的最佳时间，不晒人，我到沙滩的时候，林秀已经来了，不过她没有换泳衣，只是坐在遮阳伞下，也没戴墨镜。在这样的沙滩上，不戴墨镜的人非常少。

何丽云也不戴墨镜。去年夏天在这里，我走过的时候，看到她独自坐在遮阳伞下，一个人静静地望着大海，可能就是因为她的与众不同，我才开始注意她的。

我走过来问林秀，你不下水？林秀脸微微一红，嘴里嘟哝了一句什么，我没有听清楚，但是她的神态和表情与去年在海边的何丽云实在太像了。我下海后，几次回头朝沙滩上看，林秀就一直静静地坐在那里，看着在大海里旅游的人。连她端坐的姿态也和何丽云十分相像。

可她为什么不是我朝思、暮想牵肠挂肚、等了整整一年的何丽云，而是一个陌生的女人？

下午，我忍不住坐到自己的阳台上去了，我感觉林秀也会在那里，出去的时候，她还没在，我刚刚在藤椅上坐下，她就出来了。看到我在阳台上，她并不惊讶，好像预感我会在那儿，我们互相笑了一下，隔着矮矮的漏空的围杆，两个人就像在一个屋子里。

我开始说话，从昨天晚餐以后，我就开始酝酿了，现在我终于要说出来了，我把自己去年夏天在海边的故事，把自己和何丽云的故事，从头到尾地点滴不漏地说给林秀听。

林秀一直静静地听着，没有打断我，也一直没动声色，一直到我说完了，她仍然一动不动地坐着。

完了，我想。

可就在这一瞬间，我忽然看到她的五官都变了样，她的表情夸张到令我感到恐惧，身上竟然起了一层鸡皮疙瘩。

她"忽"地站了起来，她的柔和的声音忽然变得十分尖利。

你是谁？

你怎么知道这件事情？

你为什么要打听我的私事？

起先我被她突如其来的质问搞得一头雾水，手足无措，但是很快我反应过来了，理清了思路，一旦思路清晰了，我立刻被更大的恐惧制住了。

林秀并不需要我的回答，她说，我知道了，是他的太太让你来的。

虽然她的话没头没脑，但是我能听懂，我心里很清楚，她碰到的事情和我碰到事情一模一样。

林秀没有给我更多的时间思考,她开始说话了。

她细说了自己一年来的思念。她说自从去年夏天在海边发生了婚外情以后,这整整一年的日子,都是为了这一天。可是最后他却没有来。

我虽然没有像她那样跳起来,但是她讲述的一切,无论是事情的过程,还是心理的历程,都与我完全吻合。

我和林秀,素不相识的、狭路相逢的两个陌生人,合作完成了同一个故事,一个完整的故事。我讲的是上半段,她讲了下半段,配合得天衣无缝。

我再也坐不住了,回进房间,立刻拨通了管伟的手机,管伟那边声音嘈杂,只听得管伟大声说,你等等,我出来接。

我把这个事情尽可能简单地告诉了管伟,管伟听了一半,就"啊哈"了一声,说,你下手快嘛,一次休假就钓上了。我没有心思说笑,说,你马上帮我去打听一下何丽云到底在哪里。管伟说,你这位何丽云是哪个分公司的?我说,四川分公司的,你现在就打电话。管伟说,曾哥,你在海边享受得昏头了吧,今天是周日,哪里找得到人,你以为我是中央情报局啊。话虽是这么轻飘飘的,但毕竟是我的铁哥们,哪能不知道我着急,又赶紧说,你放心,明天一上班我就替你找,今天晚上,你就安心地享受月光沙滩海浪仙人掌吧。

管伟果然给力,第二天上午九点刚过,电话就来了,可惜他的消息不给力,告诉我,四川分公司根本就没有何丽云这个人。我说不可能,我怀疑你根本就没有去打听?管伟说,曾哥,这可是人品问题。我又问,你托谁去打听的,这个人可靠吗?管伟说,吕同,可靠吧?我说,吕同怎么和四川分公司有往来?管伟说,你不知道了吧,他和那边总办的姐们有意思。噢,对了,据说也是那年夏天在海边度假钩上的,凭这么密切的关系就错不了。

我说,你马上找吕同要那姐们的电话告诉我。管伟说,早知道你会来这一招,早替你要来了,你自己找去吧。报了那个办公室女士的号码和名字,最后嘀咕一句,什么夏天在海边,蒙谁啊。我说,你说什么,你什么意思?管伟说,我没什么意思,联系方式你也有了,有本事你自己找去吧。

我让自己冷静了一会儿,才把电话拨过去,听到一个爽朗的女声说,哪位?我说,我是吕同的同事,我叫曾见一。那姐们笑了起来,说,今天怎么了,吕同和他的同事排了队来找我。我说,无论是吕同还是管伟,都是我请他们帮忙的。

那姐们说，我已经知道了，你要找一个叫何丽云的，可是我们分公司确实没有这个人啊。我说，去年夏天，总部给每个分公司一个去海边休假的名额，你们四川分公司是何丽云去的。那姐们怀疑说，不会吧，我查了近三年的公司人员名单，没有何丽云——这姐们是个热情的人，知道我心急如焚，又赶紧说，这样吧，你稍等一等，我再到人事部替你仔细查一下，等会再回你电。

通话戛然而止，四处一点儿声音也没有，夏天的海边真安静。接下去又是等待，是再等待。其实我不再抱有希望，我几乎彻底失望了。去年夏天在海边的那个人，那个何丽云，到底是怎么回事呢？是假的，是骗子，或者根本就没有这个人，是我自己的幻想？无论真相是怎样的，我都想要丢开它了。

偏偏那边的电话很快就回过来了，那姐们告诉我，四川分公司从前确实有个何丽云，但是三年前出车祸去世了。我惊愕不已，愣了半天，才结结巴巴问道，她，那个何……何丽云，去世前，公司有没有安排她到海边度过假。那姐们说，这个我也问了，是有过的，就是度假回来不久就遇上了车祸。那姐们很善解人意，料定我还会追问，主动说，她走得突然，一句话也没有留下。我再也说不出一句话来，和她走的时候一样，太突然，一句话也没有。

我觉得自己快要疯了。我要联系何丽云，无论是死是活，我都要联系上她。可是我早已经去除了关于她的一切联系，一切可能找到她的方法都被我自己丢弃了。当初我们相信爱情，相信时间，把一切交给了时间，但是最后，时间却无情地抛弃了我们，残害了我们。

我跑到阳台上，林秀不在，我隔着阳台喊了一声，林秀应声出来，我们两个面对面地站着，我劈面就说，你认得我。林秀笑了一笑说，我现在是认得你了，你叫曾见一，是我隔壁的517房间的客人……但是准确地说，两天前我才头一次见到你。我急了，说，你不叫林秀，你就是何丽云。林秀说，你什么意思，谁是何丽云？我说，你为什么要骗我？你是不是整了容？你为什么要整容？林秀又笑了起来，她揉了揉自己的脸皮，说，我整容，你从哪里看出来我整容了？见我不说话，她回屋去拿了一张身份证出来，朝我扬了扬，说，这是我好多年前拍的照片，你看看，我有没有整容。又说，有个韩国电影，妻子为了考验丈夫是不是真心爱她，去整了容，回来丈夫不认识她，她说出了真相，丈夫却不再爱她了。

我逃离了阳台，逃出了517房间，一路往海滩跑，路上我看到一个摄影师正在冲着我微笑，我在疑惑中隐约感觉到什么，赶紧问他，你为什么冲我笑，你认得我吗？摄影师说，不能说认得你，只能说见过你，去年夏天在海边，我给你和你太太拍过一张照片——当然，是在你们不知情的情况下。我说，我和我太太？摄影师说，也许，她不是你太太，是女友吧，总之是一位优雅的女士。我像落水的人抓到了最后一根稻草，追问说，是去年夏天吗，你确定是去年夏天吗？摄影师说，应该确定的吧，总之是夏天，是在海边，这错不了。我说，照片呢，把你拍的照片给我看看。摄影师说，一年前拍的照片，我不可能随身带着，我回去找找看。我却无法再等待，迫不及待地问，你说的，我的那位太太，或者女友，她长得什么样子？摄影师笑了起来，说，奇怪了，你自己带着的女人你不知道她的长相吗？再说了，我一年要给多少人拍照，怎么可能全都记住他们的长相呢。我说，你既然记得住我，为什么记不住她呢？摄影师说，我只对比较特殊的事情有特殊的记忆，比如说，长得比较特殊的人，我才会过目不忘。我不解，说，我长得特殊吗？摄影师说，你的长相并不特殊，但是你的眼睛和别人不一样，特别不一样，所以我记住了你。我不知道自己的眼睛有什么与众不同，但此时此刻我只能相信摄影师的话，别无选择，我要从他那儿探出哪怕是点滴的信息。我说，你不征求本人的意见就给人家拍照？摄影师说，我只是拍照而已，又不拿出去展览，不用于商业用途，更不出卖给别人，虽说是有一点儿侵犯隐私，但是不造成严重后果和恶果，不会伤害人的。他停顿一下，又说，其实我也不想这样，我看到美的画面就想拍，但是大部分人是不会同意我拍他们的，因为，因为……他笑了一下，因为什么你应该知道。

　　我当然知道。

　　摄影师最后感叹了一声，说，更何况，从艺术的角度看，只有在不知情的情况下，拍出来的效果是真实最美丽的。

　　摄影师说得没错，可是在我这里却出了差错，最真最美的东西消失了，现在唯一的希望就在摄影师的照片上了。摄影师说，你放心，我回去就找，如果我找到了，明天上午我会放在总台上。我说，你知道我住哪个酒店？摄影师说，嘿，时间长了，能够分辨出来。你住的那个酒店，我也替好多人拍过照片，都寄放在总台上，大部分人都将照片取走了。

我回到宾馆，昏昏沉沉正要睡去，我的导师吴教授忽然推门进来了，我一见导师，喜出望外，赶紧说，导师，导师，你帮帮我。我导师淡然地朝我看了看，说，你出问题了。我说，我是出问题了，可我不知道问题出在哪里。我导师说，你的程序出差错了。我摸不着头脑，诧异地问导师，我的程序？我的什么程序？我导师说，三年前，是我给你设计的程序，我太过自信，还以为是世界一流的程序呢，方方面面都考虑周全了，却在婚外恋这一块上马失前蹄，我只给你设计了一次婚外恋，你超出这一次婚外恋，程序就不够用了，就错乱了——这也不能完全怪你，是为师的三年前远见不够，现在看来，我们的预测远远赶不上社会的发展速度啊。我委屈地叫喊起来，没有，没有，我只有一次，就是何丽云，可是，可是她却……我导师打断我说，你不用辩解，你的错乱足以证明你突破了设定的程序，而且还是程度相当严重的突破，这套程序有自我修复的能力，如果是一般程度的混乱，它完全能够自我调整。我越听越觉得不可思议，大声抗议说，导师，一定是你搞错了，我又不是机器人，我怎么会有程序？我导师微微一笑，说，你去看看你的眼睛就知道了。我想起那个摄影师也说过我的眼睛奇特，我赶紧去照镜子，结果果真把自己吓了一跳。我问导师，我的眼睛怎么有这么多颜色，而且不断变化，一会儿红，一会儿绿，一会儿蓝，一会儿又五彩缤纷。我导师也不回答我的问题，坐到电脑前捣鼓了一番，重新设计了程序。我导师回头问我，现在，新的三年开始了，你是清零以后重新开始新三年呢，还是在前三年的基础上延续第二个三年。我想了想，说，还是不要清零吧，我总得把那些搞乱了的事情想起来才好。我导师说，当然，各有各的好处和坏处，你不清零，就得背负着前三年的种种痛苦、后悔、迷茫等等，当然也有幸福、快乐、成就等等。如果从零开始。虽然一身轻松，却是什么积累也没有，你想好了？我说我想好了。我导师果断敲了一下回车键——"咔嗒"一声巨响，把我惊醒过来了，外面电闪雷鸣，才知道是做了一个白日梦。

　　我忍不住去敲隔壁515的房门，林秀开了门，我朝里一看，她正在准备行李，我说，你要走了？林秀还没来得及回答，房门就被撞开了，冲进来一群穿白大褂的人，上前摁住林秀就绑，林秀也不挣扎，很镇定地任凭他们摆布。倒是我看不过去了，上前阻挡说，你们干什么，你们找错人了。那些人也没把我放在眼里，说，抓的就是她，谁也别想从精神病院逃走。林秀朝我笑了笑，说，他们没搞错，抓的就是我。我急道，错了错了。医生说，错不了，烧成灰也认得她。我嘀嘀咕咕说，她没有病，她，她是，她是……她到底是什么，我到底也没说得出来。

那些人听到我嘟哝，都回头看我，其中一个说，怎么会有这么多精神病跑到海边来了。另一个说，不是从我们那里逃出来的，不关我们的事。

他们带着林秀走了。

我回到自己房间，开始收拾行装，意外地发现在自己的行李里有一块标着号码的牌子，我不知道这是怎么回事，打电话叫来一个服务员，服务员是个爱笑的女孩，拿起那块牌子看了看，笑着说，好像是附近一家精神病院的工牌。我说，怎么会在我箱子里？那女孩只管朝我笑，不回答。我说，你误会了，我不是逃出来的精神病人。那女孩又笑，说，从精神病院出来的不一定都是病人，也可能是医生哦。

退房的时候，我抱着最后一线希望向大堂值班经理打听有没有照片留给他，值班经理说没有。我说，海边的那位摄影师没有来过吗？值班经理说，海边的摄影师早就离开了。我说，是那个喜欢拍情侣照的摄影师吗？经理说，是呀，几年前他拍了一个女孩和情人的照片，结果被跟踪而来的情人太太发现了，抓到了证据，女孩跳海自杀了，摄影师从此就失踪了。

我顾不得惊讶，赶紧跳上出租车往机场飞奔而去。

在飞机上，我随手翻了翻画报，看到一条信息，标题是：人的大脑有无限的潜能吗？内容如下：人类大脑未开发的部分达80%至90%。化学药品能够激发大脑进行记忆和处理信息的功能，或令思维变得更加敏捷。喝咖啡和能量饮料的人清楚这一点。

我正在喝咖啡，但是我知道，它不能告诉我，到底是哪年夏天在海边。

飞机颠簸起来，遇上气流了。

我们的会场

年底前,大家都慌慌忙忙,慌的什么,忙的什么呢。都忙了一年了,还忙么?不仅还忙,那是更忙。现在生活幸福,日子好过,一年一眨眼就过去了,年初时总觉得一年的时间太充裕了,可以做很多事情,可以翻很多花样,结果还没怎么着呢,一年倒又过去了,大街小巷已经有年的味道出来了。

所以要赶紧呀,赶紧干什么呢,赶紧把年前的该做的事做掉。年前该做的事很多,其中最重要的工作就是开会,也有些会是可以挪到年后去开的,那就不必在这时候凑热闹,但有些会必须在年前开掉。这是铁定的。谁定的?不知道,能不能改革?也不知道。就这么照着走吧。

既然开会是铁定的,那就得紧锣密鼓地准备起来,何况今年这个会与往年又不同,请到了一号首长。一号首长听起来吓人,其实也还好啦,也就是上级直管部门的正职。别看这一个正职领导,下面分管的十几条线几十个单位都抢着请他到场,他到场不到场,会议的档次大不一样,结果也大不一样,不仅面子光鲜,很可能会有真金白银到手,首长听汇报的时候,一高兴了,说,这个项目好,你们打个报告来,我批。现官不如现管,所以都管他叫一号首长,或许比来一位中央首长更实惠呢。

可惜的是,正职只有一个,他也愿意每个单位都到一到,作个指示,给辛苦了一年的同志们敬个酒,哪个也不得罪,可他哪里忙得过来,他也不能分身,只能有选择地参加其中的部分会议,没被他选上的单位总是有一点儿失落,但也理解首长的辛苦，于是就想，今年请不动，明年加油。

黄会有家的老板比较纠结，连续三年没有请得动一号首长，别说在兄弟单位面前没面子，就是在自己家里，看到同事部下，也有点抬不起头，挺不起腰。所以今年早早地就犯起了心思，却又迟迟不敢开口，怕万一一开口被回绝，那就没有回旋的余地了。但迟迟不开口吧，样样又被别人抢了先头，首长肯定是先请先答应，你请得迟了，他的日程都安排满了，想答应你都不行了。

老板着急，一般都拿办公室主任出气，办公室主任就是个受气包、出气筒、垃圾箱，还得是个灭火器。

其实黄会有早已经替老板想好了主意，只是老板不开口，他也犯不着主动献计献策，显得自己多有谋略，像个智多星似的，盖了老板的帽可是大忌。等到老板说了这事，黄会有也没有马上就献出来，只是说再想一想，等了一天，觉得火候差不多了，就跟老板建议说，用激将法吧。老板说，什么激将法？怎么说？黄会有说，你就跟他说，他三年都不到我们单位来参加年终大会，我们的同志对他有意见，群众议论纷纷。老板一听，恼了，说，黄会有，你害我？黄会有说，只有这个办法还能一试，其他办法，试都别试。老板想了想，也认了，说，也是的，我们这种边缘单位，得不到他的重视，又想请他来，只能按你说的一试了。

这一试还真行，那首长起先一看老板的笑脸，就知道是要请他到会了，赶紧边走边摆手说，你别说了，你的会我去不了。老板追着说，知道您忙，也不想让您负担过重，可是，主要是下面的同志、群众有意见。首长一听"意见"两字，顿时站住，目光虚虚的，盯着老板看了看，说，意见？对我都有些什么意见哪？老板赶紧说，没啥别的意见，就是您三年都没有出席我们的年终大会，同志们觉得您太忙了。首长"啊哈"了一声，说，肯定不是说我太忙，是说我对你们不够重视吧——我真有三年没去你那儿了？老板说，三年，肯定是三年。首长又笑一声，说，那好吧，今年我去。又说，一会儿你就跟小陆把时间定下，这个时间，铁定就是给你的了。

老板回来到黄会有办公室，当着其他人的面，朝他点了点头，也没说话，将笑容藏在脸皮后面，走了。

黄会有就知道事情成了，顿时头皮一麻，心往下一沉，首长答应来是给老板面子，可老板有了面子，他们干会务的就得扒掉一层皮了。

办公室的气氛一下子紧张起来，人都像没头苍蝇似的乱转，会场还没有确定，所有的事情都无法进展，会议通知发不下去，会议议程也排不上来。所以眼前的头等大事，就是找会场。因为有首长来，会场的标准要高，又因为是全系统年终大会，人数多，这样的又要大又要好的会场一直是最抢手的，何况临近年底，这是全城热会的季节，哪有空闲的会场等着他们呢。

事情果然如此，黄会有和办公室的同志分头联系，先拣最有把握、最熟悉的饭店宾馆，果然全满，有的都排到年三十了。

熟悉的找不着，就找不熟悉的，黄会有发动群众，人人出主意，自己出不了的，回去问家属亲友，我还不相信了，偌大一个城市，连个会场都找不到？结果大家果然报来许多，有些连听也没听说过，有些也不是家属亲友提供的，而是到114查询来的。堆在黄会有面前，一大堆，黄会有分了工，大家再分头联系，又狂打一圈电话，结果出来了，四星级以下的，想都别想了，五星以及超五星的，还有一两家可以一看。

但是如果订五星超五星，会议预算就要大大超支，而不是小超支，黄会有不能擅自做主，去跟老板请示，老板说，钱重要还是人重要，你连这点都搞不清，当的什么主任。话是老板有理。可老板也有不讲理的时候。有一回老板出国，联系不上，也是人和钱的问题，黄会有擅自作了一回主，老板回来问话，却不问钱重要还是人重要，问的是你做主还是我做主。

黄会有去看会场，这是一家五星宾馆，商务型的，老外比较多，大多只开些小型商务会议商谈商谈而已，根本就没有大会场。为了接这单大生意，他们表示可以将大餐厅改成会场，一算座位，倒是可以容纳，虽然餐厅改成会场有些不伦不类，怎么看怎么不舒服，还有一股子油烟气，但好歹是可以安放了。

这里黄会有正暗自庆幸，那边经理又提出要求说，会议要在上午十一点前结束，因为下面接的是一场婚宴，十一点翻场已经够紧的了。这个条件一出来，事情又黄了，十一点那时候正是首长开始总结的时候，首长爱讲到几时便是几时，哪能跟首长限定时间，这是其一。其二，中午宾馆接了婚宴，就意味着黄会有的会议午餐不能在这里用，难道开会和用餐还得分场地，没听说过，也不好操作。这么大的规模，转移人员就得借调多少辆大客，黄会有泄了气，想去看另一家了，嘴上却说，你们先替我们留着，我们回去汇报一下再说。那宾馆人说，汇报还要赶回去？你打个电话不就行了，但黄会有还是走了。

又到下一家，这家星级更高，连服务生都长得跟外国人似的，可级次越高越没有大会场，便使出个昏招，建议他们分会场开会，说音像设备齐全，可以接通每个分会场的电视电话，效果比开大会还好。黄会有掉头就走，赶紧回到第一家，可就这一个小时的时间，那餐厅改成的会场就已经被人订走了。黄会有说，你们怎么不讲信用呢，我说好要回头的。那人家说，怎么是我们不讲信用呢，你连订金都没有交，我们怎么对你讲信用。

黄会有一边着急，一边等着另外两个行动小组的消息，就怕错过电话，将个手机一直紧紧攥在手里，但偏偏这一天，手机又出奇的安静，一次也没响起来，黄会有就知道事情不靠谱了，心直往下沉。

几个小组回来一碰，情况差不多，他们还欲细细汇报，黄会有不想听了，他要的是结果，没有结果的过程，听也是白听。

老板也一样啊，老板也不要过程，也是要结果，结果黄会有什么结果也没给他，他能不着急吗？一着急，老板说，黄会有啊黄会有，你本来叫个会有多好，会有会有，什么都会有的，会场也会有，但你偏偏姓个黄，什么都给你黄掉了，会场也给你黄掉了，哪里还有呢。这么一说，气氛倒是松弛了一点儿，大家笑了笑，黄会有说，要不我临时改个姓吧。老板说，你改姓什么呢？大家出主意，这个说，姓尤，叫尤会有。那个说，改姓惠吧，惠会有。还是黄会有更明白老板的心思，说，不如姓铁最好，铁会有，都铁定了会有，还能没有？大家虽然笑了一笑，心里的压力却没有减轻，工作还得做，会场还得找，这才是铁定的。

搞得夜里睡觉也没睡踏实，做梦也在找会场，早晨醒来的那一瞬间，想到会场还没有落实，心里"咯噔"了一下，坐起来感觉浑身都是酥软的。其实黄会有干这活也不是一天两天了，一开始就在办公室搞行政，一直干到主任，经历会议无数，找过会场无数，这一次怎么就这么揪心呢。当即在家里就给办公室的几个人打了电话，布置任务，让大家出家门就直接奔赴找会场去，免得一会儿磨蹭到单位，再碰头、再交代、再切磋，差不多半天又过去了。

他自己这一组，是小金牵的线，赶过去一看，会场倒是有，可是没有暖气，到处冷冰冰的，里边的工作人员个个穿着棉大衣，嘴里哈白气，哪像个宾馆样子。那经理跟前跟后地说，我们有暖气的，我们有暖气的。果然暖风机的声音倒是轰隆作响，巨大无比，可是打出来的却是冷气。黄会有扭头往外走，那经理跟在屁股后面还在狡辩说，这是暖气，这真的是暖气，主任你靠近出风口试试，就是暖气。黄会有说，就算是暖气也不行，你这暖气的声音，比我们首长讲话声音还响。回头朝那经理和几个服务员看了一眼，心想，还星级宾馆呢，搞得跟殡仪馆似的。

出来朝小金瞪眼，说，穷得连暖气都打不起，还接会议？小金躲闪说，我也不知道他们经营成这样。又到一处，是个体育场所，也是小金的主意，找了个全市最小的一个体育馆，可进去一看，最小也大得吓人，可坐三千人。黄会有又扭头走，那馆长说，可以用屏风隔开。黄会有也没有答他，出来就给一个哥们打电话，那哥们也是个办公室主任，这会儿肯定也在为年终的会议找会场，看能不能挪一挪、腾一腾，救他一急。

哥们一听他这话，啊哈哈一笑，说，老兄啊，我们昨天都借到动物园去啦，会场倒是合适，可是骚气熏死人啦。黄会有说，动物园怎么会有会场，他们要会场干什么？找狮子老虎狗熊开会啊？那兄弟说，两年前开全国动物大会开到他这里，借这理由拿了一块地，可地不能老空着，就建个会场，会场是假，地是真。可没想到，到这节骨眼上，这会场还真派上用场呢，老兄你要是不嫌骚臭，我替你联络一下。黄会有服了他，说，谢啦谢啦，我自己找吧。

后来又去了一个消防指挥中心，甚至还去了一个蔬菜大棚，一天奔波，一无所获，老板急了眼，也不开玩笑叫改姓改名了，朝黄会有说，明天再找不到你也不用来上班了。当着部下的面，黄会有下不来台，嘴凶说，不来最好，我求之不得呢。

嘴凶归嘴凶，可哪能为了一个会场就不干了呢。

一个会场而已，听起来是个小屁事，可到了这节骨眼上，真是人命关天啦。晚上黄会有回到家，胡乱吃了几口晚饭，就往床上一斜，老婆也不理他，自顾看电视，黄会有心头竟有点悲凉。过一会儿手机响了，听到小金急吼吼地说，主任主任，快看新闻综合频道，快看新闻——黄会有跳了起来，去抢了老婆手里的遥控器，调了台，看到有一个郊区的远山大酒店在做广告。小金电话又追来了，问怎么样怎么样。黄会有泄气说，就半天会议，还要跑到郊区，首长也不方便，到时候嫌远不去了就麻烦。小金还没说话，老婆倒先说了，你看看这上面的地址，不是远郊，很近，说不定比去市里哪个宾馆还近呢。才知道老婆其实也是关心他的，心里复又暖了一暖。

急病乱投医了，黄会有当即就往这个做广告的酒店打电话，一问，果然有符合条件的会场，餐厅也有，样样具备，似乎就专等着他去开会呢。

第二天一大早，黄会有就去了，路很好走，出门就上外环线，下了外环线就是，整个行程也就半个小时。地方又果然山清水秀，赏心悦目。宾馆造得别致，中西合璧，很妥帖，很有姿态，内部装修也十分养眼，既大气又典雅。黄会有不再犹豫，交了订金，就给老板打电话，老板即刻赶过来一看，十分满意，说，你看看，我一让你不干，你就干好了，牛还是要用鞭子打呀。

事情忽然就有了结果，快得让黄会有都不敢相信，但事实就是这样，事情解决了，会场找到了。

黄会有给首长秘书小陆和司机分别发了短信，告知详细线路，秘书回说，收到，放心。秘书体贴人，黄会有心头一暖。

会议那天，一早黄会有就开始和秘书保持热线联络，开始还有些担心会不会路上不顺利，毕竟是在郊区，会不会走错了道，等等，结果一切又是出乎意料的顺利，没费什么事，没绕一点儿路，时间掐得很准，九点差五分，首长的车到了。

老板带领全体班子成员上前迎接，黄会有在一边守着秘书，悄悄恭维说，你时间掌握得很准。秘书道，昨天来过一趟了。黄会有笑道，哦，踩过点了。才知道要想工作不出差错，应该是怎么做的，学了一招。

首长进入会场，落座，就开会了。因为快过年了，大家心情好，气氛也热烈，会场纪律也特别好，讲话发言的，内容一个比一个靠谱，水平一个比一个高。首长频频点头，表示满意。

会议顺利进行，黄会有现在是彻底放下了心思，他的任务已经圆满完成，听不听会都不重要了，他浑身松软地落座在舒适的沙发椅上，享受和体会着这个新建宾馆的高档设施。过一会儿，手机振动起来，他矮下身子一接，低声说，我在开会。那边"哦"了一声，挂了。一会儿又有电话来，他依然低声说，我在开会。对方说，好，我稍后打给你。几次三番后，黄会有想，就是开会的好处了，可以少接好多电话呢。

正体会着这份少有的安逸，就听到了热烈的掌声，知道首长开始讲话了。

首长也受到大家的感染，不像平时那样沉着淡定，情绪有些高昂，讲话铿锵有力，句句说在点子上。

会议掀起一个高潮。但大家知道，更高的高潮是在宴会上，除了主桌上各色人等都安排了任务，其他桌的女同志也都拣年轻美貌的早早埋伏好了，但一直不动声色，等黄有会观察到火候差不多，才开始暗示她们。

她们训练有素，不会蜂拥而上，那样太惹眼，太张扬，对首长影响不好，一个一个来，轻轻地来，像飘过来似的，过来敬首长酒，但并不要求首长喝，只是说，首长，我敬您，您随意，我干了。可首长哪能随意，说，那哪行，你干了我不干，你们要说我脱离群众啦。也干了。还不放女同志走，说，你敬了我，我不回敬，又是脱离群众，又是欺负女同志，罪加一等哦。来，我回敬你一杯，你随意，我干了。女同志哪敢随意，于是两个都干了。

如此几番，首长兴致高起来，黄会有赶紧喊服务员开酒瓶，满酒，等到又有女同志过来，首长干脆丢开了小杯，拎起酒壶，女同志笑道，首长您是令狐冲。拎壶冲过，接着又是罚点球，又是分组对抗等等。

首长下午还有一场会议，但这会儿他情绪好，兴致高，全没有下午还要去开会的样子。大家担心首长喝高了，影响了下午的会议。连一向了解首长脾性的秘书也有点着急了。但是既然首长高兴，谁也不敢让首长扫兴。那秘书只管朝黄会有瞪眼睛，黄会有两肩一耸，感觉自己像外国人似的潇洒。

他当然潇洒啦，可下午那场会议的主办者惨啦。不过最后的结果谁也没有料到，那是皆大欢喜，到了点，谁也没有去催促首长，甚至没有人向首长提醒时间，说也奇怪，那首长说站起来就站起来了，干脆利索地笑了笑，说，你们给我的任务，我完成了，时间到啦。说罢就往外走，还有几个同志正举着酒杯打算来敬酒呢，首长笑道，留着，留着，下回吧。

大家赶紧送首长到门口，首长步履轻松矫健，面带微笑，好像根本就没有喝那么多酒，一切正常得不能再正常。黄会有跟在后面不由得赞叹，首长到底是首长，久经考验，这点小酒，这点小场面，哪在话下。

首长出大厅的门，车子已经无声地滑到门口，秘书拉开车门，首长一抬腿就上车了，车子又无声地滑走。

首长走了，老板心上一块石头才彻底放下，特意走过来拍了拍黄会有的肩，也上车走了。

黄会有留下善后，算账买单，一切手续办妥后，那宾馆经理还想拉回头客，拍黄会有马屁说，黄主任，我们这地方风景很好，不如陪你看一看？

陪着黄会有出来，黄会有放眼去看看四周的湖光山色，不由感叹道，哎——真是个好地方。

那宾馆经理候在一侧，赶紧说，是呀是呀，我们这是深藏闺中人不识。黄会有笑道，今天倒给我们见识了一番哦，只可惜了首长和我们家老板光顾着开会，连这么好的景色都没时间欣赏。

众人沿着山路，沐浴着暖冬的阳光和微风，慢慢地走一走，黄会有又发感叹说，青山绿水，绿水青山。经理紧扯住话题说，主任要是喜欢，就在我们这里多住几天。黄会有叹道，多是多少天呀，住几天，还是得回去呀。经理又说，要不，我们给您留一间长包房。黄会有说，我不要被老板骂死。说到个死字，忽然就一笑，说，哎，你倒启发我了，活着不能在这里住，死了住过来也挺好嘛。

知道是调侃，却没有人接话茬，因为不知道怎么接，是说他说得对呢，还是说他说得不对，只有那宾馆经理话多，赶紧又凑上前说，主任真是好眼光，我们这地方……下面的话还没出口，大家已经"哎哟"了一声，停了下来，他们已经走到了山弯处，赫然的，弯弯的路边，竖着一块巨大的路牌。

路牌上画了一个大大的箭头，箭头下面四个大字：远山公墓。

跨过这个路牌，转过这个山弯，远山公墓就一览无遗了。

山这边是一片绿，山那边是一片白。黄会有放眼望着那白花花的一大片，顿时愣住了，愣了片刻，冒出一身冷汗，惊恐地想，幸亏首长走了，幸亏老板走了，如果现在站在这里的是首长或者是老板，那岂不是完了蛋？

一起跟了来赏景的一位女同事却笑了起来，说，哟，这么大的公墓，我还是头一次见到呢。

那饶舌的宾馆经理以为大家有兴趣，赶紧上前介绍说，主任，远山公墓是本市最有规模也是规格最高的公墓，许多有头有脸的人都……黄会有奇怪地说，你做宾馆的，怎么还连带推销公墓？经理高兴地说，一家的，本是一家的。黄会有心有余悸地呛他说，那是，活着开会和死了休息，本来就是一条龙服务嘛。

知道自己口气有点重了，这事情本来怪不着他们，是他自己找来的嘛，于是笑了笑，口气放宽松了说，我说呢，怎么这个地方这么安静，这么和谐，空气这么清……一个"新"字没说出口，手机响了，一看是小陆秘书打来的，当下心里就一紧，赶紧问陆秘书什么事。秘书说，首长已经进下午的会场了，我抽空给你打一下，你小子有本事，搞这么个会场让我们来开会啊。黄会有心里"咯噔"了一下，一颗心一边往下沉，一边还存着一点儿侥幸试探说，怎么，怎么，不好吗？秘书道，好呀，背靠公墓，怎么不好啊。黄会有直冒冷汗，但仍然还有一丝丝侥幸，说，首长不知道吧？秘书说，怎么会不知道，有什么事是他不知道的。那一瞬间，黄会有感觉有什么东西"嗖"了一下，知道是灵魂出窍了，似真似幻时，忽然听到秘书笑了起来，说，黄主任，别紧张，我这会儿就是给你转达首长的意见，首长很喜欢你们今天的会场，说了，如果以后你们还在那儿开会，他争取再来。黄会有摸不着底，试探着说，是……是呀，这是五星标准的……秘书打断他说，不是标准的问题，是因为宾馆后边就是远山公墓，他父母就在那里，如果今天下午没会议，他想去看一看父母的，可惜又有会议，所以，下次吧。电话就挂断了。黄会有手里抓着手机，有些迷惑，似乎都不知道此时自己身在何处了。

小金因为处理剩余酒水之类的杂事耽搁了时间，他是最后一个追上来的，追到黄会有身边，朝庞大的公墓看了看，说，我有个同学就葬在这里。黄会有还没从秘书的电话中回过神来，旁边那女同志却说了，小金，你同学，才几岁啊？小金有点感伤，说，是得了病，从发病到去世就没几天。又说，我一直想来看看他，一直没来，有时候夜深人静会想起他。

那女同志说，今天倒是个机会，你要不要去看看他？宾馆经理又赶紧上前问道，你要看的这个人在几区几排几号？小金说，我没来过，说不出来，只是听说他在这里。宾馆经理说，这好办，我陪你到公墓管理处查一查登记册。

于是到公墓管理处去翻名册，结果却没有翻到。小金说，没翻到就算了吧，也许是我记错了。可管理处的主任着了急，就不相信自己的公墓里就没有这么个周见橙，又将那名册重新翻起来，一边翻，一边念叨，张三李四王五，念得大家心里忽悠忽悠的，怕有个和自己名字一样的人躺在这里。

管理处主任这个办法还真有效，当他念到一个叫周建成的人名时，小金说，就是他吧。上前看了看名册，说，周建成——周见橙，音同的，我这同学名字比较特殊，上学的时候大家就常常搞错。

　　大家跟着小金去看周建成，小金赶紧说，你们不用去的，我一个人去看看就行了。再说了，也不知道到底是不是他呢。大家不说话，见黄会有跟着，就都跟着，跟到那地方，又随着小金一起，朝周建成恭恭敬敬地鞠了三个躬。

　　黄会有的手机又响了，对方是个大嗓门，在安静的墓地里显得特别刺耳。黄会有不由自主地压低了声音说，我是黄会有，你哪位？那边一听，立刻明白了，说，哦，你在开会，不打扰你开会，稍后再打给你吧。

寻找卫华姐

一

我就是卫华姐。

昨天小金跟我说,卫华姐,有个人在网上发帖寻找卫华姐,是不是找的你哦。我说怎么会呢。我又不在网上跟人搭讪,也不发帖,也不开博客,只是偶尔出于某个实用主义目的到某个角落去潜一下水,从没冒过泡泡,要找我的人,才不会到网上去找。小金说,那也不一定哦,人多力量大,他是发动群众一起找罢。我说,这倒是的,先就把你发动起来了。

我本来不想把这件事想下去,可是过了一天,小金又跟我说,卫华姐,雷人啊,一夜之间冒出来好多个卫华姐。我说,那就好,总有一个是那个人要找的卫华姐。小金说,可惜没有,楼主说,虽然都是卫华姐,但是暗号没接上。我嘲笑说,还暗号呢,地下党接头啊。小金朝我摇头,一副恨铁不成钢的嘴脸,但还是没甘心,又说,卫华姐,你知道那些对不上暗号的卫华姐怎么样了呢?我说,你是不是看谍战剧看多了,不会被当成叛徒枪毙了吧。小金说,枪毙?谁枪毙谁噢,差点把楼主给拍死。

我有我的事情和心事,哪个耐烦听这些,可小金还就偏纠缠住了,有心要给我找点故事来,说,你知道他们为什么要拍楼主?我不知道。小金说,就是因为对不上暗号。因为楼主说了,对不上暗号就不是卫华姐。我轻描淡写说,不是卫华姐就不是卫华姐罢。小金说，可那些卫华姐说出了好多卫华姐的故事，有的说自己铁定就是卫华姐，但因为时代久远了，所以记不得暗号了，也有怪楼主自己记错了暗号。还有一个说，都什么朝代了，还沿用老暗号，早就该改暗号啦等等。我勉强给了她个笑脸，实在是没兴趣继续这个话题。

小金却又说，这些卫华姐也够执著，眼看着成不了卫华姐，就联想到和卫华姐有关的人。有说是卫华姐的妈，有说是卫华姐的表大爷、卫华姐的干爹，还有一个说，找不到卫华姐，卫华妹你要不要？真是什么鸟都有。小金笑道，全是油菜花。我又跟着笑了一下，应付她而已。反正不关我事。

又过了一日，小金又蹭到我的办公区。我就觉得奇怪，这小金虽是我的同事，但平时跟我也不算热络，她的办公区跟我隔得老远，可自从看到了寻找卫华姐的帖子后，她老是来。

她没开口，我就先说了，小金你怎么又来了，是不是你在兴风作浪，帖子是你发的吧？小金说，怪了，我要找你，还用发帖子吗？你就在我面前嘛。我说，那也不一定哦，有些人有眼无珠，就在面前也看不见噢。总算是报了她一箭。小金却蛮乐意领受，说，卫华姐，我有个直觉，那人就是找你的。不等我问为什么，她又说，因为我觉得他和你很像。我倒奇了怪，问说，你见过他？小金说，倒是贴了个头像，是一只猫，不会就是他本人吧。又说，只不过我揣摩他的口气，看他写的东西，看他的风格，似乎和你是一类人。我说，一类人？什么人？小金说，鸟人。近旁的同事都哄笑起来。小金说，卫华姐，我不是骂你，也不是骂鸟，我从来都觉得鸟人是特别美好的事情，你想想，又能走又能飞，多好。

我说，我飞过吗？小金说，你坐在那里发呆的时候，一定在飞。我没想到这丫头还能说出这样有哲理的话来，但我还是不认为寻找卫华姐和我有关。我对小金说，小金，你有什么心思就跟我直说吧，是不是男朋友出状况了？小金说，卫华姐，你以为我花痴啊，我再告诉你一个信息，他去的那个吧，叫老地方吧。

我心里果然动了一下，说，老地方吧？还有这样的吧？小金说，唏，什么吧都有，宁缺毋滥吧、子虚乌有吧，还有一个叫精神病发作期吧。

说实在的，我心里又动了一下，问小金，那个发帖的人，是叫建国吗？小金说，帖吧里哪有叫建国的，都穿马甲。我说，那他叫什么？小金说，我告诉过你了，他叫鸟人。

我承认是老地方这个名字打动了我,因为我刚刚经历了一次老地方的遭遇。

二

几天前一个下午,我接到高林电话,说,卫华姐,建国回来了,要请我们聚一聚。我就觉得奇怪,这个建国,从小和我们一起长大,一起上学,又一起工作,后来我们终于分道扬镳了。他和小军、小月几个人出去闯天下,北漂的北漂,南巡的南巡,剩下我们几个留守在老地方循规蹈矩、按部就班地工作和生活。开始一两年,还有些联系,但后来就断了,断得很彻底,彼此不再来往,也不再有消息。这没有什么奇怪,奇怪的是建国这家伙,从前是跟我最铁的,现在回来了,不先来找我,倒去找高林。

高林哪能不知道我这点心思,说,卫华姐,他先打听到了我的手机,就打给我了。我说,行啊,找谁都一样,到哪里聚呢?高林说,建国说了,老地方。我说,老地方是什么地方?高林说,嘿,卫华姐,你跟我问的一样,我也忘记了老地方。高林这一说,我才想了起来,是有一处老地方,当初我们没有分手时经常聚会的地方。可这么久了,那个叫"西七"的小饭店还会在吗?高林说,建国说了,还在,他已经订了包间。我怀疑了一下。高林又说,要是不在了的话,建国怎么订得到包间呢。最后,高林把"西七"的地址转发给我,建国写得很详细,新衙街和旧学坊交界处往右拐进旧学坊,旧学坊里第二条巷子,叫莲花巷,莲花巷12号。

我揣着这个曾经很熟悉、但又早已经遗忘了的详细的准确的地址,晚上就去了。上了出租车,我报了地名,见司机点了点头,我就更踏实了。我从城东赶到城西,路途遥远,好在建国定的是晚七点,我还有足够的时间在路上消磨,只是眼睛看着计价表上的数字快速翻滚,心里就没的痛了一下,好你个建国,吃你一顿隔代饭,代价还不小。

哪曾想到这才是代价的开始,那司机载我到了城西,似乎就迷了路,但并不说话,只是嘴里"啧啧"作响。我看出奇怪,问他,是不是找不着路?司机不理我,嘴里又开始"咦"来"咦"去,"咦"到最后,他不能不理我了,也不能保持面目一直向前的姿态了,他侧了一下脑袋,斜眼看了我一下。这下轮到我"咦"了，我说，咦，我告诉过你地址了，而且，这里差不多就是新衙街了。那司机还是金口难开，车子再往前，看到了竖在街头上的路标，正是新衙街，说明我们已经开到了新衙街的尽头，司机设法调了头往回开，我的脸贴在车窗玻璃上，睁大眼睛朝外面看，不要错过了旧学坊。可是天色已经黑下来，看不清楚，司机似乎有点恼，但他又恼我不得。错不在我。又开了一段，可能感觉又快到新衙街的另一个尽头了，司机终于忍不住了，停了车，打开车门，下去拉住一个路人问路。问完路上车，司机打了方向盘又调头。我说，又开过头了？司机只管沉着脸往前开，仍没发现旧学坊，一会儿又开到刚才已经到过的新衙街的那个尽头，别说司机不干了，我也不干了，我说，算了算了，我下车了。我付车钱的时候，司机才说了一句，旧学坊可能拆了。我气得大声说，不可能，还有人在那里等我呢。那烂车屁股一冒烟开走了。

下了车，我的心情忽然好起来，旧学坊一定就在附近，走几步就到了。真是如有神助，走了几步，就看到了旧学坊的路牌，我心里刚一激动，很快却又犯犹豫了，这旧学坊和新衙街是十字交叉状，而不是丁字交汇状，我可以从两个坊头进入旧学坊，这才发现，建国让我们往右拐，这是个错误的指示，他怎知道我们从哪个方向进入新衙街呢。且不管那么多了，好在旧学坊已经找到，大不了我走错一头，出来再进另一头必定是了。

没想到我又错了，我从这头进入旧学坊，旧学坊里第二条巷不是莲花巷，第三条也不是莲花巷，第一条巷也不是莲花巷。我回出来，又从另一头进入，还是没有莲花巷。我退出来，街头上有个书报亭，我过去打听莲花巷，那个卖报的妇女说，莲花巷不应该从这里走，你要绕到望亭路的口子进去。我不知道那个望亭路在什么地方，报亭妇女说，这个圈子绕得远呢，你要打个车。我重新上了一辆出租车，这个司机比刚才那个司机好一点儿，我上车时他还说了一声你好。但是他绕了好一会儿，眼看着没希望找到望亭路进入莲花巷的口子，就好不到哪里去了，跟我说，你下车吧，我要交班了。我说，都是六点交班的，都七点了，你交什么班。那司机说，我就是七点交班。我说，我可以投诉你的。司机说，你投诉好了，没有人投诉的司机不是人。我一边生气一边下车，正好高林的电话来了，没等他开口，我没好气说，高林，你搞什么搞，我找不到"西七"。高林说，卫华姐，我也找不到"西七"。又说，我刚才打电话问了小刚他们，他们也没有找到。我说，高林，建国回来，你见到他了吗？高林说，没有，他直接打电话给我的。我说，那你看看他的来电显示。高林看了，说，1390后面是103，这好像是北京的手机。我说，明白了，建国在北京搞我们呢。

自认倒霉吧，各自回家，一夜无话。

第二天一早，高林就来电说，卫华姐，建国来电话了，向我要你的手机，我不知道他又要搞什么，没给他。又说，可我想想还是不对，建国他为什么要在北京搞我们。我想想也不对，我决定去做一件事情。

上午单位不忙，我抽个空子又跑了一趟新衙街，因为是大白天，眼目清亮，一下子就找到了莲花巷，只是没有12号，什么号也没有，整条莲花巷都拆了，用蓝色的围板围起一个大工地，我看不见里边是什么，往前走了走，终于找到一个缺口，朝里探望了一下，就是一片废墟。有个工人见我张望，过来说，你找人吗？我说，我找一个地方，莲花巷12号，就是这儿吗？他说，不知道，我是外地人。说罢他钻进工棚里去，过片刻又退出来说，昨天晚上也有个人来找的。我说，什么样的人？他摇了摇头说，天太黑，看不清，男的。

我打电话告诉了高林，高林说，算了算了，不跟他计较了。我叹口气说，老地方已经不是老地方了，没地方可找老地方了。高林说，卫华姐，说话绕这么大的圈子干什么啊？我回味了一下自己说的话，惊出一点儿虚汗。

三

小金帮我进入那个老地方贴吧，可我没有注册，发不了帖。小金说，你现在就注一个罢。我说，多麻烦，她说，一秒钟。又说，我帮你弄，你叫个什么。见我不吭声，又麻利地说，我替你想一个罢，一败涂地、两叶掩目、不三不四、吆五喝六、七上八下、十生九死，你挑吧，保证没人用过的。我说，那是，现在的人，互相就是靠踹。小金说，不踹了不踹了，你自己想吧，你叫什么。我说，我叫卫华姐。小金刚要否定，嘴还没张开，忽然双手一举，朝我竖起两个拇指，说，牛，牛，我叫卫华姐，就劈劈啪啪地替我注了册。我心里笑她，你以为你是卫华姐啊。注册成功，该我打字发帖了，我就打字发帖说，鸟人，你是建国吗？

谁知道鸟人什么时候才会回复，或者根本就不回复。我是不会等的，我得干自己的正事。那小金好像没事可干，到她自己的电脑上去等了。等了一会儿，那人的回帖来了，问，你是卫华姐？小金赶紧又跑过来，说，卫华姐，我说的吧，他在等你呢。她又看着我打字发帖，我说，我是卫华姐。他马上回帖说，你是卫华姐的话，你应该知道暗号。我说，哪来的暗号，从来就没有暗号。那鸟人竟笑了起来，说，对上了，卫华姐，就是你。

小金长长地吁了一口气，想明白了，感叹说，原来暗号就是没有暗号，那么多聪明人都只管往暗号里想，偏没有往没有暗号里想。

倒把我的想象给搞起来了，我猜想他就是建国。小金见我激动，反而又说，淡定，卫华组，要淡定。

现在我们对上暗号了，我就是卫华姐，他就是建国，我们可以约了见面，但是我吸取了上回的教训。我说，建国，有什么事你到我单位来谈，我单位一楼大厅，有咖啡座，没人打扰，今天下午一点。我以为难住他了，他在北京，怎么能到我单位来呢。哪料建国一口答应，倒给了我个措手不及。

建国不是我的初恋情人，我不会因为去见建国而慌乱，但我确实有点不淡定。我说，这个人，什么人，去无踪来无影的。小金说，咦，咦，早告诉你了，他是鸟人。鸟人就意味着飞来飞去，你看到鸟飞来飞去，但是你又不知道哪只鸟是哪只鸟。

我到一楼的咖啡座转了一下，倒是有几个在等人的，但是我没看到建国，我正猜想是不是又一次上当受骗，忽然有人喊我卫华姐，我朝他看了看，但他是不建国，我说，你是喊我吗？那人说，你不是卫华姐吗，我当然是喊你啦，你不认得我了？我是建国呀。我摇了摇头说，你怎么是建国。那人说，卫华姐，你再仔细看看，我是建国。我说，你干吗要冒充建国？那人说，天地良心，我没有冒充，我就是建国。我心想，这个鸟人，到底要干什么？那人又道，卫华姐，你看我这里有一颗痣，你记得我小时候就有一颗痣的吧。我不认他，说，现在的人，要想让自己的脸上长颗痣出来，也不是什么难事。你开这么无聊的玩笑，有意思吗？两个人僵持了一会儿，那人又说，其实我自己也奇怪，前几年我生了一场大病，脱了形。我又朝他仔细瞧瞧，还是怀疑，我说，但你不怎么像生了大病的样子，也不瘦，气色也不错。建国说，这个我真是解释不清楚了，我脱了形以后，慢慢调养，后来又恢复起来了，一照镜子，我也认不出自己了。

这鸟人,硬说自己是建国,我也不跟他争了,就认他是建国算了。我说,建国,你回来干什么,找我什么事?建国说,我家有处老宅,想麻烦你帮我卖了。我说,你家老宅,不会是莲花巷12号吧?建国知道我在揶揄他,赶紧说,莲花巷的事情我可以解释清楚的,那天我下了飞机就想找你们一聚,又不想太麻烦你们,就想起了老地方,一打114,"西七"果然还有,我就订了座。我哪知道它早就搬了地方,虽然还叫"西七",却不是从前那个"西七"了。我想了想,说,就算认你这个解释,但是卖老宅怎么能让别人代办呢。建国说,想麻烦卫华姐和我一起去公证处办个委托。

事情进展这么快,我有点发愣,愣了半天,才想起来说,那也不行,卖房子的夫妻双方一起到场,办公证也一样哦。建国说,我没有夫妻双方,我只有一方。拿出一张纸来,朝我扬了扬,说,这是证明,证明我是单身。我也没看他的纸。纸能证明什么呢。

四

我陪建国到所在区的公证处去,材料递进去,立刻就被扔出来,建国的身份证正好掉在我的面前,我朝那照片一看,难怪人家要扔出来,我又朝建国的脸看了看,忍不住又说,建国,你真的不是建国哎。建国说,卫华姐,你怎么又来了,这个问题我们已经有结论了。我说,可是人家不给你结论。

建国指了指我,对那个工作人员说,她能证明我是建国。那人并没看我一眼,只说,她是谁?建国说,她是卫华姐,她有身份证和其他有效证件。倒惹得那面孔铁板的人笑了起来,说,她有证明也只能证明她是她自己,不能证明你是你自己。

我才想到,原来建国找我,是为了让我证明他,我这个人好说话,他说他是建国我就可以算他是建国。只可惜我算他是建国,没有用,一点儿用也没有,他身份证上的照片已经把他出卖了。建国有点着急,和那个人讲道理说,你想想,如果我是假的,我完全可以用一张假身份证来蒙骗,换上我现在这张脸,你就看不出来了。那人觉得建国讲的道理完全不成为道理,他只是说,反正这个人不是你。建国说,那你说我是谁?那个人说,我不知道你是谁,反正你不是身份证上的这个人。

建国朝我看，求我的救兵，我救不了他，我说，你自己看看是不是你吧。他也不看自己的身份证，只说，我知道不像，那是因为我生了一场大病。那个人呛说，你倒没有说你整了容。

我两个无法可想了，站也站累了，退到一边坐下，先歇一会儿。我说，建国，算了吧，别委什么托了，你就自己去卖老宅吧。建国说，我要是自己能卖我就不麻烦你了，我已经订了今晚的机票。我们正在商量，旁边来了一对老夫妇，也坐下来，那老先生跟我们请教说，同志，怎么才能证明我们是一对夫妻？

我和建国对视了一眼，建国先说，拿结婚证出来罢。那老先生说，结婚证丢了。我说，补办结婚证罢。老先生说，不给办，因为没有证明证明我们是夫妻，可我们确实是夫妻，我们已经过了金婚。我又想说，到双方单位开证明罢。可是我没有说出来，因为这是常识，肯定有人会指点他们，估计他们也没搞到单位证明，也许单位早就没了，也许从来就没有单位，什么可能都有，总之他们现在无法证明他们是夫妻。老先生朝老太太点了点头，又摇了摇头，没有再问我们什么话。我倒是顺便替他们想了一下，他们为什么要证明自己是夫妻呢，买卖房子？立遗嘱？或者其他什么需要？不过我并不需要答案。

老夫妇的难题不仅没有让建国泄气，反而给他鼓了劲。建国说，卫华姐，他们这么难都在努力，我们继续，重新回到办事处那。建国说，我有办法了，你们上网查。那个人说，你叫崔建国，全国叫崔建国的有多少？建国说，输入我的各种特征，我不相信有一个和我完全相同的崔建国。

那个人倒也不嫌麻烦，就上网去查崔建国，按照建国提供的种种特殊条件，果然找到了一个匹配的崔建国，打开网页，赫然就是一张大头像，年轻帅气，我叫了起来，建国。那工作人员说，是呀，这照片上的才是崔建国，可你不是。建国急赤白赖了，说，我要不是建国，我就是，我就是，我就是……不知道就是什么了。我说，就是鸟人。那个工作人员以为我在骂人，赶紧劝说，有话好好话，女同志还出粗口啊。建国赶紧替我洗清说，她没有骂人，我就是鸟人。

话题又下不去了，思路也堵塞了，但是现场的气氛倒是发生了变化，开始是那个人态度不好，现在我们火冒起来了。他耍态度时，我们低三下四，阿谀奉承，等我们火冒了，他倒和蔼可亲了，提醒我们说，你们再仔细想想，还有没有其他可以证明你是崔建国的证明。我们还真的想了一想，想起一个人来，也是我们的发小，叫周冬冬，他现在就是这个区的区长。

我赶紧报上周区长的名字，那个人笑了笑，说，报区长的名字有什么用。我说，我可以给他打电话，让他跟你说。那个人又笑说，我怎么知道电话里的人是不是周区长，再说了，我们小小的办事员，从来接触不到区长，也不认得区长，这不能算证明。建国气得拍了一下桌子，说，依你这么说，我就不能证明我是崔建国了。那人说，你本来就不是崔建国嘛。你们就别跟我打马虎眼了，我也不怀疑你们是诈骗，诈骗没这么理直气壮的，知道你们好心是替别人办事的，你们还是让他本人来吧。

他本人已经来了，哪里还有另一个他本人呢，我已黔驴技穷，建国拉了我就走，边走边说，卫华姐，只有一个办法了，你去找国庆吧。国庆是建国的弟弟，不知为什么，建国走后，两兄弟就不再来往，互不理睬。我说，你不是不理他吗？又去找他，他未必愿意理你。建国说，所以要你去才行。

我去找国庆，找来一看，国庆长胖了，和建国身份证上的照片还真有点像，更重要的是国庆脸上也有一颗痣。我奇了怪，说，国庆，你从前有这颗痣吗？国庆说，从前就有，不过从前痣小，一般不会注意，现在长大了些。我把话跟国庆一说，起先国庆觉得很荒唐，不肯去，我说，你不信，我也不信，但事情就是样的，你跟我去看看，不行就拉倒。

国庆就跟我走了一趟，还是那个办事员，一看国庆到了，说，我说的吧，你们早把本人弄来，也不必费这么大的周折了。又严肃地对国庆说，崔建国，以后办这类公证，一定要本人亲自到场，现在的人眼睛都凶，你想蒙街道办事处、蒙居委会都难，别说蒙公证处了。

我们办妥了委托书，建国已将出售老屋的有关内容通过中介挂到网上，留下了我的联系方式，他走了，剩下来的事情，就由我对付了。

五

建国像鸟一样飞走了，倒丢下个包袱给我，不过我也没那么傻，买房的人，爱来不来。

小金又蹭过来了，问我，卫华姐，有人买房吗？我说没有，要不你买吧，也让我了却个心思。小金笑道，我才不要。又说，要不我发个帖，看看有没有上钩的。我说，这种广告贴，你能贴上去？小金说，我隐晦一点儿，试试吧。

　　就发了一个，只写了一句：有老地方一处。

　　果然有人来和小金搭讪了，他们似乎对看不见的东西更有兴趣。那个买主要看房，我跟他约了时间，带上钥匙就去建国的老宅。那地方我没去过，不过这一次还算幸运，不是莲花巷12号，比较顺利就找到了，在一个偏僻的小院里，房子也旧了，小院里有几户人家，东西杂乱，但是很安静，与"老地方"倒是相符的。我们进去都没向人打听，知道最西边一间就是。

　　那个人看了看房子，倒是满意，对价格也没有太大的意见，最后看房产证的时候，他怀疑起来，说，你是崔建国？我心一虚，赶紧说，我不是。那人说，房子不是你的？我说，我代朋友卖的。他说，你朋友呢？我说在国外呢。他就往外走，不想和我谈了。可我得抓住这个机会，我说，我有他的身份证复印件和委托书，拿出来给他看，他不看，说，这种东西，造一个假的，太容易了。又说，哪有卖房子房主不出现的。头也不回地走了。

　　过了两天，又有人来了，这回我先说明了，我是代朋友卖房的，但手续齐全，这个倒比较爽快，说，有手续就行。过来看了房子，也还满意，又仔细看了委托书和其他资料，最后问我，房主呢？我说，在北京。他说，那等他回来再说吧。又走。

　　我回来想给建国打个电话，结果却打到国庆的手机上去了，我请国庆再帮一次忙，国庆给我面子，又答应了，我打电话给那个买主，说，房主回来了。那人说，咦，这么快？我说，也是巧了。

　　我们又约了，仍然在老宅那里见面，那人一进来就朝着国庆看了看，拿了建国的身份证复印件对比了一下，说，像倒是蛮像的。又说，但是哪有这么巧的事呢，说回来就回来了？又问国庆，你这房子多少年了？多长时间没人住了？你的邻居都是干什么的，国庆答不出来，那人的脸就沉了下来，说，你脸上这颗痣是假的吧。国庆先慌了，我赶紧镇定说，痣怎么会是假的，不信你自己摸一摸，看会不会掉下来。那人说，不管它会不会掉下来，反正它的位置不对，你身份证照片上，痣在这个部位，你本人脸上，痣在那个部位。我说，痣是真痣，但是痣长着长着也会移位的。那人说，你怎么不说他的脑袋移位到别人的脑袋上去了呢。稍停一下，又说，果然我掉以轻心了。

我说，你怎么掉以轻心了？那人说，别人提醒我，买二手房要小心，要看房产证，还要对上房主本人，否则很可能是诈骗，我当时还想，哪有那么巧让我给碰上。

他不买房子就算了，居然还报到派出所去了，把我和国庆都请了进去，结果当然是会出来的，但是搞得我好囧，国庆生我的气说，卫华姐，我觉得你已经不是卫华姐了。单位领导也批评我说，张卫华，你工作的时候怎么没有如此丰富的想象力呢。

见小金冲我笑，我心想，你先别笑，等我来收拾你。她是始作俑者，我不报复她报复谁去？但是我没她鬼点子多，想不出整她的好办法。下班的路上，我坐在公交车上，车子经过一条街，街边有个音像店，店里正在播放一首歌：直到开始找不到你，直到终于不想找到你，直到擦身而过也不认得你。

我重复地哼哼着这几句歌词，一直哼到下车。

过了一天，小金又来了，说，卫华姐，奇怪了，又有人寻找卫华姐了。我说，这回又是谁在寻找卫华姐，不会又是鸟人吧？小金似乎有点迷惑，说，一个叫金三角的。我说，咦，金三角？这不是你以前用过的网名么。小金说，我有吗？我有用过这个名字吗？我说，怎么没有呢，我们还笑话你，那可是世界头号毒品产地，你取这个名字，找拍呢。小金恍恍惚惚地说，我的妈，我注册过的名字，我竟然忘了。我说，你用过就扔的名字谁知几多，怎么就不会忘了呢，我记得你还叫过"打死也不承认"，叫过"乌烟瘴气"等等。小金又想了想，说，是呀是呀，我现在想起来了，我还有一个"你已经不是你"。我说，那就对了，这个金三角肯定是你。小金说，难道这个寻找卫华姐的帖子是我自己发的？我说，有可能，但是你干吗要寻找卫华姐呢，你不是说过，我就在你面前，不用寻找吗？小金彻底迷糊了，说，难道还有另一个我？我说，难说的，有的人一个人分裂成好几个人呢。小金说，卫华姐你别吓唬我。我说，我没吓唬你，我现在都不知道到底有几个卫华姐。

小金迷迷瞪瞪回到自己的办公桌上去了，只过了片刻，她又过来了，说，卫华姐,又有人来了。我说,什么人?小金说,自称卫华姐。我说,她说什么了?小金说,她和她的妹妹已经失散许多年了。我说,小金,恭喜你啊,终于找到失散多年的姐妹。

越走越远

　　老翁年轻的时候开了一家古旧书店,开始只是迫于生计,也只当权宜之计,结果没想到一做就做了一辈子,而且真是爱上了这一行,其乐无穷,所以老翁希望儿子也能喜欢上这一行。从小的时候,他就有意识地让儿子多接触古书旧书,比如听说哪里有货要出,老翁跟对方联系好后,自己不去取货,而是指派儿子去。儿子呢,也不反对,父亲指到哪里,他也能做到哪里,但是他心不在此,只是表面应付而已,一直到他考大学的前夕,父亲仍然在指派他,让他填报图书馆专业,但父亲的这最后一次指派,翁马没有服从,他填报了另一个专业,商业管理,从此决定了自己的命运。这对老翁的打击很大,他从此常常坐在店里长叹,说,我一辈子的心血,就没人要了啊。

　　其实翁家父子还都算跟一个"商"字有点联系的,只是这两个与"商"有关的工作性质却相去太远了。从前父亲基本上不用出门,自会有人上门来,买旧书的和卖旧书的都会来找他,偶尔知道有重要的重大的来路,他才会出门前去看货。尤其到后来,他的小店名气越做越大,有时老翁出门前往,甚至会有车来接他去。更多的时间,父亲就坐在店里,坐等生活。

　　而翁马的工作却是天南海北到处跑。有一次出差,他住进一家连锁酒店,酒店叫作吴门书香。翁马是在网上预订的,因为看中了这个名字,结果到那里一看,果然很讲究书香气,每个房间里,有一格书柜,除了摆置一些书籍,还放置了几本酒店自办的小内刊,刊名叫《陈年旧事》。

《陈年旧事》刊登的内容大致有两部分，一部分是作者撰写的短小的旧事，另一部分是从过去的一些旧书旧杂志上摘登的短小的旧文，翁马随手拿了一本翻翻，小刊很薄，开本也小，没有封面，第一页直接就是目录，翁马随意地看了一下，就看到一篇旧文章，是从一本旧杂志上摘录下来的，是一个旧人写的，这个旧人的名字叫作倪陈。

　　翁马似乎见过这个名字，但记不起来是在哪里见过的，他读了倪陈的旧文，才知道了，这是一位专写往事的老作家。倪陈的文章写了一个故事，好多年前，他在某某街上的一家很小的旧书店，看中了一本线装书，是《书林清问》，当时身边恰好没带够钱，便试着与店主商量，要赊这本线装书，保证过一两天就送钱来。他原以为自己与店主素不相识，店主不会同意的。不料店主非常爽快，一口答应。虽然店主并不要倪陈的欠条，但倪陈还是坚持写了一条，硬交给店主收下，才拿走了那本线装书。倪陈在文章中说，虽然事情已经过去许多年了，但他还记得那家旧书店的名字，叫作汇弘书店。唯一遗憾的是，他忘记了那位店主的名字，也许他当时根本就没有问人家姓什么叫什么，也许是问过的，但是年代久远忘记了，但这件事情连同那店主的长相，许多年来，时不时地浮现在他眼前，他甚至记得那店主长着一张团团圆圆的脸，很和善，真是个一团和气的好人。

　　其实翁马一开始就看出来了，倪陈写的旧书店，就是他父亲的书店，这篇旧文让他想起了一件事情。父亲临终前，给他留下了一张纸条，纸条上写了一个人的名字和地址，父亲告诉翁马，这个人在许多年前买了他一本线装书，当时是赊的，答应过一两天就来还钱，但是很多年过去了，父亲却一直没有等到他。父亲留下的就是这个人的姓名和地址。父亲跟翁马说，你可以再等一些时候，如果他来还，就不要收他的钱，如果他一直不来，你要去找到这个人，一定要找到他，讨回买书钱。翁马觉得很奇怪，父亲不是一个小气的人，经常有人来买旧书，差几个钱，父亲就不要了，为什么对这个人欠的这笔小钱这么计较呢。他忍不住问了父亲，父亲没有回答为什么，只是说，你去讨回来。

　　父亲纸条上的那个姓名就是这个倪陈。父亲去世以后，翁马也曾想替父亲完成心愿，去过地址上的那个地方。但是那个家，那条街，连同那个地方都没有了，拆了，建成了一个全新的什么地方，谁都不认得谁。寻找倪陈的线头一下子就断了，后来翁马也就算了，觉得自己至少也算是尽过心了。

现在翁马却从这本《陈年旧事》的小刊上忽然看到了倪陈的名字，甚至还看到了这桩事情，那根断了的线头似乎又出来。倪陈的文章是从一本叫作《长亭古道》的杂志上摘下来的，翁马至少可以找到这个杂志社去问一问。杂志上既然发表了作者的文章，必定会和作者有交往，即使不见面，也应该有电话或书信往来，即使没有电话书信往来，至少有个邮寄地址吧，否则刊登他文章的杂志和稿酬往哪里寄呢。

翁马从前也曾经听父亲提到过《长亭古道》这本刊物，就是他们所在的城市的一家文化单位所办，是一本地方文化性质的刊物。父亲的旧书店里，也曾经摆过一些早已经过期的《长亭古道》，虽然不起眼，但也总会有一些同样不起眼的人来淘它们，满怀希望而来，淘到了心仪的刊物，欢天喜地而去，对老翁赞不绝口，因为在别人的店里是淘不到的，只有到了老翁这儿，才可能出现希望。

对于这些淘旧书旧杂志的人，翁马也曾关注过他们的一些动向，因为他不知道他们为什么对淘旧书有这么大的兴趣。有一次他就问过一个人，这个人姓匡，也是一位老者，和老翁差不多年纪，但老翁却喊他小匡。他跟老翁开玩笑说，你就怕我的框里装得太多，你气不平啊。他总是带个布袋子，淘到了旧书旧刊就小心地装进去，袋子确实不大，他每次淘得也不多，叫小匡还真是叫对了。那一天，小匡从老翁手里接过一本已经很破旧的《长亭古道》，喜滋滋地翻开来，翻到其中一页，递到翁马面前，说，你看，就是它。翁马接过去粗粗看了一下，写的一桩往事，这作者年轻时喜爱画画，常去小桥头顾老师家学习，顾老师倾心相教，后来顾老师搬走了。多年后，他的画和顾老师的画同时出现在卖方市场，结果买家买走了他的画，顾老师的画却始终无人问津，顾老师羞愧而去。许多年来，这件事情一直折磨着作者，他多方寻找顾老师却一直未能找到，等等等等。翁马起先以为这事情跟小匡有关系，后来问了小匡才知道，并没有什么联系，那个小匡并不认得这个作者，也不认得另一位主人公顾老师，只是听说作者写了这件事情登在杂志上，小匡转辗地找到作者，问是登在哪本刊物上，那作者年纪已经很老，记不清了，胡乱地说出了好几个刊物，结果都不对，最后小匡动脑筋想了想，觉得可能是登在《长亭古道》上的，就是抱着试一试的心情，到老翁店里来了。

在翁马看来，这个故事并没有什么值得大书特书或者大肆宣扬的地方，只是淡淡的一件小事、旧事，小匡却激动来激动去折腾个不停。翁马当时曾想，真是人各有志、人各有爱啊。

这就是《长亭古道》这本刊物曾经给翁马留下的印象，没想到，现在它的出现却给了翁马一个了却心愿的机会。

翁马出差回来后，先上网查了一下这本刊物，才发现它早已经停刊了，这一点也没出乎翁马的意料，像这样的纯粹的地方文化的刊物，肯定都是赔本买卖，最后没人肯赔了，就停刊了。

翁马试图再次放弃寻找，但是网上提供的内容却让他又有了继续下去的信心。因为《长亭古道》虽然停刊，但刊号并没有吊销，而是由城市建设委员会接手，改成了另一本刊物，叫作《今日我城》。

翁马本来可以照着《今日我城》在网上留的电话直接打过去，但拿起电话却又放下了，他觉得自己的这件事情，电话里似乎是说不清，或者说，似乎不太适合在电话里说，于是他就按图索骥找上门去了。

接待翁马的是一位年轻人，翁马一看他的模样，心里有点犯难，跟一个80后去谈这么一件事情，翁马还真不知怎么开口，因为话头离得很远，心思一走到话题的那一头，就有一种时空相错的隔离感。一个朝气蓬勃茁壮成长的80后，会有耐心听一个从前的长长的却又很平淡的故事吗？翁马只好先看了看这个办公室，说，就你一个人？80后笑了笑，说，我们有六个人，今天正好编辑部有活动都出去了，我留下来看门的，为防有人来，就正好防到了你。翁马也笑了笑，说，我以为呢，怎么才一个人办公。又说不下去了，停下来。那80后倒不着急，笑眯眯地给他泡上一杯茶，说，请坐。

翁马坐下来，硬着头皮从头道来，你们的《今日我城》原来就是《长亭古道》那本刊物吧？80后又笑了笑，说，我就知道你是来问《长亭古道》的。见翁马惊讶，80后又说，我虽然来的时间不长，倒已经接待过好几位寻找《长亭古道》的人了，都是上了年纪的人，细细叨叨，问长问短，我本来并不清楚《长亭古道》是怎么回事，被他们问来问去，答不出来，挺难为情的，就了解了一下，才知道了一点儿《长亭古道》的事情。翁马说，我还没算上年纪呢吧，你怎么猜到我也是来打听《长亭古道》的呢？那80后又笑了笑，说，感觉出来的吧。停顿一下，又说，不是感觉出你年纪老，是感觉出你有这种气质。说得翁马倒有点难为情，挠了挠头说，啊哈，从来没有人这样说我呢。其实是有人说过的，就是他的父亲老翁，只是翁马并不认同父亲的意见。

后来80后又主动问翁马，是不是要打听从前在《长亭古道》工作过的人。翁马说，你知道他们吗？80后说，知道，这已经成了我工作的一部分了嘛。就指点翁马，让他去市文联询问那本《长亭古道》杂志，虽然曾经因为经费问题，几易其主，但早年创刊的时候，就是文联主办的。

翁马抓住这个线头，果然有效，文联几个热心的同志一凑，回忆往事，翁马才知道，《长亭古道》的老主编和一些老编辑早已去世，大家从还活着的与之有关的人群中去搜索，群策群力，终于想起一个人来，这个人叫何云美，并不是《长亭古道》的编辑，而是一个热心的读者。

翁平贵以为是个温文尔雅的老太太，见面了一看，才知道是个老头，且五大三粗，既和这个名字不符，也和他印象中的老文人相去甚远。何云美只听翁马说了个开头，脸色立刻就变了，翁马也不知怎么回事，觉得说不下去，就停了下来，等何云美发话。果然何云美毫不客气地说，你老头子记错了。翁马不明白，说，记错了？什么意思？何云美说，其实，是我在你老头子店里赊了那本线装书，是我没有还钱。翁马惊讶地张了张嘴，还没来得及说话，何云美又抢着说，不过你别以为我是个赖子，不是我不还钱，我这个人忘性大，你家老头子明明知道，他也不提醒我，下回见到我也不向我要，这不能怪我吧。翁马哭笑不得，说，何先生，我是来找倪陈先生的。何云美却不依，说，你连谁是谁、谁做了什么、谁没有做什么都没搞清，你找的个什么东西？翁马说，并不是我要找倪陈，是我父亲的一个心愿，好多年也没有替他了却。何云美说，你有可能搞错了他的心愿，他一定是说我赊了他的书没还钱。翁马赶紧说，不会的，不会的，有我父亲的纸条为证，我父亲的纸条上写得清清楚楚，是倪陈，何况，又有倪陈先生的文章为证。何云美不稀罕地"呲"了一声，说，文章虽然白纸黑字，事实却不是白纸黑字，谁知道他到底有没有赊过老翁的书，就算他真的赊过，他也并没有写他还没还钱，也许他还了呢，要是他没有还，他应该会写出来的，那样文章才更好看呢。他是个会写文章的人，这么精彩的内容他肯定会写出来的，他没有写，就说明他已经还了钱，而没有还钱的人，是我，你说是不是？

翁马想了想，说，我只是按照父亲的希望找这个倪陈倪先生，以前一直没有头绪，现在终于有了线索。何云美说，线索？什么线索？就是这个倪陈写的文章？翁马赶紧切入主题，说，何先生，您认得这位倪先生吧？何云美赌气说，我干什么要认得他。翁马说，您再想想，倪陈那篇回忆赊书的文章，发表在《长亭古道》上，您一直就是《长亭古道》的热心读者……何云美打断他道，正因为我是热心读者，我才会发现问题嘛，我才知道编辑只会编文章，编不了事实的嘛。翁马说，您是说，这篇文章中有差错？何云美道，何止是有差错，那是大错特错，《书林清问》明明是我向老翁赊的，他硬拉到自己头上去。

翁马见何云美理直气壮，想必那线装书就在他手里，既然如此，他也不要再多费那份心思了，便道，也好，既然《书林清问》在你这里，我就不找倪陈倪先生了。

何云美似乎犹豫了一下，但随即又神情坚定起来，说，你跟我走一趟，到那儿你就知道了。带着翁马到了他家的另一个住处，在一个旧式小区的二楼，一个小套。翁马估计这是何云美家从前的旧宅，后来改善了住房条件，老宅子也没有卖掉，想必是何云美存书的地方。翁马的猜测没有错，打开门一看，连小小的客厅里也排满了旧式的书橱，这些书橱都是自己打造的，质量粗糙，但是容量很大，从地板一直竖到天花板，真是顶天立地，不只四面沿墙摆满，屋子中央也整齐划列着一排排的书架。翁马说，哟，像图书馆啦。何云美说，多是多啦，不过多不过你家老头子。翁马说，那不一样，我父亲是开书店的，你这是私人藏书。说得何云美高兴起来，在书橱书柜中穿来行去，两根手指点着书，一本一本地划过来。翁马以为何云美是带他来找《书林清问》的，不由问道，这么多书，您记得放在哪里了吗？

何云美终于愣住了，脸也红了，过了好一会儿才说，你是说《书林清问》吗？然后他长长地叹了一口气，说道，要是真在我这儿，就好了。见翁马顿觉失落，又赶紧说道，那本书，当时大家都想要的。翁马说，哦，结果被倪陈先生买走了。何云美立刻否认说，不可能，他也没有买走。翁马说，那它在哪里呢，是谁买走的呢？何云美说，反正不是倪陈。话又绕了回去，翁马算是服了他，他才不要和他顶个什么真，说道，你一定不承认是倪陈先生的事情，那就算是你的事情，就算是你赊了我父亲的书，现在我找到你了，也不用你还钱了，这事情也算有个了结了，我会告慰父亲，让他安心了。何云美却又不依，说，听你的口气，十分不情愿，什么叫就算，说得这么勉强，好像是我强迫你认同似的，那不行。翁马说，那要怎样才行？何云美说，当然要有证据才行。

翁马说，证据我有啊，就是我父亲留下的那个纸条，上面写着倪陈和他的地址呢。何云美说，那才不是证据，小翁，你等着，我会把证据找出来给你的。

翁马回家往沙发上一坐，他的姿势他老婆就能看出些问题，问他说，你怎么了，今天工作不顺利？翁马懒得多说，摇了摇头，电话铃就响了，老婆去接了，是找翁马的，翁马过去一听，那人说，你是老翁的儿子小翁吧。翁马说，我是翁马，你是谁？那人不说自己是谁，只说，我听说你在找那个向老翁赊《书林清问》的人，你不能听信别人的误导，那个人是谁，我知道。翁马说，你是谁我还不知道呢。那人说，我去见你，见了你就知道我是谁。翁马说，那也不一定，谁搞得清楚你们这些事。他不想要这个人到他家里来，有一个何云美已经够烦人，他不想再来一个。那人见翁马不答复，改口道，如果去你家不方便，那我明天到你单位找你。翁马一听，头皮都发了麻，他单位的那些麻利忙碌的年轻同事，要是见到何云美之类的人物，小姐们恐怕都要晕过去了。所以赶紧说，方便的，方便的。那人高兴说，那太好了，我这就来。翁马再想问一下你在哪里，大概什么时候到，那边已经性急地挂了电话。

搁了电话跟老婆说，有个人要来，你准备个茶杯。老婆问是谁。翁马说，我也不知道是谁。老婆道，神经病。拿了个茶杯去洗。翁马也不知道打电话的那个人是在哪里打的电话，也不知道他什么时候能够到门上，正思忖着，门铃就响了，翁马想，动作倒快，像是在我家楼下打的电话哦。

开门一看，却是两个人，后面跟着的那个，正是何云美，前面这个中年人朝翁马说，小翁，我没喊他来，他自己硬要跟来的，你不能怪我。翁马见这人面熟，正要求问，何云美抢上来介绍说，他是小匡的儿子。小匡的儿子抢白他道，不用你介绍，我自己会说。又朝翁马道，我父亲是小匡，我就是小小匡。

翁马的老婆泡了一杯茶出来，才发现来了两个人，又重新再去泡茶，小小匡却说，你不用给他泡茶，他不算你家的客人。老婆朝翁马看看，觉得奇怪，心想翁马从哪里弄来这样的朋友。其实翁马也在奇怪，但他还是顾了何云美的面子，毕竟人家都这把年纪了，朝老婆说，他们开玩笑呢，你再泡一杯来罢。

那小小匡却不买账，他既不买倪陈的账，也不买何云美的账，坚持说赊老翁账的人，是他的父亲小匡。父亲赊了老翁的账以后，还一直说会还的，会还的，那不就说明了他没有还吗？何云美说，小匡也许说的是另一件事，赊的不是《书林清问》，而是另一本书呢。小小匡说，那你能证明你赊的就是那本线装书《书林清问》吗？手朝何云美一伸，道，你拿得出《书林清问》吗？何云美也不客气，也将手朝小小匡一伸，反问说，你拿得出？小小匡两手一摊，说，我拿得出就不用跟你在这里费口舌了。

翁马见这两人顶真，劝他们说，要不这样吧，就算我父亲有三本《书林清问》，你们一人赊了一本去，倪陈先生也赊了一本，这不就摆平了。

那两个人一听，急得跳了起来，异口同声道，这怎么可以，这怎么可以。翁马说，有什么不可以，又不是你们的书，是我父亲的书，该我说了算。那两人道，你说了不算的，不可能有三本《书林清问》，总共只有一本，是孤本，独一无二的。翁马道，既然知道是孤本，怎么会给三个人都赊了去呢。

小小匡一急之下，抓了翁马家的电话就往外打，叽里咕噜叽里咕噜说了一大堆话，但电话那边的人分明不赞同他的意思，小小匡更急了，额头上汗都冒了出来。何云美阴阳怪气道，抓了别人家的电话像自己家的。小小匡朝他了看了看，继续打。何云美又说，明明自己有手机。小小匡捂住话筒，指了指说，座机是市话，打手机什么代价？

翁马赶紧朝这两个人摆了摆手，说，算了算了，我不找了，你们走吧。这两个却急了，又不愿意走，又指责他不能完成父亲的心愿，又批评他不能坚持到底。翁马也急了，生气说，我要找的人是倪陈，不是你们。结果两个人同时说，我们认得倪陈，我们可以带你去找。

到得倪陈家，出来的当然不是倪陈，倪陈早已作古，是倪陈的孙子倪辉，翁马上前仔细一看，竟然就是《今日我城》的那个80后，倪辉看到他们，也不意外，说，又来了，坐吧。

翁马说，你知道我会来吧。那80后倪辉笑道，我哪里知道你会来，这个《长亭古道》里东西很多的，虽然它是一本早已经停刊的刊物，但许多人还都在里边呢。翁马想，这倒也是，我父亲在里边，你爷爷也在里边，这何云美，小匡，小小匡，都在里边，现在连我也跑到里边去了。

倪辉不急不忙说道，翁先生，我们这个家，你也看得出来，别说线装书，连现在的新书也很少。翁马说，你爷爷在的时候，家里书多吗？倪辉说，我爷爷在的时候，确实喜欢买书，而且他只买线装书，所以，他的这篇文章肯定是真实的，但是我爷爷还有一个习惯，买了线装书，过几天，就会送人，只要哪个说一声，哇，这是本好书，他就送给人家了。翁马说，原来是这样。倪辉说，至于我爷爷在你父亲店里赊的那本《书林清问》算不算是好书，是不是也送给谁了，到底是送给了什么人，我们一概不知道，反正家里肯定没有。

倪辉这么说了，翁马倒有点不好意思了，停了停，才说，其实，我也就是看到了那篇文章，试着找一找。当初你爷爷说是打过欠条，但是我父亲并没有把欠条交给我，也许你爷爷早就把书钱还了，是我父亲记错了。倪辉却说，既然你父亲临终前还记着这件事，说明我爷爷可能没还钱。这样吧，我们折算一下现金，我现在就还给你，事情就结束了。翁马还没来得及解释自己不是来要钱的，那两个人已经跳了起来，嚷道，你不能拿他的钱，那书不是他赊走的。

翁马说，我也不说话了，我不知道说什么，我把父亲的纸条带来了，你们自己看吧。遂将父亲留下的那张纸条拿了出来，大家上前一看，上面倒是有一个人的名字和地址，但却不是倪陈，也不是何云美，不是小匡，不是老翁自己，是一个谁都不认得的人。大家指翁马说，你看看，你也太粗心了，把纸条都搞错了。

80后倪辉又笑了笑说，其实我这里也有一张纸条，是我爷爷留下的，我爷爷临终前也向我交代过一件事情。爷爷有一位朋友，年轻时性情相投，十分要好，却始终不知道这朋友是干什么工作的，后来他们有了个约定，如果两人都能活到七十岁，那朋友就告诉爷爷自己的真实身份。结果他去了台湾，一去就是几十年，一直到爷爷活了七十岁，也没能见上面，甚至都没能联系上。这成了爷爷临终前最大的遗憾，爷爷将那人的姓名和出生年月写在纸条上，留了下来。爷爷走了多年后，那人回大陆来了，找到我家，向我家人兑现了当年对我爷爷的承诺，说明了自己的身份。爷爷的心愿总算了却了，最后我把爷爷的纸条拿了出来，那老人接了去一看，说，我姓名和年龄都是错的，他写的不是我吧。

又说，谁知道呢，也许他这上面写的才是我，而我知道的我才不是我呢。结果我们大家都跟着他笑了起来。

翁马听了后，顿了顿，问道，你那纸条呢？80后倪辉说，这些年搬了许多次家，纸条弄丢了，别说一张小纸条了，连家里的户口本，我爸我妈的结婚证都丢过。

何云美呵呵地笑了笑，小小匡道，纸条丢了，脑子总算还没有丢，事情还记得哦。80年倪辉道，脑子也不一定没丢哦。小小匡道，要是脑子也丢了，你怎么说得出这件事情？80年倪辉道，你怎么知道我说的这桩事情就是原来的那桩事情呢。小小匡说，那倒也是。

翁马揣着那张搞错了的纸条，没有再解释什么，也没有表现出自己的疑惑，就回家去了。

老婆正在家里等他，见到了，跟他说，你瞎忙什么呢。翁马说，你又不是不知道，父亲临终交代过的事情，我见有了点头绪，就去寻找，结果越找越乱，不找了。老婆笑道，你那样找不仅越找越乱，还越找越远。翁马听出些意思，朝老婆看了一眼，老婆手里捧着一本书，正是那本线装书《书林清问》。老婆说，就在爸爸的那口旧皮箱里。

生于黄昏或清晨

单位里一位离休老同志去世了。这是一件正常的事情。人老了，都会走的。但这一次的情况稍有些不同，单位老干部办公室的两位同志恰好都不在岗，小丁休产假，老金出国看女儿去了，单位里没人管这件事，那是不行的，领导便给其他部门的几个同志分了工，有的上门帮助老同志的家属忙一些后事，有的负责联系殡仪馆布置遗体告别会场，办公室管文字工作的刘言也分到一个任务，让他写老同志的生平介绍。这个任务不重，也不难，内容基本上是现成的，只要到人事处把档案调出来一看，把老同志的经历组织成一篇文字就行了，对吃文字饭的刘言来说，那是小菜一碟。

虽然这位老同志离休已经二十多年，他离开单位的时候，刘言还没进单位呢，但是刘言的思维向来畅通而速快，像一条高质量的高速公路，他只在人事处保险柜门口稍站了一会儿，翻了几页纸，思路就理出来了，老同志一辈子的经历也就浮现出来了。档案中有多年积累下来的各种表格，它们相加起来，就是老同志的一生了。这些表格，有的是老同志自己填的，也有是组织上或他人代填的，内容大致相同，即使有出入，也不是什么大的原则性的差错，比如有一份表格上调入本单位的时间是某年的六月，另一份表格上则是七月，年份没错，工作性质没错，只是月份差了一个月，也没人给他纠正，因为这毕竟不是什么大不了的事情。

本来这事情也就过去了，刘言的腹稿都打好了，以他的写字速度，有半个小时差不多就能完成差事了。他把老同志的档案交回去的时候，有片刻间他的目光停留在最上面的这张表格上了，表格上老同志的名字是张箫生，刘言觉得有点眼生，又重新翻看下面的另一张表格，才发现两张表格上的老同志名字不一样，一个是张箫声，一个是张箫生，又赶紧翻了翻其他的表格，最后总共出现了三个不同的版本，除张箫生和张箫声外，还有一个张箫森。刘言问人事处的同志，人事处的同志有经验，不以为怪，说，这难免的，以本人填的为准。刘言领命，找了一份老同志自己亲自填的表格，就以此姓名为准写好了生平介绍。

生平介绍交到老同志家属手里，家属看了一眼就不乐意了，说，你们单位也太马虎了，把我家老头子的名字都写错了，我家老头子，不是这个"声"，是身体的"身"。刘言说，我这是从档案里查来的，而且是你家老同志亲自填写的。家属说，怎么会呢，他怎么会连自己的名字都填错了呢。刘言说，不过他的档案里倒是有几个不同名字，但不知道哪一个是准的。家属说，我的肯定是准的，我是他的家属呀，我们天天和他的名字在一起，这么多年，难道还会错。刘言觉得有点为难，老同志家属说的这个"身"字，又是一个新版本，档案里都没有，以什么为依据去相信她呢？

他拿回生平介绍，又到人事处把这情况说了一下，人事处同志说，这不行的，要以档案为准，怎么能谁说叫什么就叫什么呢，那玩笑不是开大了。刘言说，可即使以档案为准，老同志的档案里，也有着三种版本呢。人事处同志说，刚才已经跟你说过这个问题了，你怎么又绕回来了呢？刘言的高速公路有点堵塞了，他挠了挠头皮说，绕回来了？我也不知怎么就绕回来了，难怪大家都说，机关工作的特点，就是直径不走要走圆周，简单的事情要复杂化嘛。人事处的同志笑了笑，说，你要是实在不放心，不如到老同志先前的单位再了解一下，他在那个单位工作了几十年，调到我们单位不到两年就退了，那边的信息可能更可靠一点儿。

刘言开了介绍信就往老同志先前的单位去了，找到老干部处，是一位女同志接待他，看了看介绍信，似乎没看懂，又觉得有些不解，说，你要干什么？刘言把事情经过简单说了，女同志"噢"了一声，说，我也是新来的，不太熟悉，我打个电话问问。就打起电话来，说，有个单位来了解老张的事情，哪个老张？她看了看刘言带来的介绍信，说，叫张箫声，这个"声"，到底对不对，到底是哪个sheng(shen、seng、sen)，是声音的声音，还是身体的身？还是……她看了看刘言，刘言赶紧在纸上又写出两个，竖起来给她看，她看了，对着电话继续说，还是森林的森，还是生活的生……什么？什么？噢，噢，我知道了，原来是这样。女同志放下电话，脸色有点奇怪，有点不乐，对刘言道，这位同志，你搞什么东西，老张好多年前就去世了，你怎么到今天才写他的生平介绍？刘言吓了一跳，说，怎么可能，张老明明是前天才去世的，我们领导还到医院去送别了他呢。女同志半信半疑地看了看他，最后还是相信了他的话，说，肯定老胡那家伙又胡搞了。他以为女同志又要打电话询问，结果她却没有打，自言自语说，一个个信口开河，胡说八道，谁都不可靠，还是靠自己吧。就自己动手翻箱倒柜找了起来，翻了一会儿，才发现了自己的问题，停下来说，咦，不对呀，他人都已经调到你们那里了，材料怎么还会在我这里？刘言说，我不是来找材料的，我只是来证实一下他的名字到底是哪一个。女同志说，噢，那我找几个人问问吧。丢下刘言一个人在她的办公室，自己就出去了。这个女同志有点大大拉拉，刘言却不想独自待在陌生人的办公室里，万一有什么事情也说不清，就赶紧跟出来，看到女同志进了对面一间大办公室，大声问道，张箫声，张箫声你们知道吗？大家都在埋头工作，被她突然一叫，有点发愣，闷了一会儿，有一个人先说，张箫声，知道的，是位老同志了，什么事？女同志说，走了，名字搞不清，他现在的单位来了解，他到底叫张箫哪个"sheng(shen、seng、sen)"。另一个同志说，唉，人都走了，搞那么清楚干什么，又不是要提拔，哪个"sheng(shen、seng、sen)"都升不上去了。女同志说，别搞了，人家守在那里等答案呢。大家就七嘴八舌地说起来，说什么的都有，但好像都没有什么依据，有分析的，有猜测的，有推理的，不一会儿，大伙儿给老同志名字的最后一个字，又添加了好几个新版本，有一个人甚至连肾脏的肾都用上了。女同志头都大了，说，哎哟哎哟，人家就是搞不准，才来问的，到咱们这儿，给你们这么一说，岂不是更糊涂了？刘言也觉得这些人对老同志也太不敬重了，说话轻飘飘的，好像老同志不是去世了，而是坐在办公室里等着大家调侃呢。

女同志一喳哇，大家就停顿下来，停顿了一会儿，忽然有个人说，是老张吗？是张箫sheng(shen、seng、sen)吗？我昨天还在公园里遇见他的呢，怎么前天去世了呢？女同志惊叫一声说，见你的鬼噢！另有一个女同志失声笑了起来，但笑了一半，赶紧捂住嘴。先前那人想了半天，才想清楚了，赶紧说，噢，噢，我收回，我收回，我搞错了，昨天在公园里的不是他，是老李，我对不起。于是大家纷纷说，也没什么对不起的，时间长了就这样。这些老同志退了好多年，平时也见不着他们，见了面也不一定记得，搞错也是难免的。

刘言不想再听下去了，悄悄地退了出来，那女同志眼尖，看见了，在背后追着说，喂，喂，你怎么走啦？可是你自己要走的，回去别汇报说我们单位态度不好啊。刘言礼貌道，说不上，说不上，跟我们也差不多。

刘言重新回到老同志家，看到老同志的遗像挂在墙上，心里有些不落忍，对他家属说，还是以您说的身体的"身"为准吧。老同志家属说，果然吧，肯定还是我准，如果我都不准，还有什么更准的？刘言掏出生平介绍，打算修改老同志的姓名，不料却有一个人出来反对，她是老同志的女儿。女儿跟母亲的想法不一样，女儿说，妈，你搞错了，我爸的"sheng"字是太阳升起来的"升"。她妈立刻生起气来，当场拉开抽屉，拿出户口本来，指着说，在这儿呢。刘言接过去一看，张箫身，果然不差。刘言以为事情终于可以告一段落了，可是那女儿却也掏出一个户口本来，说，这是我家的老户口本。两个户口本的封皮不一样，一个是灰白色的硬纸板封皮，一个是暗红色的塑料封皮，一看就知道是时代的标志和差异。但奇怪的是，母亲拿的是新户口本，女儿拿的反而是老户口本。刘言说，你们换新本的时候，老本没有收走吗？那女儿说，我们不是换本，我们是分户，我住老房子，所以收着老本，老本上，我爸明明是张箫升，升红旗的升。老太太仍然在生气，说，反正无论你怎么说，老头子是我的老头子，不会有人比我更知道他。女儿见妈不讲理了，说话也不好听了，说，难道你亲眼看见我爷爷奶奶给我爸取名的吗？老太太说，哼，一口锅里吃了六十多年，就等于是亲眼看见一样。女儿说，就算亲眼看见，都八十多年了，说不定早就搞浑了。老太太气得一转身进了里屋，还重重把门关闭了。

刘言手里执着那份生平介绍，陷入了僵局，不知该怎么办了。那女儿却在旁边笑起来，说，咳，这位同志，别愁眉苦脸的，没什么为难的，你就按我妈说的写罢。刘言说，那你没有意见，你不生气？那女儿说，咳，我生什么气呀，哪来那么多气呀，我也就看不惯我妈，样样事情都是她正确，我得跟她扭一扭，现在扭也扭过了，至于我爸到底是"声"还是"身"还是"升"，人都不在了，管那还有什么意思呢。刘言如遇大赦，正要改写，忽见那老太太又出来了，手里举着几张证件，说，搞不懂了，搞不懂了。

原来老太太被女儿一气之下，就进里屋找证据去了，结果找出来好些证件，有身份证、工作证、医疗证、离休证，老年证，乘车证等等，可是这些证件上的名字，居然都不统一。老太太气得说，怎么搞的，怎么搞的，这些人，不像话。那女儿却劝她妈说，妈，你怎么怪别人呢，你自己平时就没注意没关心嘛，你要是平时就注意就关心了，错的早就改了嘛。老太太说，改？这么多不同的字，照哪个改？那女儿嘻嘻一笑，说，照你的改罢。老太太这才把气生完了，看着刘言按照她的说法改了老张的全名叫张箫身，接过那生平介绍，事情算是办妥了。

刘言回到单位，把这遭遇说给大家听，大家听了，说，刘言你这么认真干吗，人都不在了，搞那么准，有必要吗？另一同事说，你追查清楚了想干什么呢，告慰老张吗？又说，你可别告慰错了，弄巧成拙。刘言想辩解几句，但想了半天，却不知道该辩解什么，也不知道该替谁辩解，最后到底也没有说出一句话来。

那天回家，刘言把自己的几件证件找出来，一一核对，不同证件上自己的名字是完全一致的，这才放了点心。但是老婆觉得奇怪，问他干什么，刘言说，我看看我的名字。老婆更奇了，说，这有什么好看的，名字生下来就跟着你了，难道今年会换一个名字？刘言既然心里落实了，也就没再吱声。

不几日就到清明了，刘言带着老婆女儿回家乡上坟，遇到一老乡，咧开嘴朝他笑。他认不出老乡了，但看着那没牙的黑洞洞觉得十分亲热，但也有点不好意思，便也笑了笑，点点头，想蒙混过去。不料老乡却亲热地挡住他，说，小兔子，你回来啦？女儿在旁边"咻"的一声笑了出来，说，哎嘿嘿，小兔子，啊哈哈，小兔子。越想越好笑，竟笑疼了肚子，弯着腰在那里"哎哟哎哟"地喊。刘言愣了一会儿说，大叔，你认错人了，我不是小兔子。老乡说，你怎么不是小兔子，你就是小兔子，你打小就是小兔子。刘言说，我排行第四，所以小名就叫个小四子。那老乡说，我不是喊你小名，你是属兔的，所以喊你小兔子。刘言"啊哈"了一声，说，果然你记错了，我不属兔，我属小龙。老乡见他说得这么肯定，也疑惑起来，盯着他的脸又看了一会儿，说，你是老刘家的老四吗？刘言说，是呀。老乡一拍巴掌道，那不就对了，就是你，小兔子，你小时候都喊你小兔子。刘言说，我怎么不记得了。老乡奇怪说，你们从乡下人变成城里人，难道连属相都要跟着变吗？刘言说，我可没有变，我生下来就属小龙的。老乡也不跟他争了，喊住路上另外两个老乡，问道，老刘家的老四，属什么的？那两老乡也朝刘言瞧了几眼，一个说，老刘家老四，属狗的，小时候叫个小狗子。另一个说，不对不对，老四属猴。刘言赶紧说，小时候叫个小猴子吧。他老婆和女儿都笑得前抑后仰，说，不行了，不行了，肚子要断掉了。老乡不知道她们俩笑的什么，感叹说，城里人日子好过，开心啊。

　　刘言也不再跟他们计较了，上了坟就赶紧到大哥家去。他兄弟四个，只有大哥一家还在农村，俩兄弟到饭桌上，先洒了点酒在地上祭了父母，然后就喝起来。大哥寡言，喝了酒也不说话，刘言代二哥三哥打招呼说，本来他们也是要回来的，因为忙，没走得成。大哥说，忙呀。刘言又说，不过他们都挺好的，让大哥放心。大哥跟着说，放心。刘言说一句，大哥就跟着应一句，刘言不说话，大哥也就不做声，就好像刘言是大哥，而大哥是老四似的。后来大嫂过来给刘言斟酒，说，老四啊，明年是你大哥的整生日，做九不做十，今年就要做了，你跟老二老三说一下。大哥说，哎呀。意思是嫌大嫂多事，但大哥话没说出口来，刘言也没听进耳去，因为刘言心里被"整生日"这说法触动了一下，说，大哥，你都六十啦。本来他已经把路上那老乡的事情丢开了，但喝了喝酒，又听到说大哥六十了，就觉得那岁月的影子还在心里搁着，一会儿就隐隐地浮上来，一会儿又隐隐地浮上来，忍不住说，大哥，你属什么的？大嫂笑道，老四你做官做糊涂啦，你跟你大哥差十二岁，同一个属相。刘言说，属小龙。大嫂说，咦，哪里是小龙，属大龙的。刘言说，奇了，我一直是属小龙的呀。大嫂说，噢，也可能你小时候给搞差了吧。见刘言有点懵，又劝说，老四，没事的，小时候搞差的人多着呢，我姐的年龄给搞差了五岁呢，也不照样过日子。口气轻描淡写。还是大哥知道点儿刘言的心思，说，城里人讲究个年龄，不像乡下人这样马马虎虎。大嫂有点儿不高兴，说，那就算我没说，老四你该几岁还几岁，该属什么还属什么。大家就没话了。

　　离了大哥家，刘言三口人到乡上的旅馆住下。那娘儿俩嫌刘言打呼噜，便合睡一间，让刘言单独睡一间。刘言夜里听到乡下的狗叫，想起小时候的许多事情，结果就梦见了母亲。刘言赶紧问道，娘，老四是属小龙的吧。母亲笑眯眯的，眼睛雪亮，说，生老四的时候，天气好热，天都快黑了，还没生下来，后来就点灯了，也巧了，一点灯，就生了。刘言说，娘，你记错了吧，我是冬天生的，早晨七八点钟，太阳升起来的时候。母亲摇了摇头，转身就走了。刘言急得大喊，娘，你不能走，你走了，我再也不知道我是什么时候生的了。可是母亲还是头也不回地走了。刘言大哭起来，把自己哭醒了。好半天才回过神来，心里悠悠的，摸不着底。看看窗外，天已亮了，乡镇的街上已经人来人往了。刘言起来到隔壁房间门口听了听，那娘儿俩还睡着呢。刘言给老婆发了一个短信，自己就出来了。

到得街上，打听到乡派出所，刘言进去一看，已经有很多人来办事了，围着一张办公桌，吵吵嚷嚷的，他插上去探了一脑袋，那守在办公桌边的警察朝他看看，说，排队。又看他一眼说，你是外面来的？刘言赶紧说，是，是。警察说，那也得排队。刘言空欢喜了一下，发现大家都朝他看，有点尴尬，往后退了退，心里着急，这么多人，也不知道要等多长时间才轮到他。在后边站了站，听出来警察正在断事情呢，听了几句，觉得这警察虽然歪瓜裂枣、其貌不扬，说话倒是很在理，很有水平，也很利索，刘言干脆安下心等了起来。

两个老乡争吵，是为了一头猪，说是一家的猪跑到了另一家的猪圈去了，怎么也不肯回去，后来硬拖回来了，总觉得不是他家那头，咬定邻居偷梁换柱，又上门去闹，结果打起来，一个打破了头，一个撕破了衣裳。警察听了，问道：猪呢？那两人同时说，带来了，在院子里等着呢。警察就离了办公桌往外拱，大家自觉地让出一条道，除了那俩当事人，无关的人也一起出来围在院子里，那两猪果然被牵在树上。警察朝那两猪瞄了一眼，笑了起来，说，嚯，真像呐，难怪分不出来了。那逃跑的猪的主人指着其中一头猪说，喏，这是我家的。说过之后，却又怀疑起来，挠了挠脑袋，说，咦，是不是呢？警察说，你自己都分不清，怎么说人家偷换了呢。那老乡上前抓住猪的一条腿，扯了起来，神气地说，看吧，我做了记号的。一看，果然猪腿上扎了一根红绳子，因为沾满了猪粪，黑不溜秋，不仔细看是看不出来的。警察说，这猪是你的？那老乡说，本来是我的，逃到他家去了，他又还给我了，但我看来看去，觉得不是它。警察问另一老乡，你说呢。那一老乡委屈说，他说他做了记号的，记号明明在他猪身上，他却又不承认。这一老乡说，谁晓得呢，猪在你家圈里待了两天，不定你把记号换过来了。警察说，你有证据吗？老乡说，我有证据就不来找你了。警察说，找我我也是要找证据的，证据就是这猪腿上的这根绳子，既然这根绳子在你这猪腿上，这就是你的猪，你服不服？老乡偏着脑袋，说，我不服。警察说，那你的意思是什么呢，你觉得那猪是你的？老乡被问住了，走到那猪跟前，蹲下来，仔仔细细地看来看去。警察说，看够了没有，它是不是你的猪？老乡说，我吃不准，反正，反正，我心里不踏实。警察说，你是觉得你那猪变小了，变瘦了？老乡说，小多了，瘦多了。警察说，你是想要胖一点儿的那猪？老乡说，那当然，我猪本来就比他猪胖。警察说，那你觉得它们俩哪个胖一点儿？老乡又朝两头猪看了半天，也看不出来哪个更胖一点儿，说，我眼睛看花了。警察指了其中一头说，喏，这头胖一点儿。那老乡不依，说，我怎么觉得那头胖。警察说，弄杆秤来。刘言起先以为警察在挖苦他们，哪里想到真有人弄了秤来，是个带轮子的秤，轰隆轰隆地推过来，把猪绑了抬上去称，在猪的撕心裂肺杀猪般的叫喊声中，两猪分量称出来了，它俩商量好了似的，居然一般重。警察笑道，随你挑了。那老乡还是不依，说，分量虽是一样重，但肉头不一样，我家的猪吃得好，他家的猪吃的什么屁。给猪吃屁的那老乡见两头猪一般重，就想通了，不恼了，说，换就换吧。就把腿上带绳子那猪牵到自己手里。给猪做记号这老乡换了一头猪之后，牵着猪走了几步，又觉不靠谱，说，这是我的猪吗？警察骂道，你就是个猪。老乡说，你警察怎么骂人呢。警察说，你连自己是什么你都搞不清，还来搞猪的身份。这老乡不做声了，朝着被别人牵走的那头猪看了又看，有点依依不舍，说，我们还是换回来吧。那老乡好说话些，说，换回就换回。两人重又交换了猪。警察又笑道，白忙了吧。

　　两个人和两头猪走了以后，下面轮到的是一桩不养老的事情，一个老娘，两个儿子，都不肯养老，老大老二各自有新房子，老母亲住在旧屋里，七老八十了，没有生活来源。警察说，老大出二百，老二出一百。结果两个儿子均不承认自己是老大。问那老母亲，哪个是老大，老母亲老眼昏花，支支吾吾竟然连哪个是大儿子都说不清。警察恼了，说，两个儿子，不分大小，一人二百。两个儿子不服，说，这事情不该你警察管，该法官管。警察说，那你们找法官去。两儿子说，找法官也没用。警察说，知道没用就好，走吧走吧，一人二百。两儿子又互相责怪起来，言语难听，不过没动手，最后还是领了警察的命令走了。那老母亲蹒跚地跟在后面，撵不上两个儿子，喊着，等等我，等等我。

轮到刘言的时候，警察已经很辛苦了，但仍然认真地听了刘言的话，说，你想要证明一下自己的年龄？又说，你身份证丢了吧？刘言说，身份证没丢。警察怀疑地看看他，说，身份证没丢？拿来我看看。刘言拿出身份证交给警察，警察一看，笑了起来，你要查出生年月日，这上面不就是你的出生年月日。刘言说，可是这次我回乡，老乡说我是属兔子的，又说是属大龙的。警察说，老乡的话你也听得？刚才你都见了吧，猪也分不清，老大老二也分不清，他们还想搞清你属什么？刘言说，不是他们想搞清，是我自己想搞清。警察说，笑话了，你自己的年龄你自己都不知道，那你自己是谁你知不知道呢？刘言同志，你可是有身份证的人，你可是有身份的人噢。刘言说，可有时候身份证上的信息并不可靠。警察说，身份证都不可靠，什么可靠呢？刘言说，所以我想来了解一下，就是我小时候家里头一次给我上户口时到底是怎么写的，到底是哪一年哪一月哪一日。警察听了，沉默了一会儿，眼神渐渐地警觉起来了，说，你查自己的年龄干什么，想把年龄改小是吧？少来这一套，你这样的人我见多了，要提干升官了，把你娘屙你出来的时辰都敢改掉，不过你别想在我这儿得逞。刘言说，我不是要改小，也不是要改大，只是要弄清楚自己到底属什么，查清楚了，说不定是要改大呢。警察惊讶说，改大？那你岂不傻了，改大了有什么好处？现在当官进步，年龄可是个宝，万万大不得，别说大一年两年，不巧起来，大一天两天都不行。刘言说，我不是要改，我只是想弄清楚了。警察听了，又想了一会儿，理解了刘言的心情，同情地说，倒也是的，一个人连自己的出生年月日都搞不准，那算什么呢。刘言赶紧道，是呀，警察同志，就麻烦你替我查一查吧。警察说，你知道我这派出所管多少人多少事，要是什么烂事都来找我，我不叫派出所，我叫垃圾站得了。警察虽然啰里啰唆，废话不少，但还是起了身朝里边走，嘴里嘀咕说，我去查，我去查，几十年前的存根，在哪里呢。

刘言感觉就不对，果然那警察刚一进去就出来了，脸色很尴尬，说，对不起，那些存根不在这里，我大概翻错了地方。刘言想，我几乎就料到你会这么说。话没出口，感觉有人在拉扯他的衣服，回头一看，女儿不知什么时候已经站到了他的身后，老婆也跟来了，站在一边，抿着个嘴笑。刘言被女儿拉着揪着，分了心，眼睛也花了。再看警察时，就觉得警察的脸很不真切，模模糊糊的，刘言顿时就泄了气，他是指望不上这个认真而又模糊的警察了，他也不想证明自己到底是大龙小龙还是小兔子了，跟着女儿就往外走。那警察却不甘心，在背后喊道，哎，哎，你怎么走了？你等一等，我帮你查。刘言说，算了算了，我不查了。警察说，不查怎么行，一个人连自己的出生年月都搞不清，那算什么？刘言说，我搞得清，身份证上就是我的出生年月。警察说，身份证也有出错的时候。他见刘言执意要走，有些遗憾，最后还顽强地说，那你留一个联系电话吧，等我空一些，一定帮你查，查到了我会立刻打电话告诉你。眼睛就直直地盯着刘言手里的手机，刘言只得留下了手机号码。

一家人往外走的时候，有一个老乡正在往里挤，边挤边大声叫喊，钱新根，钱新根，你不要老卯钱新根。那警察说，我老卯怎么啦。刘言才知道这警察叫钱新根。那老乡说，钱新根，你再老卯，我就把你捅出来。警察说，你捅呀，你有种现在就捅。那老乡见钱新根无畏，反而缩退了，口气软下来，大喊大叫变成了小声嘀咕，说，你以为我不敢？你以为我不敢？警察说，我正等着你呢。刘言三人走出了派出所的院子，后面的话，也就听不清了。

开车回去的路上，老婆和女儿对乡下人的这些可笑之事，又重新笑得个人仰马翻的。刘言心里不乐，想起单位里刚去世的老同志张箫 sheng(shen、seng、sen)的事情，说，你们也别这么嘲笑人家，有些事情，并不是城里人和乡下人的区别。老婆和女儿不知道他的遭遇，所以不理解他的心思，不同意他的说法，说，城里没见过这等事，下乡来才见到。

快到家的时候，刘言接到学校老师的电话，喊家长到学校去谈话。刘言问女儿在学校犯什么错了，女儿说，我犯什么错，我才不犯错，喊你们去是表扬我呢。刘言跟老婆商量谁去，老婆说，那老师年纪不大，倒像更年期了，说话呛人，我不去。

就只好刘言去了，老师告诉刘言，他女儿把学校填表的事情当儿戏，一式两份表格，父亲的职务级别居然不同，一份填的是科长，一份填的是处长。老师说，刘先生，你有提拔得这么快吗？在填第一张表格和第二张表格的时间里，你就由科长当上处长了？刘言目前既不是科长，也不是处长，是个副处长，熬那处长的位置也有时间了，没见个风吹草动，正郁闷呢，女儿倒替他把官升了。

刘言回家责问女儿捣什么蛋，女儿说，噢，我没捣蛋，一不留神随随便便就写错了罢。刘言批评说，你也太没心没肺了，表格怎么能随便瞎填呢。女儿不服，说，这有什么，填什么你不都是我爸？又说，你还说我呢，你自己又怎么样，从来不出差错吗，小兔子同志？刘言一生气，说，你怎么不把自己的生日填错呢。老婆在一边替女儿抱不平了，说，刘言你吃枪子了，女儿的生日怎么会错？她又不是你，她的出生证就在抽屉里，你要不要再看一看。刘言火气大，呛道，那也不一定，医院也有搞错的时候。老婆见刘言平白无故发脾气不讲理，性子也毛躁了，言语也呛人了，说，那医院还会犯更大的错呢，护士还会抱错孩子呢，你还可以怀疑她不是你亲生的，你要不要去做个亲子鉴定啊？刘言投了降，说，算了算了。

过了些日子，刘言的一个朋友过生日，办个生日派对，刘言去了，就问那朋友，你这生日，这年这月这日，最早是谁告诉你的？朋友愣了半天，说，咦，你这算什么问题，生日当然是从父母那里知道的啦，难道你不是？刘言说，我父母都不在了。朋友又愣了愣，捉摸不透刘言要干什么，说，怎么，父母不在了，生日就不是生日啦？刘言说，趁你父母健在，赶紧回去搞搞清楚，父母说的话，未必就是真相啊。朋友说，生你养你的人，怎会不知道真相啊？刘言说，最真实的东西也许正是最不真实的东西。朋友见他神五神六，不理他了，忙着去招呼其他人。一位来参加派对的客人听了他们的对话，又看了看刘言，说，刘言，你好像话里有话嘛。刘言说，你呢，你的生日你是怎么知道的？你父母告诉你的吗？这客人说，我家户口本上写着呢。刘言说，你那户口本是哪里来的呢？这客人翻了翻白眼，撇开脸去，不再和刘言搭话了。

大家喝酒庆生，刘言喝了点酒，指着过生日的朋友说，今天真是你的生日吗？朋友见刘言一而再再而三地对他的生日提出异议，不满道，刘言，你什么意思？刘言又说，你能肯定你真是今天生出来的吗？你能肯定你这几十年日子是你自己的日子吗？你真的以为你就是你自己吗？你有没有想过，你辛辛苦苦努力的，可能根本就不是你的人生呢。大家都被刘言的话怔住了，怔了半天，有一个人先回过神来了，一拍桌子大笑起来，指那过生日的朋友说，啊哈哈哈，原来你是个私生子啊？朋友气得不行，手指着刘言，有话却说不出来，憋得嘴唇发紫发青。大家赶紧圆场，说，喝多了喝多了，刘言喝多了。也有人说，奇了奇了，从前他再喝三五个这么多，也不会醉。还有人说，废了废了，刘言废了。

其实刘言并没有喝多，他只是听到大家左一口生日快乐右一口生日快乐，句句不离生日，搞得跟真的一样，心里犯冲，就觉得"生日"那两字很陌生，很虚无，他不能肯定到底是谁在过生日，也不能肯定这生日到底是谁的，便借着点酒意发挥了一下，让自己逃了出来，逃离了那个不真切的、模糊的、虚幻的"生日"。

刘言走出来的时候，手机响了，是一个陌生的号码，那个人说，刘先生你好，我就是那个警察呀。见刘言不回答，那警察又说，刘先生你忘记我了？我就是乡下那个叫钱新根的警察，其实我又不是那个叫钱新根的警察。刘言说，你帮我查到出生年月日了吗？警察说，我打电话给你，就是要跟你说一声对不起，我现在不当警察了，不过不是因为我干得不好，是因为我是个冒名顶替的。刘言说，原来警察也是假的。那警察说，也不能算是假的噢，钱新根是我的堂兄，他部队转业回来，上级安排他当民警，开始他答应了，后来又不想干了，要出去混，可是放弃警察又太可惜，就让我去顶替了，我是他的堂弟，长得很像的。刘言说，你被发现了？那警察说，我不是被发现的，我堂兄在外面混不下去，又回来要当警察了，就把我赶走了，我下岗了。刘言说，荒唐。那警察说，不荒唐的，只可惜我没有来得及替你查到出生年月，其实我已经快要接近真相了，我已经知道那些存根在哪里了。刘言说，那些存根就很可靠吗？也许当初就有人写错了呢。那警察说，所以呀，所以说很对不起你，我正在争取重新当警察，以后如果能够重新当上，我一定替你寻找证明，我一定查出你的真正的不出一点儿差错的出生年月日。刘言说，你不叫钱新根，你叫个什么呢。那警察说，我叫钱新海，跟我堂兄的名字就只差一个字。刘言听了，眼前就浮现出那警察的面貌来，心里有些苍凉，说，谢谢你，钱新海，就挂断了手机。

接头地点

马四季大学毕业，留在本地找了份工作，后来因为买不起婚房，女友成了别人的女友，跟着别人到别的城市去了，丢下马四季一个人孤零零地生活在一个远离家乡的城市。他逛过许多大街小巷，看到许多高楼大厦，看到一扇又一扇的窗户，但没有一扇是属于他的。

马四季抬头仰望着那些窗户，在自己心里反复念叨，房子，再见；窗户，再见。马四季决定不再去想房子，没有房子，他照样要活出个人样来。他又想，只要能活出个人样来，就自然会有房子。然后他又痛恨自己没出息，怎么想着想着又想到房子，不想房子还真不行？

马四季长着记性，坚决与想念房子的心思决绝，他最后终于给自己找到了一个可以暂时忘记房子、远离房子的机会。

这条消息登在报纸上，是一条较大的新闻消息，虽然不像售房广告那样花里胡哨，却用了大号的字体做标题，十分醒目。说的是市里的组织部门招聘大学生到落后地区当村官，除了有比较可观的固定工资，吃住全免，干满三年，可以返还大学学费，干得好的，有希望提拔到乡镇，当个编外干部，再努力走下去，也许还有机会进编，当正式的干部。

马四季根据报纸上提供的地址，找到了这个负责安排大学生去当村官的部门，这地方到底不一样。马四季一进办公室，接待他的一位干部就笑容可掬地迎了上来，对马四季客气得不行，又是泡茶，又是让座。那干部是个中年人，比马四季大多了，差不多可以当他的爹，却像个跟班似的围着马四季转来转去，好像怕伺候不好马四季，又像是怕马四季跑了似的。

马四季没有跑，他当场登记了表格，就回去等通知了。

通知来得真快，一个星期以后，马四季就和一群未来的大学生村官到党校短训班报到，培训一个星期，学习结束的时候，马四季已经被任命为村支部副书记了。

马四季大三的时候，辅导员问他要不要入党，他开始既没想入，也没想不入，觉得可入可不入。可辅导员说，你就入一个吧，三年了，我们班总共才发展两个党员，太少了，受批评了，你帮帮忙，凑个数吧。马四季是个好说话的人，就答应了辅导员，先打报告，很快开支部会通过，然后校党委批准。一年预备期满的时候，正是马四季拿着自己的简历到处奔投的时候。他的简历写得并不简，把能够想到的优点都写上了，但仍然被人扔来扔去，不当一回事。

马四季几度碰壁后，有点急了，再交简历的时候，就多强调了一句，说，我是党员呐。收简历的人朝他看看，又看看表格，表情淡然地说，你这上面写着呢。完全没有对党员网开一面的意思。马四季泄气地想，早知这样，入什么党嘛。后来看看几个没入党的同学，也和他一样，像掐了头的苍蝇，在临时搭建起来的招聘会的大棚子里毫无方向地胡乱飞舞，个个撞得鼻青脸肿的。马四季就又把问题想回来了，既然入党和不入党都一样，入就入了，罢了。

不过现在马四季的心情可不一样了，他心怀感激地回想起辅导员。他毕业以后就没有跟辅导员联系过，总是想等事业、爱情都踏实下来再给辅导员报个信。现在总算是有个着落了，何况这里边还有辅导员动员他入党的一份功劳呢。他打了辅导员的手机，手机是通的，但没有人接，马四季想也许过一会儿电话会回过来，但始终没有电话回复过来。

马四季原以为会有一个比较隆重的仪式，比如市委要开个欢送会啦，戴红花敲锣打鼓之类，结果却没有。只是在短训班结束那天，市委组织部一位部长来讲了一段话，话很简短，意思也简明扼要，说，大家都是准备到基础去锻炼、去吃苦，去为基层、为农民服务的，所以一切从简、务实，不搞形式，大家就一竿子下到底，带上介绍信就走人。

部长知道大学生们有些疑惑，又解释说，大学生当村官要形成一种制度，成为一种长期行为。所以，现在的方针政策是成熟一批就下去一批，不等待，不搞特殊化，当上村官的大学生，要立马给自己换位，不要再把自己当成大学生，要把自己当成农民。

这就对了，如果你是一个农民，你要到农村去，谁会给你开欢送会呐。

这一批大学生，就这样简单地下乡去了。但是他们手里的介绍信，是开到县委组织部的，所以还不能真正做到一竿子下到底。他们先到县委组织报到，县委组织部收掉了市委的介绍信，再重新开出新的介绍信将他们介绍到不同的乡镇。

本来马四季这一个班，也有几十号人，虽不算很多，但聚在一起时，热热闹闹，也算有点规模。等到分了下去，到了县里，人就少多了，又再分到乡镇，就更稀拉了。马四季所到的这个乡，只有他一个人，他在县长途汽车站和另几位村官分头坐上开往乡下的长途车，挥手道别时，感觉到孤单了。

到了乡里，先找到组织委员，组织委员告诉马四季，他还不能马上下到村里，得等上一两天，因为书记出差了，要等书记回来跟他谈过话，才能到村里去报到。组织委员安排马四季先在乡政府招待所住下。见马四季面露焦急之色，组织委员跟他说，下到村里以后，有你忙的，先忙前偷闲安逸一两天也罢。

马四季住下后，还是有些不安，他不是来贪图安逸的，他是来干事业的，他还指望好好干，干出个前途来呢，所以他不能坐等，只在乡政府招待所的床上坐了一屁股，就揣上钥匙出来了。

马四季要去的这个村子叫赖门头村，他在组织委员的办公室里已经留了个心，办公室的墙上有张本乡地图，他已经在那上面找到了赖门头村，在这个乡的西北角，马四季这会儿便朝着西北角去了，早一天进入村子，就能早一天熟悉工作，早一天熟悉工作，就能早一天有收获，早一天有收获就……反正，马四季没有等书记回来谈话，就先去寻找赖门头村了。

按照马四季对于地图的目测和判断，赖门头村离乡镇并不太远，可是他一路走下去，始终没有看到路边有赖门头村的标牌，问了几个路人，都说不知道赖门头村在哪里，而且说话的语气态度都很不好，说，赖门头村？什么赖门头村，不知道的。或者说，赖门头村？没有的。也或者说，赖门头村？没听说过。他们气冲冲地说过之后，扭头转屁股就走，毫不客气地抛下马四季站在那里落个老大的没趣。

马四季有些奇怪，他问讯的这几个人，看上去明明就是本地的农民，听口音也能听出来，怎么就不知道这附近有个赖门头村呢。马四季再问人的时候，先留个心，说，你是本地人吗，那人说是，马四季再说，那你肯定知道赖门头村就在附近吧。那人却恼了，说，你凭什么说我肯定知道赖门头村，我根本就不知道赖门头村。马四季又吃了一闷棍，心下更疑惑了，但同时他调整了自己的提问方式，再问另一个人的时候，他说，你们这里是赖门头村的隔壁村吧。那人同样恼得唾沫星子直飞，说，你才是赖门头村的隔壁邻居呢。马四季按捺住性子，想了想，又换了一个问法，说，赖门头村快到了吧？那农民依然和其他农民一样生气和生硬，说，不知道。

马四季几乎无路可走了，横了横心，走到一个村口，拉住一个人就硬装斧头柄说，你们这里就是赖门头村吧？那人瞪他一眼，干脆骂起人来了。

话就越说越粗，人也越来越不礼貌了，马四季一路寻下来，收罗了一筐莫名其妙的气话，没得到任何有用的信息，甚至都没有一个人告诉他，赖门头村还远着呢，你再往前走吧。

马四季起先被这些人搞得一头雾水，两眼一抹黑，但后来他渐渐地发现了他们的一个共同之处，一个个都和赖门头村有着深仇大恨似的，一提到赖门头村，气就不打一处来，恨不得像毒蛇那样牙齿缝里都要喷出毒汗来，把个赖门头村给毒死了才好。

快傍晚了，马四季灰溜溜地回来了，嘴干舌燥的，赶紧想进房间喝口水，却见组织委员守在门口等他，说书记提前回来了，到处找他找不着。马四季也没敢说自己去找村子了，赶紧跟了组织委员到书记办公室，书记和他握了握手，说，来啦。马四季说，来了。书记的电话就响了，书记朝马四季做了个手势，就接电话，一接电话，电话那头声音很响，把书记的耳朵都震痛了，脸涨得通红，骂人说，你娘聋啦。

放下电话，书记朝马四季看看，似乎想起了什么，站起来，走到马四季身边，又跟他握了握手，说，谢谢！这回马四季还没来得及说什么，书记的电话又响了。书记接电话骂道，叫驴啊！这边的话还没说开，那桌上搁着的手机又响了，书记另一只手又去抓手机，嘴里仍然骂骂咧咧。

组织委员朝马四季挤了挤眼，就往外走，马四季愣了片刻，也跟了出来，组织委员说，行了。马四季说，什么行了？组织委员说，算谈过话了，你可以下村子了。说着就把乡里开给赖门头村党支部的介绍信交给马四季，看马四季有点发愣，又说，当然，当然，不说是让你现在就走，天都黑了，你明天下去吧，或者，你不想马上就下去，你还想在乡里再住几天，先了解一下全乡的情况，也随你便。马四季只得说，没有人送我下去吗？组织委员笑了一下，说，你是去当支书的，又不是上幼儿园，你要送吗？马四季闹了个脸红，支支吾吾的。组织委员说，其实，道理上讲，我们也是应该送一送的，可是现在上面的指示精神是要让你们尽早适应农村工作，让你们尽早得到锻炼，希望你们自己去找村子，自己去介绍自己。组织委员说的在理，马四季心服口服，但仍然有些为难，最后也只好把实话说了出来，说自己已经去找过赖门头村，可找了大半天，问了无数的人，就是没有人告诉他赖门头村在什么地方。组织委员听了，先是笑了笑，马上又检讨自己说，怪我怪我，怪我事先没和你说明白，你找赖门头村是找不到的，没有人会告诉你的，赖门头村从前叫作赖坟头村，后来有个上级领导来检查工作，恰好他也姓赖，听到这个村名，觉得很晦气，让改了，就改成赖门头村，可是村里的农民不承认，坚持认为自己是赖坟头村。别人说赖门头村，他们一概不搭理，还跟你生气。马四季说，奇怪了，赖坟头村，多难听，为什么偏要叫个坟？组织委员又笑了笑，没有回答。

第二天一早，组织委员用自行车带上马四季，骑上一段路，就到了赖门头村的村口，组织委员说，你去吧，这就是赖门头村，也就是赖坟头村。马四季以为他会再说一两句，比如好好干，比如下面就看你的啦之类，但组织委员没有说，只是朝他挥了挥手，骑上自行车就走了。

村子总算找到了，马四季昨天已经领教了农民的水平，这会儿学乖了一点儿，问人道，我找赖坟头村的党支部书记。那农民朝他的脸上看看，说，党支部书记？谁是党支部书记？马四季说，就是赖支书。那农民仍然朝他的脸看着，说，赖支书？不知道，没听说过。马四季说，你是赖坟头村的人吗？那农民说，我当然是啦，不光我是，我爹也是，我爷爷也是，我爷爷的爹，我爷爷的爷爷，我十八代祖宗都是。马四季说，那你怎么会不知道赖坟头村的村支书呢？那农民说，那我为什么非要知道村支书呢。马四季气得想转身就走，但他又不能走，因为这是他工作岗位，这是他的工作，从昨天到今天，短短的时间，他已经得出一个体会：寻找，就是他的工作。他昨天的工作是寻找赖坟头村，今天的工作就是寻找赖支书。

那个一问三不知的农民拍拍屁股扬长而去了，马四季往前又碰见一个农民，说，我找赖支书。那人瞪他一眼说，见你个鬼，你找鬼啊？马四季说，怎么啦？那人说，赖支书已经死了。停顿一下，又说，好像是死了吧？又停顿一下，好像为了确定自己的记忆，想了想，又肯定地说，是死了，肯定死了。此时的马四季倒已经处惊不惊了，说，赖支书什么时候死的？那人又想了想，说，这倒说不准了。看到路上又走来一个人，拉住那人道，喂，老三，这个人找赖支书，问赖支书什么时候死的。那老三说，呸你个乌鸦嘴，你咒支书死啊？那个说支书死了的人，笑了起来，说，啊，没死啊，那就是他爹死了，反正他家肯定是死了人。那老三说，呸你的，谁家不死人啊？马四季觉得这个老三还靠谱些，赶紧问老三赖支书在哪里。老三说，你找村支书在路上怎么找得到，你得到支部去找，支部就在村部，村部就是支部，你懂了吗？马四季说，我懂了。老三就给他指了指路，说，喏，往那边，那一排平房，就是村部。

马四季这才第一次有了方向感，沿着老三指的路，走到了平房前，有人在，马四季问赖支书在哪里，那人也不说话，只是拿眼睛朝一间屋子瞄了瞄。马四季赶紧进那屋，果然看到有一个人，两条腿高高地搁在办公桌上，还交叉着，身子斜靠在椅背上，一摇一晃的，将椅子折磨得吱吱呀呀地叫唤。马四季看了直是心惊，怕那椅子给他摇断了，这"啪"一跤摔下去不会轻啊。

不过此时此刻马四季也管不得他是否会摇断了椅子摔下来，他着急着确认他就是赖支书，赶紧上前说，您是赖支书吧？这人这才停止了摇椅，上上下下将马四季打量了一番，说，你哪儿的？什么事？马四季赶紧掏乡里给的介绍信，那人见他掏了纸出来，脸色就有点变，手往后一缩，不接，说，不用给我，我不认得字。马四季本来觉得自己已经处惊不惊了，但这一来，他又着了惊，一个村支书，连字都不认得，这是个什么支书，这是个什么村子呀。没容得马四季细想，那摇椅子的人先问说，你那纸上写的什么？马四季说，这是乡里开的介绍信，介绍我到赖坟头村来。那人说，来干什么？收什么费？马四季说，这上面都写了，我是大学生村官，来当村支部副书记。那人一听，再没二说，飞快从椅子上跳起来，拔腿往外，一转眼就逃走了。

马四季一屁股坐在那张椅子上，椅子早被坐得滚热，马四季屁股上热乎乎，心里却冰凉的。来当村官之前，他也是做了足够的思想准备的，是准备了来克服农村的困难的，他也曾想象了农村的种种困难，但就偏偏没有想到他首先碰到困难竟是这样的困难，找不到村子，找不到支书。

马四季有一种恍恍惚惚不真实的感觉，他试着想把真实找回来，他要证明他不是在做梦，正在他想要证明的时候，证明来了，他的手机响了，他醒了过来，一看显示，是一个陌生的手机号码，马四季聊无精神地接了，正要问哪位，那边已经抢先说，是马支书吗？马四季乍一听，还以为打错了呢，幸好他反应蛮快，随即便回过神来了，马支书不正是自己吗，但知道他是马支书的，又能有几个人呢，肯定不是从前的旧友，马四季灵感突现，激情奔涌，说，你是赖支书吧？

果然那边就承认是赖支书了，马四季猜测是村部那个假支书给真支书报了信，赶紧说，赖支书，你终于出现啦。不料赖支书却说，别急别急，我还没有出现呢。马四季说，你在哪儿呢？我到你们村来工作，你总得跟我接个头啊。赖支书说，怎么是我们村呢，不也是你的村吗，既然都是一个村的，低头不见抬头见，接什么头嘛。又说，马支书，你既然来了，又当了副支书，正好明天有个工作，你干了吧。马四季问是什么，赖支书说，是个接待工作，明天县文化局有一个科长和一个科员下来检查群众文化工作，乡宣传委员会陪他们来，你带他们到村里转一下，中午在村部安排个饭，陪着吃了，送他们走。马四季听了，有点发愣，说，就这些？赖支书说，就这些。又说，怎么，你觉得不够？马四季说，不是不够，只是我不知道该跟他们说什么。赖支书说，不用你说，宣传委员会帮我们说。你只管陪着，会喝酒的话，吃饭的时候敬他们两下，再代我敬他们两下，就这些。马四季说，然后呢。赖支书说，然后我会再跟你联系的。马四季说，组织介绍信还在我身上呢，我什么时候跟你接头？赖支书说，不着急不着急，就挂了手机。

刚断了电话，那假支书就出现了，若无其事地朝马四季点点头，就去替马四季收拾了一间屋，说，马支书，将就着住吧，反正你也住不长。马四季想，我倒是打算干满三年的。话到嘴边没说出来，却问了另一句，说，你为什么要冒充支书？假支书说，我没有冒充。马四季说，我问是不是赖支书的时候，你没有否认。假支书说，我以为你是上面下来的干部呢。马四季说，你凭什么认为我是上面下来的干部？假支书说，你管我们村叫赖门头村，凡是管我们叫赖门头的，都是上面的干部。马四季想了想，自打组织委员说明情况以后，他就没再说过赖门头，赶紧指正说，不对，我今天一路来，都是说的赖坟头，根本就没有说赖门头。假支书说，但是你昨天说的。马四季说，原来，我昨天已经来过这里啦？是不是我昨天已经跟你问过讯啦？你明明知道我是来找你们村的，就不告诉我，害得我白走了一下午，莫名其妙。假支书也不解释，只是讪笑道，嘿嘿，嘿嘿，农民嘛，农民嘛。马四季还不信了，说，农民怎么啦，农民不也得讲个理？你可以不承认赖门头，但是你们不能影响别人工作呀。假支书说，嘿，农民又没有觉悟的，只认自己心里那个死理，管你工作不工作，天塌下来，也是他自己的理最大。马四季气道，没见过。假支书说，当然，你是城里人，你是没见过。

马四季按着赖支书的吩咐，第二天完成了工作，送走了客人，就打赖支书的手机，赖支书接了，马四季汇报说，赖支书，工作完成了，我给你汇报一下。赖支书说，完成了就好，不用给我汇报。挂了手机。马四季闷了一会儿，想着这个赖支书到底在哪里，听他的口气，不像是在外地出差，但如果他是在村里，为什么要躲着呢，想来想去也想不明白，就不想了。

隔了一天，赖支书的电话又来了，让他到村小学去看一看，说老师和学生家长在打架，叫他去劝劝架。马四季到了村小学，果然不假，几个学生家长和老师正在拉拉扯扯，见有人来劝架，不买他的账，双方还都指责他，马四季说，没见过，老师和家长打架，这算什么名堂？双方仍然没把他放在眼里，就当他在放屁。马四季急了，大声道，住手，我是马支书。这话一说，老师和家长立刻双双停下，呆呆地看着马四季，像是等他发落。马四季也没什么好发落的，挥了挥手，说，散吧，散吧。老师和家长果然一个屁也没放，就散了。

从村小学出来，马四季又给赖支书打电话，赖支书说，我跟你说过了，事情办好了就行，不用汇报。马四季说，赖支书你到底在哪里？我都下来好些天了，组织关系还没转，介绍信我得当面交给你呀，还在我口袋里揣着呢，你好歹安排接个头呀。赖支书说，接什么头嘛，又不是地下党。马四季说，人家地下党还接个头呢，你怎么连头也不接，面也不露，怕我是敌人派来的？赖支书说，敌人派你来干什么呢？马四季气道，是呀，敌人派我到这鬼地方来干什么。赖支书说，马支书，我们这地方不出别个，就出个鬼。笑了笑，又说，马支书，我忙着呢，不开玩笑了，组织关系介绍信什么的，你尽管揣你口袋里，怕什么，还怕我不相信你？

马四季哭笑不得，只得揣着组织关系，听从赖支书的遥控指挥当起了村官。过了几天，赖支书又通过手机指挥马四季代表他到乡里参加会议。马四季到得乡上，见到组织委员，一肚子的委屈就涌出来了，不过还没等他开口向组织委员倾诉，组织委员已经笑眯眯地上前来和他握手，还拍了拍他的肩，说，马支书，干得不错啊。马四季说，怎么不错啊，到现在我连村支书的头还没接上呢。组织委员笑道，只要工作干得好就好。马四季拍了拍自己随身带着的包包，说，都这么长时间了，你给我的介绍信还在我口袋里呢。组织委员还是个笑，说，你是来干工作的，还是来接头的？虽是个笑，却笑得马四季哑口无言了。

会议很重要，乡党委书记在会上很生气地说，有个别村子，不顾上级的要求，也不把法律放在眼里，私占私用耕地，把国家的土地当成自己村的，自说自话派作他用，到底是谁在搞，搞什么名堂，今天给你留点面子，大会不点名，散会后自己主动留下来坦白，其他村子凡有看坏样学坏样的，回去立刻自查上报。一个小时的会，尽是书记在骂人，骂得马四季灰头土脸，好像私用集体耕地的就是他。再四顾看看其他来开会的村干部，却个个若无其事，只把书记的话当耳边风。

马四季一出会场就打电话给赖支书，赖支书硬是不接电话，马四季心里明白，一切都由赖支书掌握着，赖支书要找他，一找一个准，他要找赖支书，却要看赖支书高兴不高兴，马四季越想越气闷，回了村，也没到村部，直接找到赖支书家去了。

赖支书的老婆说，马支书，你还来这儿找他呢，我都忘记他长什么样子了。马四季说，他连家也不回？他到底在哪里？那老婆说，你问我，我还想问你呢，他和你还打个电话通个气呢，他和我什么也不通。马四季说，有他这样当支书的吗，他到底在干什么，乡里要查私占耕地，他躲起来了是吧？赖坟头村私用耕地了吧？那老婆一听，脸色大变说，马支书，你是马支书，说话要负责任的啊。

马四季看到赖支书老婆的脸色，忽然就有了个预感，赖支书的电话就要来了。果然，刚刚走出赖支书家，电话就打过来了，说，马支书，有话好好说。马四季说，我倒是想和你好好说，可你不和我好好说，你连个头也不接，面也不露，我怎么跟你说。赖支书说，好好好，你要接头就接头。马四季说，在什么地方？赖支书说，在赖坟头。马四季说，赖坟头到底是个村子，还是个坟头？赖支书说，一样的，一样的，你到了就知道了。

这边假支书已经得了真支书的指示，前来迎接马四季，说，马支书，我带你去赖坟头吧。就领着马四季往前走，走了很长的路，停下来，手朝前面一指，说，马支书，就是那边，那地方就是赖坟头，你过去吧。说罢也不停留，转身走了。

马四季朝前看看，发现前边很大的一圈，几乎望不到边，都有高高的围墙围着，马四季只是觉得奇怪，农村的人家平时大门院门都不关，真正是夜不闭户，路不拾遗，他还感慨这里民风纯好呢，可这个地方干吗要围得严严实实呢？慢慢地走到近处，就有个人闪了出来，伸手挡了他一下，说，是马支书吗？马四季说，是。那只手才放下来，让开一条路，让马四季朝着围墙的开口处过去。马四季想，这阵势还真有点像地下党接头呢。

马四季到得跟前，朝里边探头一望，猛一惊吓，眼睛都吓模糊了，揉揉眼睛再细看，怎么不是，白花花的一大片，尽是墓碑，马四季两腿打软，才知道自己竟然真的到了一个大坟头。

赖支书就坐在其中的一个坟堆上，他让马四季也坐下，马四季不敢坐，赖支书说，没事，这里边还没住人呢。马四季还是不敢坐，赖支书就由他站着了，仰着头对马四季说，马支书，赖坟头村从古至今，不出别个，就出个坟，所以叫个赖坟头村。马四季说，奇了，只听说过哪里哪里出土特产，或者哪里哪里出名人，没听说过出坟头的。赖支书说，马支书，你看看我们赖坟头这地上，种什么不长什么。人家有水塘子的，养个鱼养个虾，算个特色；有山坡的，植个树造个林，也算有特色。我们赖坟头这地上，野猫都不拉屎，哪来的特色特产。赖支书抬手朝北边指了指，又说，那后头有个村子，姓姜的人家多，就说自己是姜太公的后代，四处去吹牛，搞得大家都到姜太公的家乡来钓鱼，就搞出个特色旅游来了。我也不笨啊，受了启发，就往历史上想，往从前想，想起小时候听村里老人说，我们的赖坟头里，埋的是赖太公。马四季从没听说过赖太公，问道，赖太公是谁？赖支书有点恼，也有点瞧不上他，斜他一眼说，你还大学生呢，你连赖太公你都不知道。马四季也有点恼了，说，赖太公比姜太公还有名吗？赖支书说，姜太公只会钓鱼，我们赖太公会看风水，他是看风水的老祖宗，现在你知道了吧，为什么我们赖坟头村风水好，就是赖太公当年看出来的，看出来以后，他就把自己埋在这里了。马四季反唇相讥道，风水好你赖坟头村还这么穷？赖支书说，六十年风水轮流转，我们靠赖太公的福，马上就要富起来了。马四季觉得这赖坟头村和这赖支书很荒唐，便跟他顶真道，你们考证过？赖支书说，考什么证呀？这还用得着考证吗？这村名就是个证，要不怎叫个赖坟头呢。马四季说，难怪你们不肯改名，不肯叫门，偏要叫个坟。赖支书说，那是，我们就是靠个坟吃饭，给改成了门，人家就不来了，所以还是得叫个坟。马四季说，我做梦也没想到，来当个村官，接头地点居然在坟地里。赖支书说，坟地不好吗？现在大家都抢坟，地价比城里的别墅涨得还快噢。说得得意忘了形，从口袋里掏出一厚厚的叠纸，朝马四季晃了晃，说，我地还没整好呢，订单就下来这么多了。马四季说，原来党委书记在会上骂的就是你啊，你还围着围墙哄鬼呢，上面一定早就知道了。赖支书却不承认，也不慌，说，知道个鬼，知道了他为什么不点名？马四季说，难道上面允许你私占耕地做坟头？赖支书"嘘"了一声，说，要是他允许，我干吗还要偷偷摸摸？马四季着急说，那你岂不是违反政策，犯错误？赖支书却不着急，慢慢悠悠道，马支书，你倒是给我说说，现在哪个谁不在违反政策？把个马四季问住了，愣在那儿翻眼皮，赖支书又说，他们卖地，一卖就是一块地王，一卖又是一块地王，卖的钱都到哪里去了？都揣谁口袋里了？马四季知道他说的是谁口袋，他也很恼恨那口袋，但他现在毕竟是有思想觉悟的马支书，所以还是嘴不应心地说，人家那是卖地建房的。赖支书说，是呀，他能卖地建房，我为什么就不能？他建给活人住，我建给死人住，活人是人，死人也是人，死人也要住房子嘛。何况现在，活人都争着讨好死人，就怕得罪了死人，都要大的坟地，要豪华的房子。马支书，你慢慢地就看出来了，我这一招，比他姜家村更灵啊，远远近近的人死了，自家地里不愿意埋，都愿意埋到我这里来。马四季还是不放心，问赖支书，你胆子好大，先收人家的订金，万一这地要规划怎么办。赖支书说，所以我赶紧着做，早点把村里的地都变成坟地，变了坟地，就不会规划了。马四季说，为什么？赖支书笑道，做了坟地的地，谁还会要，要了去干什么？造房子卖给活人住？谁敢住？这叫什么，这叫先下手为强。马四季说，上面知道了，会来拆除的，城里建好的高楼，哪怕几十层高，如果是违章建筑，照样拆。赖支书又笑，高楼可以拆，坟地他却不敢掘。

马四季后来上网查了查，几百年前，是有个姓赖的风水先生，但他不是本地人氏，他的家乡与这里差了十万八千里，八竿子都打不着的。不过他没有去揭穿赖支书。

倒是赖支书蛮关心他，问他要不要买几块坟地墓穴，内部价再打折，还替他算了算账，说，马支书，你至少要买四块，你父母，你和你老婆。马四季气道，我还没结婚呢。赖支书说，早晚要结婚的嘛。马四季更气道，活人住的房子还没着落呢。赖支书说，就是因为活着买不起大房子，干脆在这里买个大的，活着委屈自己，死了住豪华套间，不再亏待自己。

马四季没有买村里的坟地，他现在要攥紧手里的每一分钱，以后回去要买房子的。一想到城里的房价节节高升，马四季气又不打一处来，又恨自己不争气，人都在乡下了，还念想着城里的房子。

赖坟头村的村民靠卖坟地家家造起了新房，喜气洋洋。赖支书的预见没有错，果然没人敢来征他们的坟地造大楼，但是马四季的预见也没有错，一纸规划最后还是来了，一条高速铁路要经过赖坟头村，而且不偏不倚就从坟头上穿过去。赖坟头村的村民没吃亏，都到镇上当居民住高楼去了，只可惜那么多墓穴都给扒平，把穴主们给气坏了，说，这么好的风水之地，不让我们葬人，却要让火车走，没道理啊。

不过那时候，马四季已经干满三年走了。

多年以后，马四季坐高铁上北京，他想起了当年在赖坟头村的接头地点，心有所动，一路上留意着时间，提醒自己不要错过火车经过那块地方，他一定要好好看一看。可是列车风驰电掣，如飞一般，马四季虽然掐算好了时间，但到了那一瞬间，只觉眼前一花，赖坟头就过去了，他什么也没看见。

来自何方的邮件

何方的工作特点就是出差多。许多人不喜欢出差,三天两头出差是很烦人的,差不多每一两天就要换一张床铺睡觉,要是碰上个异床失眠的神经衰弱,那真是苦不堪言了。何方的状况还算不错,他不失眠,在哪张床上都睡得一样香,一样做得好梦美梦。当然最重要的不是因为他睡眠好,是因为他有电脑。在何方看来,有了电脑,出差和不出差的区别就消解了。反正平时在家里也好,在单位里也好,他也是一天到晚泡在电脑上。所以,只要有电脑跟着他,到哪里出差他也没意见。何况这出差的工作,和不出差的工作比起来,挣得更多,升职也快,何乐而不为呢。

为此何方总是要求单位一而再再而三地替他更新武器,他的电脑越更越新,越新越轻薄,越轻薄功能越强大,功能越强大越能把无聊出差变成快乐人生。

就这样,一台笔记本电脑,伴随着何方走过天南海北,走到海角天涯,又再回来,又再出发。

可是有一天何方出了点差错,临出差时,忽然接到太太一个电话,电话是打在他手机上的,太太跟他说想要投资买房,这是一个很长很复杂的话题,太太不合时宜地用这个长长的话题缠住了他。出发时间到了,送站的司机在门口等他,不停地望着他,他只得一边接手机一边往外走,坐电梯,下楼,出公司的大门,上车,然后往火车站去,一路上,太太都没有中断电话。一直到他已经望见火车站的候车大楼了,他"哎哟"了一声,说,到了。太太才很不情愿地结束了这番长谈，挂了电话。

但是何方的心情却被搞乱了，满脑子里都是太太的声音，首付、贷款、优惠、收益回报、固定资产，等等等等，一时半会儿都平静不下来。司机放下他，朝他挥挥手，开着车一溜烟走了。何方跟随着进站的人流麻木地往前走，直到看见车站的查票员伸手向他要火车票的时候，他才猛然一惊，这一惊，把他惊出一身冷汗，电脑不在！

何方赶紧退出人流，站到一边，打通司机的手机，司机那边就半路停了车，满车子到处找，也没找见他的电脑。何方的心直往下沉，说，我知道了，丢在办公室了，你马上帮我拿了送到火车站。司机嘀咕了一声，还来得及吗？何方急了，说，来得及要送，来不及也要送。这话竟然就应验了，司机也知道他依赖电脑的德行，还真是快速赶回办公室替他取来了电脑，又买了站台票一直追到站台上，可是就差那么一步，火车开动了，何方趴在车窗上，看到司机奋力地举着他的电脑，追着火车的轮子，但是一切都已经晚了，很快，司机越来越远，他的电脑也越来越远，远到终于看不见了。

何方颓然坐下，丧魂落魄，感觉五脏六腑里都空空的，一颗心就那样悬着浮着吊着，好像就没地方安置了。

火车开出一段，乘客都渐渐地平稳下来，周边座位上的乘客，几乎人手一台电脑，这会儿都已经打开了，看电影的看电影，玩游戏的玩游戏，做报表的做报表，看新闻的看新闻，也有漫无目的胡乱点击，点到什么看什么的，个个是心满意足的享受感。

何方不看也罢，一看之下，心里更是没着没落，干脆闭上眼睛，养养神，可眼皮子直跳，眼睛硬是闭不上，睁开眼睛呢，就看到别人的电脑，添堵，只好把眼睛扫到看车窗外。车窗外的景色，他过去坐车从不注意的，这会儿才发现景色很好，江南秀丽的风光，应该是赏心悦目的，但他只看了一两眼，便快快地收回了目光。世上的事就是奇怪，有许多人专门出了钱，参加旅游团出远门去看风景，但是也有的人，风景就在他眼前，就在他身边，他也熟视无睹，毫无兴趣。

何方出差落下了电脑，就像落下了灵魂，魂不附体，懊恼不迭。好在这一趟出差去的地方并不远，动车也就两个多小时，在这两个多小时的时间里，何方就一心指望着，他入住的这个宾馆的房间里能够有台电脑。

终于熬到了宾馆，登记，拿房卡，上电梯，找到自己的房间，刷卡，"嘀"的一声，很动听，在推开门的第一个瞬间，何方的眼睛就朝写字台上扫过去，哇哈，我的亲娘哎，写字台上还真的搁着一台电脑。虽然外形并不时尚，看得出不是新款，甚至有点陈旧了，但它终究是一台真正的电脑，还连接着网线，何方长吁了一声，一路上空空荡荡无处着落的心总算是踏实下来了。

何方也顾不上整理一下行装，赶紧就坐上去开电脑，真有一种久违了的亲切，其实到这时候，他离开电脑的时间也不过才三个多小时。

跟往常一样，何方打开电脑做的第一件事，就是习惯性地先进邮箱看一看，有没有新的、急等着要处理的邮件。其实，登录邮箱处理来信早已经不时尚了，现在的年轻人都是QQ、MSN，在他们眼里，伊妹儿已经是个被淘汰的灰妹儿了。但何方却没有抛弃她，他刚开始在电脑上与别人交往用的是电子邮箱，时间长了，习惯了，有了感情，丢不开。其实他明明知道网络上没有真正的绝对的安全之地，可在内心深处，还是愿意相信电子邮箱更可靠些，是真正的个人空间。

何方熟门熟路闭着眼睛都能操作，他进入到网易的网页，又进入免费邮箱，出现"登陆163免费邮箱"，接着就要输入自己的邮箱用户名了，但是电脑显示出来的用户名的那个长方形框框里，却已经有一个邮箱名在那里了，这肯定是前面某一个住房的客人的邮箱，他用过电脑以后，被电脑记下了他的用户名，那家伙说不定也和何方一样，是个电脑依赖症者呢。何方本想删去这个陌生的邮箱名，输入自己的用户名，但是他的手指没有听从大脑的指挥，却随意地往下一带，鼠标就点着了下面的那个长方形框框，这是密码框，被何方无意地一点击，奇怪的事情发生了，密码框里竟然显示出一个七位数的密码。当然这个密码只是七个小黑点而已，何方是无法破译的，他也不想去破译别人的密码，他只是觉得奇怪，难道这台电脑不仅自动记忆了前面那位用户的邮箱名，甚至连他邮箱的密码也记下了？或者是这个客人太粗心，在电脑提出"下次是否不再输入密码"的问题时，他错误地点击了"是"，这样他就把他的邮箱连同密码都留在了这台电脑里，留在了这座宾馆的房间里，留给了下一位和下许多位来这个房间住宿并且使用这台电脑的人。

何方只要打一下回车键，他就能进入到一个陌生人的陌生的邮箱里，他也许会从中看到许多他所想象不到的事情，但是何方并没有想到要进入别人的邮箱里去，他还急着要处理自己的邮件呢。何方删除了这个马大哈的留下的用户名和看不见参不透的密码，进入了自己的邮箱，果然有几件新邮件，虽然并不是十分要紧的事，但是何方一直都有今日事今日了、眼前事眼前清的好习惯，当即就将几封来信处理了，心里也踏实了，浏览了一下新闻，然后又进百度和谷歌补充查阅了一些与工作有关的资料，再把下午要谈的内容重新梳理了一遍，一切完成，也过了瘾，心满意足时肚子饿了，得去吃午饭了。按何方的老习惯，在关机前他还要再进一次邮箱，看看有没有新邮件，可奇怪的是，当他再一次进入网易免费邮箱的网页时，前面那个人留下的那个邮箱用户名和密码又固执地出现了，看起来，这台电脑是牢牢地记住了这个邮箱，想要删除还不容易呢，除非何方也将自己的用户名和密码让电脑记录下去，才可能删除或遮掩掉前面的东西，可何方为什么傻到要将自己的邮箱提供给别人看呢。

此时此刻，何方进入这个人的邮箱，都谈不上是举手之劳，只是一瞬间的事情，何方终于没有抵抗得住好奇心的，一瞬间，他就进去了。

"中午好，ZHH！"

何方的心狂跳了几下，他正在偷窥这个"ZHH"的隐私，但是这种偷窥似乎又是上天特意安排给他的，等于在一个完全无人烟的荒岛上，忽然看到一个钱包，没有忍住，就拣起来了。

这个"ZHH"的邮箱里很奇怪，收件箱里空无一物，只有"已发送"内保存着几封"ZHH"发出的信，收件人是同一个人，"溪水蓝"，看起来像是一个网名。何方先偷看了"ZHH"发出的一封信，信很短，开头没有称呼，最后也没有署名，没头没脑的。这样的信，要不就是特别亲密的关系，根本用不着称呼，就像爱人之间，常常会用"哎""喂"之类的简单称呼，简单到最简单的时候，就是什么称呼也不要。要不就是关系暧昧，怕人看到，小心提防。但是从信的内容，却又看不出有什么明显的男女之间的暧昧意思，内容是这样的："今天单位通知我，要去南方出差，大约一个星期，可以走到天涯海角。我会在天涯海角给你写信。"

这样的信，看不出个究竟，连双方的性别也分别不出来，不像夫妻，不像一般的朋友，更不是长辈和小辈的交流。如果一定要说像什么关系，那倒是有点像恋人，但又缺乏恋人之间的浓浓的情意。何方又仔细地品了一品，觉得也许这份情意藏得比较深，表达得比较淡迫，让人几乎感觉不出来。

虽然没看出个什么究竟，没有窥探到别人的什么秘密，但他的内心却仍然慌乱着。他平息了一会儿，忍不住又看了一封，仍然是差不多的日常内容，仍然是不轻不重不温不火的语气，这写信和收信的双方，到底是什么样的人物关系呢，何方有些迷惑，想象不出，推理不出，更感悟不出来什么东西。

没有时间了，要吃午饭了，饭后就是艰难的谈判，何方丢开了这个本来就与他的生活毫无关系的奇怪的邮箱。

下午的谈判，出乎意料的顺利。何方从来都是个很难对付的对手，但今天不知怎么会这么好说话，自己一好说话，对方也立刻好说话起来，才发现，原来复杂的事情也是可以这么简单顺利就谈成的。

因为对方是开车来的，晚上也不能喝酒，不用多应酬，简单吃了晚饭，何方就回房间了。

回到房间刚刚是新闻联播时间，何方只看了片刻，忍不住又坐到电脑那儿去了。打开电脑，进入网易免费邮，弹出来又是原来的那个记录，连用户名带七个黑点点密码，居然怎么也删除不掉。看起来，这台电脑死死地记住了它，从一而终了。

何方觉得有点怪异，似乎这台老电脑，有意在诱惑他偷看别人的秘密，何方干脆放松了自己的心情，看就看吧，反正是它自己送上门来硬要叫他看的。这次他特意到"已删除"里看了看，也没有看到被删除的任何来信，回到"已发送"再看了一封，也还是没有称呼和署名，"上封信没有来得及告诉你，我升职了，当了部门主管，你会为我高兴吧。加了薪，但也更忙了，出差多，我会照顾好自己，放心。"

何方一看之下，先是愣了半天，后来渐渐地有些惊愕，觉得这事情怎么这么熟啊，似曾相似的，脑袋糊涂了一会儿，再静下心来仔细一想，奇了，怎么有点像他自己的情况，赶紧看了一下发信的日期，更奇了，这正是自己前不久升职加薪当部门主管的时间啊。

世界真是太小了，相似的人、相似的事又真是太多了。何方一边感叹，一边想象着这个"ZHH"的生活，又看了他（她）新近发出去的另一封信，这封信的内容，竟然和自己的情况更像了。信中写到他（她）最近工作有所变动，新的工作的性质也和何方的情况一模一样。

何方实在难以解答疑惑，心里乱糟糟的，不知道自己碰到了什么事？想了半天，忍不住用自己的邮箱给这个"ZHH"发信，问道，你是谁？

这一夜，何方一直迷迷糊糊，似睡似醒，快天亮时，他做了一个梦，梦见那个人回信了，说，我是谁你都忘记了？何方惊醒过来，赶紧起来看电脑，才知道是黄粱一梦，根本就没有回信，什么也没有。

天亮了，新的一天开始了，该回家了，该离开这台古怪的电脑了。但是，一旦离开了，密码框里的七个小黑点，到底是哪七个数字或字母，他就再也不可能知道了。何方本不是个很有好奇心的人，但这台电脑实在太奇怪。因为奇怪，何方忍不住留了下来，又看了一封信，仍然没有什么特别的地方，只是告诉对方自己最近要去香港，最后一句话是"有你，别说去香港，就是去非洲，也是近的。"这也是一句平常的不能再平常的话了，起初何方并没有放在心上，就忽视过去了，但就在他即将忽视过去的一刹那间，"香港"两个字忽然猛烈地刺激了他的神经，他浑身一哆嗦，竟然起了一层鸡皮疙瘩。

他完全回想起来了，这封信发出的第二天的那个日子，正是公司组织员工去香港旅游的日子。顷刻间，何方有一种魂飞魄散的恐惧感。

难道这世界上还有一个我？

何方尽量平息和克制着内心的混乱，镇定下来，开始研究这个邮箱名，它的全名是这样的：zhh3262001@163.com。前面的三个英文字母，一般都是一个人姓名拼音的第一个字母，但是"ZHH"这三个字母，可以拼成的姓名太多太多了，张红红、赵辉辉、周华华、周红红、赵华华、张辉辉……那可是一个无穷数，他穷尽不了的。

这条路走不通，何方再去研究后面的那一串数字，3262001，这回，何方很快判断出来，这是一个日期，是2001年3月26日，分明故意把年放在月和日后面，这是一种愚蠢的障眼法，但至少告诉了何方，设立邮箱的人可能是故意造成假象，迷惑别人，不想让人猜出他（她）的邮箱名的意义。再往下，何方又判断出这个日期应该不是这个人的生日。不是生日，那就一定是某个具有纪念意义的日子，一个特殊的不想忘怀的日子，那会是什么日子呢？一见钟情的那一天？确定关系的那一天？分手的那一天？永别的那一天？

何方觉得自己有点走火入魔了，他的思路昏暗闭塞，他在无路可走的时候，忽然在内心问了自己一下，如果真是 2001 年 3 月 25 日，那一天，我在哪里呢？我在干什么呢？那一天的我，是什么样子呢？

别人的邮箱，别人的生活，他却可以沿着自己的人生回溯而去。就这样，何方沿着自己人生的道路走回去，往后退，可是，没有日记，没有记忆，一切都已经烟消云散，留下的只有现实，一段短暂的现实，因为这一段现实，很快也会被丢在路上的。比如这一次的出差、这一次的谈判，会和以往的许多次出差、许多次谈判一样，被新的出差和新的谈判取代。

但是这一次出现了意外，这台奇怪的电脑打破了何方正常的生活。何方终于记起来了，那个日子，竟然是他的日子！是曾经属于他的一个非常非常特殊的日子！

那一年，何方所在的公司总部从各分公司抽派了部分年轻的骨干前往韩国培训业务，时间是 3 个月，何方争取到了这个机会。3 月 25 日，正是各分公司所有赴韩人员前往北京集中出发的那一天。

何方一一地回忆起来了。那一天，他们在北京总部的大会议室集中，互相之间几乎都是陌生的，没有熟人，没有朋友，这是一次新的相识，这是一次全新的开始。

一共是 20 个人，只有一位女性，她走进会议室的时候，何方第一眼看到她，很平常，并没有丝毫的想法，更没有一见钟情。那时候，何方新婚不久，妻子刚刚怀孕，要不是为了自己的进步和前途，何方是不可能丢下妻子出去 3 个月的。

在 3 个月的培训中，会有许多不可预测的事情发生，故事会有各种走向。何方原以为，即使有故事，也会发生在别人身上，结果他自己却深陷进去了。同学中总共有 19 个男人，未婚的、优秀的，多的是，但是事情就是这样奇怪和不可理喻，最后竟然真的是他。他们热恋了，接着就是回国，分离，两个人的痛苦相思和煎熬，唯一连接他们感情的就是电子邮箱。为了防止太太察觉，何方另外设了一个邮箱，除她之外，没有任何人知道这个邮箱的存在，邮箱名用的就是这个纪念日，ZHH，是中韩拼音的声母。

一切都是那么的沉重，重得他都做好了身败名裂的准备，无论他们如何费尽心机的保密，再保密，痛苦而甜蜜的日子还是没过得了多久，一切就都暴露出来了。

故事摧枯拉朽，极速往前走。突然有一天，邮件中断了，她再也没有来信，所有何方发给她的信也都音讯全无，何方不知道她是病了，还是出了什么问题，或者她下了决心？何方无法猜测出她为什么会突然消失，他订了机票要去找她，但是那一天，他的太太临产了。

接下去，日子就走出了另外的一道风景，其实是命运原先给他设计好的那条路，他差一点儿走岔了，但是后来他又走回来了。

思路彻底贯通了。这个邮箱曾经是何方自己的一个邮箱，是为了一段刻骨铭心的爱情而设。若干年以后，何方再见到它的时候，竟然完全不认得它了。

但是这个邮箱居然仍然存在着，仍然有人在使用它，到底是谁在用自己曾经用过的邮箱跟别人保持着联系？那个别人，邮箱那一头的人，那个"溪水蓝"，会是她吗？

何方能够想到的人只有金实，他也是当年他们这个培训队伍中的一员，也曾经是这个世界上唯一知道何方的秘密的人。何方立刻给金实写了一封邮件，口气坚定地说，我知道是你，除了你，不可能有别人知道我曾经用过这个邮箱。邮件还没来得及发出去，何方就接到了公司老总的电话，追问他怎么没回公司，下午公司有重要会议。何方这才想起，他本来应该一早就坐火车赶回去的，但是这个奇怪的电脑和奇怪的邮箱让他乱了自己的方寸和计划。

何方最后还是离开了那个宾馆，离开了那个房间和那台电脑，在打车前往车站的路上，他直接拨打了金实的手机，说，金实，一切我都知道了，你处心积虑设计好了这一切是吧？一向耐心的金实没听完他的话，就惊异地喊了起来，怎么回事，何方，我怎么听不懂你的话？何方说，你别装了，只有你知道我的那个邮箱，是你一直在用我的老邮箱和她联系。金实说，和谁联系？何方说，还能有谁？金实"咦"了一声，说，何方，你发昏了，我为什么要用邮箱和她联系？你见过夫妻俩住在一起还用邮箱联系的吗？

何方心里重重地叹息了一声。其实结果早就出现了。金实和她结婚，他是知道的，他们还给他发了请柬，只是他没有去。

一切都是那么的正常，但何方仍然不能相信，他仍然固执地说，这些年来，我和你联系，你怎么从来不提她的事情？金实顿了一顿，说，这还用说吗，当初你跟她感情那么好，后来她成了我的太太，我老是跟你提起她，我不是存心跟你过不去吗？我不跟你提她，是怕你难过。

怕我难过？我会难过吗？我连这个曾经当成命根子的邮箱都忘得一干二净了，我还有什么不可忘记的？何方恍恍惚惚如若隔世，电话那头，金实见何方不说话了，又劝慰道，何方，既然你早就不用那个邮箱了，你还追问什么呢，还有什么可追问的呢？

出租车掠过大街一直往前奔，大街上有一条巨幅广告，上面写着"拐弯就是明天"。车子果然拐弯，往前，再拐弯，再往前，何方不用回头朝后看，他已经明白了，后面的街景，早已经一换再换，看不见了。

何方重新买了火车票回来，天已经晚了，他没有再去公司，直接回了家，来不及和太太女儿说什么话，直奔书房，上电脑，太太和女儿早已习惯了他的习惯，都没把他的急迫当回事。

进入网易免费邮，输入了那个曾经被他视若生命，后来又被他丢弃、彻底忘记，而现在又重新显现出来的邮箱名，至于那七个小黑点密码，何方已经不用猜测，他早就想起来了，那是两个人的生日相加：1114423。可是电脑告诉他，你输入的邮箱名有误，请重新输入。这就意味着，这个邮箱并没有登记。何方赶紧按照这个名称新建邮箱，输入密码后，那是一个全新的邮箱，里边根本没有那些"已发送"的邮件。电脑对他说："祝贺你的新邮箱。"

何方死死地盯着花花绿绿的屏幕，觉得它是那么的陌生，陌生到让他的大脑和内心深处都是一片空白，何方不知道到底应该怀疑电脑出了问题，还是怀疑自己的大脑出了问题。

何方看了一眼正在另一张书桌上上网的太太，忍不住问道，我今天怎么啦？太太正专注着自己的电脑，顺嘴反问说，你今天怎么啦？何方说，我今天有什么不对吗？太太仍然没有反应，说，你今天有什么不对吗？何方闷了一会儿，还是憋不住，又问，我昨天出差了吗？我是到哪里去出差的？我是今天回来的吗？太太正在论坛上发帖，跟别人热烈讨论"世界最忧伤狗为什么这么有人缘"，何方打扰到她了，她生气说，你今天问题大了，你犯病了。何方猛然一惊，说，我真的有病？我是不是一直都有病，我是不是今天又犯病了？我犯病的时候是怎么样的？有幻想的症状吗？有梦游的症状吗？有……太太打断他说，不仅幻想，不仅梦游，你还有疯狗的症状呢。何方这才听出了太太是在反唇相讥。

他不再麻烦太太了，只是呆呆地坐在电脑前，慢慢地梳理着自己的头脑。开始的时候，他一直感觉到事情的不真实，甚至怀疑这一切都是一个梦，自己可能根本就没有出差，没有去过那个城市，没有进过那个宾馆，没有用过那台电脑，更没有进过那个邮箱。

何方恍恍惚惚，又一次进入网易免费邮箱页面，打开了自己的邮箱，在发件人一栏里，赫然出现了一封"我"的信，主题是"来自何方的邮件"。何方吓了一跳，赶紧打开一看，原来是女儿用他的邮箱给他发了一封信，说，爸爸，我爱你。

女儿的信让何方模糊恍惚的心思渐渐地清晰起来，稳定下来。从前，从常识上说，他也知道自己的邮箱是可以给自己的邮箱发信的，但他从来没有做过这个试验，设邮箱都是为了和别人通信联系，谁会设个邮箱给自己写信呢？女儿的杰作启发了他，既然他在自己的邮箱里看到了"我"给"我"写的信，那么这世界怎么就没有另一个我呢？肯定有，说不定还不止一个呢。

金实的电话追来了，他还惦记着何方碰到的奇怪事情，何方却不再感觉奇怪，他平静地对金实说，没什么，我搞清楚了。金实说，怎么回事？何方说，我没有丢弃那个邮箱，我一直在用它。金实说，噢，那就好，才放心地挂了电话。

何方知道，他已经不需要苦苦追查那个曾经用过后来又被遗忘的邮箱了，他其实并没有忘记，他一直在写信，给他的过去写信，给他的内心写信，给他的灵魂写信。或者说，他曾经忘记了，但是现在他不再忘记。从此以后，他会用自己的邮箱给自己写信，他会收到许多来自于"我"的邮件。

太太的观点终于赢得了大部分网友的支持，太太心满意足，目光暂时地离开了电脑，回头跟何方说，人类其实远不如动物，不如狗。

何方更改了自己的邮箱，更换成"ZHH"，并逐一发邮件通知了所有的联系人。有人看着奇怪，说，何方，你原来那个邮箱好好的，也好记，为什么要换这个莫名其妙的新邮箱，一点儿也没创意，你什么意思？有什么猫腻？有一个聪明人还研究了一番，说，这是谁的生日吧？这是谁的姓名的拼音吧？这是谁呢？

我们都在服务区

　　天快亮时，桂平才朦朦胧胧要睡去了，结果手机设的闹钟却响了，喳喳喳地叫个不停。桂平翻身坐起来，和往常一样，先取消噪耳的铃声，再打开手机，又和往常一样，片刻之后，手机里的信息就接二连三地响了起来，桂平感觉至少有五六条，结果数了一下，还不止，有七条，都是昨晚他关机后发来的，还有一条竟是凌晨五点发的，也没什么了不起的大事。那个人天生醒得早，一个人起来，全家人还睡着，窗外、路上也没有什么人气人声，大概觉得寂寞了，就给他发个信，消解一下早起的孤独。这些来自半夜和凌晨的短信，只有一封是急等答复的，其他都没有什么太重要的事情，桂平也来不及一一回复了，赶紧就到会场，将手机放到振动上，开了一上午的会。会议结束时，才发现事情也像短信和未接来电一样，越开越多，密密麻麻。中午又是陪客，下午接着还有会。总算午饭抓得紧一点儿，饭后有二十分钟时间，赶紧躲进办公室，身体往沙发上一横，想闭一闭眼睛，放松一下。结果在这短短的时间里，手机上又来了两条短信和三次电话，桂平接了最后一个电话，心里厌烦透了，一看只剩五分钟了，"嘀"一下关了手机，强迫自己闭上眼睛，可那眼皮却怎么也合不拢，突突突地跳跃着。就听到办公室的小李敲他的门了，桂主任，桂主任，你手机怎么不通？你在里边吗？桂平垂头丧气地坐起来，说，我在，我知道，要开会了。

　　他抓起桌上的手机，忽然气就不打一处来，又朝桌上扔回去，劲使大了一点儿，手机"嗖"地滑过桌面，"啪"地摔到地上，桂平一急，赶紧去捡起来，这才想起手机刚才被他关了，急忙又打开检查一下，确定有没有被摔坏，才放了心。抓着手机就要往外走，就在这片刻间，手机响了，一接，是一老熟人打来的，孩子入学要托他找教育局领导。这是为难的事情，推托吧，对方会不高兴；不推托吧，又给自己找麻烦。正不知怎么回答，小李又敲门喊，桂主任，桂主任！桂平心里毛躁得要命，对那老熟人没好气说，我要开会，回头再说吧。老熟人在电话里急巴巴说，你开多长时间会？我什么时候再打你手机？桂平明明听见了，却假作没听见，挂断了电话，还不解气，重又下狠心关了机，将手机朝桌上一扔，空着手就开门出来，往会议室去。

小李跟在他后面，奇怪道，咦，桂主任，你的手机呢，我刚才打你手机，怎么关机了？不是被偷了吧？桂平气道，偷了才好。小李说，充电吧？桂平说，充个屁电。小李吐了一下舌头，没敢再多嘴，但是总忍不住要看桂平的手，因为那只手，永远是捏着手机的，现在忽然手里空空的了，连小李也不习惯了。

曾经有一次会议，保密级别比较高，不允许与会者带手机，桂平将手机留在办公室，只觉得那半天，心里好轻松，了无牵挂。自打开了这个会以后，桂平心烦的时候，也曾关过手机，就当自己又在开保密会议吧。结果立刻反馈来诸多的不满和批评，上级下级都有意见，上级说，桂平，你又出国啦，你老在坐飞机吗，怎么老是关机啊？下级说，桂主任，你老是关机，请示不到你，你还要不要我们做事啦？总之很快桂平就败下阵来，他玩不过手机，还是老老实实恢复原样吧。

跟在桂平背后的小李进了会议室还在唠唠叨叨，说，桂主任，手机不是充电，是你忘了拿？我替你去拿来吧。桂平哭笑不得说，小李，坐下来开会吧。小李这才住了嘴。

下午的会和上午的会不一样，桂平不是主角，可以躲在下面开开小差。往常这时候，他定准是在回复短信或压低声音告诉来电者，我正在开会。再或者，如果是重要的非接不可的电话，就要蹑手蹑脚鬼鬼祟祟地溜出会场，到外面走廊上去说话。

但是今天他把手机扔了，两手空空一身轻松地坐到会场上，心里好痛快、好舒坦，忍不住仰天长舒一口气，好像把手机烦人的恶气都吐出来了，真有一种要飞起来的自由奔放的感受。

乏味的会议开始后不久，桂平就看到坐在前后左右的同事，有的将手机藏在桌肚子里，但又不停地取出来看看，也有的干脆搁在桌面上，但即使是搁在眼前的，也会时不时地拿起来瞄一眼，因为振动的感觉毕竟不如铃声那样让人警醒，怕疏忽了来电来信。但凡有信了，那人脸色就会为之一动，或者喜色，或者着急，或者平静，但无不立刻活动拇指，沉浸在与手机相交融的感受中。

一开始，桂平还是怀着同情的心情看着他们，看他们被手机掌控，逃脱不了，但是渐渐的，桂平有点坐不住了，先是手痒，接着心里也痒起来了，再渐渐的，轻松变成了空洞，潇洒变成了焦虑，甚至有点神魂不定、坐立不安起来，他的心思，被留在办公室的手机抓去了。

坐在他旁边的一个女同事，都感觉出他身上长了刺似的难受，说，桂主任，你今天来例假了？桂平说，不是例假，我更了。大家一笑，但仍然笑不掉桂平的不安。他先想了一想今天是什么日子，会不会有什么重要的电话或信息找他，会不会有什么重要的事情要他去做，有没有什么重要的工作忘记了。除了这些，还会不会有一些特殊的额外的事情会找到他，这么一路想下去，事情越想越多，越想越紧迫，像椅子上长了钉似的，桂平终于坐不住了，溜出会场，上了一趟洗手间，出来后，站在洗手间门口还犹豫了一下，终究没有直接回会场，却回了办公室。

办公室一切如常，桂平却有一种恍若隔世的奇怪感觉，看到了桌上的手机，他才回到了现世，忍不住打开手机，片刻之后，短信来了，哗哗哗的，一条，两条，三条，还没来得及看，电话就进来了，是老婆打的，口气急切说，你怎么啦，人又不在办公室，手机又关机，你想躲起来啊？桂平无法解释，只得说，充电。老婆说，你不是有两块电板吗？桂平说，前一块忘记充了。老婆"咦"了一声，说，太阳从西边出来了，你是出了名的"桂不关"，竟然会忘记充电？桂平自嘲地歪了歪嘴，老婆就开始说要他办的事情，桂平为了不听老婆啰唆个没完，只得先应承了，反正虱多不痒债多不愁，桂平永远是拖了一身的人情债，还了一个又来一个，永远也还不清。

带着手机回到会场，桂平开始看信，回信，旁边的女同事说，充好电了？桂平说，你怎么知道我充电？女同事说，你是机不离手，手不离机的，刚才进来开会没拿手机，不是充电是什么？难道是忘了？谁会忘带手机你也不会忘呀。

桂平说，不是忘了，我有意不带的，烦。女同事又笑了一下，说，烦，还是又拿来了，到底还是不能不用手机。桂平说，你真的以为我不敢关手机？女同事说，关手机又不是杀人，有什么敢不敢的，只怕你关了又要开噢。两人说话声音不知不觉大起来，发现主席台上有领导朝他们看了，才赶紧停止了说话。桂平安心看短信、回短信，一下子找回了精神寄托，心也不慌慌的了，屁股上也不长钉了。

　　该复的信还没复完，就有电话进来了，桂平看了看来电号码，不熟悉，反正手机是振动的，会场上听不到，桂平将手机搁在厚厚的会议材料上，减小振动幅度，便任由它振去，一直等到振动停止，桂平才松一口气。但紧接着第二次振动又来了，来得更长更有耐心，看起来是非他接不可，桂平一直坚持到第三次，不得不接了，身子往下挫一挫，手捂着手机，压低声音说，我在开会。那边的声音却大得吓人，啊哈哈哈，桂平，我就知道你会接我电话的，其实我都想好了，你要是第三次再不接，我就找别人了，正这么想呢，你就接了，啊哈哈哈。不仅把桂平的耳朵振着了，连旁边的女同事都能听见，说，哎哟喂，女高音啊。虽然桂平说了在开会，可那女高音却不依不饶，旁若无会地开始说她要说的说来话长的话，桂平只得抓着手机再次出了会场，到走廊上才稍稍放开声音说，我在开会，不能老是跑出来，领导在台上盯着呢。女高音说，怎么老是跑出来呢？我打了你三次，你只接了一次，你最多只跑出来一次啊。桂平想，人都是只想自己的，每个人的电话我都得接一次，我还活不活了。但他只是想想，没有说，因为女高音的脾气他了解，她的一发不可收的作风他向来是甘拜下风的，赶紧说，你说吧你说吧。女高音终于开始说事，说了又说，说了又说，桂平忍不住打断说，我知道了，我现在在开会，走不掉，会一结束我就去帮你办。女高音这才甘心，准备挂电话了，最后又补一句，你办好了马上打我手机啊。桂平应声，这才算应付过去。心里却是后悔不迭，要是硬着心肠不接那第三次电话，这事情她不就找别人了么，明明前两次都已经挺过去了，怎么偏偏第三次就挺不过去呢。这女高音是他比较烦的人，所以也没有储存她的号码，可偏偏又让她抓住了，既然抓住了，她所托的事情，也就不好意思不办。桂平又悔自己怎么就不能坚持到底，抓着手机欲再回到会场，正遇上小李也出来溜号，见桂主任一脸懊恼，关心道，桂主任，怎么啦？桂平将手机一举，说，烦死个人。小李以为他要扔手机，吓得赶紧伸出双手去捧，结果捧了个空。桂平说，关机吧，不行，开机吧，也不行，难死个人。小李察言观色地说，桂主任，其实也并非只有两条路，还有第三种可能性的。桂平白了他一眼，说，要么开，要么关，哪来的第三种可能性？小李诡秘一笑，说，那是人家逃债的人想出来的高招。桂平说，那是什么？小李说，不在服务区。桂平"切"了一声，说，怎么会不在服务区，我们又不是深山老林，又不是大沙漠，怎么会不在服务区？小李说，桂主任，你要不要试试，手机开着的时候把那卡芯直接取下来，再放上电板重新开机，那就是不在服务区。桂平照小李说的一试，果然说："对不起，您拨的电话不在服务区，请稍后再拨。"桂平大喜，从此可以自由出入"服务区"了。

　　如此这般的第二天，桂平就被领导逮到当面臭骂一顿，说，我这里忙得要出人命，你躲哪里去了？在哪个山区偷闲？桂平慌忙说，我没去山区，我一直都在单位。领导说，人在单位手机怎么会不在服务区？桂平说，我在服务区，我在服务区。领导恼道，在你个鬼，你个什么烂手机，打进去都是不在服务区，既然你老不在服务区，你干脆就别服务了吧。桂平受了惊吓，赶紧恢复原状，不敢再离开服务区了。

　　小李当然也没逃了桂平的一顿臭骂，但小李挨了骂也仍然不折不挠地为桂平分忧解难，又建议说，桂主任，你干脆别怕麻烦，把所有有关手机都储存下来，来电时一看就知道是谁，可接可不接，主动权就在你手里了。

　　桂平接受了小李的建议，专门挑了一个会议时间，坐在会场上，把必须接的、可接可不接的、完全可以不接的、实在不想接的电话一一都储存进手机，储得差不多了，会议也散了，走出会场时，手机响了，一看，是一个可以不接的电话，干脆将手机往口袋里一兜，任它叫唤去。

　　桂平找到了一个切实可行的好办法，他已经把和他有关系的大多数人物都分成几个等次储存了，爱接不接，爱理不理，主动权终于掌握在他自己手里了。如果来电不是储存的姓名，而是陌生的号码，那肯定是与他没有什么直接关联的人，那就不去搭理它了。

　　如此这般过了一段日子，果然减少了许多麻烦，托他办事的人，大多和那女高音差不多，知道他好说话，大事小事都找他，现在既然找不上他，他们就另辟蹊径找别人的麻烦去了。即使以后见到了有所怪罪，最多嘴上说一句对不起，没听到手机响，或者正在开会不方便接，也就混过去了，真的省了不少心。

省心的日子并不长。有一天开会时，刚要入会场，有人拍他的肩，回头一看，吓了一跳，竟是组织部的常务副部长，笑眯眯地说，桂主任，忙啊。桂平起先心里一热，但随即心里就犯嘀咕，部长跟他的关系，并没有熟悉亲切到会打日常哈哈的地步，桂平赶紧反过来试探说，还好，还好，瞎忙，部长才忙呢。部长又笑，说，不管你是瞎忙还是白忙，反正知道你很忙，要不然，怎么连我的电话都不接呢？桂平吓了一大跳，心里怦怦的，都语无伦次了，说，部……部长，你打过我电话？部长道，打你办公室你不在，打你手机你不接，我就知道找不到你了。桂平更慌了，就露出了真话，说，部长，我不知道你给我打电话。部长仍然笑道，说明你的手机里没有储存我的电话，我不是你的重要关系哦。他知道桂平紧张，又拍拍他的肩，让他轻松些，说，你别慌，不是要提拔你哦，要提拔你，我不会直接给你打电话哦。桂平尴尬一笑。部长又说，所以你不要担心错过了什么，我本来只是想请你关照一个人而已。他在你改革委工作，想请你多关心一下，开个玩笑，办公室主任，你们都喜欢称大内总管嘛，是不是？年轻人刚进一个单位，有大内总管罩一罩，可不一样哦。桂平赶紧问，是谁？在哪个部门？部长说，现在也不用你关照了，他已经不在你们单位了，前两天调走了，放心，跟你没关系，现在的年轻人，跳槽是正常的事，不跳槽才怪呢，由他们去吧。说着话，部长就和桂平一起走进会场，很亲热的样子，会场上许多人看着，后来有人还跟桂平说，没想到你和部长那么近乎。

桂平却懊恼极了，送上门来的机会，被自己给关在了门外，可他怎么想得到部长会直接给自己打电话呢。现在看起来，他所严格执行的陌生号码一概不接的大政是错误的，大错特错了。知错就改，桂平把领导干部名册找出来，把有关领导的电话，只要是名册上有的，全部都输进手机，好在现在的手机内存很大，存再多号码它也不会爆炸。

现在桂平总算可以安心了，既能够避免许多无谓的麻烦，又不会错过任何不应该错过的机会。只不过，过了很长很长的时间，也没有等到一个领导打他的手机。桂平并不着急，也没觉得工夫白费了，他是有备无患，凡事预则立。

过了些日子，桂平大学同学聚会，在同一座城市的同班同学，许多年来，来了的，走了的，走了又来的，来了又走的，到现在，搜搜刮刮正好一桌人，这一天兴致好，全到了。坐下来的第一件事，大家都把手机从包里或者从口袋里掏出，搁在桌上，搁在眼睛看得见的地方，夹在一堆餐具酒杯中。桂平倒是没拿出来，但他的手机就放在裤子后袋里，而且是设置了铃声加振动，如果聚会热闹，说话声音大，听不到铃声，屁股可以感受到振动，几乎是万无一失的。也有一两个比较含蓄的女生并没有把手机拿出来搁在桌上，但是她们的包包都靠身体很近，包包的拉链都敞开着，可以让手机的声音不受阻挡地传递出来，这才可以安心地喝酒叙旧。

这一天大家谈得很兴奋，而且话题集中，把在校期间许多同学的公开的或秘密的恋情都谈出来了。有的爱情，在当时是一种痛苦，甚至痛得死去活来，时隔多年再谈，却已经变成一种享受，无论是当事人，或是旁观者，都在享受时间带来的淡淡的忧伤和幸福。

谈完了当年还没谈够，又开始说现在，现在的张三有外遇吧，现在的李四艳福不浅啊，谁是谁的小三啦，谁是谁的什么什么，怎么怎么，接着就有一个同学指着另一个同学，说那天我看到你了，你挽着一个女的在逛街，不是你老婆，所以我没敢喊你。大家哄起来，要叫他坦白，偏偏这个同学是个老实巴交不怎么会说话的人，急赤白赖赌咒发誓，但谁也不信，他急了，东看看，西看看，好像要找什么证据来证明，结果就见他把手机一掏，往桌上一拍，说，把你们手机都拿出来。大家的手机本来就搁在桌面上，有人就把手机往前推一推，也有人把手机往后挪一挪，但都不知他要干什么。这同学说，如果有事情，手机里肯定有秘密，你们敢不敢，大家互相交换手机看内容，如果有事情的，肯定不敢——我就敢！话一出口，立刻就有一两个人脸色煞白，急急忙忙要抓回手机。另一个人说，手机是个人的隐私，怎么可以交换着看，你有窥视欲啊？当然也有人不慌张，很坦然，甚至有人对这个点子很兴奋，很激动，说，看就看，看就看，大家摊开来看。桂平也是无所谓，但他觉得这同学老实得有点过分，说，哪个傻又会保留这样的信？带回去给老婆老公看？那同学偏又顶真，说，如果真有感情，信是舍不得马上删掉的。大家又笑他，说他有体验，感受真切等等。这同学一张嘴实在说不过大家，恼了，涨红了脸硬把自己的手机塞到一个同学手里，你看，你看。

结果，同学中分成了两拨，一拨不愿意或不敢把自己的秘密让别人知道，不肯参加这个游戏，赶紧把手机紧紧抓在手心里，就怕别人来抢；另一拨是桂平他们几个，自觉不怕的，或者是硬着头皮撑面子的，都把手机放在桌上，由那同学闭上眼睛先弄混乱了，大家再闭上眼睛各摸一部。桂平摸到了一个女同学的手机，正想打开来看，眼睛朝那女同学一瞟，发现那女同学脸色很尴尬，桂平心一动，说，算了算了，女生的我不看。把手机还给了那女同学，女同学收回手机，嘴巴却又凶起来，说，你看好了，你不看白不看。桂平也没和她计较，但他自己运气就没那么好了，他的手机被一个最好事的男生拿到了，先翻看他的短信，失望了，说，哈，早有准备啊。桂平说，那当然，不然怎么肯拿出来让你看。那男生不甘心，又翻看他的储存电话，想看看有没有可疑人物。

真是不看不知道，一看吓一跳，那男生脸都涨红了，脱口说，哇，桂平，你厉害，连大老板的手机你都有？接着就将桂平手机里的储存名单给大家一一念了起来，这可全是有头有脸有来头的大人物啊，惊得一帮同学一个个朝着桂平瞪眼，说，嗬，好狡猾，这么厉害的背景，从来不告诉我们。也有的人，说，这是低调，你们懂吗？低调，现在流行这个。桂平想解释也解释不清，只好一笑了之。

却不知他这一笑，是笑不了之的。第二天，就有一个同学找到他办公室去了，提了厚重的礼物，请桂平帮忙联系分管文化的副市长，他正在筹办一个全市最大也最规范的超霸电玩城，文化局那头已经攻下关来，但没有分管市长的签字，就办不成，他已经几经周折几次找过那副市长，都碰了钉子被弹回来了，现在就看桂平的力度了。

桂平知道自己的手机引鬼上门了，只得老老实实说，我其实并不认得该副市长。同学说，不可能，你手机里都有他的电话，怎么会不认识？桂平只得老实交代，从头道来。那同学听后，"哈"了一声，说，桂平，你当了官以后，越来越会编啊，你怎么不把胡锦涛温家宝的电话也输进去？桂平开玩笑说，我知道的话一定输进去。那同学却恼了，说，桂平，凭良心说，这许多年，你在政府工作，我在社会上混，可我从来没找过你麻烦，是不是？这是第一次，第一次求你你就这么对付我，你说得过去吗？桂平知道怎么说这同学也不会相信他了，但他也无论如何不可能去替他找那副市长的，只得冷下脸来，说，反正你怎么理解、怎么想都无所谓，这事情我不能做。同学一气之下，走了，礼物却没有带走，桂平想喊他回来拿，但又觉得那样做太过分，就没有喊。

那堆礼物一直搁在那里，桂平看到它们，心里就不爽，搬到墙角放着，眼睛还是忍不住拐了弯要去看，再把办公室的柜子清理一下，放进去，关上柜门，总算眼不见为净。本来他们同学间都很和睦融洽，现在美好的感觉都被手机里的一个错误的储存电话破坏了。右想左想，也觉得自己将认得不认得的领导都输入手机确实不妥，拿起手机想将这些电话删除了，但右看左看，又不知道哪些是该删的哪些是不该删的，全部删了肯定也是不妥，最后还是下不了手。

原来以为得罪了同学，就横下一条心了，得罪就得罪了，以后有机会再给弥补吧。哪知那同学虽然被得罪了，却不甘心，过了两天，又来了，换了一招，往桂平办公室的沙发上一坐，说，你不答应我，我就不走了。桂平说，我要办公的，你坐在这里不方便。同学说，我方便的。桂平说，我不方便呀。同学说，有什么不方便，你就当是自己在沙发上搁了一件东西就行，你办你的公，你又不是保密局安全局，你的工作我听到了也不会传播出去的，即使传播出去别人也不感兴趣的。就这样死死地钉在桂平的办公室里。

即便如此，桂平还是不能打这个电话，因为他实在跟这位副市长没有任何交往，没有任何接触，这副市长并不分管他们这一块工作，即使开什么大会，副市长坐主席台，桂平也只能在台下朝台上远远地看一眼，主席台上有许多领导，这副市长只是其中一位。除此之外，就是在本地电视新闻里看他几眼，他和副市长，就这么一个台上台下屏里屏外的关系，怎么可能去找他帮忙办事呢，何况还不是他自己的事，何况还是办超霸电玩城这样的敏感事情。

同学就这样坐在他的沙发上，有人进来汇报工作，谈事情，他便侧过脸去，表示自己并不关心桂平的工作，就算桂平能够不当回事，别人也会觉得奇怪，觉得拘束，该直说的话就不好直说了，该简单处理的事情就变复杂了，半天班上下来，桂平心力交瘁，吃不消了，跟同学说，你先坐着，我上个厕所。同学说，你溜不掉的。

桂平只是想溜出去镇定一下，想一想对策，但又不能站在走廊上想，就去了一趟厕所，待了半天，没理出个头绪来，也不能老在厕所待着，只得再硬起头皮回办公室。哪曾想到，等他回到办公室，那同学已经喜笑颜开地站在门口迎候他了。桂平说，你笑什么？同学说，行了，我拿你的手机打过市长了，市长叫我等通知。桂平急得跳了起来，你，你，你怎么……同学说，我没怎么呀，挺顺利。桂平说，你跟市长怎么说的？同学说，我当然不说我是我，我当然说我是你啦。桂平竟然没听懂，说，什么意思，什么我是你？同学说，我说，市长啊，我是改革委的桂平啊。桂平急道，市长不认得我呀。市长怎么说？同学笑道，市长怎么不认得你，市长太认得你了，市长热情地说，啊，啊，是桂平啊。后来我就说，我有个亲戚，有重要工作想当面向您汇报。桂平说，你怎么瞎说，你是我的亲戚吗？同学说，同学和亲戚，也差不多嘛，干吗这么计较。我当你的亲戚，给你丢脸了吗？桂平被噎得不轻，顿住了。那同学眉飞色舞又说，市长说了，他让秘书安排一下时间，尽快给我，啊不，不是给我，是给你答复。话音未落，桂平的手机响了，竟然真是那副市长的秘书打来的，说，改革委办公室桂主任吧，市长明天下午四点有时间，但最多只能谈半小时，五点市长有接待任务。桂平愣住了，但也知道没有回头路了，总不能告诉人家，刚才的电话不是他打的，是别人偷他的手机打的。同学怕他坏事，拼命朝他挤眉弄眼，桂平狠狠地瞪他，却拿整个事情无奈，赶紧答应了市长秘书，明天下午四点到市长办公室，谈半小时。

挂了电话，那同学大喜过望，桂平却百思不得其解，说，怎么可能，怎么可能？同学也不生气了，说，反正事情就是这样，你明天得陪我去，你放心，我不会空手的。桂平气得说，没见过你这样的。同学却高兴而去了。

同学走后，桂平把小李叫来，说，小李，我认得某副市长吗？小李被问得一头雾水，说，桂主任，什么意思？桂平说，我不记得我和他打过什么交道呀，他才当副市长不久呀。小李说是，年初人大开会时才上的，不过两三个月。桂平说，何况他又不分管我们这一块，最多有时候他坐在主席台上，我坐在台下，这是八竿子也打不着的呀。小李说，那倒是的，我也在台下看见领导坐在台上，但是哪个领导会知道台下的我呢。小李见桂平愁眉不展，又积极主动为主任分忧解难，说，桂主任，会不会从前他没当市长的时候，你们接触过，时间长了，你忘记了，但是市长记性好，没忘记。桂平说，他没当市长前，是在哪里工作的？小李说，我想想。想了一会儿，想起来了，说，是在水产局，他是专家，又是民主党派，正好政府换届时需要这样一个人，就选中了他，后来听说他还跟人开玩笑说，我做梦也没有想到我会当副市长哎。桂平说，水产局？那我更不可能认得了，我从来没有跟水产局打过交道。小李又想了想，说，要不然，就是另一种可能，市长不是记性好，而是记性不好，是个糊涂人，把你和别的什么人搞混了，以为你是那个人？桂平说，不可能糊涂到这样吧？小李说，也可能市长事情太多，他以为找他的人，打他手机的人，肯定是熟悉的。你想想，不熟悉不认得的人，怎么会贸然去打领导的手机呢？无论小李怎么分析，也不能让桂平解开心头之谜。等小李走了，桂平把手机拿起来看看，看到刚才市长秘书的来电号码，这是一个座机号码，估计是市长秘书的办公室电话，就忽然想到，自己连这位副市长的这位秘书姓什么也没搞清楚，只知道他是刚刚跟上市长不久的，桂平赶紧四处打听，最后才搞清了这位秘书姓什么，于是又拿起手机，手指一动，就把那秘书的电话拨了回去，那边接得也快，说，哪位？桂平说，我是改革委办公室的桂平，刚才，刚才……那秘书记性好，马上说，是桂主任啊，明天下午市长接见已经安排了，四点，还有什么问题吗？桂平支吾了一下，一时不知道该怎么说，停顿片刻后，才说，我想问一问，你今天晚上有没有时间？那秘书立刻有习惯性的过度反应，说，桂主任，不用客气。桂平想解释一下，但那秘书认定桂平是要给他请客送礼，又拒绝说，桂主任，你真的不必费心，我知道你跟市长关系不一般，市长吩咐的事，我们一定会用心办的。桂平赶紧试探说，你怎么知道我跟市长关系不一般。那秘书一笑，说，市长平时从来不接手机的，他的手机都是交给我处理的，一般都是我先接了，再请示市长接不接电话，但是今天你打来的电话，却是市长亲自接的，这还不能说明问题？桂平被问得哑口无言，只得作罢。

桂平下班回家，心里仍然慌慌的、虚虚的，老婆感觉出来了，问有什么事，桂平也说不出到底是个什么事，只能长叹几声，老婆心里就起疑。正在这时候，桂平的手机响了，桂平一看，正是那同学打来的，人都被他气疯了，哪里还肯接，就任它响去，它也就不折不挠地响个不停。老婆说，怎么不接手机，是不是我在旁边不方便接？桂平没好气说，我就不接。老婆疑心大发，伸手一抓，冲着那一头怪声道，谁呀，盯这么紧干吗呀。一听是个男声，就没了兴致，把手机往桂平手里一塞，无趣地走开了。桂平捏着手机，虽然心里一千一万个不情愿，但听得手机那头喂喂喂的叫喊，也只得重重地"嗯"了一声，说，喊个魂。正想再冲他两句，那同学却抢先道，桂平啊，明天不用麻烦你了。桂平心里一惊，一喜，还没来得及说话，那同学却又说了，明天不麻烦，不等于永远不麻烦噢。就告诉桂平，刚接到文化局的通知，上级文件刚刚到达，电玩城电玩店一律暂停，市长也没权了，审批权被省里收去了。桂平愣了半天，竟笑了起来，说，笑话笑话，这算什么事，人家市长那边已经安排了时间，难道要我通知市长，我们不去见市长了？那同学笑道，那你另外找个事情去一下吧。桂平气道说，你以后别再来找我。那同学仍然笑，说，那可不行，以后还要靠你的。桂平说，你不是说审批权被省里收去了么，我又不认得省领导。同学说，得了吧，你能认得这么多的市领导，肯定就是一个四通八达的人，省领导必定也能联系上几个的。不过现在还不到时候，情况还不明确，我马上会了解清楚的，如果省里可以松动，到时候要麻烦你帮我一起跑省厅省政府呢。桂平差点喷出一口血来，说，我要换手机了。同学笑道，你以为穿上马甲别人就认不出你了。

　　第二天，桂平硬找了个借口去了市长办公室，见到正襟危坐的市长，心里一慌，好像那市长早已经看穿了他的五脏六腑，忽然就觉得自己找的那借口实在说不出口来，正不知怎么才能蒙混过关，市长却笑了起来，说，你是桂平吧，改革委的办公室主任，桂主任，其实我根本就不认得你噢。桂平大惊失色，说，市长，那你怎么？市长说，嘿，说来话长——市长看了看表，说，反正我们被规定有半小时谈话时间，我就给你说说怎么回事吧——你们都知道的，我们的手机，一直是秘书代替用的，一直在他手里，我自己从来都看不到、听不到，什么也不知道，个个电话由他接，样样事情由他安排布置，听他摆布，我一点儿主动权也没有，一点儿自由也没有。因为机关一直就是这样的，前任是这样，前任的前任也是这样，我也不好改变。停顿一下又说，你也知道，我原来是干业务的，忽然到了这个岗位，真的不怎么适应，开始一直忍耐着，一直到昨天下午，我忽然觉得自己忍不下去了，就下了一个决心，试着收回自己用手机的权力，结果，我刚让秘书把手机交给我，第一个电话就进来了，就是你的。当时秘书正站在我面前，看着我，我就让他给安排时间，我要让他知道，没有他我也一样会布置工作，事情就是这样。桂平愣了半天，以为市长在说笑话，但看上去又不像，支吾了一会儿，实在不知道说什么才好，好在那市长并不要听他说话，只是叹息一声，朝他摆了摆手说，不说了，不说了，今后没有这样的事情了，你也打不着我的手机了——我又把手机还给秘书了。我认输了，我玩不过它，就昨天一个下午，从你的第一个电话开始，我一共接了二十三个电话，都是求市长办事的，我的妈，我认输了。停顿了一下，末了又补一句说，唉，我也才知道，当个秘书也不容易啊，更别说你办公室主任了。桂平说，是呀，是呀，烦人呢。市长又朝他看了看，说，对了，我还没问你呢，桂主任，我并不认得你，你怎么会直接打我的手机呢？桂平也便老老实实地把事情的来龙去脉说了出来，市长听了，哈哈地笑了几声，桂平也听不出市长的笑是高兴还是不高兴。

桂平经历了这次虚惊，立刻就换了手机号码，只告知了少数亲戚朋友和工作上有来往的人，其他人一概不说，结果给自己给大家都带来很多麻烦，引来了很多埋怨。但无论出现什么情况，桂平都咬牙坚持住，他要把老手机和手机带来的烦恼彻底丢开，他要和从前的日子彻底告别，他要活回自己，他要自己掌握自己，再不要被手机所掌控。

现在手机终于安安静静地躺在办公桌上，但桂平心里却一点儿也不安静，百爪挠心，浑身不自在。手机不干扰他，他却去干扰手机了，过一会儿，就拿起来看看，怕错过了什么，但是什么也没有。桂平怀疑是不是手机的铃声出了问题，就调到振动，手机又死活不振动，他拿手机拨自己办公室的座机，通的，又拿办公室的座机打手机，也通的，再等，还是没有动静，就发一条短信给老婆，说，你好吗？信正常发出去了，很快老婆回信说，什么意思？也正常收到了。老婆的信似乎有点火药味。果然，回信刚到片刻，老婆的电话就追来了，说，你干什么？桂平说，奇怪了，今天大半天，居然没有一个电话和一封短信。老婆说，你才奇怪呢，老是抱怨电话多，事情多，今天难得让你歇歇，你又火烧屁股。老婆搁了电话，桂平明明知道自己的手机没问题，仍然坐不住，给一个同事打个电话说，你今天上午打过我手机吗？同事说，没有呀。又给另一朋友打个电话问，你今天上午发过短信给我吗？那人说，没有呀。

桂平守着这个死一般沉寂的新号码，不由得怀念起老号码来了，他用自己的新号码去拨老号码，听到"对不起，您拨打的电话已停机"，桂平心里一急，把小李喊了过来，责问说，你把我手机停机了？小李说，咦，桂主任，是你叫我帮你换号的呀。桂平说，我说要换号，也没有说那个号码就不要了呀，那个号码跟了我多少年了，都有感情了，你说扔就扔了？小李说，桂主任，你别急，没有扔，我帮你办的是停机留号，每月支付五元钱，这个号码还是你的，你随时可以恢复的。桂平愣了片刻，说，你怎么会想到帮我办停机留号？小李说，桂主任，我还是有预见的嘛，我就怕你想恢复嘛。桂平还想问，你凭什么觉得我想恢复。但话到嘴边，却没有问出来，连小李一个毛头小子都把自己给看透了，真正气不过，发狠道，我还偏不要它了，你马上给我丢掉它！小李应声说，好好好，好好好，桂主任，我就替你省了这五块钱吧。

到这天下午，情况忽然发生了很大的变化，打到他手机上的电话多起来，发来的短信也多起来，其中有许多人，桂平明明没有告诉他们换手机的事情，他们也都也打来了。桂平说，咦，奇怪了，你怎么知道我的电话。对方说，哟，你以为你是谁，知道你的电话有什么了不起的。也有人说，咦，你才奇怪呢，我凭什么不能知道你的电话？也有心眼小的，生气说，唏，怎么，后悔了，不想跟我联系了？

桂平又恢复了从前的生活，手机从早到晚忙个不停，那才是桂平的正常生活，桂平早已经适应了这样的生活，他照例不停地抱怨手机烦人，但也照例人不离机，机不离人。他只是有点奇怪，这许多人是怎么知道他的新手机号码的。

一直到许多天以后，他才知道，原来那一天小李悄悄地替他换回了老卡。

茉莉花开满枝丫

妮子三岁的时候，在外面打工的漆桂红和男人一起回家过年，妮子不认得她，不肯喊她妈妈，漆桂红要抱女儿，女儿却推开了她，转身走了。漆桂红很伤心，哭了几声。男人骂她，大过年的，哭你个头，小孩认生，有什么大不了的。漆桂红抹着眼泪说，她不肯喊我。男人又骂她，蠢货，她不喊你，就不是你女儿了？男人脾气臭，漆桂红不敢和他斗嘴，但她想过了年她不再跟男人出去打工了。男人还是骂她，你个败家婆，不打工哪来的钱，没有钱，欠的债拿什么还，没有钱，往后怎么供妮子读书？漆桂红仍不敢回嘴。刚过初三，年的气味还没有消失，他们又出门了。临走前漆桂红没有找到妮子，她知道女儿有意躲起来了。

又过了几年，漆桂红回家，看到妮子活泼泼的，抱着妯娌的腿喊妈妈，喊得那个亲热。漆桂红生气地跟妯娌说，她是我的女儿，怎么喊你妈妈？妯娌说，不是我让她喊的，是她自己要喊的。漆桂红说，她是小孩子，她不懂事，你也不懂事？你这算什么，我的女儿成了你的女儿？妯娌说，我叫她不要喊，可她不听，不信你试试。漆桂红去拉女儿的手，女儿却紧紧抱住婶婶的腿，喊着，妈妈，妈妈！

漆桂红这回不依了，无论男人怎么骂她，她坚决要和女儿在一起，要不就让她留在家里，要不就带上女儿一起进城打工。男人最后也让了步，说，你实在要带就带吧，带了你可别后悔啊。

妮子就跟着父母进城了。第二年，漆桂红和男人想了许多办法，托了好多人，把几年打工积攒的钱差不多都用出去了，终于给妮子找到了一个学校，并且落了学籍，妮子成了城里的一个小学生了。

日子还是艰苦，一家人挤在一间小小的出租屋里，但女儿有了一张小书桌，也有电灯，可以写作业，女儿和漆桂红的关系改善了。几年来一直绕在漆桂红心头的阴影，总算慢慢地消去了。

不料天有不测风云，漆桂红家的欠债还没还清，漆桂红的男人又出了工伤事故，断了一条腿，厂里给了一笔工伤费，就送回老家去了，成了一个废人。漆桂红想和男人一起回乡下，男人虽然少了一条腿，却还是凶，骂她说，一起回去等死啊。

漆桂红在城里的这份活，虽然辛苦，但工资还比较稳定，多少有点进账，何况女儿的学籍已经落在城里，漆桂红就带着女儿留下了。

漆桂红和男人是在同一个工厂工作的，男人回去以后，厂里有人欺负漆桂红孤身一人，来骚扰她，不过也不是什么大事情，就是说一些不三不四的话，吃吃豆腐，也有个别胆子大的，野蛮的，上前捏她一把，或者从后面拍一下屁股，就跑了。毕竟厂里有厂里的规矩，不能太过分，太过分了厂里也容不得他们的。漆桂红为了赚点工资，也就忍了。可是后来厂里有一个领导也来占她的便宜了，而且这个人不光嘴上说，还动手动脚，晚上还来敲漆桂红的门，吓得漆桂红晚上连灯也不敢开，天一黑就锁门。

漆桂红眼泪巴拉地去找老乡崔凤琴，崔凤琴喜欢骂人，逮到谁骂谁，她把漆桂红厂里的人一一骂过来，最后却说，我也只能骂骂他们，这事情我也没法帮你。漆桂红又哭，她除了哭，也没有别的办法。崔凤琴听她哭了一会儿，拍了拍桌子，说，有的给这些狗日的白占便宜，不如跟我去做事。漆桂红瞪着泪眼说，不在这里干了？崔凤琴呸她说，除非你情愿给狗日的白摸。

漆桂红跟上崔凤琴，崔凤琴要她做的第一件事就是学跳舞，把漆桂红吓了一跳。崔凤琴说，我知道你想不通，一个乡下婆子，要身段没身段，要脸盘没脸盘，学跳舞干什么？又说，你也不要问，只管去学，学会了再说。崔凤琴把漆桂红带到大公园，那里有好多人在跳舞，但他们都是会跳舞的，漆桂红怎么挤得进去？崔凤琴说，你放心，你就站在那里，自会有人来教你。漆桂红不放心，说，要钱吗？崔凤琴说，不要钱。漆桂红又不相信，说，不要钱，他为什么要教我？

崔凤琴气道，你废话真多——她看着漆桂红茫然无助的样子，口气缓了缓，说，嘿呀，说不定在城里就碰到个傻子呢。

漆桂红还是不相信，但崔凤琴没时间再跟她废话，扔下她就走了。

舞曲响起来了，是《茉莉花》的曲子。《茉莉花》是漆桂红最喜欢的歌，想不到今天一来，就碰上这个曲子，一对一对的舞搭子跳得都很投入。漆桂红来的时候是战战兢兢的，但是有了《茉莉花》，她似乎壮了一点儿胆，甚至还找到一点儿亲切和踏实的感觉。

漆桂红只站了一小会儿，果然有个人过来问她了，你怎么不跳？漆桂红心里怦怦跳，说，我不会跳。这个人就说，我教你。就架起漆桂红两条手臂，往场子里带。漆桂红慌了，急急说，我很笨的，我从小就不会文艺的。这个人说，再笨的人，也能学会跳舞，我带你走两圈，就包你会了。就带着漆桂红走开了步子，漆桂红完全踩不着《茉莉花》的节奏，一脚踩到了他的脚，他说，不碍事，不碍事，一开始都是这样的，踩几下就习惯了。态度好得让漆桂红不敢相信。漆桂红被架着走转了几圈，心里不踏实，忍不住说，你收钱吗？这个人愣了愣，说，收什么钱？漆桂红说，你教我跳舞，收不收钱？这个人说，我是喜欢跳舞才来的，教你跳舞的时候我也是在跳舞嘛，跳舞怎么还要收钱呢。漆桂红想，崔姐说得对，果然碰到了傻子。

漆桂红不灵活，身材也微胖，但跳了几次也就有点儿会了，就这么一二三四，或者一二三，不复杂，正如头一天教她的那个人说，再笨的人也能学会跳舞。因为没想到自己学得这么顺利这么快，漆桂红兴致很高，每天早早地就跑到公园去等《茉莉花》了。

她跟着舞搭子转圈的时候，已经很熟练了，脚脚踩在茉莉花的节奏上，一时间，漆桂红感觉自己也像一朵茉莉花一样幸福。她居然有了点舞瘾，还想再跳呢，崔凤琴却说，别跳了。漆桂红说，我还不太熟练呢。崔凤琴说，够了，这点水平足够了，可以上班了。

漆桂红跟着崔凤琴走进一个很小的门面，进门是一个狭窄的旧楼梯，上了楼梯才发现楼上很大，是个舞厅，但光线很暗。漆桂红觉得这个舞厅不像个舞厅，倒像个废掉的工厂，又大又旧，一览无余。地是粗糙的水泥地，墙上脏兮兮的，周边有几张七翘八裂的桌子和椅子，桌子上的茶杯都是一次性的塑料茶杯，茶叶黄渣渣的，那是跳舞的人休息时喝的。

　　崔凤琴指了指舞池说，好了，你上班就是跳舞，会有人来请你跳舞的，每个人跳几次，给你十块钱。漆桂红说，大公园那边，跳舞不是不给钱吗？崔凤琴说，不给钱你陪他跳个屁——漆桂红，你少废话，记住了，一个人给十块钱。又说，一天没有十个也有八个，没有八个也有六个七个。你算算，比你在厂里好赚多啦。漆桂红还是不解，说，他们怎么会请我跳舞？我是个乡下女人，身材这么笨、这么粗，他们怎么会找我呢？崔凤琴哼一声说，城里女人他们找得起吗？你以为城里就没有穷鬼啦，既穷还色，还都是些老不死的老色鬼。

　　漆桂红这才有些明白了，她朝舞厅里张望了一下，果然多数是老年人，六十多岁的比较多，也有七老八十的，有的老人走路都有点颤颤巍巍，根本也跳不动了，只是搂着个舞搭子走走路而已，完全踩不到舞曲的点子上。漆桂红这一看，就更疑惑了，说，他们没有钱，为什么不到大公园去跳舞，那里不要钱。崔凤琴说，你以为他们是来跳舞的？漆桂红一听就慌神了，说，崔姐，你没有跟我说清楚，你没有跟我说清楚。崔凤琴说，现在说清楚也不迟，你要是不干，你可以回厂里去，给那些狗日的白摸去吧。漆桂红又吧嗒吧嗒掉眼泪，崔凤琴说，掉什么眼泪，我早就跟你说了，有的给那些狗日的白摸，还不如给这里的狗日的摸一摸，反正一样就是个摸。说着说着她自己就笑了起来，笑了笑，又说，哎呀，你又不是什么金贵的小姐，腰身像个柏油筒，脸盘像个向日葵，除了这些死不要脸的老东西，谁会稀罕你？婚前金奶子，婚后银奶子，生了小孩就是狗奶子，反正一个乡下狗奶子，给狗日的摸摸，换一张毛主席，你也亏不到哪里去。漆桂红愣了半天，说，他们，他们，摸我哪里呢。崔凤琴说，你别问那么清楚，他们不会过分的，这里都有规矩的。

　　和在大公园一样，崔凤琴扔下漆桂红就走了，漆桂红一想到崔凤琴说的"给狗日的摸摸"，脸上滚烫滚烫，心里怦怦跳，她看紧了舞厅的门，随时准备要逃走了。但是已经来不及了，已经有一个个子矮矮的老头走过来了，朝漆桂红笑笑，说，听说你姓漆？我还从来没有碰见过姓漆的人呢。他牵了牵漆桂红的手，很快就放开了，又说，你是新来的，你有点紧张。漆桂红紧张得腿肚子打哆嗦，也不敢看他，只是低垂着眼睛说，我没……没紧张。矮老头说，其实，不瞒你说，我也很紧张。他架起她的手臂，就下舞池走起步来。旁边跳着舞的几个人都跟矮老头搭讪说，老扁头，有新搭子啦。漆桂红这才敢看了矮老头一眼，果然头扁扁的。

　　老扁头带漆桂红走了几步，基本上不是跳舞，只是摇摇晃晃地走，一步两步，一步两步，漆桂红发现老扁头跳得并不好，放心了些，也大胆了些，也想放开手脚跳一跳，可老扁头始终两脚踩高跷似的轮番踩来踩去，并不起舞，也不说话，漆桂红觉得老扁头似乎在犹豫着什么，似乎想说什么又说不出口的样子，只是看他一会儿脸红红的，一会儿脸上的肉又抽一抽，一会儿眼睛又闭一闭，这么奇奇怪怪地走了一会儿，老扁头终于说话了，他指了指漆桂红的胸口，说，小漆，我可以摸这里吗？漆桂红的脸飞地红了起来，低声说，我不知道，我是新来的，摸哪里你自己知道的。老扁头有点尴尬，咳了一声，说，你这么说了，好像我是个老手，其实，我也不怎么懂的，你这么说了，叫我有点难为情的。漆桂红心里骂道，不要脸，难为情还会来？老扁头像是听到了漆桂红心里的话，说，我知道，我知道，做这种事情是有点……有点那个什么，但我确实是有点不好意思的。漆桂红心里又骂了几句，这回老扁头没有再解释。

　　老扁头下了下决心，一只手就伸过来了，漆桂红又惊吓怕，背弓起来，胸脯往后缩，头颈往前拱。老扁头的手停了一停，说，你要缩到哪里去呢。手又伸上前了。漆桂红知道躲不过，又羞又恼，胸脯一下子变得又硬又僵。老扁头的手触到漆桂红的胸脯，先是惊了一下，好像被烫着了，立刻缩了回去，过了一会儿，慢慢地又伸了过来，如此几次，慢慢地适应了，就停在那儿不动了，嘴上直说，好，哎呀，好，好软啊，小漆，你好……你好软啊。停下来歇一歇，又指了指漆桂红的衣襟说，小漆，我能伸到里边去吗？漆桂红说，我不知道的。老扁头说，让我伸进去摸摸好吗？崔凤琴并没有跟漆桂红说清楚，手能不能伸进衣服，现在老扁头眼巴巴地等着，漆桂红不回答，他就不动了，但又忍不住，说，小漆，你让我伸进去摸一摸吧，人家都可以伸进去摸的。漆桂红心里实在熬不住，眼泪就掉了下来，说，你伸进去摸了，还要再摸哪里？老扁头一看漆桂红哭了，有点慌，也有点难过，赶紧说，别哭别哭，我不伸进去了，就在外面摸摸，一样的，啊，一样的。他的手就隔着漆桂红的衣服，抓住漆桂红的胸脯，揉了一揉，又说，等会儿再让我摸摸你的屁股啊。不等漆桂红反应过来，老扁头又说，摸屁股也是在外面摸的，小漆你放心，我们都懂规矩的，你们都是有儿有女有老公的人，我们不会怎么样的，再说了……老扁头压低了嗓音说，小漆，你不用怕，我告诉你，我早已经没有……没有那个能力了，真的，你要是不信，你要是不信……噢，我不说了，小漆，我只是摸摸，只是摸一下，就可以了。

舞曲终于停来了，老扁头很绅士地牵着漆桂红的手回到座位那里，请漆桂红坐下，漆桂红脸通红的，偷偷地看了看其他人，没有一个人注意她，她们都在和老头子们说说笑笑，打打闹闹，漆桂红心里刚一轻松些，就惦记着老扁头没给钱。老扁头知道她的心思，说，小漆，跳三曲，跳完三曲一起付，这里都是这样的，这是规矩。漆桂红说，你不讲规矩怎么办？老扁头说，小漆，你放心，这里的人都讲规矩的，不讲规矩在这里待不下去的。

下一个舞曲开始前，老扁头还特意来问漆桂红，有没有她特别喜欢的曲子，有的话可以点，点了他们就会放。漆桂红干巴巴地说，没有。其实那一瞬间她心里是想到了《茉莉花》的，但她不知道自己是希望播放《茉莉花》还是害怕播放《茉莉花》，可结果放出来的却恰恰就是《茉莉花》，漆桂红心里一慌，脸色也有点异样。老扁是个细心的人，立刻就发现了漆桂红细微的变化，高兴地说，小漆，你也喜欢《茉莉花》吧？跟我一样哎，我也喜欢《茉莉花》——其实我不光喜欢跳《茉莉花》，我平时就喜欢茉莉花，我觉得茉莉花又香又朴素又低调，不像玫瑰花，太娇艳，还刺人，也不像百合花，虽然蛮清爽，但它的花蕊太容易掉，一碰就掉了，不碰它也会掉，一不小心弄得身都黄渣渣的，洗也洗不掉，还是茉莉花好，静静地开放，静静地香。小漆，你说是不是——说着说着，老扁得意地哼了起来，他五音不全，完全没哼出茉莉花的调调来，他自己也知道哼得不像，不哼了，又说，小漆，我看你就像一朵茉莉花哎——他的手又伸了过来，漆桂红身子又往后缩，但她终究无处可缩，觉得一股气血在五脏六腑乱冲乱撞，她在心里恶狠狠地骂道，你妈才是茉莉花！

果然，老扁头规规矩矩地和小漆跳了三曲，每次跳的时候，都摸摸漆桂红的胸和屁股，他摸胸的时候，是要搓揉一下的，但摸屁股却不一样，其实不能算是摸，只是拍一拍，过一会儿，再拍一拍。漆桂红不知道这是不是规矩。

跳完三曲以后，老扁头看了看表，说，我要走了，小漆——茉莉花，明天见啊。

漆桂红一口气一直闷在肚子里，憋屈得好难过，不光心口疼，连小肚子都憋得疼。直到老扁头走了，她才对着没人的地方，咬着牙骂了几十句你妈才是茉莉花，才出了一点儿气，坐下来想喝口水镇定一下，又有一个老人走过来了。这个老人穿着很讲究，戴着眼镜，看上去比刚才那个讲规矩的老扁头还要斯文一点儿，他坐到漆桂红对面，说，你刚刚下来，休息一会儿吧。给漆桂红的茶杯里续了水，说，喝点水。又说，这里的茶叶太差了，也不知道是哪一年的陈茶，恐怕都发霉了，老板节省成本。你喜欢喝茶吗？喜欢的话我明天从家里带给你喝。漆桂红赶紧说，我不喝茶的，我只喝白水。眼镜点了点头，说，好，喝白水好，喝白开水健康。又说，我这个人，什么都好，就是话多，不过，人老话多嘛，也是正常的，请你多多原谅。对了，刚才我听他们说了，可又忘了，你老家是哪里的？漆桂红不想说，眼镜也不勉强她，自顾自说，年纪大了，忘性就大了，刚刚听他们说过，一转身就忘记了，不过也无所谓啦，我们又不是处对象，不一定要问家乡的，你放心好了。漆桂红看着他的眼镜片子在昏暗的灯光下闪一闪、闪一闪，漆桂红心里也跟着一闪一闪的，不知道怎么才能让他闭嘴。眼镜明明看到漆桂红皱了眉，也知道她嫌他啰唆，但他控制不住自己的唠叨，又说，我刚才说了，我就是这个毛病，话多，请你原谅。哎，对了，你今年多大了？刚才他们说了，哎呀，我又忘记了。三十？三十五？三十七？不像，不像，看起来就二十多岁，但是二十多岁的人是不会来这里的，你虽然是乡下来的，但是气质蛮好的，什么原因你知道吗？主要是因为你不太瘦，现在许多女人都喜欢瘦，其实她们不懂，瘦的女人是没有气质的。

眼镜就这么有一搭没一搭地和漆桂红讲了许多话，当然，与其说他是在和漆桂红讲话，不如说他是在自言自语，因为漆桂红始终没有回答他一个字，没有说过一句话。眼镜说到最后，停了下来，好像在想什么问题，想了一会儿，突然一拍脑袋，说，怎么都是我在问你，你怎么不说话，你也问问我呀？漆桂红说，问你什么？眼镜说，随便你问什么，既然我们是舞搭子，你总要主动跟我说说话呀。漆桂红说，崔姐说，只是摸摸，没有叫我说话。眼镜说，咦，多说话有利于交流感情呀，比如你可以问我，你为什么要来跳舞？漆桂红就死板板地说，你为什么要来跳舞？眼镜叹息了一声说，我孤单呀，你不知道，我有多孤单，整天心里空空荡荡的，没着没落的，这种感觉，你有过吗？你能体会吗？漆桂红又不吭声了。眼镜说，咦，你怎么只问一句？你再问啊。漆桂红说，我再问什么？眼镜说，比如你问问，你家里有老伴吗？漆桂红又死板板地学着他说，你家里有老伴吗？眼镜说，我有老伴的，我老伴年轻时才漂亮呢，她不是乡下人，她是城里的大小姐，风度很好的，现在她老了，人家都说她像秦怡呢。我老伴不仅人长得好，心肠也好，对我也好。你看，我身上穿的，都是她收拾的，清爽吧，整齐吧，有型吧。漆桂红心里骂道，既然她这么好，你还到这种地方来做死。眼镜还在说，还有，我吃的，我过日子的所有的一切，都是她帮我弄的，她把我伺候得像皇帝呀——对了，你心里一定不相信，既然她对我这么好，我为什么还要到这里来，这就是我的心结呀，没有人能理解我，我家里人，我的亲戚，我的朋友，全世界的所有的人，他们都不知道我孤单啊。眼镜说着说着，脸都白了，手忙脚乱地摘下眼镜，又戴上去，再摘下来，又戴上去，也不知道他要干什么，漆桂红就没有再说下去。眼镜又说，你不知道的，谁也不知道的，我每天晚上睡觉，心里是空的，早上醒来，心里还是空的，我的心好像被谁拿走了，我好孤单啊，你明白什么是孤单吗？漆桂红在肚子里恶狠狠地咒骂道，老流氓，老不死，老棺材，老甲鱼，孤你个头，孤你个魂，孤你个枪毙鬼！

眼镜却笑起来，说，我很喜欢你，你是个老实人，我自己也是个老实人，所以我也喜欢老实人，我不喜欢那种花里胡哨的人，还有那种嘴上抹了蜜的人。漆桂红又暗骂他，做流氓还假装老实人，真不要脸！

下一曲又快要开始了，眼镜也和老扁头一样，热情地说，哎，我们这个舞厅很讲人性化，你要是有自己喜欢的曲子，你可以点，你不点的话，他们就随便放，你要点吗？你喜欢什么曲子？漆桂红不由自主地往后缩退了一下，惊恐地说，我不要《茉莉花》，我不要《茉莉花》。眼镜脾气真好，笑眯眯地说，噢，你不喜欢《茉莉花》？好，好，不要《茉莉花》，我们跳别的曲子，一样的。

后来下午场到点了，跳舞的老人和妇女都走光了，漆桂红却一直没有走，她把那杯茶喝了又喝，喝得茶水寡白寡白了，还在往杯子里加水。舞厅老板笑她说，喝了这么多水，想把门票钱喝回去啊？漆桂红说，我，我口渴。老板道，不是口渴吧，是不敢回家了吧，怕老公发现吧。停顿一下，又怪笑说，没事的，没事的，刚开始来的人都这样，过一阵就好了，老吃老做了，你不来还难过，还熬不住呢？漆桂红不敢回话，舞厅老板就赶人了，说，走吧走吧，再不走晚场的人要到了，你得重新买票。看漆桂红没听明白，又说，你别痴心妄想了，你以为你是谁？你以为你长得很好看？身材好？脸盘好？老板又瞄了瞄她，说，照照镜子去，腰身像柏油筒，脸盘像向日葵。我告诉你，晚上都是小年轻，你们待在这里，恶心他们，要影响我生意的，走吧走吧。

  漆桂红出了舞厅，走到公交车站等车，看到一张熟脸，也是在舞厅里跳舞的一个老头。这个老人更古怪，上身穿一件花格子西装，下身一条牛仔裤，还戴了顶鸭舌帽，看了叫人又想笑又恶心。老头见漆桂红看他，似乎有点紧张，赶紧靠过来，把鸭舌帽拉低了，低声说，你别和我说话，别跟我打招呼，你离我远点，只当作不认得我。漆桂红觉得莫名其妙，但还是点了点头。可她的眼睛实在忍不住要去看他的奇装异服。老头说，你觉得我穿得奇怪吧，我从小就是这样，到老也改不掉，所以他们给我起个绰号叫外国叫花子。漆桂红忍不住要朝气他笑，外国叫花子一吓，赶紧走开几步，站定了，但想想不放心，又回过来说，你以后在街上看到我，不要喊我啊。他抽了抽鼻子，像是要哭了，但是又忍了忍，说，我的事情，我老太婆已经知道了，我没脸回家了，我老太婆说，我要是再去舞厅，就把我的丑事告诉我女儿女婿，告诉我从前的同事，告诉我所有的亲戚朋友，我也是个知识分子，我也要脸面的呀。漆桂红忍不住说，那你还去？外国叫花子终于哭了出来，我没有办法，我没有办法，我不能不去，我明明知道你们这些女人，不好好劳动，专门花老头子的钱，天地良心啊，我们苦了一辈子，也就是这一点点钱，全被你们花光了——你不要这样看着我，我没有瞎说，你们就是这样有手段，有本事花得我们团团转，乖乖地把钱交给你们。我老婆问我，你天天去舞厅，还动手动脚，是不是因为她们年轻漂亮？天地良心，你自己说说，你们哪里年轻漂亮了，才不年轻，才不漂亮，都是乡下女人，都是中年妇女，有的都快老年了，还烫头发，涂口红，看上去吓人倒怪的，腰身像柏油筒，脸盘像向日葵，难看死了。漆桂红气得转身走远几步，不理他了。外国叫花子却又缠过来说，我是不想去的呀，可是我控制不住自己，我上瘾了，一天不去就不行，一天不去我心里就找不着底了。我跟我老婆说，你打我吧，你骂我吧，我是老流氓，我真的是老流氓，我不要脸，我不是人……可是，可是，我还是想去呀。漆桂红气得发抖，壮着胆回敬他一句，想去你就去罢。外国叫花子直摇头，说，不行啊，自从我老婆发现了我的丑事以后，她就不再给我零花钱了。我就用我的小金库，短短的时间，我把我几十年的积蓄都给了你们。我现在已经开始偷家里的钱了，如果偷不到钱，我会偷家里的东西去卖,如果偷不到家里的东西卖,我,我不知道我会不会去当小偷……哼哼哼,为了你们这种女人,我要当小偷啊,老扁头还说你像茉莉花呢,呸呸呸,我知道你们都是断肠草。

漆桂红连奔带跑逃离了这个车站。

漆桂红没敢再上公交车,就一直走回家去了。走着走着,慌乱的心情似乎平静些了,可再走着走着,离家近了,她的心又再次慌张起来,到了家门口,掏钥匙开门的时候,她的手都不听使唤了,钥匙"啪"掉到地上。妮子在屋里听到声音,来给她开门。漆桂红弯腰拣起钥匙,一起身,看到妮子站在她眼前,漆桂红惊吓得一哆嗦,赶紧避开妮子的眼睛,侧身进了屋子。进了屋却又不知道要干什么,张着两只手站在那里,眼神也不知往哪儿支,也不敢和妮子说话,又怕不说话引起妮子的怀疑,后来勉强挤出一句多余的话,问,妮子,上学了吗?妮子说,上了。漆桂红仍然心虚,又问,放学了吗?这回妮子没有回答,抬眼朝她盯了一下,漆桂红冷汗都冒出来了,慌忙解释说,妈妈是说,今天有没有回家作业。这话更是荒唐,妮子正在写作业呢。最后还是妮子给她解了围,妮子说,妈妈,我饿了。漆桂红才想起回来应该做晚饭,暗骂自己一句,做贼心虚。赶紧到外面走廊上去做饭,躲开了妮子。

过了一阵,漆桂红的妯娌带着孩子从乡下出来了,住到漆桂红这里,把漆桂红吓得不轻,她试探妯娌是不是也要在城里干活,会不会要她介绍工作呢?妯娌却没有这样的打算,只是说,我就是带小宝来看看新鲜,我才不要在城里做活。湾头村的崔凤琴说,乡下女人进城,要么就是被人摸,要么就是送给人摸。妯娌见漆桂红惊慌失措的样子,又说,小宝他大妈,我不是说的你啊。漆桂红满脸通红,就听到身后"嘶啦"一声,回头一看,原来小宝要抢妮子的作业本,妮子不给,两人一夺,妮子的一页作业纸给撕了下来。漆桂红过去拣起来一看,是老师布置的一篇作文,题目是《最美丽的花》,妮子写了开头几句:最美丽的花是茉莉花,虽然我从来没有见过茉莉花,但是我妈妈喜欢茉莉花……漆桂红心头一阵难过,赶紧说,妮子,你写错了,妈妈不喜欢茉莉花,妈妈最不喜欢茉莉花!妮子不吭声,妯娌却奇怪了,说,咦,大宝他大妈,你从前在家的时候,天天唱茉莉花,你是最喜欢茉莉花的,妮子没有写错呀。漆桂红只觉得头皮发麻,心里乱颤,尖声说,你们别说了,我讨厌茉莉花,我恨死茉莉花了。屋子里一个大人两个孩子，都呆呆地看着漆桂红。

妯娌临走前一天，漆桂红陪她上街逛逛，在街头看到一个强横霸道的小流氓在欺负一个女孩子，拳打脚踢的，围观的人却没有一个人上前制止。漆桂红怕事，拉着妯娌要走，忽然就看到舞厅里的那个老扁头，从人群中冲了出来，大声喝道，你给我住手！小流氓猛地一愣，住了手，回头看看是个矮老头子，嘴角一斜，重新握紧了拳头。大家都替老扁头捏一把汗，老扁头却不急不慌，慢悠悠地说，小伙子，告诉你，我是警察！怎么，觉得不像吗？我是退休的警察，退休的警察可比没退休的警察更厉害噢，你说是不是？没退休的警察有纪律，退休的警察可没有纪律噢，你信不信？不信的话，要不要试试？小流氓竟然被唬住了，愣了片刻后，骂骂咧咧地走了。

老扁头一回头看见了漆桂红，高兴地喊起来，小漆，小漆，你逛街啊？漆桂红拉着妯娌就跑。老扁头在后面追着说，小漆，漆桂红，漆桂红，你别跑，你误会了，我骗他的，我不是警察，我真的不是警察。妯娌说，他认得你？漆桂红说，我不认得他。妯娌奇怪说，那他怎么叫你名字呢？漆桂红说，你听错了。妯娌说，没听错，没听错，我听得清清楚楚，他喊你小漆，喊你漆桂红。漆桂红顾不得妯娌，一个人慌慌张张逃走了。

家里又恢复了以往的安静。漆桂红开始还以为是妯娌走了的原因，后来才慢慢地发现，跟妯娌无关，是妮子有点不劲，妮子话越来越少。开始漆桂红问她什么，她还回答一两个字，到后来漆桂红怎么说话，怎么问，她都不再回答了，最多只用眼神或者用身体的某个部位，来表示一个最简单的态度。有一次放了学干脆就没回家，漆桂红找到天黑也没有找到，最后惊动了妮子的老师，老师从妮子的作业本上看到妮子做的一个"虽然……但是……"的造句："虽然我家没有CD机，但是我还是想买一盘《茉莉花》的CD片……"大家受到启发，果然在离家不远的一家音像店门口找到了蜷缩在那里一言不发的妮子，妮子怀里紧紧地搂着一盒《茉莉花》CD片。

音像店的老板见了漆桂红和妮子的老师，抱怨说，这个小孩怎么回事，在我这里买了一盘CD，要我放给她听，我就放了，明明是好的，她还要再放一遍，我又放了一遍，还是好的，可她还是不走，还要我再放，我不要做生意啦？可我不给她放，她就不走，你看，就这样，赖在地上，好像我欺负她似的。漆桂红气得哭了起来，边哭边说，你要气死我，你要气死我，一边去夺妮子的CD片。妮子抓紧不放，两个人一争一抢，CD掉落下来，塑料壳子碰碎了，CD片子一直滚到了路当中，一辆电瓶车经过，它的轮子把片子压碎了。

妮子慢慢地走到路中间，蹲下来，一片一片地把茉莉花的碎片拣起来，捧在自己的手心里。

老师认为妮子有心理问题，漆桂红去问崔凤琴，崔凤琴说，小孩子有屁的心理问题。漆桂红说，从前她一个人在乡下的时候，就不说话，后来我带她出来了，她就好了，现在不知怎么又犯了。崔凤琴想了想，说，妮子知不知道你在干什么活？漆桂红惊慌说，她不知道的，她不知道的，她上学，我上班，她从来没有跟过我，也从来没有问过我，怎么会知道？崔凤琴说，那我就不知道了，如果要看心理医生，就要到精神病院去看，那里的医生看这个正宗。漆桂红吓了一跳，又要哭了。崔凤琴生气道，哭你个头，到精神病院就是精神病啦？现在到精神病院看病的人多的是，睡不着觉的人，吃不下饭的人，打嗝的人，放屁的人，都到精神病院去看病呢。又说，你想不想让妮子说话，你想不想听听妮子心里到底在想什么？心理医生有本事让她说出来。

漆桂红带妮子去精神病院看专家门诊，和妮子一起坐在医院走廊的椅子上等候。看着妮子像块木头一样，不说不动，眼神冰冷的，漆桂红心里空荡荡地难过，她忽然就想起眼镜跟她说过的话，眼镜就说他心里空空的，晚上睡觉心里空的，早晨起来心里还是空的，心好像被人拿走了。漆桂红那时候根本就不知道他说的什么，还在肚子里恶狠狠地骂他，现在她才觉得，自己的心也被人拿走了。

心理医生看病很慢，好半天，护士才叫一个号。漆桂红焦虑不安地坐下去又站起来，站起来又坐下去，在始终一动不动的妮子面前，她倒像是妮子的女儿了。

病人们都坐在门诊室外面的椅子上，挨个地等候，进去一个病人，后一个病人就往前挪一个位置。每次挪位子，漆桂红都拖着妮子的手一起挪，漆桂红的眼神是散的，根本也没有注意自己前边和后边的病人，一直挪到了第二位的位置上，漆桂红才发现，坐在她前边的是个中年妇女。

只要里边的那个病人出来，这个妇女就可以进去看病了，漆桂红的希望也越来越近了，她这才抬眼看了这个妇女一眼，这一看把漆桂红吓了一大跳。妇女正泪流满面，像个受了委屈的小孩，可怜巴巴地看着漆桂红，说，你认得我。漆桂红吓得赶紧摇头。妇女却坚持说，你一定认得我，你不认得我，怎么会看我，人家都不看我，就你看我，你一定认得我，你知道我是谁，你一定知道我是谁。她捂住自己的脸，继续哭着说，我没有脸啊，我没有脸啊。

漆桂红赶紧避开一点儿，妇女却又朝她挪近一点儿，哭着问她，你说，世界哪有像我这样的人，哪有像我这样的母亲，我天天想女儿，想女儿回来，可女儿一回来，我就骂她，打她，掐她，我恨不得掐死她，我就是要掐死她，她就逃走了，我就在家里哭，天天想她回来，她不回来，我就哭，哭了就想死，她终于又回来了，可她一回来，我又骂她，打她，掐她，我要掐死她……妇女一边说一边往漆桂红身边靠，越靠越近，她想抓漆桂红的手，漆桂红一缩手，妇女抓了个空，又哭了起来，说，我女儿比你年轻多了。

漆桂红想躲开她，往座位的另一边挪了一下，但妮子没有动，漆桂红就挤着了妮子，和妮子紧紧地挤在一起，她看了一下妮子，妮子还是老样子，周围发生的一切，都跟她无关。

这个妇女一直在哭哭啼啼念念叨叨，护士有点烦她，说，你既然这么清楚事理，意识也很清醒，怎么会控制不住自己呢？妇女停顿了一会儿，又开始哭了，说，医生，人家说我是上瘾了。护士说，没听说过，骂女儿打女儿还有瘾？妇女说，有的，有的，我就是瘾，是神经病的瘾。我听说有一种药，可以帮我戒瘾的，是不是有这种药？见护士不理她，又说，肯定有的，现在小孩子上了网瘾，都有药可以戒的。护士忍不住说，你的病，神仙也救不了你。妇女一把抓住了护士的手，哀求说，医生啊，医生啊，你救救我吧，你救救我吧。护士抽出手，站了起来，恼恼地说，我不是医生，像你这种病，要是也算病的话，光靠药物肯定不行。妇女说，行的，一定行的，一定有用的，谢谢救命医生……她站起来又要去拉护士的手，护士赶紧走开了。妇女扑了个空，在一边哭得上气不接下气，嗷嗷地说，丢死人了，丢死人了啊！

里边的那个病人出来了，护士没好气地指了指说，进去吧，叫医生救你去吧。妇女一下子跳了起来，快速地窜了进去。

哭哭闹闹的妇女进去以后，走廊里安静下来了，一时间静得有点出奇，静得让人心惊，静得让漆桂红感觉到了自己心跳的速度和声响，她忽然心慌得有点把持不住，赶紧去拉妮子的手。妮子的手又小又软，却是暖的，和她的眼神完全不一样。

突然间，护士口袋里的手机响了起来，突如其来的铃声把漆桂红吓了一大跳，护士的手机铃声，竟然就是柔美的《茉莉花》曲，漆桂红一下子被《茉莉花》击中了，她的心口像是结了冰，胸脯又硬又僵，前胸直往后缩，后背弓了起来，像一只烧熟了的虾子。护士奇怪地看了她一眼，就从口袋里往外掏手机，手机掏出来，护士还没有来得及按接听键，妮子忽然开口了，她跟着护士的手机唱了起来：好一朵美丽的茉莉花，好一朵美丽的茉莉花，芬芳多彩满枝丫，又白又香人人夸……

护士被妮子稚嫩的童音打动了，她忘记了接手机，任凭手机和妮子一起不停地唱下去。

妮子的歌声像一股细细的暖流淌进了漆桂红的心窝，漆桂红冰冻的心渐渐地融化了，渐渐地回暖了，她泪流满面地抱住了妮子，跟上妮子的节拍，和妮子一起唱起来：好一朵美丽的茉莉花，好一朵美丽的茉莉花，芬芳多彩满枝丫，又白又香人人夸……

护士提醒她们说，别唱了，轮到你们了。

漆桂红拉着妮子站了起来，但是她们没有走进医生的门诊室，在护士和其他病人惊诧地注视下，她们沿着医院的走廊朝外走了。

她们走出医院的大门，医院的门旁有一家很小的音像店，母女俩牵着手走了进去，她们买了一盘《茉莉花》的CD。漆桂红说，妮子，等妈妈挣了钱，就可以买机子放茉莉花了。妮子说，妈妈，没有机子，我唱给你听吧。

我在哪里丢失了你

　　王友早就忘记了他拿到别人的第一张名片是在什么时候，什么场合，那是一个什么人，什么身份，什么模样等等，都记不得，甚至是男是女都想不起来了，没有了一丁一点的印象。后来他也曾努力地回忆过，却是徒劳。他问了问身边年纪较长的人，社会上大概是什么时候开始流行名片的，结果谁也说不准，有人说好像是在八十年代后期，也有人说好像更早一点儿，或者好像更晚上一点儿。其实这都无关紧要。从前谁都没见过这东西，可是自从流行起来后，发展的速度快得惊人，一下子就像漫天的大雪，飘得满地都是了。现在保姆也印名片，方便有东家请他们干活。还有一个骗子也印了名片，发给路人，是专门教人骗术的。有人说幼儿园的小朋友也互相交换名片呢。就像你走在大街上，看到扫大街的人，穿着又旧又破的工作服，一看模样就知道外地来的农民工，但他扫着扫着，掏出手机往地上一蹲就打起电话来了。这也不稀罕。所以，任何的谁掏出个名片来都是稀松平常。或者你走在街上，街面上竟然散落了好多名片，像树叶一样，不小心踩到一张，你心里正有点不过意，不小心又踩了一张。踩到人家的名片，就是踩到了一个人的名字。一个人的名字是不应该随便被人踩的，但是因为街面上的名片好多，你得小心着点，才能躲避开来。

　　名片也是拉动经济发展的一个重要因素，别说有些人因为给了别人一张名片，从此就交上了好运，大发其财，或者撞上艳福，即使是那些印名片的小店，五六七八个平方米一间的店面，也催生了好多小老板呢。

名片多起来了，就应运而生地有了名片簿，像夹照片的照片簿一样，虽然有大有小，有厚有薄，有华丽有朴素，但大致都有一个漂亮的封面，内里是塑料薄膜的小夹层，规格比照片的夹层要小，按照名片的大小量身定做，一般都是 9cm×5.5cm。如果碰到一些有个性的人设计出来的有个性的特型名片，就夹不进去了。比如超大或超长的名片，比如用其他物质材料做的名片，像竹片啦、布料啦、芦苇啦，就有点麻烦。但这样的人和这样的名片毕竟只是少数，少而又少。大多数人也只是在 9cm×5.5cm 的大前提下，稍有些变化。比如用的字体不是印刷体而是自己的书法体，比如在名片上画些背景画，也比如只印姓名和电话而不印任何头衔职务身份，或者是在纸张的颜色上有所变化，淡绿的、粉红的、天蓝的，等等，却是万变不离其宗的。这许许多多花式花样夹在名片簿里，一打开来多少有点像照相簿。打开照相簿，看着一张张照片，能让人回忆起彼时彼地的情景；打开名片簿也一样能让你回想起一些往事，看到排列着的一个个的名字，你会想起那一次次的交往，有的有趣，有的无趣，有的开心，有的并不怎么开心，有的有实质性的意义，有的只是虚空一场，但无论怎么样，这总是一段人生的经历吧。

但是如果时间太长久了，或者记性不太好，有的就记不清了，有的只能想起一个大概，有的也许全部忘记了。这是一个什么人，在什么场合给我的名片，甚至觉得完全不可能，这样一个身份的人，和自己怎么会碰到一起呢？比如一个造原子弹的和一个卖茶叶蛋的，怎么可能碰到一起交换名片呢？但名片却明明白白地夹在名片簿里，你赖也赖不掉的。一些与自己的工作和生活完全不搭界的人，就这样出现在你的名片簿里了。你下死功地想吧，推理吧，你怎么推也推不出一个相对合理的解释和可能性。可是名片它就死死地守在名片簿里，等你偶尔打开的时候，它就在那儿无声地告诉你，你忘记了历史。

王友也曾经忘记了一些历史，他丢失了他一生中接过来的第一张名片，但是在他保存的名片簿里，却是有第一张名片的。王友的名片簿是编了序号的，在每一本中，名片又是按收到的时间顺序夹藏的，那个人就夹在他的第一本名片簿第一页第一个格子里。他叫杜中天。这个人跟王友现在的生活并没有任何的关联，王友也只是在接受他的名片的时候见过他一次，后来再也没有接触过。但是王友把他的名片留下来了，这就和被他丢了名片的人不一样了。如果王友有闲暇有兴致，可以把他的许多本名片簿拿出来。如果按照编号排序翻看翻看，第一眼，他就会看到杜中天。看到杜中天这个名字，有时他会闪过一个念头，想照这个名片上的电话试着打打看，许多年过去了，这个杜中天会不会还是老号码呢？肯定不会了，因为他们这个城市的电话号码已经从六位升到了七位，又从七位升到了八位。但是，话又说回来，每次升电话号码，都不是乱升的，都有规律，比如第一次六升七时，是在所有的电话号码前加一个数字五，第二次升级时，是加一个七。所以，如果王友在杜中天的老号码前加上七和五这两个数字，能打通也是有可能的。不过王友从来没有打过这样的电话，他不会吃饱了撑着送去被人骂一声十三点有毛病。

  留下杜中天的名片，是一个特殊的原因。多年前的一天，王友和一群人在饭店里吃饭。和大多数的饭局一样，他们坐下来先交换名片，这似乎已经成了一个规矩，好像不先交换名片就开吃，心里总不是很踏实，不知道吃的个什么饭，也不知道坐在身边的、对面的，都是些什么人，饭局就会拘谨，会无趣，甚至会冷冷清清的酒也喝不起来。一旦交换了名片，知道某某人是什么什么，某某人又是什么什么，就热络起来了，可以张主任李处长地喊起来了，也有话题可以说起来了。当然，在这样的场合，也可能有个别人拿不出名片来。别人就说，没事没事，你拿着我的名片就行。拿不出名片的人赶紧说，抱歉抱歉，我的名片刚好发完了，下次补，下次补。其实这"下次补"也只是说说而已，谁知道还有没有下次呢。现在的饭，有许多都是吃得莫名其妙的，有的是被拉来凑数填位子的，酒量好一点儿的那多半是来陪酒的；也有的人有点身份地位，那必是请来摆场面的；还有专程赶来买单的，或者是代替另一个什么人来赴宴的，如此等等，结果经常在一桌酒席上，各位人士之间差不多是八竿子打不着的，竟然也凑成了一桌聚了起来。有一次，王友有事想请一位领导吃饭，领导很忙，约了多次总算答应了，但饭店和包间却都是领导亲自指定的，结果王友到了饭店，进包厢一看，领导还没到，倒已经来了一桌的人，互相之间一个也不认得，但他们有一个共同点，就是都认得那位领导。起先大家稍觉难堪，后来领导到了，朝大家看一圈，笑道，哈，今天只有我认得你们所有的人，给大家一一作了介绍，大家都起身离开位子出来交换名片，立刻就放松活络了，也都知道领导实在太忙，分身无术，就把毫无关系的大家伙凑到一块了。那一顿本来应该是很尴尬的饭，结果竟是热闹非凡，最后喝倒了好几个呢。

也有糊涂一点儿的人，喝了半天的酒，你敬我我敬你，说了半天的话，你夸我我夸你，最后也不知道那人是谁。所以，还是交换个名片方便一些，至少你看了人家的名片，知道自己是在和谁一起吃饭。没有名片的人不多，名片刚好发完的也毕竟是少数，还有个别个性比较独特的人，你们名片发来发去，我就偏没有，有也不拿出来给你们。大家也会原谅他，还会说几句好听的，比如说，名人才不需要名片呢。

王友收好名片，酒席就热热闹闹地开始了。那一天他们的宴会进行得不错，该喝的酒都喝了，该说的话都说了，想通过酒席来解决的问题也有了眉目，酒宴结束时，大家握手道别，有的甚至已经称兄道弟起来了。

大家酒足饭饱地涌出饭店，有人在前有人在后，王友走在中间，他面前有一拨人，后面也有一拨人。走了几步，王友就看到前面的一个人手里扔出一个白色的东西，飘了一两下，就落到地上。王友拣起来一看，是一张名片，名字是杜中天，正是酒席上另一位客人的名片，他也把名片给了王友，那杜中天三个字正在王友的口袋里揣着呢。王友"哟"了一声，后面的一个人就走上前来了，凑到他身边看了看，这人正是杜中天，他看到自己的名片从地上被拣起来，脸色有点尴尬，"嘿"了一声。王友顿时红了脸，赶紧上去推推前边那个人，把名片递给他说，你掉了东西。那个人回头看了看王友，也看看杜中天，天色黑咕隆咚，看不太清，他说，不是我掉的，是我扔掉的，名片太多了，留着也没什么用。杜中天像挨了一拳，脸都歪了。王友赶紧提醒扔名片的人说，咦，你怎么忘了，这就是杜中天呀。那个人还没有领悟，说，杜中天？杜中天是谁啊？杜中天脸色铁青说，杜中天是我。从王友手里夺过名片，"撕啦撕啦"几下就把名片撕了，然后用劲朝天上一扔，撕成了碎片的名片就像雪花一样，飘飘洒洒、摇摇晃晃地落了下来。名片的碎片没有完全落地的时候，杜中天就已经消失在黑夜中，给大家留下了一个生气的背影。王友呆住了，他以为那个扔名片的人会很难堪，不料他还是那样无所谓，还笑了笑，说，噢，他是杜中天，生什么气嘛，留着他的名片有什么用嘛。这么说了还觉得说得不过瘾，又拍拍王友的肩，说，朋友，别自欺欺人啦，这名片，你今天不扔，带回去，收起来，过几个月，过半年，看你还在不在，肯定也一样扔掉了，所以嘛，何必多那番手脚，晚扔不如早扔。

王友看了看地上洒落的名片碎屑，心里有点难过，觉得有点对不住杜中天，好像当着杜中天的面扔掉杜中天名片的就是他自己。在这之前，王友也扔掉过别人的名片，但他不会当场就扔掉，他会先带回家，在抽屉放一阵子，到以后抽屉里东西多了，塞不下了，整理抽屉时，就把这些没用的名片一起清理了。

自从那天晚上杜中天洒了一把碎片，留下了一个愤愤的背影以后，王友就再也没有扔掉过任何人的名片，他把杜中天的名片夹在名片簿的第一页第一格。从此以后，天长日久，他留存下了所有人给他的名片，夹满了厚厚的十几本名片簿。

王友偶尔也会去翻翻那些保留下来的名片，那多半是在书房里东西堆得越来越多越来越乱，忍受不下去，不得不整理的时候。在整理的过程中，肯定会看到许多年积累下来的许多名片。开始的时候，他还能想起一些人和一些事，后来时间越久，名片越多，就基本上都是些莫名其妙的人名和身份了。有一次，他还看到一张"科奥总代理"的名片，王友怎么也想不起来，这个科奥是个什么，总代理又是什么意思，分析来分析去，总觉得是一件讲科学的事情，而王友只是一个地方志办公室的内刊编辑，跟这个科奥总代理，那是哪儿跟哪儿呀？王友拍打拍打自己的脑门子，觉得那里边塞得满满的，但该记得的东西却都找不着了。

由名片提供的方便很多，由名片引起的麻烦也一样多。王友就碰到过这么一个人，不知在什么场合得到王友的一张名片，就三天两头打王友的手机，要求王友指点指点他正在写着的一部历史小说。他告诉王友，小说才写了个开头，想请王友看看，是不是值得写下去。王友开始还很认真负责地替他看了几页，可还没等王友发表意见，第二批稿子又来了，紧接着，第三批、第四批，接二连三地来了。王友这才发现，他哪里是才写了个开头，已经写下了一百多万字了。这是个完全没有写作能力的人，王友也不想再接触他了，这个人却没完没了不屈不挠。王友把他的电话储进自己的手机，一看到来电显示是这个人，他就不接电话。但这个人也有本事，这个电话你熟悉了，不肯接，那我就换一个你不熟悉的电话打给你，王友又上当了，如此这般斗智斗勇斗了近半年，王友实在忍不住了，跟他说，老李啊，我不是出版社的编辑，你的要求我实在无法满足你。那人说，王老师，我没有要求你帮我做什么呀，我只是请你关心关心我而已，我是一个下了岗的人，我热爱历史、热爱写作，你可能对我还不了解，要不，我再把我的经历简单地讲给你听听吧。王友只听到自己的脑袋里"轰"的一声响。

王友的脑袋还在嗡嗡作响，他的一个同事就带着一位老太太站到了他的办公桌前，同事敲着他的桌子说，王友，想什么心思呢？王友这才清醒过来，看到面前有位老太太正朝他笑呢，王友也勉勉强强地笑了一下。老太太说，你是王友吗？王友说，我是。

王友因为工作的原因，经常会和一些关心历史的人打交道，特别是一些热心的老人，他们有时候会主动找上门来，提供一些关于这个城市的往事。老人往往啰唆絮叨，一说话半天也打不住，但这正是王友所需要的，王友就是要从这些絮语中，发现珍贵的失落的历史记忆。

可面前的这位老太太听王友说他就是王友后，却没有急着说她要说的话，而是将他上上下下打量了一番，好像不相信他是王友，怀疑说，你就是王友？你是王友吗？王友说，我是王友。老太太微微摇着头，也不知道她是不承认王友就是王友呢，还是她要找的人不是王友。同事们在旁边笑起来，有一个同事说，老王，老太太怀疑你是假的，你把身份证给老太太看看吧。老太太眼巴巴地看着王友的手，过一会儿又看着他的口袋，看起来还真的要等他拿身份证呢。王友忍不住说，身份证有什么用，身份证也有假的呢。王友这么一说，老太太倒笑起来，说，好，好，我相信你，你是王友就好，我找到你了。王友说，我不认得你，你是怎么认得我的？老太太说，你不认得我，但是有一个人，你肯定认得——许有洪，许有洪你认得吧？我就是许有洪的老伴。老太太见王友发愣，又说，王友，你怎么啦？你怎么不说话？你是王友吗？王友说，我是王友，可是，可是我不记得许……许什么？许有洪？老太太说，你不记得他，可他记得你，他有你的名片，我就是按照你的名片找到你的。王友又努力地想了想，还是想不起来，只得说，真的很抱歉，发出去的名片很多，不一定都能记住，我实在想不起来——老太太说，如果你肯定是王友，你一定会记得许有洪的。这样吧，你有空到我家来一趟好吗？王友疑惑地看着老太太，老太太已经把一张名片递给他了，说，你什么时候来都可以，我一直在家。说完话，老太太拄着拐棍就走了。王友捏着那张名片，愣了半天。同事在一边笑话说，王友，你可是有丈母娘的人，怎么又来一个相女婿的。

王友看了看名片，才知道老太太给他的是她老伴许有洪的名片。名片上只印了许有洪三个字，没有头衔职务，也没有单位名称和地址，倒是印着详细的家庭地址和联系电话。王友觉得这事情有点怪异，不想多事，随手就把这张名片丢在办公室的抽屉里了。

接下来的一个双休日，王友休息在家，心里却老有什么事情搁着，不踏实，想来想去，感觉就是那个许有洪的名片在作怪。王友又后悔自己乱发名片，这个许有洪，也不知是什么时候拿到他的名片的，也不知想要干什么？为什么自己不来，要叫老太太来。他翻来覆去地回忆，也回忆不出什么来，一点点蛛丝马脚都没有，最后王友干脆想，去就去一趟吧，什么谜，什么怪，走一趟不就知道了吗？再说了，一个七老八十的老太太，即便有什么怪，她还能怪到哪里去。

星期天的下午，王友先绕到单位，从抽屉里拿了名片，按名片的地址找到了老太太的家。一敲门，老太太像是守在那儿呢，很快就开了门，笑着对王友说，王友，我知道你会来的。

一进门，王友就看到墙上有一张老先生的遗照，老太太在旁边说，他就是许有洪，走了半年了。

王友仔细地看了得许有洪的照片，还是不能确定自己是不是认得他，也仍然想不起来自己在什么场合把名片给他的。他跟老太太说，我的记性太差，我发的名片也太多了，我打几个电话问问别人吧，也许他们能够记起来。老太太微微地笑了一下，指了指座机电话说，你用这个打吧。

王友打了几个电话，有朋友、有亲戚、有同事，但是没有人认得许有洪，倒是对王友的问题感觉奇怪，有的说，你干什么，这个许有洪跟你什么关系？有的说，许有洪怎么啦，他是不是股票专家啊？七扯八绕，电话打到后来，王友彻底失望了，最后的一个电话他都不想多说了，只报了"许有洪"三个字，对方却马上说，许有洪，许有洪怎么不认得，不就是许有洪吗？王友一激动，赶紧问，是许有洪，你认得他？对方说，不光认得，现在就在一起打麻将呢，你要跟他说话吗？王友吓了一跳，说，不对不对，许有洪半年前就去世了。他朋友"呸"了他一声，骂道，你咒谁呢？

王友挂了电话，无奈地朝老太太摇摇头，老太太却点了点头，感叹地说，唉，现在的人，忘记性真大。她回头看了看墙上的遗像，说，老许啊，虽然别人不记得你，但总算有个人记得你，总算有个人来看你啦。老太太打开柜门，取出一本又小又薄的名片簿，说，王友，你看看，老许生前留下的名片很少，总共就这么多，你的名片就在里边。王友接去一看，果然他的名片夹在许有洪的名片簿里，他仔细地看了看，这还是一张比较新近的名片，因为头衔是他当了主编后的头衔了，这事情也不过才半年。自己怎么就会忘记发生不到半年的事情呢，他到底是在什么场合把自己的名片给许有洪的呢。

老太太告诉王友，许有洪去世前，把名片簿交给她，说名片簿里留下的都是平时关系特别好的人。以后她孤身一人，有什么困难，可以找他们。凡是不够朋友的人，他都没有保留他们的名片，凡是保留下来的，一定是够朋友的好人。可是，许有洪去世后，老太太挨个给名片簿里的人打电话，却没有人记得许有洪，也有几个人，依稀记得许有洪这么个名字，但一旦问清楚了情况，得知许有洪去世了，就立刻糊涂起来，再也想不起任何关于许有洪的事情了。老太太说归说，她也知道王友并不完全相信她说的话，所以老太太又说，你不相信的话，可以打电话试试，这名片簿里边的人，你随便打哪个，看他们肯不肯来，看他们记不记得许有洪。

王友觉得很荒唐，他不可能去打那些电话，一个连他自己也不认得的人，他凭什么去责问别人认不认得他？

老太太叹了一口气，说，不打也罢，打了也是白打，没有人会来的。老太太请王友坐下，向他表示感谢，感谢他肯到她家来，肯来看一看许有洪的遗像，老太太说，这对许有洪的在天之灵是一个安慰。

王友又下意识地看了看许有洪的遗像，许有洪笑眯眯的，确实对他很满意的样子，王友还是想跟老太太解释清楚他真的不认得许有洪，但话到嘴边，他却再也没有说出来。

老太太开始给他讲许有洪了，她说许有洪活着的时候经常说起王友，说有一次王友喝多了啤酒，尿急了，也没看清标识，一头就钻进了女厕所，正好许有洪跟在王友后面上厕所，发现后赶紧替他挡着女厕所的门，看到有女同志来，就骗她们说厕所坏了，不能用。后来王友从女厕所出来，尿畅快了，酒也醒了，还反过来责问许有洪，为什么站在女厕所门口，是不是想偷窥呢。

王友一点儿也不记得这件事情，就像他始终没有想起许有洪一样，但是他不再解释，也不再分辨，任由老太太去说，说到一定的时候，他还会凑上去加几句补充一下情节。比如，老太太又说了一件事，说王友有一次喝喜酒，走错了场子，走进另一对新人的婚宴了，但恰好许有洪也在参加那一对新人的婚宴，王友就以为自己走对了，坐下来吃喝完毕，到散场也没有发现自己错了。王友说，是呀，后来请我喝喜酒的朋友问我，说好了要来，结果不来，说话不算数。我觉得很冤，跟他说，我怎么没来，人太多了，我没看见你，我就把红包给你外甥了。我朋友说，瞎说，你根本就没来。我说，许有洪可以作证，许有洪和我坐一张桌子。我朋友说，许有洪是谁，我根本就不认得许有洪，我怎么会请他喝我外甥的喜酒。闹了半天，才知道是我走错了场，许有洪是吃另外一家的喜酒的。老太太听了，开心地大笑起来，说，是呀是呀，老许回来也跟我这么说的。王友觉得自己越来越进入角色，现在他什么事都记起来了，而且记得清清楚楚，连很小的细节也能说出来。

　　为了装得更像一点儿，把细节说得更真实一点儿，王友也有说过头的时候，有一两次就差一点儿露馅了。老太太给王友看了看名片簿里的另一张名片，这是一个歌舞厅老板的名片。老太太说，那一次老许认得了这个老板，老板非要给老许名片，老许不要，老板还生了气。我们家老许，是个老实人，一看人家生气了，就赶紧收下来了，回来还跟我说，这个老板，是个好人。王友听老太太说得津津乐道的，也忍不住加油添醋说，对了，我想起来了，那一次我也在场，我们和老许一起跟着这老板去唱歌，没想到老许唱歌唱得那么好，年纪那么大了，中气还那么足，整整一个晚上，老许唱了一首又一首，简直是个麦霸，嗓子都唱哑了，回来你没发现？老太太听了王友这话，开始没作声，过了一会儿，朝王友看看，说，王友，你是不是记错了，老许是左嗓子，唱歌跑调，他从来不唱歌的，怎么会去歌舞厅唱歌把嗓子唱哑了呢？王友赶紧圆回来说，是吗是吗，噢，是的是的，是我记错了，那不是老许，是另外一个人，我把他们搅成同一个人了。老太太笑了，说，你看看，现在你们这些年纪轻的人，记性都不如老年人。

　　王友一直没弄清老太太叫他来的目的，难道就是为了说一些他根本就不知道、根本没有经历过的事情？难道就是为在一张遗像面前说这些莫名其妙的事情，给遗像一点儿安慰？王友胡乱地应付了一阵，最后终于忍不住问老太太，是不是有人欠了许有洪的钱不还，还是有什么其他的难处？

老太太说，没有人欠钱，也没有人欠什么东西，谁也不欠谁的。王友说，那您让我来到底是……老太太摆了摆手，打断他说，谢谢你王友，谢谢你来跟我说了许多老许的事情，其实我知道，你说的都不是老许的事情，你说的都是假的。王友彻底愣住了。老太太又说，其实，我跟你说的老许的事情也是假的，你根本就不认得老许，老许也一样不认得你。王友奇怪了，指了指老许的名片簿说，那他怎么会有我的名片呢？老太太说，名片算什么，名片是最不能说明问题的，你说不是吗？

这天晚上，王友从许有洪家出来，走了没多远，就看到地上有一张被扔掉的名片，他的脚步本来已经跨过去了，却又重新收了回来，弯腰把名片拣了起来，揣进口袋。

就在他把名片揣进口袋的一瞬间，他忽然明白了，夹在许有洪名片夹里的他的名片，是老太太拣来的。

王友把拣来的名片带回家，小心地夹在名片簿里。他太太看到了，说，又交结什么人啦。王友笑了笑，没有说话。

一个素不相识的陌生人，就这样来到他家，成为一份子，王友偶尔会想起他来。

他叫钱勇，一个很普通的名字，如果上网查一查，大概会有成千上万个。

出 场

　　一个单位要开会，要搞活动，总会有一些难题的，主题思想定得准不准啦，倾向性有没有问题啦，经费从哪里来啦，出席的人员摆得平摆不平啦，会务工作得力不得力啦，如此等等。这确实是一些难题，但都会一一迎刃而解的，如果这些困难都解决不了，要你们这些当干部的干什么？吃干饭吗？当干部的可不是吃干饭的，个个能耐得很，难题都会解决的，但最后剩下一个最难办的事情，大家都有点发憷，那就是请领导出场。

　　其实，领导出不出场，对会议本身并不一定有什么大的作用或影响，但是我们的工作就是做给领导看的，如果所有的会领导都不到场，领导哪能看见你在做什么工作。何况，我们所有的会议都是要搞声势摆排场的，没有相当级别的领导到场助阵，你的声势从何谈起，你的排场又从哪里体现得出来？

　　当然，有许多会议，最后都会有一些新闻报道，领导如果不来，他也许会从新闻报道中了解你的工作。但领导也不一定就天天守在电视机前或者天天拿着报纸每版每版地搜索你的新闻。再说了，即使领导看到了你的这一则会议新闻，但他也许根本就没看进去，因为媒体上的内容太多了，他哪里记得哪里是哪里呀。就这样，你辛辛苦苦忙了会，等于白忙，为什么呢？因为领导不知道呀，因为我们的工作就是做给领导看的，领导如果没看见，你不是白忙了吗？

　　更何况，领导到场和不到场，对新闻来说也是不一样的。同样的一个会议，如果领导不到场，这新闻也许根本就出不来了。就算你给媒体塞了红包打了招呼，最后也只出来一块小豆腐干，压在报屁股那里，恶心人。

所以，话说到底，要开会，要搞活动，最重要的事情就是请领导出场。于是，问题又来了，请哪些领导，怎么请，请到了怎么样，请不到又怎么样？这都是学问，而且学问很深。如果领导和领导之间是有矛盾的，你还得事先摸清楚，如果矛盾很大的，根本坐不到一起的，坐到一起就会给领导添堵的，那就万万不能一起请。还有，领导请来了，座次怎么排，发言谁先后，喝酒先敬谁，等等等等。不过这些都不算难事，因为多半有或明或暗的规则放在那里，你按章办事，错不到哪里去。难就难在领导太忙，每天要赶来赶去参加许多活动，你根本不知道领导哪一天可以有空来参加你的会议。所以，你早早地就准备好了，提前好多天你就汇报上去了，领导得到你的汇报，起先也是很重视的，他让秘书看一下近阶段的日程安排，跟你说，这几天不行，这几天都安排满了。那么什么时候有空呢，领导再叫秘书看看日程安排，说，大概月底吧，月底好像有点空。你得令后赶紧把会议定下来放在月底开，一切准备就紧锣密鼓地做起来了，会场确定好，通知发出去，回执也都收到了，所有的讲话稿都写好了，修改妥了，心里有底了，再回头找领导确认，领导忽然说，月底？谁让你安排在月底的，月底我北京有会。

我的妈，明明是领导自己说月底的，现在又不承认了。当然，这可一定不能责怪领导，领导说月底也是确定的，绝不是瞎应付他，因为那时候北京会议的通知还没到呢。所以你完全无话可说，因为一切是围绕领导转的。你就赶紧改时间吧，会议通知都发了，回执也来了，但必须得作废，你重新再发，不仅要重发，还得再给参加会议的同志一一打电话，低三下四地作检讨，把会议改期的原因都归到自己身上，恳求与会者一定到会，如此这般，总算把第二次的通知搞定了，但谁知道还有没有第三次的更改呢。有的会议一连改三四次，还没有最后确定呢。把搞会务的同志忙得生病，累得吐血。

领导却不闻不问，因为他根本就不知道，因为你不可能去跟领导说，领导啊，就是因为你确定不了时间，害得我们的会改了一次又一次，又累又气又无奈，我都住了医院了。别说你住医院吊水，你就是进了火葬场，领导又怎么会知道呢。

有人越想越怨，就会对领导十分恼恨，觉得领导真不是东西，不把下面人的死活当死活。但是如果这样想，你真的就错了，大错了。你难道不知道领导也很不容易啊，他也不想忙成这样。可是事实就是这样，他就得忙成这样，他就得从这个会场赶到那个会场，不能迟到、不能早退、不能生病、不能有任何其他的事情。否则背后就会有人议论，架子大啦，工作作风不深入啦，霸道啦，有偏心啦，没有人情味、瞧不起人啦，等等等等，甚至还会编出种种挖苦领导的段子到处发。所以，虽说一般都是下级怕上级，但其实上级也一样不能得罪下级，尤其到了现在网络时代，谁一不高兴了，就发个帖子到网上去，只要你是和领导作对的，保证百分之九十九点九的网民会支持你，跟你一起把领导骂得不知道自己是谁。

其实，不用你骂，领导也早已经不知道自己是谁了。他从这个会场赶到那个会场，赶得眼睛发绿，昏头昏脑，拿了人家交给他的稿子就念，念完了不仅口干舌燥，而且脑袋里一片空白，根本不知道刚才念了个什么东西。看着台下黑压压一片人头，简直就不知道自己在干什么，也不知自己身在何处，甚至对自己到底是谁都想不起来了。有一次，我们的一个领导得了重感冒，头疼发烧，浑身酸软，难受得要命，但仍然有好多活动等着他到场。他实在受不了，就拣了一个自己觉得稍微不重要的会议推辞了。却不料他认为人家不重要，可人家觉得自己太重要，这可是我们这儿天大的大事，一年当中也就这么一回大事，领导你不来那可不得了，就差给领导上纲上线了。领导说，我病了，发烧39度了。人家说，领导你今天还参加某某某的活动，电视上你是容光焕发的。后面有半句没有说出来，意思却很明白，人家的活动你能参加，我们的活动你就病了？领导哭笑不得，只好答应参加。结果第二天早晨他真的爬不起来了，连电话也打不动。那边会场就乱成一团，闹哄哄地等着。他关掉手机，拔掉家里的电话线，也没有用，人家找到门上来了，把门敲得震天响。你说我们的领导能不起来吗？结果领导他就挣扎着爬起来，来到会场，身子笔直地坐在主席台上，还要作认真谦虚平易近人笑眯眯有兴趣状，但他的感冒越来越重，头越来越痛，身子越来越沉，几乎支撑不下去了，心里念叨着，再坚持一下，再坚持一下，讲完话就可以走了。他就这么硬撑着，心里茫茫然，看着到主席台下面的会场上一片乱哄哄，有的交头接耳窃窃私语，有人打呵欠，有人发短信，把手机按得滴滴响，还有的旁若无人接打电话，声音之大，也不知道收敛一点儿，更是有人进出会场，如出入自由市场一样自由自在，到外面上厕所、抽烟、聊天，聊得开心时，声音大过会场上的发言，真是场内开大会，场外开小会。领导心里好怨好冤，他们如此自由自在无拘无束，而我生着重病，还得被钉在这该死的主席台上，别说发短信打电话，就连伤风咳嗽还得用手捂住嘴巴，最多只能咳到嗓子眼那儿，免得声音通过台上的话筒传了下去，这比吃官司坐牢又好到哪儿了。领导想到这儿，一股血气翻滚上来，差点喷出一口血来。这时候他听到主持人报他的名字了，接着是一阵掌声，他要讲话了。这时候，感冒突然汹涌澎湃起来，像潮水般在领导的体内冲来撞去，领导好难受啊，他感觉自己马上就要倒下了，就要死了。但是他在心里告诉自己，这个时候，不能倒，不能死，倒也得倒到会场外面去，死也要死到家里去，领导硬是将难受压了下去，但是难受它总得找个出口拱出来，于是它就变成了一个巨大的喷嚏，响亮而又彻底地打到了话筒上，扩音器在瞬间就将这个喷嚏最大范围、最大力度地传递出去了。顿时，会场哗然，大家在心里嗤之以鼻，觉得这个领导太没有水平，太没有风度，这喷嚏打得太不合时宜也太过分了。

唉，所以了，要说开会请领导出场，真是各有各的苦衷。

也不排除会有人一气之下，干脆我他妈的不理你了，你爱来就来，不来拉倒吧，或者干脆就不请了，老子会照样开，事情照样做，工作照样有声有色。但是对不起，你的有声有色就等于零了。这一次也不请，那一次也不请，你在领导心里就淡去了，领导心里就再也没有你了，你的所有工作所有的表演就自演自看吧。领导那儿的好事，比如表扬啦、重视啦、奖赏啦、提拔啦，也就轮不到你了。你成了一个角落，你成了一个边缘人物，在开大会的时候，别人都意气风发，和领导谈笑风生，唯独你，蹩蹩缩缩，大家也不用正眼看你了，跟你打招呼完全是应付性的，连手都不肯伸出来了。所以你不能啊，再难也不能不请领导。

领导呢，也同样正这么想着，你们下面请我，我就是再苦再累再忙再病再没有自己，我也得去呀。现在讲民主，什么都民主评议，到时候下级部门给上级领导打分的时候，你们记恨我，我哪怕少到一次会，说不定就吃一大亏了。

但是，领导只有这么几位的领导，何况现在领导职数减少，领导比过去少多了，更加排不过来了，但会还得开，声势还得造，下级给上级的印象和上级给下级的印象都还得留呀。

那怎么办呢？大家都说，办法总比困难多，事实还真是如此。一线领导实在太忙，分身无术，那就把目光转一转，二线三线的领导，相对要好请多了。于是在许多会议的主席台上，纷纷出现了前什么什么，前什么什么。前什么什么坐在主席台上，一样的威严，一样的光彩，会议也一样开得隆重热烈，大家也一样的兴奋，许多人一时间甚至忘记了此领导已经是前领导。大家尝到了甜头，二线三线的领导就渐渐地吃香起来。虽然他们不再直接掌管你的仕途命运，但他们和现任的领导有着千丝万缕的联系，许多现任领导就是他们培养出来、提拔起来的。现任领导见到前什么什么，关系密切的，那是心照不宣，关系一般的，也都会礼让三分。如果二线三线的领导参加了你的活动，能够在有意无意间把你的情况转达给现任的领导，虽然拐了一个弯，多了一道程序，那也总比没有人说话的好。

　　有位老领导退下来好多年了，仍然被请来请去，仍然被介绍为原市委副书记。其实在他后面又有了好几任"原"市委副书记了，他已经是很老很老资格的原市委副书记了，但他也还是"原"，没有错。不能因为后面又有了"原"，就说他不是"原"了。这位领导，人特别厚道，很了解也很体谅下面的苦衷。过去在任时，就几乎是每请必到的，现在更是热情洋溢，而且从不搭架子。如果会场离他家不远，他会吩咐主办者别用车子来接他，他自己步行前去，因为他知道，逢到开会，单位的车子必是紧张不够用的。

　　这样的前领导颇受大家欢迎，但有时候也难免出点差错。有一次，我们这位前领导就走错了会场。但事情不能怪前领导糊涂，谁也没想到那一天在同一个会议中心，同时举办了两个会议，前领导只是被通知到某某会议中心参加会议，并没有记住是会议中心的某某楼某某厅某某会场。而且，当领导走到错误的会场的时候，会场门口立刻有人上前迎接，他们紧紧握住前领导的手，对他的到来感到万分的惊喜，赶紧将他引到主席台上。主席台上并没有前领导的席位卡。前领导也不计较，呵呵地说，漏就漏了吧，反正我人已来了，人总比席卡更真实吧。会务上反应也很快，迅速把前领导的席卡补上了，位子也重新排了一下。前领导坐下来，每个座位桌前都有一份领导的讲话稿，他掏出老花镜粗粗看了一下，写得没有多少文采，都是套话八股，也就不担心有什么深奥陌生的字念不出来了。为了表示对会议的尊重，也为了不妨碍自己的讲话，前领导将手机开到振动上，就潜心地进入了会议。由于前领导的突然到场，这个会场的气氛空前地活跃和高涨起来。到了程序规定的时候，前领导就拿起讲话稿念了起来，果然念得很顺溜，没有错别字，也没有断句。只是在念的过程中，前领导脑子也闪过一个念头，到底老了，忘性大了，好像记得是受邀来参加一个廉政工作会议的，结果讲的却是一个解放思想大胆创新的内容。

这边会场上前领导正念念有词，那边的会场却已经乱了套，前领导没有按时出场，会议开不起来，一等再等，还是没来，打电话到前领导家里，家属说，一早就出来了，问是到哪里去的，家属说，是到某某会议中心开会的，完全对上号了，但为什么到现在还没到呢。从前领导的家到会议中心，步行只需十分钟，难道这十分钟里，出了什么事情？打前领导的手机，手机是通的，却没有人接听，大家就更着急了，急得团团转了，既为前领导的安危担心，也为会议无法开始着急。不知是谁起了个头，大家就开始互相责怪，互相推诿，怪来怪去，发现问题还是在前领导自己身上，他坚持不要小车接，要自己走，结果就出纰漏了。

前领导终于在错误的会场念完了正确的讲话稿，接受了热烈的掌声后，他喝了一口水，调整了一下情绪，才发现口袋里的手机振动得厉害，赶紧掏出来一看，我的妈，整整十个未接来电，赶紧弯下身子一回电，那边也说了一声我的妈，老领导啊，你在哪里？前领导有点懵，愣了愣才说，我在开会呀，你不是请我来开会的吗，我怎么没见你人呢？那边啊呀了一声，说，老领导啊，你在哪里开会呢？前领导说，咦，我在会议中心呀，你不是让我到会议中心吗。那边说，咦，奇怪了，你在会议中心哪个会议厅啊？

这才知道走错了会场，这边赶紧把前领导送出来，那边赶紧过来接，接进了那个正确的会场，会议总算可以开始了。前领导还得再讲一次话，好在讲话稿也是准备好的，到时候一念就可以了。前领导念第二份讲话稿的时候，脑子里又闪过一个念头，现在的会议，跟我们那时候不大一样了，两个不同会议的讲话稿，有许多句子都是一模一样的，好念，省劲。

虽然闹了一场误会，结果却是皆大欢喜，两边的会都开得很成功，很圆满。接下来就是宴请，两家的宴席安排在紧隔壁的两个大餐厅。那边会议上的人，感谢前领导给他们捧场，分批分批地过来敬前领导的酒，气氛热烈。这边会议的人跟那边的人说，你们也要感谢感谢我们啊，要不是我们请老领导，你们也没有这个大便宜可沾,于是又互相敬酒,大家不亦乐乎,再齐齐地来感谢前领导。前领导花半天时间,拿了两个会议红包,真是好人有好报。

这个错误的故事,被大家传说开了。有一个人听到了,不相信,问,怎么会这么糊涂呢?大家说,这有什么,这怎么算糊涂,开会请领导的故事多呢,又纷纷地说了好几个。比如说,有一个领导拿错了讲话稿,念着念着觉得不对了,停下来,朝守在主席台边上的秘书看,秘书却根本没在听领导念稿子,所以也不知领导看他干什么,心里慌慌的,但又不好上台去问,领导郁闷得想发脾气,但又得忍住,哪有领导在大会的主席台上发脾气的?想丢开稿子自己说吧,又没这个把握,毫无办法,只有硬着头皮往下念。开始领导心里还直发虚,冷汗都冒出来了,不时地朝台下看看,又不时地朝身边主席台上的人瞄瞄,这么念一念、看一看、瞄一瞄,领导悬着的心思就渐渐地放下来了,他越念越放松,越念越自信,果然,一直到他念完了,也没有人听出什么问题来,照例是一阵热烈的持久的掌声。

这是这个故事的原生态,后来有人又增加了后续的内容,说领导回去以后,想想有点后怕,所以还是把秘书骂了一顿,很生气地把那份讲话稿扔给了秘书。秘书觉得很冤,稿子不是他写的,现在的领导秘书都不写稿子,哪家单位请领导,要领导讲话,那就是哪家单位替领导写讲话稿。这份念错了的讲话稿就是开会的单位拿来的,秘书就跑到这个单位,把领导骂他的话也骂了几句,把稿子也扔给了他们。这个单位的负责人拿了稿子看看,有些奇怪,有些疑惑,说,昨天领导念的是这个稿子吗?秘书说,你在干什么呢?开会请领导出场,领导不来你怨天怨地,领导来了,讲话你都不听?单位负责人说,我忙会忙得要虚脱了,等领导上台讲话,我的任务算是完成了一大半,浑身都脱力了,我哪还有力气听讲话噢。他又把稿子交回到秘书手里,说,我也纳闷呀,这稿子明明不是我们写的,怎么会拿这个稿子念呢?责任又推回到秘书身上。秘书赶紧回去查找是不是自己调错了稿子,但查来查去,也没有其他的第二份稿子。这就奇怪了,肯定是领导自己拿弄错了,但领导自己哪里会有稿子呢,领导的稿子都是秘书给的,而秘书的稿子又都是会议单位提供的,谁也没有错呀,但是错的到底是谁呢。

秘书百思不得其解,差点要得抑郁症了。后来他跑到会场去,会场早已变样,这已经是另一个会议的会场了，但主席台仍然是有的，虽然规模不太一样，主席台用的桌子还是那些桌子，只是台布的颜色换了，秘书跑到主席台中央，撩开台布，往桌肚子里掏，果然就掏出一份讲话稿来了。

这才是领导应该念的那份讲话稿。秘书"嘻"地一笑，又把讲话稿塞回了桌肚子。他跟着领导当秘书，胆战心惊，唯唯诺诺，但毕竟年纪还轻，童心未泯，他把稿子塞回去的时候就想，等开这场会议的时候我要来看一看，这场会议的出场领导会不会掏出这份稿子来念。

后续的内容到这儿就结束了，这事情到底是真是假，谁也说不清，后面的那位领导，到底有没有像前一位领导那样，在桌肚子里掏错了稿子，前面那位领导的秘书是不是真的特意来看了自己的恶作剧，谁都说不准。有人碰到那个主人公秘书，问他到底有没有这回事，主人公秘书笑眯眯地说，你说清楚，你问的是哪一次。

这个人讲完这个故事后，又有一个人说，这个不好玩，我说一个吧。他果然又说了一个更好玩的。说者无意，听者有心。有一个听故事的人就说了，你们也太夸张了，领导哪有那么难请啊，关键是你们不得法。人家不服他说，你得法，你替我请请看。这个人说，我是不得法，但有人得法，机关大院里有个老包，你们听说过吗？

老包就这样浮出了水面。

老包不姓包，他的绰号起先也不叫老包，而是叫三包。开始三包还觉得这"三包"两字蛮受用的，后来有人捉弄他，喊他绰号的时候故意喊得口齿不清，再加重一点儿方言土音，三包就喊成了三陪，老包就觉得不好听了，跟大家说，我不叫三包了，叫老包吧。

老包是个热心肠的人，又要面子，人家有事求他他都答应，有的甚至明明是做不成的事，他也答应，然后就想尽办法去帮人家做。天长日久，找人找得多了，朋友也交得多了，上至书记市长，下至清洁工保安员，个个可以称兄道弟的，张三有困难了，他找李四帮忙，李四有困难了，他找王五帮忙，这么转来转去，在他的人情关系网中，几乎就没有解不开的结。

多年下来，这困难解来解去，一直到最后，老包才渐渐发现，最难干的还是请领导这活儿。老包曾经亲眼看见一哥们，也是堂堂机关一部门领导，在自己单位可是呼风唤雨、说一不二的，因为开大会所请的五位领导，起先全部答应到场，然后每过一天少一个，每过一天少一个，到了开会前十分钟，五位领导中的最后一位也因为临时冒出来的其他事情出不了场，老包的那哥们，实在不知道这个会议该怎么开了，当场哭了起来。一个大男人，当着那么多人的面，眼泪扑落扑落往下掉，叫人看得心酸。老包不忍，过去拍拍哥们的肩说，兄弟，别难过，有你老哥在，下回包你想请谁就请谁，想请几个就请几个。兄弟是把老包的话当话的，这回丢了面子，下回就搞更大一些，得以挽回上一回丢失的面子，一下子开了一张大名单交给老包，他以为难倒老包了。哪知老包一拍胸脯说，包请包到包讲话，实行三包。老包还真的做到了，让他的兄弟大大地长了脸，在兄弟单位中脱颖而出。

三包这个绰号，就是这么喊出来的。当然后来他成了老包，老包比三包更让人踏实，更让人觉得可以依靠。可惜的是，老包被叫成老包后没多久，就在忙忙碌碌中退休了，老包的一些哥们，替老包觉得不值，忙来忙去，都是在为别人忙，不光自己要倒贴人力物力，哥们也要出场相帮，甚至有些姐们还要替他牺牲一点儿色相。老包你拿什么来回报我们呢？老包可以给的回报，就是再帮哥们姐们解决困难。这样轮轴转圈，老包忙到最后，忙得两袖清风，一口黄牙，外加三颗胆结石。老包退休以后，找他帮忙的人少了，这是最让老包失落和郁闷的。哥们中的几个好事之徒，异想天开地替老包成立了一个"出场公司"，专营请领导到场的业务，实行三包，印了名片，写八个大字：明码标价，童叟无欺。名片背后，出场费标得一清二楚，透明公开。由于宣传得力，机关里很快就知道了，这个"出场公司"就开在他们身边。哥们把老包的名片四处发放，甚至随手乱扔机关大院的地上、车窗玻璃缝里、办公室的门把手上，任何地方到处可见，甚至上厕所时也能看见。当然大部分人是不相信的，他们像对待骗子一样地对着那些名片嗤一鼻子，也就算了。

其实老包自己也不敢相信开这个"出场公司"的人是他自己。他说，这是老包吗？这是骗子哎。哥们说，怎么是骗子呢，难道老包你蔫了，这个事情你做不起来了？老包当然能做起来，老包有的就是这个本事，现在只是重操旧业而已。哥们给老包打气说，老包你就守株待兔吧，兔子早晚会来的。

兔子很快就来了。第一只兔子是一个单位的办公室主任。他们单位要开表彰大会，请领导，领导太忙，搞不定。单位派人四处钻天打洞地打听到某一位领导那天没有安排，赶紧手执请柬上门去请。那个领导一看那紫红色的请柬，脸也涨成了紫红色，差点就要哭了，说，我老婆在医院里开刀，我这个星期就这半天有一点点空，准备去陪她一下，你又来了。

你说你还能忍心请领导吗？但是不请领导，别说单位的大会没面子，那些被表彰的对象也会觉得扫兴的。他们辛苦努力地卖命工作，评了个先进，结果连领导的面也没见着，别说跟领导合影留念了。

眼看着表彰会越来越近了，单位负责人像掐了头的苍蝇乱飞乱撞，乱打电话乱求人了，他还指望有哪位领导能够发发善心，让他捞根救命稻草呢。其实根本不可能，绝不会有这样的好运轮到他，打了一下午的电话，到这儿碰壁，到那儿又碰壁，碰到最后，鼻青眼肿，拿电话的勇气也没有了，就坐在办公椅上直发愣。

办公室主任知道领导在忙什么，也不敢多打扰，等了半天不见动静，轻轻地推开门，朝领导望望，领导的眼光散乱又失神，把主任吓了一跳，走到领导面前，小心翼翼地试探说，要不，我们就找老包吧？领导没有反应过来，说，老板？请老板有屁用，我要请市领导！主任说，不是老板，是老包，就是那个老包。主任把"老包"两个字咬得很特别、很古怪，终于让领导听明白了。领导瞪了他一眼，说，你混球，你还真以为有老包，有"出场公司"？主任说，听说，真的有。领导说，就算真的有，我们请不到的人，他们怎么可能请到？主任说，要不，您让我去试试？领导愣了愣。主任说，您不是走投无路了吗，这也许真是一条路呢。领导听主任说他走投无路，心中不爽，但又不好发作，冷着脸说，你说走投无路就走投无路啦，你要走这条路，你自己走，我一概不知道。主任赶紧点头，说，当然当然，这些事情您怎么会知道。主任领了任务就去了。

老包的第一单买卖就这样来了。主任来到老包的公司，一下子就被公司里的线路图和联络表给镇住了。老包和他的手下，在公司里列出了一长排的图表，将市里方方面面的领导和他们各自分管的工作，一一用红线划出来，用箭头标明了。还有，哪些单位认哪些领导，哪些单位跟哪些领导关系热络，还有各位领导的联络方式，办公室座机、家里座机、第一手机、第二手机、红色电话机等等，全部张榜公布。此外，领导的七大姑八大姨，儿子媳妇女儿女婿，同学同事，远亲近邻，太太的家族，老公的战友，等等等等，只要和领导沾得上一点儿边的人，都无一漏网上了老包的花名册。主任还把老包的花名册拿来看看，发现这是最新的版本，一位两天前刚刚到位的新领导和他的种种关系都已经赫然在上，足以证明老包的动作之快，不像政府机关，一本领导干部花名册几年都不换。有的领导已经去世，办公室早就坐进了新领导，还有人打电话进来找死人呢，真是晦气。

主任在老包这里看得目瞪口呆，但同时他心里也明白了，自己这难活儿，老包恐怕真能干成。

果然，只等主任把自己的单位的名称和会议的内容一报，老包就走到图表前，用一支铅笔一画，两根线就搭起来了，速配就成功了。

主任当然不知道也不必知道老包是怎样替他们请到了他们梦寐以求的领导的。总之，开表彰会的那一天，领导准时到场了，而且表现很好，很投入，有激情，大大地表扬了这个单位的工作和成果，对获表彰者更是称赞有加，会议气氛高潮，大获成功。

"出场公司"在江湖上名声大震，当然，他们也不是完全一帆风顺的，他们也会碰到一些难题，比如，有的单位非指定要某某领导出场，别的任何领导替代都不行，这就增加了难度。比如有一次他们指定的一位领导是一位铁面无私的包公型领导，从来不徇私情，从来没有因为情面难却就去出场坐台。大家都料定这一回老包要栽了，但老包照样请到铁面包公，而且结果大大地出人意料，铁面领导居然非常有人情味，他很平易近人，跟大家一起热热闹闹喝了许多酒，还说了好几个荤段子。

有人不能理解，表示惊讶，有人却完全能理解，说，这有什么奇怪的，现在的人，有什么事情是做不成的？

"出场公司"的业务水平越来越高，口碑也相当不错，但世事难料，有一次他们也出了差错。一位领导已经搞定出场，一切都已安排妥当，哪知就在开会的头天晚上，领导一夜未归，第二天早上家属被通知，这个领导被双规了。这真是火烧眉毛了，临时换人肯定来不及了。所有的领导，当天的活动都是早几天甚至早几十天都安排好了的，没有哪个领导早晨走进办公室时会说，啊哈，我今天没事等着你去请呢。

现在我们的老包没有退路了，他只能当骗子弄一个假冒领导出场。但那位被双规的领导，已经在本市当了多年领导，又喜欢上电视，被称"明星市长"，人人认得，假冒不成。那也难不倒老包，熟悉的不行，就换个不熟悉的罢。正好市里新来了一位副市长，分管财政，谁都想攀，但谁都还没来得及攀呢。所以主办方一听临时换了新副市长，真是求之不得。

老包手下的一个什么人，随随便便就去顶替了新任副市长。新任副市长是外地调来的，刚刚到任，还没有出过镜，机关里没人认得他，冒牌成功，红包就自己发给自己了。回来后冒牌者还大发感叹，说，当领导真苦啊，多少人来敬酒啊，来一个你得站起来，来两个你又得站起来，有的人来了还再来，敬三五次都不嫌烦，领导还得笑着表示感谢，这么站呀站的，喝了一肚子酒，连一口菜都没吃到。

领导还是那个领导，忙也还是那样的忙，许多人奇怪为什么老包就能请到他们。猜老包是用钱摆平的，又猜老包用的是女色，又这么猜又那么猜，猜着猜着就骂领导，有时也连着老包一起骂。但是老包说，你们一错再错总是错，错就错在你们总是站在领导下面，朝上骂领导，你们能不能站得高一点儿，站到领导的上面看一看呢，领导的上面是什么？对了嘛，那就是领导的领导呀。

肯定会有人揭发这种荒唐事情的，但是揭发什么呢，揭发信怎么写呢？揭发某领导不肯出场？揭发某单位开后门请领导出场？揭发某领导和某单位竟然把出场开会做成了一个商业行为？这些都太荒唐了，不能成为揭发材料。最后只有揭发老包借请领导出场之机，大肆索贿，腰缠万贯等等。

上级领导接到这个举报，乍一看，觉得太可笑，简直是个幽默故事，但细一想，又觉得不可笑，是个很严肃的问题。因为老包已经退休，归老干部局管，就转批给老干部局了。老干部局的纪委书记亲自出场调查，但在老包身上是查不出任何问题的。老包这个人向来不贪钱，他收取的费用，自己从来不落一分一厘，最多喝顿老酒抽条香烟而已，老包是名副其实的取之于民用之于民。

尽管老包的账本上只有代号，不写真名实姓，但已经把老干部局的纪委书记吓出了一身冷汗，因为他也找老包帮忙请过领导，他也被老包请了去给别人的会议撑过场面。于是这个事情也就不了了之了，别说老包没有问题，就算老包有点问题，他们也不能把老包赶尽杀绝。没有了老包，这会议经济还怎么运转呢？

老包驾轻就熟，因为生意太好了，有时也会被胜利冲昏头脑的。一次，老包请某位新调来本市的领导，该领导正好要出差，但主办方又非他不可，老包黔驴技穷，便故技重演，物色并培训了一个假冒者。

可是后来事情又出尔反尔了，该领导临时又取消了出差计划，特意告诉老包，他又能来参加这个会了。老包一乐，得意忘形了，就忘记通知假冒领导别到场了。结果呢，假领导比真领导积极性高，先到场了，往主席台上一坐。过了一会儿，真领导也来了，看到主席台上有一个和他长得很像并且同名同姓的人已经坐着了，真领导一时有点发懵，会场上闹哄哄的声音，像糨糊一样灌进他的脑袋，真领导晕晕乎乎，一时就不知身在何处了。

会场上有个人记忆力很好，只在电视上见过一次真领导，就牢牢记住了他的样子，此时见到，赶紧上前招呼，请他入座，真领导却急急后退，摇头摆手，语无伦次地说，对不起，对不起，我不是，我不是……话音未落，他就慌慌张张逃走了。

你要开车去哪里

结婚的时候,子和和太太除了互相戴上结婚戒指,子和的太太还送给子和一块玉佩,是一个观音像。太太说,男戴观音女戴佛,你就挂在身上吧,它会保佑你的。

子和收下了太太的玉佩,但他没有挂。他身上原先也一直有一块玉佩的。那是一块天然翡翠,色泽浓艳纯正,雕成一个栩栩如生的蝉,由一根红绳子系着挂在胸前。他结了婚,也仍然挂着原来的那一块。太太有点不乐,也有点怀疑,问这是什么。子和说这是奶奶留给他的,他不想摘下来。

子和这么说了,太太嘴上虽然不好再说什么,但心里的怀疑仍然在。女人的敏感有时候真的很神奇,就像子和的太太,她怀疑子和挂着的玉蝉是一个女人送的,事实还真是如此。

子和挂着的这个翡翠玉蝉,确实就是子和的前女友出国时留给他的,她没说这算不算信物,但她告诉子和,这是奶奶留给她的,而且,据她的奶奶说,又是奶奶上辈的人传到奶奶手里的,至于在奶奶之上的这个上辈,会不会又是从再上辈那里得到的,那就搞不太清了。但至少这个玉蝉的年代是比较久远了,所以,别说它是一块昂贵的翡翠,即使它没有多高贵的品质,是一块普通的玉,光靠时间的磨砺,也足够让人敬重的了。

蝉和缠是一样的读音,是不是意味着他们的感情缠绵不断,女友还特意找了一根永不褪色的红绳子,也可能是象征着她的爱心永远不变。

女友就走了。

一开始子和并没有把玉佩挂在身上，子和不相信什么信物，但他相信感情。女友出去以后，因为学习和工作的繁忙紧张，不像在国内那样缠绵了，子和常常很长时间得不到她的信息。子和的亲友都觉得子和傻，一块玉佩能证明什么呢，女孩子如果变了心，别说一块玉佩，就是一座金山，也是追不回来的。尤其是子和的母亲，眼看着儿子的年龄一天一天大起来，担心儿子因此耽误了终身大事，老是有事没事说几句怪话，为的是让子和从心里把那个远在大洋彼岸的女孩忘记掉。可是子和忘不掉。他一直在等她。

子和最终也没有等到她。她没有变心，她出车祸死了。死之前，她刚刚给子和发了一封信，告诉子和，她快要回来了。

从此之后，子和就一直把这个玉蝉挂在身上了。许多年来，玉不离身，连洗澡睡觉都不摘下来。后来子和的太太也知道了这个事实，虽然那个女人已经不在了，但她心里总还是有点疙疙瘩瘩的，子和一直挂着玉蝉，说明他心里还牵挂着前女友。太太或者转弯抹角地试探，或者旁敲侧击地琢磨，后来干脆直截了当地询问，但子和都没有正面回答。

子和把前女友深深地埋在心底深处，谁也看不到她。

不知从什么时候开始，渐渐的，玩玉赏玉成了时尚，越来越多的人对玉有兴趣，越来越多的人身上挂着藏着揣着玉。经常在公众的场合，或者吃饭的时候，或者一起出差的时候，甚至开会开到一半，大家的话题就扯谈到玉上去了。谈着谈着，就开始有人往外掏玉，有的是从随身带的包包里拿出来，有的是从领口里挖出来，也有的是从腰眼那里拽出来，还有的人，他是连玉和赏玉的工具一起掏出来的。然后大家互相欣赏，互相评判，互相吹捧，又互相攻击。再就是各人讲自己的玉的故事，有些故事很感人，也有的故事很离奇。

每每在这样的时候，子和总是默默地听着他们说，他从来都是一声不吭的。也有的时候，大家都讲完了，只剩下他了，他们就逼问他，有没有玉，玩不玩玉，子和摇头，别人立刻就对他失去了兴趣。

其实子和挂这块玉的时间，比他们玩玉赏玉要早得多，只是子和觉得，他身上挂的，并不是一块玉，而是一个寄托，是一种精神。但那是他一个人的寄托，一个人的精神，跟别人没有关系，不需要拿出来让大家共享。

后来有一次，正是春夏之际，天气渐渐暖了，大家一起吃饭，越吃越热，子和脱去外衣，内衣的领子比较低，就露出了那根红绳子。开始没人注意，但过了一会儿，却被旁边一个细心的女孩看见了，手一指就嚷了起来，子和，你这是什么？子和想掩饰已经来不及了，便用手遮挡一下，但又有另一个泼辣的女孩手脚麻利上前就扒开他的衣领拉了出来，哇，一个翡翠玉蝉哇！硬是从子和的颈子上摘了下来，举着给大家看。

同事们都哄起来，有的生气，有的撇嘴，说，这么长时间，怎么问你你都不说，什么意思呢？觉得子和心机太深、太重，甚至有人说子和这样的人太阴险、太可怕，不可交。子和也不解释，也不生气，眼睛一直追随着玉蝉。大家批评他，他刀枪不入，结果也拿他没办法，就干脆丢开他这个人，去欣赏和鉴定他的玉蝉了。

这一场欣赏和鉴定引起了很大的争论，有的说价值连城，有的认为一般般。最后又问子和，要他自己说，子和说，我也不知道，我不懂玉，我不知道。大家又生他的气，说，不懂玉，还把玉蝉牢牢地挂在颈子里。另一人说，还舍不得拿出来给我们看。再一个人说，是不是觉得我们这批人特俗，没有资格看你的玉蝉。还是发现玉蝉的那个女孩心眼好一点儿，她朝大家翻翻白眼，说，谁没有自己的隐私，子和不愿意说，就可以不说，你们干吗这种态度？女孩是金口玉言，她一说话，别人就不吭声，不再指责子和了。

他们后来把玉蝉还给了子和，都觉得他这个人没劲、没趣，还扫兴。子和也不理会大家的不满。

过了几天，子和的同事里有个好事者，遇见子和的太太，跟她说，没想到子和竟然有这么好的一块玉，那可不是一般的好。子和的太太是早就知道这块玉的，但她并不懂玉，以为就是一般的一块玉佩，没当回事。现在听子和的同事这么说了，心思活动起来了，她也知道现在外面玉的身价陡长。太太回家问子和，到底是块什么玉。子和和回答同事一样回答她，说他不懂玉，所以不知道。太太就说，既然你不知道，我们请专家去鉴定一下，不就知道了？子和不同意。太太知道他心里藏着东西，就说，又不是让你不挂了，只是暂时取下来请人家看一看，你再挂就是了。子和仍然不肯。太太就有点生气了，说，你到底为什么不肯去鉴定？子和说，那你到底为什么一定要去鉴定？太太说，你如果怕摘掉了不能保佑你，你暂时把我的那个玉观音戴上，观音总比一只小知了会保佑人吧。子和说，我挂它，不是为了让它保佑我。太太深知子和的脾气，再说下去，就是新一场的冷战开始了。太太是个直性子急性子，不喜欢冷战，就随他去了，说，挂吧挂吧。

其实太太并没有死心，以她的个性，既然已经知道玉蝉昂贵，但又不知道到底值多少钱，心里痒痒，是熬过不去的。她耐心地守候机会，后来终于给她守到一个机会，那天子和喝醉酒了。

子和平时一直是个比较理智的人，很少失控多喝酒，可这一次同学聚会却是酩酊大醉，回来倒头就睡。太太也无暇分析子和为什么会在同学聚会时喝醉酒，急急地从子和颈子里摘了玉蝉就去找人了。

结果果然证明，子和的这块翡翠玉佩非同一般，朝代久远，质地高尚，雕工精致，是从古至今的玉器中少见的上上品。

太太回来的时候，子和还没有醒呢，太太悄悄地替他把玉蝉挂回去，然后压抑住狂喜的心情，一直等到第二天，子和的酒彻底醒了，她才把专家对玉蝉的估价告诉了他。

子和起先只是默默地听，并没有什么反应，任凭太太绘声绘色地说着，专家看到玉蝉时怎么眼睛发亮，几个人怎么争先恐后地抢着看，等等等等，太太说得眉飞色舞、情不自禁，可子和不仅没有受到太太的情绪的感染，反而觉得心情越来越郁闷，玉蝉又硬又凉，硌得他胸口隐隐作痛，好像那石头要把他的皮肤磨破了。子和忍不住用手去摸一摸，他甚至怀疑是不是被太太偷梁换柱了。这么多年他一直把玉蝉挂在心口，从来没有不适的感觉，玉蝉是圆润的，它已经和他融为一体了，只有浑然和温暖。

太太并没有偷换他的玉蝉，可玉蝉却已经不再是那块玉蝉了，这块玉蝉在子和的胸口作祟，搞得他坐卧不宁，尤其到了晚上，戴着它根本就不能入睡，即使睡了也是噩梦不断，子和只得摘了下来。

从此以后，每天晚上子和都得把玉蝉摘下来，才能睡去。

就这么每天戴了摘，摘了戴，终于有一天，子和在外地出差，晚上睡觉前把玉蝉摘下来，搁在宾馆的床头柜上。可是第二天早晨，子和却没有再戴上，就把玉蝉丢失在遥远的他乡了。

后来子和怎么回忆也回忆不起来，那一天早晨，是因为走得急，忘记和忽视了玉蝉，还是因为早晨起来的时候，玉蝉已经不在床头柜上了。子和努力回想那个早晨的情形，但他的大脑里一片空白，没有玉蝉，什么也没有，甚至连那个小宾馆的房间他也记不清了，那个搁过玉蝉的床头柜好像也从来没有出现过。

　　子和回来以后，一直为玉蝉沉闷着，连话也不肯说。子和的太太更是生气，她责怪子和太粗心，这么昂贵的东西怎么能随便乱放呢，她甚至怀疑子和是有意丢掉的。子和听太太这么说，回头朝她认真地看了看，过了一会儿，他说，有意丢掉？为什么有意丢掉？太太没有回答他，只是朝着空中翻了个白眼。

　　子和不甘心玉蝉就这么丢失了，他想方设法地找借了机会，重新来到他丢失玉蝉的这个地方。这是一个偏远的小县城，县城街上的路面还是石子路面，子和走在石子街上，对面有个女孩子穿着高跟鞋"嘎哒、嘎哒"地走过他的身边，然后，渐渐的，"嘎哒、嘎哒"的声音远去了，子和的思绪也一下飞得很远很远，远到哪里，子和似乎是知道的，又似乎不知道。

　　子和平时经常出差，所以不可能每到一处都把当时的住宿情况记得清清楚楚，他也没有记日记的习惯，出过一次差，不多天以后就把这次行动忘记了。当然子和出差一般不会是一个人行动，多半有同事和他做伴，丢失玉蝉的这一次也不例外。子和为了回到那个县城去寻找玉蝉，他和同事核对了一下当时的情况，确认他们住的是哪家宾馆，是宾馆的哪间房间。

　　但是就像在回忆中一样，他走进宾馆的时候，大脑仍是一片空白，他记忆中没有这个地方，没有这个不大的大厅，没有那个不大的总台，也没有从大厅直接上楼去的楼梯，总之宾馆的一切对他来说都是陌生的，都是第一次见到。

　　子和犹犹豫豫到总台去开房间，他要求住他曾经住过的那一间，总台的服务员似乎有点疑惑，多看了他一眼，但并没有多问什么话，就按他的要求给他开了那一间。

　　子和来到他曾经住的房间，也就是丢失玉蝉的地方，拿钥匙开门的时候，他的心脏有点异样的感觉，好像被提了起来，提到了嗓子眼上，似乎房间里有什么意料之中或意料之外的东西等待着他。子和深深地吸了一口气，镇定了一下，打开了房门。

子和没有进门，站在门口朝屋里张望了一下，这一张望，使子和的那颗悬吊起来的心一下子落了下去，从嗓子眼上落到了肚子里，闷闷地堵在那里了。

房间和宾馆的大厅一样，对他来说，是那么的陌生，他觉得自己根本就没有住过这间房间，里边的一切，他从来都没有见过。床头边确实有一张床头柜，但每个宾馆的房间里都会有床头柜，子和完全无法确定，这是不是他搁放玉蝉的那个床头柜。

子和努力从脑海里搜索哪怕一星半点的熟悉的记忆，可是没有，怎么也搜索不到。渐渐的，子和对自己、对同事都产生了怀疑，也许是他和他的同事都记错了地点。

子和在房间里愣了片刻，又转身下楼回到总台，他请总台的服务员查了一下登记簿，出乎子和的意料，登记簿上，清清楚楚地写着子和和他的同事的名字、入住的日期以及他们住的房间，一切都是千真万确，一点儿都没有差错。

子和又觉得是他的记忆出了问题，但现在来不及管记忆的问题了，首先的，也是唯一的办法，就是先强迫自己承认这里就是他住过的宾馆、房间，这里就是他丢失玉蝉的地方。

强迫自己接受了这个前提，子和就指了指总台服务员手里的登记簿说，你这上面登记的这个人，就是我，另外一个，是我的同事。服务员说，是呀，我知道就是你。子和奇怪地说，你怎么知道是我？你记得我来过吗？服务员说，先生你开什么玩笑，我怎么记得你来过。宾馆每天要来许多客人，我们不可能都记得。她见子和又要问话，赶紧也指了指登记簿，说，这没有什么好奇怪的，这上面的名字是一样的嘛，还有，你登记的身份证号码也是一样的嘛。子和说，那就对了，是我——上次我们来出差，我有一块玉丢失在你们宾馆，丢失在我们住的那个房间了，我回去以后曾经打电话来问过，可你们说没有人拣到。服务员一听他这话，立刻显得有点紧张，说，什么玉，我不知道的。子和说，我这一次是特意来的，想再找一找，再了解一下当时的情况，看看有没有可能发现一点儿线索。服务员避开了子和的盯注，嘀嘀咕咕说，我不知道的，你不要问我，我什么也不知道的。

他们只说了几句话，宾馆的经理就过来了，听说子和在这里丢了玉蝉，宾馆经理的眼睛里立刻露出了警觉，他虽然是经理，口气却和服务员差不多，一叠连声说，什么玉蝉？什么玉蝉？你什么意思？你什么意思？子和说，我没有什么意思，如果有人拣到了我的玉蝉，拾物应该归还，如果他想要一点儿谢酬，我会给他的。经理说，玉蝉，你说的玉蝉是个什么东西？子和说，就是一块玉雕成的一只蝉的形状。子和见经理不明白，又做了个手势，告诉宾馆经理玉蝉有多大。宾馆经理似乎松了一口气，说，噢，这么个东西啊，我还以为是什么宝贝呢。子和想说，它确实是个宝贝，但他最后还是没说出来。

宾馆经理虽然对子和抱有警觉心，但他是个热心人，等他感觉出子和不是来敲诈勒索的时候，就热情地指点子和，他说，如果有人拣到了，或者偷走了，肯定会出手的。子和不知道他说的出手，是出到什么地方。宾馆经理说，这个小地方，还能有什么地方，县城里总共就那几家古董店——他忽然神秘兮兮地压低了声音，但语气却是加重了，似乎是在作一个特别的申明，说，古董店，是假古董店。

在县城的小街上，子和果然看到一字排开有三家一样小的古董店，子和走进其中的一家，问有没有玉蝉，古董店老板笑了笑，转身从背后的柜子里抽出一个小木盒，打开盖子，"哗啦"一下，竟然倒出一堆小玉佩，子和凑上前一看，这个盒子里装的，竟然全都是玉蝉，只是玉的品质和雕刻的形状各不一样。

虽然玉蝉很多，但子和一眼就看清了，里边没有他的玉蝉。子和说，老板，有没有天然翡翠的，是一件老货。店老板抬眼看了看子和，说，传世翡翠？你笑话我吧，我这个店的全部身家加起来，值那样一块吗？

子和不能甘心，他怕自己分神、粗心，又重新仔仔细细地把那一堆各式各样的玉蝉，看了又看，摸了又摸。

店老板说，其实你不用这么仔细看的，不会有你说的那一块，要是有你说的一块，我能开这样的价吗？你别以为我开个假古董店，我就是绝对的外行，我只是没有经济实力，而不是没有眼力。子和从一堆玉蝉中抬眼看了看店老板，他看到店老板的目光里透露着一丝狡猾的笑意。后来，在很长的一段时间里，这道目光一直追随着子和，使子和心里无法平静，他不知道店老板的笑容里有什么意思。

店老板说，这位先生，既然找不到你的那块玉蝉，还不如从我的这些玉蝉里挑一块去，反正都是玉蝉，我这里的货虽然品质差一些，但雕工不差的，价格也便宜呀。当然，无论店老板怎么劝说，子和是不会买的。

　　子和十分沮丧，他甚至都不想再走另外的两家店了，他觉得完全无望，玉蝉根本就不在这里，他感觉不到它的存在，他更感觉不到它到哪里去了。就在这个时候，子和的手机响了起来，是女儿幼儿园的老师打来的，说是在子和女儿小床的垫被下面发现了一块玉蝉，请他去看看，是不是小女孩从家里拿出来玩的。

　　事情正如老师推测的那样。

　　可能那一天子和出差的时候，把隔天晚上摘下来的玉蝉留在了家里的床头柜上。子和的女儿看到爸爸将玉蝉忘记在家里，觉得很好奇，因为她从小就知道，玉蝉一直都是跟着爸爸的，爸爸怎么会让它独自留在家里呢。小女孩拿到幼儿园去给小朋友们看，小朋友没觉得玉蝉有什么好玩的，看了几眼就没兴趣了。子和的女儿也没有兴趣，就随手扔在自己的小床上，不一会儿也就忘记了。老师折被子的时候，不知怎么就被折到被垫下面去了。一直到这个星期天，幼儿园打扫卫生清洗被褥时，老师才发现了这块玉蝉。

　　失而复得的过程竟是这么的简单，简单到出人意料，简单到让人不敢相信。子和重新拿到玉蝉的时候，他都不敢相信自己的眼睛，但是玉蝉本身带有的种种特殊印记证明了这就是他的那块玉蝉。

　　子和却没有再把玉蝉挂起来。子和的太太了解子和，她知道子和内心深处有着深深的怀疑，他怀疑这个玉蝉已经不是原先的那个玉蝉了，虽然记号相似，但是他觉得这个"它"，已经不是那个"它"。

　　为了让子和解开心里的疙瘩，确定这个"它"到底是不是那个"它"，子和太太重新去请最有权威的专家进行鉴定，鉴定的结果令子和太太吃了一颗定心丸，她回来兴奋不已地告诉子和，"它"就是"它"。

　　子和摇了摇头，他完全不知道"它"是不是"它"。

　　子和太太见子和摇头，感觉机会来了，赶紧问子和，这个玉蝉你还戴吗？子和说不戴了。子和的太太早就想要把玉蝉变现，现在终于忍不住说了出来。子和听了，也没觉得怎么反感，只是问了一句，你说它有价值，价值不就是钱吗？为什么非要变成钱呢。他太太说，不变成钱，就不能买房买车买其他东西呀。子和说，既然你如此想变现，你就拿去变吧。他的口气，好像这块玉蝉不是随他一起走过了许多年的那块玉蝉，好像不是他从前时时刻刻挂在身上不能离开须臾片刻的那块玉蝉。他是那样的漫不经心，那样的毫不在意，好像在说一件完全与他无关的东西，以至于他的太太听了他的这种完全无所谓的口气，还特意地朝他的脸上看了看，她以为他在说赌气的话呢。但子和说的不是气话，他完全同意太太去处理玉蝉，随便怎么处理都可以，因为这块玉蝉，在他的心里，早已经不是那块玉蝉了。

他太太生怕他反悔，动作迅速地卖掉了这块价值昂贵的玉蝉，再贴上自己一点儿私房钱，买了一辆家庭小轿车。她早就拿到了驾照，但一直没买车，心和手都痒死了，现在终于把玉蝉变成了车，别提有多兴奋。整天做着星期天全家开车出游的计划，这个星期到哪里，下个星期到哪里。

日子过得很美好，不仅太太心头的隐患彻底消除了，而且还坏事变好事，把隐患变成了幸福生活的源泉。

可是有些事情谁知道呢。就在子和太太的车技越来越娴熟的时候，她突然出了车祸。

那天天气很好，子和太太心情也很好，路面情况很正常，一点儿也不乱，她的车速也不快，她既没有急于要办的事情，也没有任何心理问题。总之，在完全不可能发生车祸的那一瞬间，车祸发生了。

撞倒了一个女孩，一个二十刚出头的花季少女，她死了，血流淌了一地，子和太太当场就吓晕过去了。等医护人员赶来把她救醒，她浑身发抖，反反复复地说，是我的罪过，是我的罪过，是我撞死她的，是我撞死她的，全是我的错，我看见她，我就慌了，我一慌，我想踩刹车，结果踩了油门，是我撞死了她，对不起，对不起……可奇怪的是，交警方面调查和鉴定的结果却正好相反，子和太太反应很快，一看到人，立刻就踩了刹车——她踩的就是刹车，而不是油门。可是刹车没有那个女孩扑过来的速度快，悲剧还是发生了。当场也有好几个证人证明，亲眼看见那个女孩扑到汽车上去的。甚至还有一个人说，他看到女孩起先躲在树背后，看到子和太太的汽车过来，她就突然窜了出来，扑了上去。但他的这个说法却没有其他人能够印证。

所以，死了的那个女孩是全责，子和的太太没有责任，她正常地行驶在正常的道路上，即便反应再快，哪里经得起一个突然扑上来的人的攻击？

可是任凭别人怎么解释，子和的太太就是听不进去，她始终认为是自己的责任，她反反复复地说，是我的罪过，是我的罪过，是我杀死了她，我一看到她我就慌了，我想踩刹车结果踩了油门，是我杀死了她。

女孩遗体告别的那一天，子和去了，但他只是闭着眼睛听着女孩家人的哭声，他始终没有敢看女孩的遗容。子和内心深处似乎有一种隐隐约约的感觉，他怕他看到的会是一张熟悉的脸。

在医生的建议下，子和让太太服了一段时间的治疗药物，太太的情况稍有好转，她不再反反复复说那几句话了，但她也不能再开车了。不仅不能开车，很长的一段时间里，她都不能听别人谈有关车的事情，都不能听到一个车字。凡是和车有关的事情，都会让她受到刺激，立刻会有发病的迹象。全家人都小心翼翼，尽量避免谈到车的事情。

她的那辆小车，一直停在小区的车位上，因为是露天的车位，每天经历着风吹雨打太阳晒。子和曾经想卖掉它，又怕卖掉后太太经过时看不见它，会忽然失常，想问问太太的意见，但是刚说到个车字，太太的眼神就不对了，子和只得放弃这个打算，任由它天长日久地停在那里。

后来，这辆车生锈了，再后来，它锈得面目全非了。

国际会议

在国际会议厅开的会不一定就是国际会议，但是如果真的有了国际会议，一定是要放在国际会议厅开的，要不然这国际会议厅就真是挂羊头卖狗肉了。眼下正在国际会议厅里开着的长桃县绿宝石国际学术研讨会，就是一个正宗的国际会议，来了许多老外，欧美的、日本人、韩国人，等等，当然也有中国人，因为会议是在中国开的嘛。

由中国人主办，把老外请来开会，虽然路途比较遥远，来这个地方的交通也不大方便，没有飞机场，公路也不是高速的，但大家还是不远万里地来了，至少说明这个会议还是能够吸引人的。

绿宝石国际学术研讨会研讨的不是绿宝石，也不是宝石，而是一种水果，是桃子，是一种新开发的产品。过去我们见过的桃子大多是嫩红或者嫩黄的，当然，在它还没有长熟的时候，会带一点儿绿，但那也是黄中带绿，红中带绿，不会是完完全全碧绿生青的绿。而长桃县开发出来的这种绿桃，除了绿还是绿，绿得晶莹剔透，绿得像一块绿宝石，绿得让老外都感到很开眼界。所以他们充满好奇心来到这个偏远的丘陵地带，来开关于绿桃子的国际会议，来看看绿桃子长在什么地方，来研究研究它怎么会长得像绿宝石似的。

县城里有一座国宾馆，是三年前建成的，建成之后从来没有开过真正的国际会议。大家还清楚地记得，这个宾馆当初立项及设计建造的过程，是一个充满矛盾和斗争的过程。长桃县是个穷县，穷得连公共厕所都造不起，一下子竟然要贷那么多款去造一个宾馆，肯定有人不能接受，而且还不是少数人。有人说，这么多钱，还不如造几座桥，修几条路；也有人说，这么多钱，还不如给老百姓分点福利发点奖金；也有人说，不如把这个钱拿去投资，等赚了更多的钱就能干大事了，等等等等。可是县委书记说，你们都错了，你们真是目光短浅，没有见识。一个县城里连一座像样的宾馆都没有，怎么发展，怎么吸引外面的人来，连筑巢引凤你们都不懂？人家大老远地赶来了，一身尘土一身臭汗，总得让人家洗个热水澡，吃个家乡菜，捏个脚，唱个歌，等等什么的，要不然你能留住谁？

书记是吃了秤砣铁了心，硬是顶住了种种压力，在国宾馆里又搞一个高规格的国际会议厅，那个规格，是书记出国考察时记录拍摄下来的，现在摆了出来，把大家都吓傻了。

长桃国宾馆终于建成了，成为长桃县多年罕见的一件大事，一时间乡下的农民盛传宾馆的豪华程度，都无法想象这样的程度是个什么样子，所以有人专程从很远的乡下赶到县城来看新鲜呢。当然，这件事情后来还是被批评了，只不过批评下来的时候，坚持造高档宾馆和国际会议厅的前任书记已经调离高升了，是后来的书记替他承担了。其实，替他承担骂名还是小事，替他还货款那真是要了命了。

长桃宾馆竖在那儿是调不离的，它是一座很高级的宾馆，光看看外表就让人眼馋心痒死了，可是谁住得起啊，成年累月它就像一只美丽的花瓶搁在县城的大街尽给人看，宾馆又不能收门票，它没有生意，没有收入，别说还贷款，就是那贷款的利息，也还不出个零头来。

县委得想想办法了，有客人有会议全数往长桃宾馆里送，在那里开销花费，全由县里签单。整整一年县里为签单努力奋斗，结果所有的单加起来，还不够付宾馆的日常运行费，光支个电费就差不多了。

县里又想了另外的花招，派攻关的同志去外面哄来一个有实力的能人，以最优惠的条件让他承包了长桃宾馆，条件之一就是县里下了一个文，发动和要求全县各单位各部门甚至各个乡镇村寨有会议有活动都去长桃宾馆进行。各单位不敢不响应县委号召，可去了一两次，就再也不敢登他的三宝殿了。领导责问下来，说是那把刀太快了，被斩得血淋滴答。又去问老总，你的刀为什么不能钝一点儿，只有那么多肉，你钝刀子慢慢割嘛。老总苦巴巴说，我的刀要是不快一点儿，我就得抹自己的脖子啦。

宾馆建了三年，一次国际会议也没开过，真是可惜了那些跟国际接轨的设备设施。有一次县里开三级干部会议，县委狠狠心咬咬牙就放在这个国际会议厅了。好多村支部书记从来没见过这里边的东西，每个桌子上都有话筒，手一按开关，声音就传出去了，还有听同步翻译的耳机，还有电子表决器等等。村支书们开会时不好好听讲话，却在下面玩弄那些设备，结果给弄坏了好些话筒，还有人的烟头竟把真皮椅子都烫出洞来了。气得宾馆老总发誓关门打烊也决不再接这样的会议，档次太低了，素质太差了，这样的人到我的国际会议厅开会，要把我气死了。

就这么牛牵马绷地过了三年，现在机会终于来了，国际会议终于开起来了，来了这么多老外，看到山旮旯里有这么一座星级宾馆，宾馆依山傍水，天是蓝得不得了，水是清得不得了，景色是好得不得了。老外说，噢，妈爱嘎得。

"嘎得"恰好是一个人的口头禅。这个人是长桃县小桃乡的乡长，姓许，名贵三。许贵三为人特别好，无论是乡里乡亲，还是乡上村下的干部，都亲切地叫他贵三，时间长了，有人还以为他姓贵呢。后来他当了乡长，都叫他贵乡长，他也不反对，叫习惯了，有人叫许乡长，他还反应不过来呢。

贵乡长的口头禅"嘎得"是这地方的一个方言，就是"没关系"的意思。贵乡长脾气好，碰到什么事情，别人着急上火，他总是"嘎得"，即使是别人得罪了他，甚至挤对他，他也是"嘎得"，时间长了，贵乡长嘴上就离不开"嘎得"了。

这次绿宝石国际会议，县委要求所有乡镇一把手参加。但长桃县下属的十几个乡镇，有的是种桃子的，有的并不种桃子，就觉得奇怪。县委书记有点生气，说，奇什么怪，国际会议你们开过吗？让你们开开眼界你们都奇怪，还创什么新，还玩什么发展？

国际会议本来应该是小桃乡的一把手蒋书记参加的，但蒋书记下乡检查工作，回来时遇上大雨，冲垮了路，堵在半路上眼都睁不开了，还开什么眼界？只得打电话回来，让贵乡长去代开。

国际会议厅贵乡长先前也进来开过会，要说感觉，真是说不出来，因为简直就不知道该怎么形容，只是觉得好高好大，高得人心惶惶，大得人心悬乎，但这一次再进来，感觉似乎不那么悬乎了。贵乡长就知道，这必定是因为老外的缘故了。这是给老外开会的地方，只要有了老外，它就踏实了，它踏实了，人心也就踏实了。

会场上是有席位卡的，每个人都在找自己的席位卡，找到了就很踏实上坐下去了，没找到的还在到处乱转。贵乡长找来找去也没找到自己的名字，他有些慌乱了，身边走来走去的尽是老外，他连正眼都不敢看他们。过去中国人难得见到老外，见到一个就直愣愣地盯住人家看，惹得外国人很不高兴，说中国人不懂礼貌，不文明。所以贵乡长无论在什么地方碰到老外，他都不会正眼去看他们，他要做一个文明礼貌的中国人。

贵乡长终于在纷乱的人群中找到了一个中国的工作人员，工作人员像掐了头的苍蝇，手里拿着一大沓的资料，光名单就有好几份，因为忙乱，他的眼光都已经散了，眼睛看着的字，明明是认得的，却念不出来了。贵乡长干脆接过他手里的名单，自己找了一遍，但是几份名单上都没有他的名字。贵乡长追着工作人员问，我是小桃乡的，我是小桃乡的。小桃乡在哪里？工作人员几乎失语了，只是拿茫然而失措的眼光看着他，贵乡长于心不忍，赶紧说"嘎得嘎得"，工作人员是个刚从外面招聘来的大学生，听不懂"嘎得"是什么意思，说，书记，对不起，对不起……贵乡长一听"书记"两字，顿时想起来了，自己原来是替蒋书记来开会的，名单上怎么会有自己的名字呢，于是就找蒋书记的名字，可找了半天，竟然也没有，大学生更无法解释了，索性逃离了贵乡长，到别处瞎忙去了。贵乡长又找了几个人问，但是没有人能够回答，大家都忙着接待和引导外宾。后来总算有一个人耐心听了听他说的什么，这个人有点经验，听了之后，又想了想，说，噢，我知道了，可能因为书记不来了，就取消了书记的名字，但是替补的乡长的名字却没有加上。贵乡长说，噢，原来是这样，嘎得，嘎得。这个人却说，不是"嘎得"不"嘎得"，会议就要开始了，你看看会场这么乱，老外都顾不周全，真是顾不上你们了。贵乡长知道不能再说"嘎得"了。如果会议开始，他一个站立在会场中央，那真是不"嘎得"了，就说，那我怎么办？这个有经验的工作人员说，你先出去一下，稍晚一点儿，等到会议马上要开的那一刻，你再进来，那时候你看到有空座位，基本上是没人坐了，你就坐下。

贵乡长听从了他的建议，到外面站了一会儿，等大家都进去了，时间还差一两分钟时，他也进去，果然一眼就看到有个空位子，是个外国人的名字，是英文，他也不认得，就坐了下来。旁边也是个老外，块头很大，移动身体时不小心碰了贵乡长一下，老外客气地说，稍来，稍来。贵乡长不懂英文，但这一句却是知道的，这是在说对不起，他赶紧说，嘎得，嘎得。老外朝他看了看，奇怪地笑了一下，就安心开会了。

国际会议厅果然讲究，桌上有三种可以喝的东西，热茶、矿泉水和冰水。老外不喝热茶，都把矿泉水打开来喝。贵乡长旁边的大块头老外动作不利索，开瓶的时候，瓶盖掉在地上，因为身形大，弯了几次都弯不下腰去，贵乡长赶紧替他拣了起来。老外又说了"三个有"，这贵乡长也懂，所以又说了"嘎得"去回应他。又过了一会儿，大块头老外艰难地侧过身子朝贵乡长微笑，他的笑意在贵乡长脸上停留了好一会儿，贵乡长觉得很不过意，不就是拣了个瓶盖吗，老外真是太客气了，于是又赶紧多说了几遍"嘎得"。

会议休息时，贵乡长欲上厕所，大块头老外却拦住他，并喊来一位翻译，问贵乡长是不是天主教或基督教。贵乡长说不是，老外不解地耸耸肩，又问为什么喜欢上帝，贵乡长更是莫名其妙了，不会和老外沟通，就只能拿眼睛朝翻译要答案。翻译也不明白，只能跟老外一样耸耸肩。贵乡长虽然一头雾水，但是为了保持礼貌，他还是笑眯眯地说了好几遍"嘎得"。

长桃县绿宝石国际学术研讨会开得很成功，会后县委书记特意把各乡镇到会的领导留了半天，告诉大家此次会议的政治影响和经济收益有多大，如果不是国际会议，市长会来吗？这许多媒体会来吗？如果不是国际会议，老外会乖乖地把钱留在我们这个穷地方吗？然后又让大家谈参加国际会议的感想和回去后的行动。轮到贵乡长了，贵乡长说，我是乡长。县委书记说，怎么，乡长不是乡里的领导干部吗？贵乡长一听慌了，赶紧表态说，是的，是的，我们回去立刻发动群众，争取召开国际会议。虽然是随口瞎说，却受到县委书记表扬，说小桃乡的信心大、决心大，我看好他们。

贵乡长回到乡里，把国际会议的情况都跟蒋书记汇了报。蒋书记说，既然你在会上表了态，又既然书记表扬了你，这小桃乡召开国际会议的事情就交给你了。

乡政府的一班人为贵乡长抱不平，本来完全是蒋书记的事情，贵乡长已经替他去开了会，接回来的任务还要贵乡长代他完成，真是没道理了。贵乡长却不着急，说，嘎得，嘎得，我们慢慢想办法嘛。大家说这有什么办法，我们连一个外国人都不认得，到哪里弄出个国际会议来呢？其实贵乡长倒是认得一个外国人，就是那天会上坐在他边上的那个大块头，跟他说了"稍来"和"三个有"，而贵乡长则说了好几遍"嘎得"，老外好像真听懂了，还朝他笑呢。可惜大块头已经走了，没有给贵乡长留下名片，只留下一个可爱的微笑。

小桃乡虽然偏远落后，但在人才问题上却也不是毫无建树的。早几年就出过一个才女，先是考上了县重点高中，后来考上北京的名牌大学，再后来又到美国读研究生，最后嫁了个老外，她是最为小桃乡争光的，要想找国际关系，她肯定是首当其冲的。贵乡长立刻去信联系，请他们先回家乡看看，探讨探讨开国际会议的可能性，小桃乡提供一切所有全部费用。家乡的女儿虽然不缺钱，但毕竟许久没有享受公费了，很愿意借机回来风光风光，可她的老外丈夫死活也不肯来，别说开销免单，倒贴他钱他也不肯来。他先前是跟着中国老婆回来过一次的，老婆的家人对他非常好，吃的也好，但就是有一点让他受不了，他们叫他在一口缸上大便，缸里还有大半缸的粪便。老外坐缸沿上吧，脏得实在坐不下去，蹲在缸沿上吧，大便砸下去，粪水就溅他一屁股。这吃得好了，大便还特别多，老外实在无奈，只能憋着不大便，憋了几天，肚子胀得像一面鼓，最后差一点儿得了胰腺炎，送到医院灌了肠才抢救过来。从此怕透了这口缸，再也不敢来了。老外丈夫不肯来，这国际会议的线就牵不起来了。贵乡长吸取了教训，物色下一轮对象时，干脆直奔主题，直接找老外了。但是老外在哪里呢？城里大街上，倒是有许多老外像中国人一样熟门熟路窜来奔去的。可贵乡长跟他们无亲无故，他不能满大街去拉扯他们呀。贵乡长找到在县外办工作的一个同乡，央求他只要有国外的代表团来长桃县，无论他们是什么团，无论他们在国外是做什么工作的，都给他报个信。没几天，信息就捎来了，有一个法国残疾人代表团来到长桃县。贵乡长立刻赶往县城国宾馆，同乡看在贵乡长为人厚道、平时肯帮助人的面上，还特意给他安排了一个美女翻译。可贵乡长通过翻译左说右说也说不动这些法国人，倒是学到了几句法国话，笨猪、傻驴、没戏。学到"没戏"的时候，贵乡长也知道自己没戏了。却不料事情又发生了戏剧性的变化，团里唯一的一个不残疾的工作人员沙科看上了贵乡长的美女翻译，竟然答应跟贵乡长走。当天晚上，贵乡长、美女翻译就带着沙科悄悄上车奔赴小桃乡。

一夜无话。直到第二天早晨代表团要出发的时候，才发现沙科不见了，排查了一番，就想起昨天有个乡下人带着会说法语的美女来动员他们到那里去，他们都不愿意单独行动，记得沙科也是表示不愿意去的，现在人却失踪了，八成是被绑架了。

这事情闹得惊天动地，县公安局都出动了，虽然最后是虚惊一场，找回了沙科，但是影响恶劣，报到县委书记那儿，书记气得一拍桌子，说，你干脆开个小桃乡国际绑架会议得了。

如此这般，碰了好几次钉子，大家都泄气了，乡政府开会的时候，大家都说，贵乡长，我们对不住你，我们实在是跟"国际"两个字搭不上边，更不要说国际会议了。贵乡长仍然笑眯眯地说，嘎得，嘎得。大家也知道其实贵乡长心里并不嘎得，但既然你乡长说嘎得，那我们也嘎得了，大家都放下了心思，不再像毛头苍蝇闻烂肉那样到处丢人现眼地去找国际关系了。

贵乡长回到办公室，长叹了一口气，他知道发动群众的工作差不多到此为止，没戏了，要想开国际会议，只有靠老天帮忙了。他正想着老天在哪里呢，就有人来敲门了，请进来一看，是乡政府的一个办事员。姓刘，平时老实巴交，年纪也不小了，这会儿却激动得像个狂妄的小伙子，站到贵乡长办公桌前，手指着贵乡长的鼻子，有棱有角地说，贵乡长，跟我走！贵乡长从刘办事员奇异变化的神态中，感觉出他有戏，就乖乖地跟着他走了。

线索就在刘办事员的邻居王阿毛家，贵乡长一到，王阿毛果然牵了一根组线头出来了。王阿毛爷爷年轻时和一个老外有过交往，这个老外叫托马克莱斯，是一位美国作家，三十年代来过小桃乡，住在王阿毛家，和王阿毛的爷爷年纪相当，友情深厚。现在王阿毛递给贵乡长的这张照片，就是当年两人的合影。贵乡长看了看合影，又看了看墙上挂着的王阿毛爷爷的照片，起先觉得不太像，但再细细地看，从眉眼里、从笑容里、从咧开的嘴角上，透出来的完全是同一样的精神气，贵乡长不由得点头说，像的，像的。王阿毛说，不是像，这就是本人，我爷爷王大马。贵乡长说，这张照片有好几十年了吧，你们倒没有弄丢了，我们家几年前的东西就丢得无影无踪了。王阿毛说，那是你们家有钱，常搬家，才会丢东西。我们家穷，从我爷爷那时候起，到我这儿，就没搬过家，不搬家，家里的东西就不会丢，我们家不仅有老照片，还有许多老东西呢。贵乡长说，这倒说的是。刘办事员又拿出一本书来，就是那个托马斯莱克写的《中国农村之现状》，写的是三十年代这一带农村和农民的生活，贵乡长看了看书的版权页，书是十年前出的，已经很旧了。贵乡长说，这本书也是你家里的？王阿毛说，不是的。刘办事员接过去说，我听王阿毛说了这件事后，到县里市里跑了好几家书店也没找到，后来我儿子上网帮我淘来的。贵乡长又翻了翻内容，果然是这样的一本书，心想，你们说得还真像个事情，就按你们说的试试看吧。

　　事情竟然出乎意料的顺利，小桃乡很快就联系上了远在大洋彼岸的托马克莱斯的后代。开始人家并不完全相信托马克莱斯真的在小桃乡王阿毛家住过，但是王阿毛不仅有爷爷和托马克莱斯的合影，家里还保存着当年托马克莱斯用过的一些物品。比如有一只黑乎乎的裂了口子的药罐子，是当年托马克莱斯听从了王大马的建议吃中药时用的，还比如有一盏煤油灯，托马克莱斯就是在这盏灯下写作那本书的。这些物品在托马克莱斯的日记里曾经都有记载，现在他的后人把他的日记拿出来一核对，果然对上了榫头。

　　小桃乡终于可以召开国际会议了，会议名称确定为"美国作家托马克莱斯国际学术研讨会"。在筹备国际会议的过程中，碰了许多难题，县委都给予了大力的支持，而且贵乡长是参加过县委召开的国际会议的，亲眼见识过那会议是怎么开的，所以这些难题后来也都一一地克服了，最后一盘算，发现还有一个事情没解决，就是翻译工作。

　　贵乡长一打听，才知道翻译的收费是以小时计算的，最低标准一小时一百元，他们的会议打算开三天，会后还要参观旅游，计划是两天，但是万一老外兴致高，要多走走多看看，就不知道是多少天了，也不能因为翻译费太贵就赶着老外走。贵乡长粗粗算了一下，光翻译这一项费用，就够他当乡长的一年的收入了。国际会议眼看着一日逼近一日了，可是乡财政开支不出来，其他几个副乡长急得跳脚，贵乡长却仍然嘎得，他有秘密武器呢。前湾村去年来了个大学生村官，赶紧去那个村把大学生村官找了出来，跟他磨了半天，大学生村官说不行，他不是学外语的，不能做翻译。但贵乡长早有准备，他把村官的档案都调出来看过了，他大学毕业时是英语六级。贵乡长并不知道英语六级是什么，是高水平还是低水平，他只是诈唬村官一下，说，你英语六级呢，怎么可能不会翻译。果然就被诈出来了，大学生村官急了说，话不是这么说的，六级虽是六级，但那是为了应付考试临时冲刺冲出来的，现在都已经还给老师了。他看贵乡长不相信的样子，又赶紧补充说，就算没还给老师，也不行了，学外语和巩固外语最重要的要有外语环境，你们让我到乡下当村官，难道我跟村里的农民说外语吗？贵乡长说，嘎得嘎得，你赶紧去向老师要回来。大学生村官眼看逃不过这一劫，赶紧问，那，这个重要的国际会议到底是个什么国际会议呢？贵乡长只说了一个托马克莱斯，就觉得下面要解释的内容太多，一时跟他也说不清，就道，你就别管什么国际会议了，到时候，市长要来讲话，市长的讲话稿，会提前给我们，我再提前把市长的讲话稿给你。你呢，去弄一本字典，先做点功课，提前翻译好了，写在你的纸上，到时候朝会场上一站，照着念还念不出来？大学生村官还是觉得不牢靠，疑疑惑惑说，贵乡长，我见过别的地方开国际会议，翻译都是一句一句翻的。贵乡长说，市长说一句，你翻一句？你翻得来吗？大学生村官说，我翻不来。贵乡长说，那你就照事先翻好的念，保险。大学生村官说，贵乡长，这可是你一定要我干的，出了错不怪我啊！贵乡长说，嘎得嘎得，人都是在错误中成长起来的。大学生村官无路可逃，只得应承下来。

　　果然如贵乡长所说，开会前一天，大学生村官就拿到了讲话稿，他也果真准备了一本英汉大词典，一一地核对翻译了一遍，一直搞到后半夜，差不多都可以背出来了。第二天来到会场，心里还是没底，神经高度紧张，双腿筛糠。等到中国方面的领导讲话时，他居然连中国话也没听懂，大脑一片空白。幸好贵乡长有先见之明，提前把稿子给了他，等到他翻译的时候，就只管拿着稿子念起来了，念的是英文，除了老外之外，没有人听懂，他尽管大胆地念。

　　大学生村官流利地说着英语，老外们听得头头是道。刘办事员也在会场上，他怀着十分激动的心情听了市长的讲话，又听村官的翻译，但听着听着，他有些怀疑起来，侧过脸朝边上的人看看，边上的人都在认真听，明明听不懂英语，却还频频点头。刘办事员身子斜到左边一点儿，压低声音说，喂，其实，他好像翻错了。他左边的这个人朝他看看，撇了撇嘴，不以为然。刘办事员急了，说，我听出来的，我听出来的，他说"桥克"了，"桥克"就是鸡。他见左边的人不接他的茬，又认真地听了听，听出一个词来了，那就是"水果"。刘办事员立刻明白了，激动地说，他是在说我们原生态农庄的果果鸡呀。果果鸡是小桃乡的独创，小桃乡果子多，交通却不好，每年有许多果子运不出去，就烂在树上了。近一两年他们创新立意，把卖不出去的果子给家禽吃，最后发现鸡非常喜欢吃果子，吃了果子的鸡，肉味特别鲜美，生出来的蛋，也是甜滋滋的。于是一个新名词果果鸡就产生出来了，他们正开始在原生态农庄大力饲养果果鸡。可是，刚才市长的讲话中，根本就没有讲到果果鸡，更何况，托马克莱斯在这里的时候，根本也没有原生态农庄。左边的这个人看刘办事员还在嘀嘀咕咕，就把身子往边上移开一点儿，刘办事员只得转向右边的人，右边的人也一样不愿意刘办事员打扰她听翻译说话，她正十分崇拜地盯着大学生村官。刘办事员又回头看了看身后的人，想和他们说话，后边的人却把手指竖起来"嘘"了一声。这时候他左边的人生气了，"哼"了一声说，自以为了不起。右边的也跟着说，抓住机会表现自己罢。刘办事员哑口无言，又耐心地听了一会儿，又听出点问题来了，他坐不下去了，就朝贵乡长坐的前排位子张望。

贵乡长也和大家一样，对大学生村官感到满意，他正认认真真地听着听不懂的语言。忽然就有个人弓着身子走到他身后，蹲在地上拉扯他的衣服，贵乡长回头向下一看，正是刘办事员，眼光中透露出非常焦急的意思，贵乡长只得跟着他，也半弓着身子，走出了会场。站直了说，你干什么，又不是放电影会挡住别人。刘办事员说，贵乡长，不对呀，他翻的什么东西？贵乡长说，你说他翻的什么东西，他不就是把市长的讲话翻给外国人听嘛。刘办事员说，是呀，可是我怎么听出来他在说"桥克"，你知道"桥克"是什么？贵乡长说，你懂英语？刘办事员说，我不懂英语，可是我儿子英语很好的，他是班上的英语课代表，我跟我儿子也学着了一点点。贵乡长说，那你的意思是说，你知道"桥克"是什么？刘办事员说，"桥克"就是鸡。贵乡长说，鸡？什么意思？刘办事员说，他在说我们原生态农庄的果果鸡。所以我就觉得奇怪了，市长的讲话，是讲托马作家的，讲从前一个美国作家在中国农村的事情，和他怎么写书的事情，怎么会出现我们刚刚在试验还没有推广的果果鸡呢？贵乡长想了想，又朝会场看了看，说，也许你听错了吧，也许你自以为懂一点儿英语。其实根本不懂，你看看会场上的老外，他们都听得乐滋滋的呢，要是翻错了，他们第一个不答应的。刘办事员说，也对呀，可是我怎么会听出"鸡"的意思呢？贵乡长说，嘎得嘎得，他是说给老外听的，既然老外都没意见，鸡也好，鸭也罢，我们就别多管闲事了。一边说一边拍拍他的肩，就半推半拉地把他往会场里送。

刘办事员疑疑惑惑地被贵乡长半推着回进会场，正赶上村官翻译结束，一阵热烈的掌声，他的疑惑也就消散了，跟着拍了几下手。

事后他们才搞清楚了，翻译念的还真不是纪念托马克莱斯的稿子，贵乡长忙中出错，把乡里另一份稿子交给了大学生村官，那是小桃乡发展原生态特色旅游的稿子，大学生村官事先也没有了解小桃乡的国际会议到底是什么内容，只是照着贵乡长给的稿子翻就是了。结果就翻出了另一个结果。

来参加小桃乡托马克莱斯学术研讨会的老外，没有几个是作家，更没有几个对这位早已经去世的、在美国几乎无人知晓的托马作家有兴趣，他们来参加小桃乡的国际会议，是冲着神秘而古老的东方乡村来的，而不是冲着西方的一位作家来的。

于是，大学生村官的错误翻译，却给他们提供了这个乡村的正确画面，给他们走进小桃乡开辟了一条最好的渠道。

召开国际会议的目的，也就是借某个题目吸引一些老外来，让老外了解这个地方，喜欢这个地方，只要老外喜欢了这个地方，他们肯定会留下微笑和美元欧元。从这个角度来看，小桃乡的国际会议，虽然过程有点错位，但目的却完全达到了。

一切如愿。很快，这里成了旅游景点，路也通了，老百姓也富起来了，大家争先恐后把果果鸡以及其他土特产卖给老外。乡里表彰了大学生村官，还请他教大家学外语，以便更好地交流。大学生村官英语蹩脚，发音不标准，教出来的东西七扯八搭，好在老外们很能适应中国式的外语，大多能听个八九不离十。比如有人管托马叫托米，有人发出来音的是他妈，有人说是汤姆，或者达姆，老外都听得懂，就不成问题了。过了不多久，乡里村里也人人会说"妈爱嘎得"了。

小桃乡发展旅游后，那个大块头老外又来了一次，他跟翻译说，你知道为什么我对这地方特别有感觉？因为这地方的人对上帝特别虔诚，他说他曾经接触过一个干部，口口声声都不离"嘎得"。翻译觉得奇怪，后来问清了缘由，笑得腰都直不起来了。她告诉大块头，小桃乡的"嘎得"不是上帝，而是，而是……什么呢？翻译想了想，说，意思太多了，是没关系，是不要紧，是没事，是不搭界，是无所谓，是放心吧，是什么什么，是什么什么，反正，反正，这"嘎得"两字，可以用许许多多不同的说法来表达、来解释。大块头老外抱住脑袋大喊"妈爱嘎得"，太伟大了，汉字太伟大了，太博大、太精深了，他说他从此以后要改行研究汉字，就从"嘎得"这两个字开始。

贵乡长功德圆满地坐在办公室里回味他的国际会议，就有个年老的农民进来了。他由小辈搀扶着，想跟贵乡长说话，但气喘吁吁地实在说不出来，那个小辈就代他说了，说他们是王阿毛的隔壁邻居，说王阿毛的照片上，不是王阿毛的爷爷，他爷爷长得不是这样子的。

贵乡长开始没听明白，愣了一愣后，猛然就清醒过来了。怪不得呢，他想，我就觉得来，事情哪有这么巧呢？要开国际会议了，就真的来了一个国际名人？好像专门等在那里似的。

贵乡长回头又来到王阿毛家，王阿毛正和刘办事员喝酒庆贺呢。贵乡长笑了笑，说，王阿毛，你冒充了吧？你骗人了吧？王阿毛倒没怎么惊慌，倒是刘办事员大惊失色，站起来腿一软，差点就要跪下，贵乡长把他一扶，说，说吧说吧。刘办事员说，贵乡长，对不起，对不起，可我也是好心呀，我看你嘴上说嘎得，嘴边却急得长出燎泡来了。贵乡长说，燎泡急出来又怎样呢？刘办事员说，我就找来一张旧照片，是那个美国作家和一个中国农民的合影，但不是王阿毛的爷爷，我就来和王阿毛窜通。王阿毛拒不承认，说，我没有窜通，你告诉我这是我爷爷，我就当他是我爷爷了。刘办事员说，可是贵乡长已经查出来他不是你爷爷。王阿毛说，可是现在我越看他越像我爷爷，我把我爷爷的老照片翻出来对过了，还真像，不仅像，简直就是一模一样，就是他。刘办事员说，贵乡长，我坦白，只有那本书是真的，是我儿子帮我从网上淘来的，确实是那个托马作家写的，其他事情都是假的，贵乡长，我骗了你，你处理我吧，你怎么我吧。贵乡长却笑了起来，拍了拍刘办事员的肩，说了两遍"嘎得"。刘办事员不敢相信自己的耳朵,说,什么,假的也嘎得?贵乡长说,真真假假,都嘎得啦,就比如说我吧,我也是假的,我又不是贵乡长。所有的人都惊呆了,呆呆看了贵乡长半天,王阿毛才问出一句,那,那你是谁啊?贵乡长说,我是许乡长呀。